安妮・普魯文集

Annie Proulx

安妮·普鲁
文集 02

船讯

［美］安妮·普鲁 著
马爱农 译

人民文学出版社

著作权合同登记号　图字 01-2020-6290
Annie Proulx
THE SHIPPING NEWS

Copyright © 1999 by Dead Line, Ltd.
Published by arrangement with Dead Line, Ltd. c/o
Darhansoff & Verrill Literary Agents
through Bardon-Chinese Media Agency
Simplified Chinese translation copyright © 2021
by People´s Literature Publishing House Co., Ltd.
ALL RIGHTS RESERVED

图书在版编目（CIP）数据

船讯/（美）安妮·普鲁著；马爱农译. —北京：人民文学出版社，2021
（2022.11 重印）（安妮·普鲁文集）
ISBN 978-7-02-016721-0

Ⅰ.①船… Ⅱ.①安… ②马… Ⅲ.①长篇小说—美国—现代 Ⅳ.①I712.45

中国版本图书馆 CIP 数据核字（2020）第 247672 号

责任编辑	杜　丽　翟　灿
装帧设计	李思安
责任印制	王重艺

出版发行　人民文学出版社
社　　址　北京市朝内大街 166 号
邮政编码　100705

印　　刷　三河市中晟雅豪印务有限公司
经　　销　全国新华书店等

字　　数　284 千字
开　　本　850 毫米×1168 毫米　1/32
印　　张　11.75　插页 1
印　　数　6001—8000
版　　次　2006 年 6 月北京第 1 版
印　　次　2022 年 11 月第 2 次印刷

书　　号　978-7-02-016721-0
定　　价　58.00 元

如有印装质量问题，请与本社图书销售中心调换。电话:010-65233595

作者简介

安妮·普鲁
Annie Proulx

1935年生于康涅狄格州，美国当代重要作家，曾获普利策奖、美国国家图书奖、福克纳奖和薇拉文学奖等文学奖项，并于2017年获美国国家图书奖"终身成就奖"。主要作品包括长篇小说《船讯》《手风琴罪案》《老谋深算》《树民》，短篇小说集《心灵之歌》《断背山》《恶土》《随遇而安》等。

译者简介

马爱农

生于江苏南京，先后毕业于南京大学外文系和北京外国语大学英语系，现任人民文学出版社外国文学编辑室编审。自二十世纪八十年代起从事英语文学翻译，完成译著几十部，主要译著有《绿山墙的安妮》《船讯》《天使不敢涉足的地方》《走在蓝色的田野上》和"哈利·波特"系列等。

安妮·普鲁的造化之手

万　方

那天去五道口的书店"光合作用",没有具体目标,只是怀着寻找好书的期望。不管安妮·普鲁多么有名,在那天之前我并不知道她。当然我看过电影《断背山》,可也没有和这位作家对上号。

书店一层是花花绿绿的世界,各类畅销书的舞台。本想直接上二楼,但心灵雷达已开始转动,助我飞快搜寻,在书架间走了一遭,立即捕捉到蓝色封面的《船讯》。我拿起它,封面上两行小字映入眼帘:美国国家图书奖,美国普利策小说奖。心中一喜!这是我选书的一个标准,这标准很可靠,几乎从未让我失望。

翻开书页,小说这样开始:

> 以下是奎尔一生中几年的经历,奎尔出生于布鲁克林,在一堆阴郁的州北城镇中长大。
>
> 他一身荨麻疹,三天两头闹肚子,挣扎过了童年;在州立大学,一只手捂着下巴,用微笑和沉默掩饰痛苦。他跌跌绊绊地活到三十多岁,学会了把感情同自己的生活分开,不指望任何事情。他食量大得惊人,喜欢熏猪蹄和黄油马铃薯。

鲜活的文字从纸页上放出电波,和我体内的电波接通,激起一股微微急切的心情,想很快地读它。

预感是那样的准确。读《船讯》的过程是一个惊喜连连的过程,不是以往那种被吸引,而是被迷住。我要说我热爱这本书,热爱书中肥胖笨拙的奎尔,刚强的姑妈阿格妮丝,高个子红头发的女人韦苇,热爱那一个个在纽芬兰荒凉阴郁的海岸上生活着的人们。多么奇怪! 即使把我的生活范围扩展十倍百倍,也绝不可能出现这些人的身影,我不可能见过他们,甚至连梦见也没有可能,然而我的全部知觉、感知却被他们抓得紧紧的,身心被他们的生命之光所照亮。

《船讯》的情节简单而散漫,在这部小说中它们充当着随波逐流的角色。事实上,在安妮·普鲁的带领下,我和书中的人物一个个迎面相遇,他们是那么随随便便地出现在我眼前,甚至有那么一点突兀,毫无矫饰。他们生硬而不易接近,愚鲁又机警,好笑又可悲,质朴得像粗糙的礁石,复杂得像海底的暗流,和他们置身其中的海洋、风暴、冰山融合为一,既平凡又伟大。我用安妮·普鲁所给予的冷峻目光注视他们,心却越来越热,对他们和他们简朴而又奇异的生活产生了浓得难以化开的眷恋。

人活在世上要经历多少磨难啊! 一次次失败,一次次情感的打击,心被苦水浸泡,肉体感受着周遭的冰冷。《船讯》的主人公奎尔的境遇其实是大家的境遇。因为缺少爱而痛苦,迷惘地活着。但安妮·普鲁告诉我们,就在这个时候,有一棵幸福之树在地球的某个角落生长着。奎尔后来找到了,找到了幸福冒出的鲜嫩的绿芽,看到它如何一日日成长为摇曳的浓荫,听到了风吹过枝杈间的沙沙天籁。也许他并没有找,是幸福找到了他,因为他的心里有那样一颗种子。每个人心里都有一颗和奎尔一样的种子,希望我们能来到条件适合的地点,适合的土质,适合的温度和湿度,剩下的就是等待和坚持。

《船讯》一书所描绘的这个充满痛苦和欢欣的世界既是真实的存在,又是安妮·普鲁一手创造出来的,你难以分清两者之间的区别。我认为这是一个作家所能达到的最高境界。

我是多么喜欢《船讯》的文风。一种生僻的粗犷的具有隐隐破坏力的文字感是那样新鲜诱人。叙述如莽汉般肆无忌惮,如孩童般天真,如诗人般虚幻、隐晦,如妇人般平实,甚至零乱,然而每句话每个段落都具有活生生的力量,字字如重锤。安妮·普鲁创造出一种内心时时爆发出激情,又被生活的现实所管束的逼真感觉。我们的人生感受又何尝不是这样。千条江河归大海,乘着《船讯》我们漂浮在安妮·普鲁之河上,漂了漫长的距离,最终来到海上,在起伏的潮汐中感受到了爱的温暖波涛。

这里要感激翻译者,如果说作品如人,那么译者不光描绘出此人的外貌,同时极其真切地表达出此人的全部内心世界。作为我这类读不了原文的阅读者,能遇到《船讯》这样的翻译者是多么幸运。

从此我知道了安妮·普鲁,被深深吸引,我要找她的其他作品来读。我四处打听,一个年轻朋友告诉我有一本《近距离:怀俄明故事》[①]。很快我就去了三联书店,已卖光,又去涵芬楼,买到了。

这是一本短篇小说集。在此之前我对短篇小说有自己的钟爱,如契诃夫的《草原》,海明威的《乞力马扎罗的雪》,但读了安妮·普鲁的《脚下泥巴》,我觉得自己看到了这辈子读过的最棒的短篇小说。这个短篇我看了好几遍,每次掩卷时都不由感叹:太棒了,实在太棒了!而且不是在心中暗暗叨念,是忍不住说出声来。

以下是篇中对两位牛仔开着破旧卡车所进行的漫漫长途的描述:

[①] 即《断背山》,二〇〇六年我社曾以《近距离:怀俄明故事》为书名收入"安妮·普鲁作品"系列。

两人开进向晚夜色,开进结冻路面的第一场冰风暴,开进刺眼的橙色日出,欣赏了冒烟的地球,看到尘卷风在泥地上蛇行,滚烫的热量从太阳表面冒出,蒸得卡车引擎盖烤漆卷起,干雨形成不规则的网状,从无机会落地。

我看到了以上的每一幅景象,如同置身其间。这就是安妮·普鲁,她的文字不光能看,还能嗅,能听,或谛听或倾听或振聋发聩。任何普普通通的生活场景一经她的笔触就变得充满魅力,带着速度,一刻不停地流动,冲刷着人的感官和知觉。实在了不起!

《近距离》里的每篇小说都很棒,但我更喜欢《脚下泥巴》《荒草天涯尽头》《身居地狱但求杯水》,小说速度强大,文风暴烈,乖戾、娴熟,刀刀见血,让我对人生的了解直钻入最底的一层。这感觉有些可怕,心被震撼,久久难以释怀。

看了以上两部作品,我忍不住逢人就说安妮·普鲁。直到人民文学出版社要出"安妮·普鲁作品"系列,约我写序。出于感情我想都没想就答应下来,但回头再想又有些畏难,因为我不是评论家,从未写过书评。人文社编辑为我减压,说:只要写出你读后的感受就好。随后他们寄来《手风琴罪案》和《老谋深算》。

这两部书是带着任务而读的,有种感觉在阅读中与时俱增,我感到:世上千奇百怪的人及命运如浪潮般在安妮·普鲁的眼底汹涌滚过,她眼睛雪亮,看准一个利索地伸出手,轻盈或用力一拎,把他们从大千世界、芸芸众生里拎出,让他们活灵活现地站立在地面上,生活下去,去创造历史。

安妮·普鲁的手是一双非凡的造化之手。

在《老谋深算》中,她对那片长条地的厚爱用独特方式体现得淋漓尽致,对一座房屋、一条道路、一件工具或器皿进行平实而又细致入微的描写,竟然那样引人入胜,功夫实在了得。而阅读《手风琴罪案》仿佛一头钻进一团风暴,人化作了小小雪片上下旋转、飞舞,迷失其中,放下书才得以喘上一口气来。

  作为一个写作的人,我或许算是个比较特殊的读者,更在意文字所传达的魅力;但我同样也是一个过日子的普通人,在意作品中人物的生活经历和感受,我相信两个我都在安妮·普鲁的作品中得到阅读的满足和内心的感动。

  让我用《船讯》的结尾结束我的文章。

  既然杰克能从泡菜坛子脱身,既然断了脖子的小鸟能够飞走,还有什么是不可能的呢?也许,水比光更古老,钻石在滚热的羊血里碎裂,山顶喷出冷火,大海中央出现了森林,也许抓到的螃蟹背上有一只手的阴影,也许,一根打了结的绳子可以把风囚禁。也许,有时候,爱情也可以不再有痛苦和悲伤。

目　录

第一章　奎尔 …………………………………… 1
第二章　相思结 ………………………………… 13
第三章　勒箍结 ………………………………… 19
第四章　漂流 …………………………………… 29
第五章　轮结 …………………………………… 36
第六章　在船与船中间 ………………………… 50
第七章　拉呱鸟 ………………………………… 59
第八章　滑结 …………………………………… 75
第九章　系泊结 ………………………………… 83
第十章　纳特比姆的航行 ……………………… 96
第十一章　人发胸针 …………………………… 106
第十二章　尾波 ………………………………… 116
第十三章　荷兰索圈 …………………………… 120
第十四章　韦苇 ………………………………… 132
第十五章　装潢店 ……………………………… 141
第十六章　比蒂家的厨房 ……………………… 148
第十七章　船讯 ………………………………… 153
第十八章　龙虾馅饼 …………………………… 157
第十九章　别了,伙计 …………………………… 168

第二十章	瞭望岛	175
第二十一章	富有诗意的航行	190
第二十二章	狗和猫	196
第二十三章	邪术	203
第二十四章	采浆果	208
第二十五章	石油	216
第二十六章	死人索	226
第二十七章	报社	237
第二十八章	溜冰者的两手扣拉	245
第二十九章	艾尔文·雅克	252
第三十章	云遮太阳	259
第三十一章	有时候好好的就丢了	264
第三十二章	毛茸茸的魔鬼	271
第三十三章	堂兄	280
第三十四章	打扮	294
第三十五章	周日工作	306
第三十六章	拘束衣	311
第三十七章	投石索	322
第三十八章	驾橇人的梦	336
第三十九章	闪亮的毂盖	350

每个人心中都有一个失败者(译后记) …………… 365

第一章 奎 尔

奎尔:一圈绳索。①

"佛德兰盘是平面状的一盘绳索,放在甲板上,需要时可在其上行走。"

《阿什利绳结大全》

以下是奎尔一生中几年的经历,奎尔出生于布鲁克林,在一堆阴郁的州北城镇长大。

他一身荨麻疹,三天两头闹肚子,挣扎过了童年;在州立大学,一只手捂着下巴,用微笑和沉默掩饰痛苦。他跌跌绊绊地活到三十多岁,学会了把感情同自己的生活分开,不指望任何事情。他食量大得惊人,喜欢熏猪蹄和黄油马铃薯。

他的工作:自动售货机的发糖员,一家便利商店的通宵服务

---

① 英语中,"奎尔(Quoyle)"和绳圈"(coil)"读音相近。

生,三流新闻记者。三十六岁,满怀失去亲人的悲痛和爱情受挫的失意,离开美国去了纽芬兰,他祖辈生活的那块礁石。他以前从未去过那里,也从未想过要去。

一个多水的地方。奎尔怕水,不会游泳。父亲曾一次次掰开他死命攥住的手,把他扔进游泳池、小河、湖水和海浪中。奎尔尝够了咸腥味和水草的滋味。

小儿子学不会狗刨,父亲从这一件事上看到其他失败像恶性细胞一样繁殖——口齿不清;坐姿不端;早上起不来;态度不对头;志向和能力不行;总之是一切方面的失败。他自己的失败。

奎尔走路蹒跚,比周围的孩子高出一个头,为人软弱。父亲知道这一点。"啊,你这个蠢货。"父亲说,他自己可不是个无足轻重的人。哥哥迪克是父亲的爱子,奎尔一走进房间,迪克就做出呕吐的样子,嘘着朝他说:"猪油脑袋,鼻涕虫,丑猪,疣猪,笨蛋,臭气弹,放屁桶,肥油包。"对他拳打脚踢,直到奎尔抱着脑袋缩成一团,在油地毡上啜泣。一切都源于奎尔最主要的一个失败,长相的失败。

他的身体像一块巨大的长方形湿面包,六岁就长到了八十磅重,到十六岁整个人都埋在一堆肉里。脑袋像一个大容量的鲱鱼斗,没有脖子,发红的头发皱巴巴地朝后支棱着。五官皱缩得像被吮过的手指尖。眼睛是塑料色的。特大的下巴像块畸形的搁板,突出在脸的下部。

爸爸生他的时候,某种异常的基因闪现了一下,像封了火的煤堆里突然爆出一颗火星,造成了他巨大的下巴。小时候他想了许多办法转移别人的视线,比如用右手飞快地捂住下巴。

他最早意识中的自己是一个遥远的人:那边,视线的中心是他的家庭;这里,在远得几乎看不见的地方是他自己。十四岁前,他一直想象自己是出生时被换错了,在某个地方,他真正的父母抚养着那个换错的婴儿,时时刻刻想念着他。后来,他在一盒旅游纪念品中,翻出了几张他爸爸及其兄弟姐妹在船上的照片。有一个女孩似乎与其他孩子格格不入,她眯着眼睛眺望大海,好像能看到一千英里以南的目标港。奎尔从他们的头发、腿和胳膊上认出了自己。那个穿着缩小的毛衣,手叉在胯上,一副顽皮相的胖小子便是他爸爸。照片背面用蓝铅笔写着:"离开老家,1946年。"

在大学里,他修一些他理解不了的课,埋头独来独往,不与任何人交谈,周末回家忍受严厉的呵斥。最后终于退了学找工作,始终用手捂着下巴。

在孤单的奎尔脑子里,没有任何事情是清晰的。他的思想翻腾而混乱,像漂入北极微光中的古代水手称之为"海肺"的那个难以名状的区域,迷雾下起伏着稀泥状的碎冰,空气与水溶为一体,液体凝固了,固体在融化,天空冻结着,光明和黑暗一片混沌。

他是在慢吞吞吃着油腻的红肠和面包时陷入新闻这一行的。面包不错,没用发酵粉,全靠面团自身发酵,在帕特里奇的室外烤箱里烤成的。帕特里奇的院子里散发着焦玉米粉、剪下的草叶和面包蒸汽的味道。

红肠、面包、葡萄酒、帕特里奇的谈话,因为这些,他错过了一个能使他把嘴凑向官僚机构的坚挺乳房的求职机会。父亲奋斗到了一家连锁超市的产品经理的高位,以自己的经历现身说法——"我刚到这儿的时候,只能用手推车给石匠运沙子。"等等。父亲羡慕生意场上的那份神秘——人们用左胳膊挡着签署文件,在不透光的玻璃后面开会,提着带锁的公文包。

然而帕特里奇嘴角滴着油说:"啊,去他妈的。"他把紫番茄切成薄片,转移了话题,开始描述他到过的那些地方。斯特拉班、南安波伊、克拉克弗克。在克拉克弗克他和一个膈膜偏移的人一起打弹子球。戴着袋鼠皮手套。奎尔坐在安迪隆达克椅子① 里听着,手捂着下巴。他准备穿去面试的西服上滴了橄榄油,菱形图案的领带上沾着一粒番茄籽。

奎尔和帕特里奇是在纽约莫金伯格的一家自助洗衣店认识的。奎尔弓着背在看报纸,浏览招聘广告,他的大男人牌衬衫在洗衣机里旋转。帕特里奇说职业市场够紧张的。奎尔说是啊。帕特里奇对旱灾发表了一句评论,奎尔点了点头。帕特里奇又说起泡菜厂的倒闭。奎尔从烘干机里摸出他的衬衫,衬衫掉在地上,还噼里啪啦掉出许多发烫的硬币和圆珠笔。衬衫上布满了一道道圆珠笔油。

"毁了。"奎尔说。

"没事儿,"帕特里奇说。"用热的盐和滑石粉擦一擦,然后重洗一遍,放一小杯漂白粉。"

奎尔说他会试试。他的声音有些颤抖。帕特里奇惊诧地看到这个笨重的男人一双暗淡无光的眼睛张大了,里面噙着眼泪。因为奎尔忍受不住孤独,他渴望交际,渴望知道自己让别人感到愉快。

烘干机呻吟着。

"嗨,哪天晚上来玩吧。"帕特里奇说,在一张揉皱的现金收据上歪歪斜斜地写下地址和电话号码。他也没有多少朋友。

第二天晚上,奎尔去了,手里捏着几个纸袋。帕特里奇家的门前,空荡荡的街道浸在琥珀色的灯光中。金色的时光。纸袋

---

① 一种木制斜靠背草坪椅,其座椅常前高后低。

里有一包进口的瑞士脆饼干,几瓶红色、粉红色和白色的葡萄酒,还有箔纸包的三角形外国乳酪。帕特里奇家门里传出的某种快节奏的热烈音乐使奎尔兴奋不已。

奎尔、帕特里奇和梅尔卡利亚做了一段时间朋友。他们的区别:帕特里奇是黑人,小个子,人生斜坡上一个不安分的旅行者,能通宵地聊天;梅尔卡利亚是帕特里奇的第二个妻子,肤色像暗黑水面上的棕色羽毛,聪明机智;奎尔大块头,白人,在生活中跌跌撞撞,没有一个方向。

帕特里奇能感知未来,眼前会飞快地闪过一些将要发生的事件,好像脑子里散乱的导线骤然接通了似的。他是裹着胎膜出生的;三岁时看到球状闪电窜下太平梯;在他姐夫被蜂蜇的前一天夜里,他梦到了黄瓜。他相信自己会交好运。他能吐漂亮的烟圈。黄连雀在迁徙途中总要在他的院子里落脚。

在后院里,看到奎尔打扮得像一条狗穿了人的衣服去拍滑稽照片,帕特里奇想起了什么。

"埃德·庞奇,我那家报社的总编正想雇一名廉价记者。暑假结束了,他的大学耗子们又回洞里去了。那个报是垃圾,但不妨去干几个月,一边再找更好的。管他呢,没准儿你会喜欢这工作,当一名记者。"

奎尔点了点头,手捂着下巴。如果帕特里奇建议他从桥上跳下去,他也至少会在桥栏杆上倚一倚。朋友的忠告啊。

"梅尔卡利亚!我给你留着面包头呢,好姑娘。这是最好的部分。快出来吧。"

梅尔卡利亚套上钢笔帽。写腻了那些神童,他们咬着手指头,围着客厅椅子转来转去,口里报出一大串不可思议的数字,脚在东方地毯上踩起阵阵灰尘。

埃德·庞奇用嘴的中间部分讲话,一面讲一面打量奎尔,注意到了那件有马毡那么大的廉价花呢上衣,还有那像是经常用磨刀石磨过的指甲。他从奎尔的身上嗅出了顺从,猜到他是那种很好涂抹的黄油。

奎尔的目光移到墙上一幅水彩版画上。他看到一张颗粒粗糙的脸,眼睛像玻璃球,一圈流苏般的毛发从领子下面钻出来,披在上浆的领口上。这凿刻的画框中是庞奇的祖父吗?他琢磨着祖先的问题。

"这是一份家庭办的报纸。我们登一些迎合公众趣味的轻松报道。"《莫金伯格记录》专门登载奉承当地商界人士的轶事,刻画一些平易近人的形象;这份薄薄的小报充斥着智力测验和竞赛题、辛迪加① 出售的新闻专栏、特写文章和漫画。每期都有一个自测题——"你吃早饭时酗酒吗?"

庞奇叹了口气,假装做出了一个重大的决定。"把你放在市政那一块吧,帮帮阿尔·卡特洛格。他会教你熟悉工作的。他给你分配任务。"

薪水少得可怜,但奎尔不知道。

阿尔·卡特洛格,脸长得像布满茬子的小圆面包,说话圆滑,用指甲盖顺着工作任务单往下点。他朝奎尔的下巴后面瞥了一眼,飞快地移开目光,像铁锤在钉子上敲了一下。

---

① 向多家报刊同时出售稿件,供同时发表的企业。

"好,你就从报道计划委员会会议开始吧,在小学校。何不今晚就去呢?坐在小椅子里,把听到的所有东西都记在本子上,回家用打字机打出来。最多五百个单词。还需要带上录音机。明天上午把稿子给我看。我看过以后你再交给编辑台的那个混蛋黑鬼。"那个混蛋黑鬼是帕特里奇。

奎尔坐在会议室的后排,在便笺簿上做记录。回家在厨房桌子上翻来覆去打了一通宵。第二天早上,他黑着眼圈,用咖啡提了神,到编辑室去等阿尔·卡特洛格。

埃德·庞奇从来都是第一个到,一进门就像鳗鱼钻入岩石似的溜进办公室。上午的人流开始到来。负责特写版的男人手里晃着一袋椰子炸面圈;头发亮亮的高个子中国女人;上了年纪、手臂像粗绳子的发行负责人;两位版面编排处的女人;穿着昨天的衬衫、腋窝下全是汗渍的图片编辑。奎尔捏着下巴坐在自己的桌前,低着头,假装在修改他的稿子。共有十一页。

十点钟,帕特里奇来了。红背带配着亚麻布衬衫。他进屋一路和人打着招呼,拍拍这个拍拍那个,把头伸到庞奇的门缝里探了探,朝奎尔眨了眨眼,走入编辑台后面,在他的电脑前坐下。

帕特里奇知道无数的事情,例如湿绳子更能吃重,为什么熟鸡蛋比生鸡蛋容易旋转等。半闭着眼睛,有点恍惚地仰着头,他能够像古人背诵《伊利亚特》那样列出棒球比赛数字。他改写平庸的文章,去掉模仿吉米·布雷斯林[1]的霉味。"去年那些记者哪儿去了?"他嘟囔着,"那些爱咬指甲的、尖刻的夜猫子醉鬼混蛋呢?他们才知道怎么写文章。"

奎尔拿着稿子走过去。"阿尔还没来,"他说,一边把稿子叠

---

[1] 吉米·布雷斯林,纽约邮报专栏作家。

齐,"我想应该交给你。"

他的朋友没有笑,投入了工作。他读了几秒钟,抬起脸冲着日光灯。"要是埃德娜在会把这给撕了。阿尔看到了会让庞奇叫你滚蛋的。你得重写。来,坐下。我来告诉你问题在哪儿。他们说什么人都能训练成记者。你可以当个试验品。"

这正像奎尔所预料的。

"你的导语,"帕特里奇说,"上帝啊!"他用节奏单调的尖声读道:

> 昨晚派恩埃伊计划委员会以悬殊多数通过了对市区划法规建议修正案的修改意见,将把除商业区外的所有地区的最小住宅基址面积扩大到七英亩。

"像读水泥一样。太长了。太长太长了。思路混乱。没有人们关心的东西。没有引述的话。没有味道。"他的铅笔在奎尔的句子中勾勾画画。"用短词,短句。把它断开。瞧,瞧。你的角度在这下面呢。这才是新闻。把它挪上去。"

他把句子来了个大搬家。奎尔凑在旁边看着,坐立不安,一点也不懂。

"好啦,试试这个。"

> 派恩埃伊计划委员会成员贾尼丝·福克斯利在星期二晚上的会议上愤然辞职。"我不愿坐视本城的穷人被卖到河下游去。"福克斯利说。
>
> 在福克斯利辞职的几分钟前,委员会以9比1的票数批准了一项新的区划法令。新法令将最小住宅基址面积限定为七英亩。

"还不大生动,没有风格,而且还是太长了,"帕特里奇说,"但是路子对头了。明白吗?体会到什么是新闻了吗?导语里需要什么?喏,看看你能弄成什么样。把它编得有趣一点。"

帕特里奇的火焰始终没能使奎尔沸腾。经过六个月编辑台前的调教，奎尔依然看不出什么是新闻，没有描写细节的才能。他反复使用十二个到十五个动词，其他动词都使他害怕。他还不幸爱写错误的被动语态。"默基州长被一年级学生金伯利·布拉德献了一束鲜花。"埃德娜，那个脾气暴躁的女改稿员站起来朝奎尔吼，"你这白痴，州长怎么能献呢？"奎尔是如今那些吃新闻饭的半文盲的又一个例子。让他们靠墙站着去！

奎尔去旁听一个个会议，潦草地往本子上记。好像他是什么东西的一部分。埃德娜的咆哮和帕特里奇的指摘没有伤害到他。他是在凶哥哥的欺侮和父亲的无情批评中长大的。看到文章上有他署名使他激动不已。弹性的上班时间使他幻想自己是时间的主人。听完一场关于回收利用废瓶的市立规章如何措辞的争论，半夜回到家里，他感到自己是权力枢纽上的一颗轴钉。他把生活中平常的事情都看成报纸标题。**一男子稳步穿过停车场。妇女们谈下雨。空屋电话铃。**

帕特里奇努力想提高他。"没有发生的事也是新闻，奎尔。"

"我明白。"手插在口袋里，假装听懂了。

"这篇全县互助交通会议的报道？一个月前他们就准备只要布格尔·霍洛一参加，就在四个城市开辟货车服务。你在这里说他们昨天晚上开了会，然后，在结尾的地方才轻描淡写地说布格尔决定不参加了。你知道有多少老年人没有车，有多少人买不起车或第二辆车，使用长期车票，在眼巴巴地盼着那该死的货车开过来？现在却泡汤了。新闻呀，奎尔，新闻。最好动动你的壳子。"一分钟后又换了个嗓门说他星期五晚上要做希腊风味的浸渍鱼，用串肉扦穿着，带红辣椒粉的。问奎尔愿不愿意过来。

他答应了，但纳闷"壳子"到底是什么。

春末,埃德·庞奇把奎尔叫进他的办公室,说他被解雇了。他那张烂脸上的目光越过奎尔的耳朵朝别处望着。"这其实是临时解雇。如果营业有起色……"

奎尔找了一份开出租车的零活。

帕特里奇知道是怎么回事。他说服奎尔系上一条特大的围裙,递给他一把勺子和一个罐头。"他的孩子从大学回来了,他们抢了你的工作。没啥可伤心的。对了,把芥末涂在肉上,让味道渗进去。"

八月,帕特里奇一边往俄罗斯泡菜炖牛肉里剪莳萝一边说:"庞奇希望你回去,说他对你有兴趣,让你星期一去。"

庞奇假装很勉强,好像让奎尔回去是一个特别的恩惠。还是临时的。

其实是庞奇注意到奎尔虽然说话很少,却能鼓舞别人谈话。这是他在生活游戏中唯一的技能。他那专心的姿势,他那奉承的点头引出了滔滔不绝的意见、怀旧、回忆、推理、猜测、说明、概述和阐说,榨出了陌生人的生活故事。

就这样,解雇,当洗车工,重新雇用。

解雇,当出租车司机,再重新雇用。

他来往奔波,在县里到处跑,听排污委员会、道路委员会的争论,砰砰啪啪打出修桥预算的报道。地方当局的小决定在他看来是生活的深层运转方式。在一个教人认识人性的卑劣、揭示文明内部腐蚀的金属的职业中,奎尔产生了有条理地进步的幻觉。在分崩离析和嫉妒熏心的气氛中,他幻想出了理智的妥协。

奎尔和帕特里奇吃着偷捕的鳟鱼和蒜汁虾。梅尔卡利亚不

在。奎尔搅拌着茴香色拉。他正倾过身去捡一只掉出来的虾,帕特里奇用刀子敲着酒瓶说:

"宣布一条消息,关于梅尔卡利亚和我的。"

奎尔笑了,料想会听到他们要有孩子,已经选中他做孩子的教父了。

"我们要搬到加利福尼亚去,星期五晚上走。"

"什么?"奎尔说。

"我们为什么要去呢,为了原料,"帕特里奇说。"酒、熟透的小番茄、鳄梨。"他倒出烟熏白葡萄酒,然后告诉奎尔其实是为了爱,不是为了蔬菜。

"一切有价值的东西都是为了爱,奎尔。那是生活的动力。"

他说梅尔卡利亚扔开她的论文,改干蓝领了。旅行,牛仔靴,钞票,空气制动器的喘息,车里有四个扩音器,录音机中放着城区弦乐四重奏组的音乐。她上了长途卡车驾驶学校,以最优异的成绩毕业,被索萨里托的陆上捷运公司录用了。

"她是美国第一个黑人女卡车司机,"帕特里奇说,眨眨眼皮,忍住泪水。"我们已经有了一套公寓,是她看了三家才选中的。"他说这套房子有一个带玻璃落地门的厨房,院子笼罩在翠绿的竹荫里。还有一块像祈祷跪毯那么大的草坪,他可以跪在上面。

"她跑新奥尔良的路线。我也要到那边去。我要做熏鸭三明治、凉龙蒿鸡脯,让她带在路上吃,不去小餐馆。我不想让梅尔卡利亚到那些卡车司机的地方去。我要种一些龙蒿。我可以找一份工作。技术编辑总是很缺的,在哪儿都能找到工作。"

奎尔想说几句祝贺的话,最后只是抓着帕特里奇的手握了又握,不肯放开。

"听着,过来看我们,"帕特里奇说。"保持联系。"两人仍然紧握着手,像从井里抽水一样大口吸气。

奎尔滞留在邋遢的莫金伯格。一个处于第三次死亡过程的地方。它在两百年中由森林和林地部落沦为农场,再沦为拥有机器和轮胎工厂的城市。一次长期的衰退洗空了商业区,摧垮了购物中心。工厂倒闭出售。贫民区的街道,口袋里揣着枪的青年,一些裤文式喋喋不休的政治宣言,恼怒的言论和破碎的思想。谁知道人们到哪里去了?也许是加利福尼亚。

奎尔在A&B食品杂货店买食品,在D&G便利商店买液化气,开车到R&R汽车修理厂去换汽油或新的安全带。他写他的文章,住在租的活动房屋里看电视。有时也梦想爱情。为什么不呢?自由国家嘛。被埃德·庞奇解雇之后,他便靠大嚼樱桃冰淇淋和罐头小包子度日。

他过着脱离时代的生活。认为自己是一名新闻记者,但除了《莫金伯格记录》之外,不看任何报纸,所以他可以忽视恐怖主义、气候变化、崩溃的政府、化学品泄漏、瘟疫、经济衰退和濒临破产的银行、漂浮碎片、分解中的臭氧层。对他来说,火山、地震和飓风、宗教欺诈、有缺陷的运载工具和科学骗子、屠杀犯和系列杀人犯、潮水般袭来的癌症、艾滋病、滥伐森林和飞机爆炸等,就像装饰发卡、裤脚饰圈和绣有玫瑰花的吊袜带一样陌生。科学杂志喷放出大量新报道:变异病毒,用机器给垂死的人注入生命,星系在神秘地朝一个看不见的"巨大吸引物"流去,就像苍蝇被吸进吸尘器管嘴那样。这些都是别人的生活内容。他在等待着开始自己的生活。

他习惯于绕着活动房屋散步并自言自语,"谁知道呢?"他说,"谁知道呢?"因为没人知道。他的意思是,任何事都可能发生。

一枚旋转的硬币,暂时还竖着保持平衡,它可能倒向任何一边。

第二章 相思结

在过去,害相思病的水手会给他的意中人送一段打着相思结的钓丝。如果绳结被原样送回,表示两人关系没有变化。如果绳结被拉紧,表示感情得到回应。但如果绳结被弄乱,则是暗示水手离开。

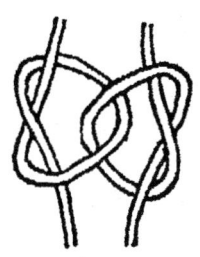

然后,在一次会议上,佩塔尔·贝尔出现了。精瘦、湿润、热烈。朝他眨了眨眼。奎尔怀有大块头男人对娇小女人的那种渴慕。他挨着她站在茶点桌旁。一对靠得很近的灰眼睛,棕栗色的卷发。荧光灯照得她脸像蜡一样白。眼睑闪着某种暗黑色油膏的光泽。玫瑰色毛衣中夹织了一根金属色的线,这些微弱的闪光映得她的脸熠熠发亮。她微笑着,珍珠色的嘴唇上带着苹果汁的湿润。他的手迅速捂住下巴。她选了一块嵌有糖眼和杏仁的小甜饼。她用牙齿脆生生地咬出一个新月,一边用眼睛打量着他。一只无形的手把奎尔的肚肠搅得翻腾交错,衬衫下传出了嚎叫。

"你怎么想,"她说,语调很快。说着她惯常说的话。"你想跟我结婚,是不是?你是不是想跟我结婚?"等着听俏皮话。说话的时候,她变得具有某种挑逗性,整个人似乎突然浸透了色情,像潜水者在刚出水的一瞬间浑身披着一层完好的水帘,银铬一般闪闪发亮。

"是的。"他说,他是当真的。她觉得这是句俏皮话。她笑了,把指甲尖尖的手指弯起来放到他手里。专注地看着他的眼睛,像配镜师检查眼睛有无缺陷。一个女人朝他们做了个鬼脸。

"离开这个地方,"她低声说,"去喝一杯。现在是七点二十五。我想十点我会跟你上床,你觉得怎么样?"

后来她说:"我的天,那真是个最大的家伙。"

像热乎乎的嘴温暖冷勺子一样,佩塔尔温暖了奎尔。他离开了自己租住的活动住房、乱糟糟的脏衣服和空的包子罐头,跌入痛苦的爱情,他的心永远留下了佩塔尔·贝尔这一名字的刺痕。

一个月火热的欢乐,然后是六年纠缠不清的痛苦。

佩塔尔·贝尔浑身都是渴望,但结婚以后,奎尔就不再是她渴望的对象了。渴望转化为憎恶,就像橡皮手套翻了个里朝外。换一个时代,换一个性别,她可能会是成吉思汗。她需要的是燃烧的城市,俘虏们结结巴巴的哀告,那些追逐她无穷的疆域边境、累得筋疲力尽的战马,然而却只能得到微不足道的性交的胜利。就这么回事儿,她对自己说。我也不想这样,她说。

白天她在北部治安防卫局卖防盗铃,一到夜里,就变成一个肆无忌惮闯进陌生人房间的女人,不管是在臭烘烘的休息室还是拖把间,她都能和人媾合。跟不相识的男人到处乱跑。飞往遥远城市的夜总会。戴着一个由炸薯条袋子做成的面具拍了盘色情录像。用水果刀削眼线笔,使奎尔疑惑他的三明治奶酪上怎么会有绿色的道道。

她憎恨的不是奎尔的下巴,而是他那犹豫畏缩的样子。好像他等着她发火,盼着她来折磨他。她不能忍受他热烘烘的脊背,他睡在床上的庞大身躯。可惜奎尔身上美妙的那一部分是和他其余部分连在一起的。像头喘着气的海象躺在她身边。而她依然是一个吸引着许多数学家的奇妙方程式。

"对不起。"他咕哝着,汗毛很重的腿擦着她的大腿。黑暗中他恳求的手指爬上她的手臂。她一哆嗦,把他的手甩开了。

"**不要那样!**"

她没有说"猪油脑袋",可是他听到了。他没有一处能让她忍受。她希望他下地狱。她无法抑制这种厌恶,就像他无法抑制他愚蠢的爱一样。

奎尔嘴巴发硬,感觉身体被缆绳勒紧,像有棘轮拉着。他结婚时盼望的是什么?不是他父母那种廉价商店式的生活,而是像帕特里奇家后院那样的——朋友,烤肉的烟,挚爱以及尽在不言中的感觉。但是这些没有发生。似乎他是一棵树,而她是嫁接到他身上的一根带刺的枝条,随着每一阵风而屈伸,抽打着受伤的树皮。

他得到的是他假装拥有的。

小兔出生四天后,请来了一个看孩子的,这位穆萨普太太手臂粗得塞不进袖子,来了就懒洋洋地坐在电视机前。佩塔尔拖出一件不容易暴露她松弛腹部的妊娠纹和溢奶乳房的衣服,到外头去看看能有什么奇遇。设定了一种气氛。第二年怀上阳光之后,她成天怒气冲冲,直到那个异体离开她的身体为止。

奎尔死水般的生活中翻起了混乱的水泡。全是他开车带小孩在外面跑,有时带她们去开会,阳光用一只婴儿袋系在他背上,小兔吊在他裤腿上,吮着大拇指。车里到处丢着报纸、小手套、撕破的信封、婴儿咬环。后座上有一块已经干硬的牙膏,是踩瘪的牙膏管中挤出的。装软饮料的易拉罐滚来滚去。

奎尔晚上回到租住的房中。少数时候佩塔尔在那儿,大多数时候是穆萨普太太在电子色彩和虚幻生活里恍恍惚惚地加班,吸着香烟,什么也不操心。她脚边的地板上乱扔着没有头发的洋娃娃。洗涤池里翘着一大堆碟子,穆萨普太太说她不是女用人,而且永远不是。

走进浴室,穿过乱糟糟的毛巾和电线,走进孩子们的房间,为她们放下窗帘,挡住路灯的光线,拉上被单,挡住夜的寒冷。两只小床像鸟笼似的挤在一起。然后奎尔打着哈欠洗完几只碟子,才终于倒在灰色的被单里呼呼睡去。但他只能偷偷地做家务,因为佩塔尔一发现他在拖地或擦洗就会勃然大怒,好像他指责了她什么,或是别的。

有一次,她从亚拉巴马的蒙哥马利打电话给他。

"我在亚拉巴马,这儿的人包括酒吧招待在内,谁都不会调亚拉巴马混合酒。"奎尔听到酒吧间里的人声和笑声。"听着,去找找我放在厨房冰箱顶上的那本《波士顿先生》。他们这儿只有一本旧版的。你给我查一查亚拉巴马混合酒。我在这儿等着。"

"你为什么不回家呢?"他声音可怜地恳求道,"我给你调。"她没有说话。沉默一直持续,直到他取来书,把配方念给她听,那一个月短暂的爱情,她倚在他怀里,她炽热的丝绸衬袍,回忆像一只被驱赶的小鸟在他脑海中张皇飞过。

"谢谢。"她说完便挂上了电话。

还有许多残酷的小事。有时她假装不认识他们的孩子。

"那个小孩在浴室里做什么?我刚才进去洗澡,有个小孩坐在马桶上!她到底是谁?"电视里发出嘎嘎的笑声。

"是小兔,"奎尔说。"是我们的女儿小兔。"他挤出一个微笑,表示知道这是开玩笑。他能够微笑着对待一个玩笑,他能。

"我的天,我没认出她来。"她朝浴室的方向喊着,"小兔,真的是你吗?"

"是的。"一个敌对的声音。

"还有一个,是不是?好了,我要出去了。下星期一之前不要找我。"

她抱歉他这样苦苦地爱她,但这有什么办法。

"听着,这样下去没有用。"她说,"你该重新找个女朋友——女人多的是。"

"我只想要你。"奎尔凄凄哀哀地恳求,舔着他的袖口。

"唯一行得通的办法就是离婚。"佩塔尔说。他要拉住她,她要推开他。

"不,"奎尔呻吟道,"不要离婚。"

"这是你自找。"佩塔尔说。星期日的阳光里,她的虹膜呈银色,绿色的外衣像常春藤。

一天夜里他正在床上做纵横填字字谜,听到佩塔尔进来,又听到模糊不清的讲话声,冰箱门打开和关上,伏特加酒瓶的叮当声,电视声,又过了一会儿,传来起居室沙发床嘎吱、嘎吱、嘎吱的声音和一个陌生人的叫声。他用假装无动于衷来保护自己的婚姻,这盔甲是那样脆弱。即使在听到房门在那个男人身后关上,一辆汽车开走了之后,他也无法起来,仍然仰面躺在床上,报纸随他胸膛的每一次起伏沙沙作响,眼泪顺着脸颊流进耳朵。别人在另一间屋里做的事情怎么会给他带来这样撕心撕肺的痛苦?人因心碎而死。他把手伸向床边地上的一听花生。

早晨她用眼睛瞪着他,但他什么也没说,拿着果汁的罐子蹒跚地在厨房里转。他坐在餐桌前,杯子在手里颤抖。他嘴角沾满了花生的白盐。她的椅子在地上擦出刺耳的声音。他闻到她湿头发的气味。眼泪又上来了。在痛苦中打滚儿,她想。瞧他的眼睛。

"哦,看在上帝的分上长大些吧。"佩塔尔说。把她的咖啡杯留在桌上,门砰地撞上了。

奎尔崇尚默默地忍受痛苦,不知道这也会触怒别人。他竭力麻木自己的感情,试图做好。爱情的考验。痛苦越深,越能证明爱的坚贞。如果他现在能够忍受,如果能经受住考验,最后就会没事的。一定会没事的。

但是境况像金属盒的六壁一样死死包围着他。

第三章 勒箍结

"勒箍结能使绳圈箍得很牢……它先系得较松，然后勒紧。"

《阿什利绳结大全》

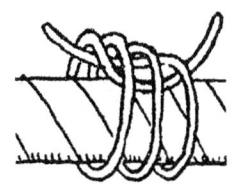

冷不防有一年,这种生活猝然终止。电话里的声音,折叠的钢铁轰然爆炸,火焰腾飞。

变故从他的父母开始。首先是父亲。被诊断为肝癌,一片疯狂扩散的红色细胞。一个月后母亲脑子里发现了一块磨刀石大小的肿瘤,把她的大脑挤到一边。父亲直骂发电站。离他家两百码处,鳗鱼一般粗的咝咝作响的电线从北边的塔上挂下来。

他们从意味深长眨巴眼睛的医生那里取到镇静剂处方,开始积攒胶囊。攒够数之后,父亲口述,母亲打字,留下一份自杀告别书,宣称他们的行为是个人选择和自我解脱——从"体面归宿会"的时事通讯中抄来的句子。并指定了火化遗体和撒骨灰的后事处理方式。

正是春天。湿透的地面,泥土的气味。风刮过树枝,散发着燧石被打击后的那种带绿色的气味。沟里的款冬,花园里狂烈飘摇的郁金香。斜打的雨。时钟的指针跳到澄澈的傍晚。天空像纸牌在苍白的手里翻洗。

父亲关掉热水器。母亲给盆景浇了水。他们就着"平安夜"草药茶吞下了那些杂色的胶囊。

父亲用昏昏欲睡的最后一丝精力拨通了报社的电话,在奎尔的留言机上留了一段话:"我是你爸爸。在给你打电话。迪克那儿没电话。奎尔,我和你妈该走了。我们决定走了。声明、丧事和火化的意见,还有别的一切都在餐桌上。你要自己奋斗。我来到这个国家以后就一个人在残酷的世界上奋斗。没有人给我任何东西。别人可能就放弃努力,变成懒汉了,但是我没有。我流着汗拼命工作,给石匠推沙子,省吃俭用,为你和你哥哥创造条件,可你们并没有好好利用自己的机会。我这辈子没享到什么福。找到迪克和我的妹妹阿格妮丝·哈姆,把这件事告诉他们。阿格妮丝的地址在餐桌上。我不知道其他人在哪儿。他们不——"嘟的一声,留言时间到头了。

哥哥在人格魅力教会任宗教中尉,实际上是有电话的,奎尔有他的号码。听到话筒中传来那个令他憎恨的声音,奎尔感到自己的肠胃紧缩起来。堵塞的鼻音,哼哼地清鼻子。哥哥说他不能参加非会员的仪式。

"我不相信那些愚蠢的迷信,"他说,"葬礼。在人格魅力教会我们只开一个鸡尾酒会。再说,你上哪儿去找一个肯为自杀者说好话的牧师呢?"

"斯坦因牧师是他们体面归宿会的成员。你应该来。至少得帮我打扫地下室。爸爸在那里留下了差不多四吨重的旧杂志。你瞧,我眼睁睁地看着咱们的爸妈被抬出屋去。"几乎抽泣了。

"嗨,猪油脑袋,他们给我们留下什么了吗?"

奎尔知道他指的是什么。

"没有。一大笔房屋抵押债。他们把积蓄都花掉了。我想这是他们走这一步的重要原因。我是说,我知道他们赞成体面的死亡,可是他们花掉了所有的钱。食品杂货连锁店倒闭了,爸的养老金停发了。如果还想活下去,他们就得出去工作,在七点开到十一点的店里当店员之类。我以为妈也有养老金,可是没有。"

"你在开玩笑吧?你一定比我想的还要蠢。嗨,恶心包,要是有什么东西,把我的那份寄给我,你有我的地址。"他挂断了电话。

奎尔用手捂住下巴。

阿格妮丝·哈姆,父亲的妹妹,也没有来参加葬礼。她给奎尔寄了一张蓝色的便条,她名字和地址的字母是凸出来的,是用办邮购的机子印的。

> 葬礼不能参加了。但我下个月十二号左右可以过来。遵照遗嘱领取你父亲的骨灰,见见你和你的一家。我们到时再谈。你亲爱的姑妈,阿格妮丝·哈姆。

可是等姑妈到来时,失去父母的奎尔又一次被命运重新分配了角色,这次是一个被人抛弃、被人戴上绿帽子的丈夫,一个鳏夫。

"佩特,我需要和你谈谈。"奎尔声音激动地恳求。他知道她最近的那位是一个失业的房地产代理人,在汽车保险杠上贴满了神秘的符号,相信报纸上的天宫图。她和那人住在一起,偶尔回家拿一些衣服。奎尔咕哝着贺卡式的感情。她把目光转向别处,看到卧室镜子里自己的影像。

"不要叫我'佩特'。有一个佩塔尔这样愚蠢的名字已经够

21

糟了。他们应该给我起个'艾恩'或'斯派克'之类的名字。"

"艾恩·贝尔,铁熊①?"他露出牙齿微笑了一下。或者只是咧了咧嘴。

"不要卖乖,奎尔。不要假装一切都有趣得很,美妙得很。别来碰我。"她扭开身去,手臂上搭着衣服,那些衣架钩像死鹅的头颈。"懂吗,这是个玩笑。我没想嫁给任何人。我也不喜欢做谁的妈妈。这完全是一场错误,我这是真话。"

一天她不见了,没有到北部治安防卫局上班。她的经理,一个叫里基什么的人打电话给奎尔。

"对,哦,我很担心。佩塔尔不会不跟我说一声就像你说的那样'走掉'的。"从他的语气中奎尔猜到佩塔尔和他睡过觉。给过他愚蠢的希望。

这次谈话几天之后,埃德·庞奇走过奎尔桌边时,把头朝他的办公室摆了一下。每次都是这样。

"只能让你走了,"他说,眼睛泛着黄色,舔舔舌头。

奎尔的眼睛瞟向墙上的版画。刚能辨认出那毛乎乎的脖子底下的签名:霍勒斯·格里利。

"生意不景气。不知道报纸还能维持多久。现在正裁员呢。恐怕这次没有多少机会雇你回来了。"

六点半他打开了厨房的门。穆萨普太太坐在桌前往一只信封的背面写字。布满杂色斑点的手臂像冰冷的大腿。

"你总算回来了!"她叫道。"我正希望你回来,省得我把这一大堆事儿写下来,手都写累了。今晚是我去针灸所的日子,这玩意儿真管用。第一,贝尔女士说你应该付给我工资。欠我七

---

① 在英语里,艾恩·贝尔(Iron Bear)是铁熊的意思。

星期的,一共是三零八零元。最好现在就给支票。谁都有账单要付。"

"她打电话来的吗?"奎尔问。"她有没有说什么时候回来?她老板想知道。"能听见隔壁房间电视机的声音。一阵响葫芦的喧声,窃笑般的手击鼓声。

"没打电话。大约两小时前她冲进来,把她所有的衣服都塞进包里,说了一大堆事情让我转告你,带着孩子跟那个男的坐红色杰奥车走了。你知道我说的是谁,那个人。她说要跟那个人搬到佛罗里达去,还说要给你寄一些证件。辞了职走的。她给老板打了个电话,说'里基,我辞职了。'我当时就站在这儿。她说让你马上给我开一张支票。"

"我不明白,"奎尔说,嘴里塞满了冷的热狗。"她带走了孩子?她决不可能带走孩子的。"**私奔母亲拐走孩子**。

"可不管怎么说,奎尔先生,她确实把她们带走了。也许我记得不对,好像她最后说了一句要把孩子放在康涅狄格的什么人家里。两个孩子听说坐那辆小车出去玩可高兴了。你知道她们老闷在家里。给她们乐疯了。可支票的事她是讲得清清楚楚的,我的支票。"巨肥的胳膊消失在腋部宽大的袖子里,布满紫色和金色斑点的花呢套装。

"穆萨普太太,我的活期存款账户上大概有十二美元。一小时前我被解雇了。你的工资应该由佩塔尔付的。如果你一定急着要那三零八零,我就得去把我们的存款单兑现了来付给你。要明天才能去。但是不要担心,工资会付你的。"

"**她**也老是这么说,"穆萨普太太怨恨地说。"所以我还不是那么灰心。如果拿不到工资,工作还有什么劲?"

奎尔点头。等她走后,他拨通了警察局的电话。

"我妻子跑了。我要找回我的孩子,"奎尔对电话里一个刻板的声音说。"我的两个女儿,小兔和阳光·奎尔。小兔六岁,阳光四岁半。"她们是他的孩子。红头发,雀斑像湿狗身上沾的草茬。阳光是个小美人儿,长着橘红的卷发。小兔长相一般,但很机灵。继承了奎尔无色的眼睛和发红的眉毛,左眉弯曲,有一个槽印,是从购物小推车里掉出来留下的伤疤。她有一头卷曲的短发。都是大骨架的孩子。

"她们看上去都像板条箱做的家具。"佩塔尔打趣说。幼儿园园长发现这是两个捣蛋的野孩子,招人,推人,尖叫,要这要那,于是先开除了小兔,又开除了阳光。在穆萨普太太看来,她们是两个哭喊着要东西吃,不让她看电视的小坏蛋。

可是自从佩塔尔狂怒地说她怀孕了,把钱包像匕首一样扔到地上,把鞋子踢向奎尔,说她要做人工流产的那一刻起,奎尔就爱上了,先是小兔,然后是阳光,爱得带着一种恐惧,担心她们降生之后,不知何时就会被夺走,某一天会发生一件可怕的事情,在他头脑里戳进一根钢丝。从来没有想到会是佩塔尔,他以为她已经给了他最大的痛苦。

身穿黑白格衫裤的姑妈坐在沙发上,听着奎尔的哽咽和抽泣,在从来不用的壶里煮着茶。一个身材僵硬的女人,姜黄色的头发里夹杂着一缕缕银白。轮廓像射击场里的靶子。脖子上披着一块浅黄色的鼹鼠皮。旋动着壶里的茶水,倒入杯中,加上牛奶。她的外套搭在沙发扶手上,像个服务员在给人看酒瓶标签。

"你喝吧。茶是个好东西,能帮你维持元气。这是真的。"她的声音中带有一种哨音,好像汽车快速行驶时一扇没关严的车窗发出的声音。断成几节的人体,像一种衣服样式。

"我从来没有真正了解她,"他说,"只觉得她是被可怕的力量驱使着。她必须按自己的方式生活。她说过一百万遍了。"凌乱不堪的房间里到处是遣责着他的反光表面,茶壶、照片、他的结婚戒指、杂志封面、勺子、电视屏幕。

"喝点茶吧。"

"有的人可能觉得她很坏,但我想她有一种爱的饥渴。我想她总也得不到足够的爱。所以她才变成了这个样子。她从内心里对自己没有一个好的看法。她做那些事情——它们使她暂时恢复一点信心。我不能使她满足。"

他相信那些幼稚的废话吗?姑妈暗自思忖。她猜这些都是奎尔自己凭空臆想出来的,这个渴望爱情的佩塔尔。姑妈看着佩塔尔照片上那双冰冷的眼睛,那副故意摆出来的狐媚姿势,还有插在旁边水杯里的奎尔的那朵傻乎乎的玫瑰花,她暗自想道,那是一个穿高跟鞋的婊子。

奎尔倒吸了一口凉气,电话举在耳边,失落感向他涌来,像海水灌入破裂的船身。他们说那辆杰奥车偏离了高速公路,滚下开满野花的河岸,烧了起来。房地产代理人的胸口冒着黑烟,佩塔尔的头发被烧焦,脖子折断。

车里飘出许多剪报,散落在公路上。尽是一些奇闻轶事,得克萨斯发现一颗巨大的鸡蛋,蘑菇长得像雅舍·海菲兹①,南瓜大的萝卜,小萝卜大的南瓜。

警察在整理烧焦的占星术杂志和衣物时,发现佩塔尔的钱包里塞着九千多美元现金,她的日历簿上记着出事前那天早上要见一个叫布鲁斯·卡得的人,在康涅狄格的贝肯福尔斯。还有一张七千美元的"私人服务"费收据。警察说,看来她把孩子卖给了布鲁斯·卡得。

奎尔坐在起居室里,用红红的手指捂着脸呜咽,说只要孩子

---

① 雅舍·海菲兹,著名俄裔小提琴演奏家,他的侧面轮廓分明,鼻子挺拔。

没事他什么都可以原谅佩塔尔。

为什么我们悲伤的时候会哭泣？姑妈想，狗、鹿、小鸟都两眼干干地默默忍受痛苦。动物沉默的受苦方式，也许是一种生存的技巧。

"你心肠好，"她说，"有的人会因为她卖了孩子而诅咒她碎尸万段。"牛奶快变质了。糖钵里因为插入湿咖啡勺而结了棕褐色的小块。

"我决不相信她卖掉了她们，决不。"奎尔喊道。大腿撞在桌子上。沙发嘎吱一响。

"也许她没有。谁知道呢？"姑妈安慰他说。"是的，你心肠是好，像西安·奎尔，你可怜的爷爷。我从没见过他。我还没出生他就死了。可他的照片我见过很多次，脖子上用绳子挂着一颗死人的牙齿。防止牙痛。他们相信那一套。他们说他性格非常好，爱笑爱唱。谁都可以拿他开心。"

"听起来像是脑子不够用。"奎尔对着茶杯抽泣着说。

"哦，也许是的，这倒是我第一回听说。他们说他掉到冰下后还喊'天堂见'。"

"我听说过，"奎尔说，嘴里唾液咸咸的，鼻子肿了起来。"当时他还是个孩子。"

"十二岁。在捕海豹。他捕了和别人一样多的白海豹，突然癫痫病发作，从冰上掉了下去。一九二七年。"

"父亲有时给我们讲他。但他不可能是十二岁。我从没听说他是十二岁。如果十二岁就淹死了，就不可能成为我的爷爷。"

"啊，你不了解纽芬兰人。他虽然只有十二岁，却已经是你父亲的父亲了，不过不是我的父亲。我母亲——你的奶奶——是西安的姐姐阿迪，西安淹死后她和另一个兄弟特维来往。**他**也淹死后，她嫁给了科基·哈姆，也就是我的父亲。他们在奎尔岬住了很多年——我就是在那儿出生的,后来我们搬到了锚爪港。一九四六年我父亲去世后我们离开了那里——"

"淹死的?"奎尔说,不由自主地听入了迷。他用纸巾擤了擤鼻子,叠起来放在茶碟旁边。

"不是。我们来到臭烘烘的锚爪港港口,被那儿的人当成烂泥一样对待。有一个可怕的女孩,眉毛上长了一块紫色的皮疹。朝我们扔石头。然后我们就到美国来了,"她唱道:"'心儿要去远方,地球多么悲伤',这首歌我现在只记得这么一句了。"

奎尔不愿意想到自己的爷爷是一个乱伦的、有癫痫病的、杀海豹的孩子,但是没有选择。未知的家族之谜。

警察冲进去的时候,那个穿骑手牌旧短裤的摄影师正对着电话吼叫。奎尔两个赤身裸体的女儿往厨房地板上喷了洗涤剂,正在上面溜着玩。

"她们没有受到明显的性猥亵,奎尔先生,"电话里的声音说。奎尔听不出说话的是男是女。"房间里有一台摄像机。到处是空白胶片盒,可是摄像机大概卡住了。警察进去的时候他正在给卖摄像机的商店打电话,冲店员发火。一位检查儿童受虐待的儿科专家给孩子做了检查。说没有查出他对她们有什么身体上的侵犯,只是脱光了她们的衣服,替她们剪了手指甲和脚趾甲。但他显然是有企图的。"

奎尔说不出话来。

"孩子们在社会服务处贝利夫人那里,"那个苍白的声音说,"你知道在哪儿吗?"

阳光脸上身上沾着巧克力,在玩一个带动一连串塑料齿轮的装置。小兔在一张椅子里睡着了,眼球在玫瑰色的眼睑下转动。他把她们抱到车上,紧紧地搂在他暖热的怀里,喃喃地说他爱她们。

"这两个小姑娘长得活像当年的菲妮和范妮,我的两个妹妹。"姑妈说,飞快地点着头。"简直一模一样。菲妮现在在新西兰,是海洋生物学家,对鲨鱼了如指掌。今年春天把胯骨摔坏了。范妮在沙特阿拉伯,嫁给了一个放鹰的。也得在脸上罩一块黑布。过来,小姑娘们,好好跟你们的姑奶奶拥抱一下。"她说。

可孩子们却冲向奎尔,紧紧抓住他,像坠落的人抓住窗台,像一束带电的粒子、飞弧射向对面的电极,完成一个电路。她们身上带着"谢拉弗里"牌洗涤剂那种金盏花和香蜂草的气味。姑妈看着她们,脸上的表情深不可测。也许是渴望。

奎尔在困境中,看到了一个刚强的老妇人。他唯一的女亲属。

"留下来陪陪我们吧,"他说,"我不知道怎么办。"他等着姑妈摇头说不行,说她马上就要回去,只能再待一小会儿。

她却点了点头。"待几天。帮你们安顿安顿。"她搓着手,好像侍者刚在她面前放下一盘佳肴似的。"你可以这样看,"她说,"你得到了一个重新开始的机会。新的地方、新的人、新的景物。一块干净的石板。你看,有了新的开始你可以做你想做的任何事情。在某种意义上,我自己也在这么做。"

她想起了什么。"你想见见华伦吗?"她问。"华伦在外面汽车里,梦想着昔日的辉煌。"

奎尔想象华伦是一位老态龙钟的丈夫,不料却是一条长着黑睫毛的脸皮凹进去的狗。姑妈打开后车门,它嗥叫了起来。

"不要害怕,"姑妈说。"华伦不会再咬人了。他们两年前拔光了它的牙齿。"

第四章 漂　　流

"漂流，因海难而被迫离船漂流。"

《海员词典》

奎尔的脸色像劣质珍珠。在一路颠簸驶向纽芬兰的渡船上，他牢牢地嵌在座位里，防风外衣塞在脸颊下面，肘部被他咬湿了。

海上的湿气、油漆味、煮咖啡的气味，还有播音喇叭里刺耳的静电干扰，躲也躲不开。有的乘客在喝威士忌，摇晃着身体唱"那又是我的一美元"。

小兔和阳光站在奎尔对面的座位上，透过玻璃望着游艺室。深红色的聚酯墙壁，天花板映出人们的头和肩膀，好像老式情人卡上没有身体的小天使。孩子们向往着那边水泡般的音乐。

奎尔身边放着姑妈织的毛线。毛线针戳着他的大腿，可他没有在意。他直想吐。尽管渡船是驶向纽芬兰，他重新开始的地方。

姑妈说的很在理。莫金伯格还有什么让他留恋的呢？失业，妻子没了，父母也去世了。有佩塔尔的意外死亡和伤残保险金，配偶三万元，子女每人一万元。他没有想到保险金，可姑妈立刻就想到了。孩子们睡了，奎尔和姑妈坐在厨房桌边。姑妈穿着宽大的紫裙衫,在茶杯里掺了一滴威士忌。奎尔拿着一杯甘奶汁。为了帮助他睡觉,姑妈说。蓝色的安眠药。他有些窘,但还是吞了下去。手指甲咬到了肉里。

"你应该到一个新的地方开始新的生活。"她说,"为孩子也为你自己。这会帮你忘掉过去发生的事情。你知道要有整整一年时间才能从失去亲人的哀痛中恢复过来。这是真的。换个环境会有好处。还有哪个地方比祖先的出生地更合适呢?也许你可以问问你报界的朋友,打听一下。没准能在那儿找到一份工作。光是去旅行一趟对孩子也是一次难得的经历,见识见识另一片土地。而且说实话,"她用布满老年斑的手拍拍他的胳膊,"有你们做伴对我也是个帮助。我敢打赌我们在一起会很愉快的。"

姑妈靠在胳膊肘上,手托着下巴。"上了年纪之后,你发觉你出生的那个地方越来越强烈地牵扯着你。我年轻的时候从没想过回去看看纽芬兰,可最近几年揪心地想,就是想回去。也许是一种返祖的冲动,想回到人生开始的地方去结束。所以在某种意义上我也是重新开始。要把我的小生意搬到那儿去。你不妨打听打听工作。"

他想到打电话给帕特里奇,把情况告诉他。悲痛的惯性控制着他,他不能这么做,现在不行。

半夜,从紫红色的噩梦中浮上来。佩塔尔坐进一辆面包卡车。司机身材肥胖,秃顶,鼻孔下挂着黏液,手上覆着一层难以形容的东西。奎尔能够同时看到卡车的两侧。看到那双手伸进佩塔尔的衣服下面往上摸。那张脸凑向她棕栗色的头发。卡车歪歪斜斜地在公路上疾驶,摇晃着驶过没有栏杆的桥身。奎尔好像一直在他们身边飞,焦虑给了他能量。一簇簇闪烁的车前灯越来越近了。他知道即将发生什么,拼命想抓住佩塔尔的手,把她从面包卡车里拉出来(他希望那个司机出事,这时司机已变成了他父亲),可是够不到她,虽然他竭尽全力,身体却不听使唤,痛苦万分。车灯靠近了。他向她呼喊死在眼前,可是发不出声音。惊醒过来,手还在拉着床单。

下半夜他坐在起居室里,腿上摊着一本书。他读着书,眼睛来回移动,可是什么也没读进去。姑妈说得对。离开这儿。

花了半小时才问到帕特里奇的电话。

"见鬼!我前两天正想你呢。"电话里帕特里奇的声音清新而愉快。"心想老奎尔到底发生什么事了!你什么时候来看我们?你知道我不在报社干了,是吗?对,我不干了。"他说,想到梅尔卡利亚一个人跑长途他就受不了,索性也参加了卡车驾驶学校。

"我们现在搭伴儿开车啦。两年前买了座房子。正计划着很快就买卡车自己干呢。这些卡车很可爱——双层铺,小厨房,有空调。我们坐在上面,居高临下地望着那些轿车。我挣的钱是以前的三倍。一点也不怀念报社。你怎么样?还在庞奇那儿干吗?"

只用了十到十一分钟就向帕特里奇倾诉了一切,从陷入单方的爱情到经历噩梦,到和姑妈一起俯看摊了一桌的地图。

"娘的,奎尔。你坐了一回滑行铁道,尝了一顿全套大餐。至少你还有孩子。好了,听我说,我虽然不干报纸这行了,但还有一些熟人。看看我能找到什么。你再说说那里附近几个城市的名字?"

只有一个城市,名字很怪,叫锚爪市。

两天后帕特里奇打来电话,很高兴再次为奎尔安排生活。

奎尔使他联想到一大卷刚从纸浆厂造出的新闻纸,空白而布满瑕疵。但是透过这一片模糊他依稀看到一丝微光,仿佛远处车轮毂盖的反光,隐隐闪亮,预示着在奎尔的生活中可能出现某种辉煌。幸福?好运?名声和财产?谁知道呢,帕特里奇想。他自己如此喜欢生活丰富的滋味,也希望奎尔能品尝到一两道正菜。

"想不到老关系还挺管用。对,那儿有一家报社。是周刊。正好在找人。对你有兴趣。我把他们的名字给你。说要一个人报道船讯。那报社大概就在海边。最好有亲属是从事海运的。奎尔,你有亲属从事海运吗?"

"我爷爷是捕海豹的。"

"上帝,你总是让我吃惊。不管怎么说,这也不错,你要办工作执照、移居入境等等。同那些人打一番交道。好啦,总编辑的名字叫特蒂厄斯·卡德。有铅笔吗?我告诉你他的电话。"

奎尔记了下来。

"好,祝你好运。告诉我进展情况。听着,什么时候你想来跟我和梅尔卡利亚做伴儿,只管过来。这儿真是赚钱的好地方。"

但是去北方的念头已经吸引了他,他需要有什么东西使他打起精神。

一个月后,他们坐在他的旅行汽车里出发了。他从侧镜中最后看了一眼租住的房屋,看到空空的门廊,连翘丛,邻居肉色的衬袍在晒衣绳上摇荡。

就这样,奎尔和姑妈坐在前面,两个孩子坐在后面,老华伦有时呆在行李堆里,有时笨拙地爬上来坐在阳光和小兔之间。她们用纸巾给它叠帽子,把姑妈的头巾系在它毛茸茸的脖子上,趁姑妈不注意的时候喂它吃炸土豆片。

一千五百英里,穿过纽约、佛蒙特,盘旋而上驶过缅因州伤痕累累的森林。沿三车道公路通过新不伦瑞克和新斯科舍,中间车道出了一些麻烦,吓得姑妈攥紧了手。在北悉尼,晚饭吃了几盘油腻的鱼,没有人来管他们,阴冷的第二天早晨,终于乘上渡船,驶往巴斯克港。

奎尔在座椅上受罪,姑妈在甲板上散步,时而停下来倚靠船栏俯视震动的水面。或叉开腿站着,手背在身后,面向海风。她的头发裹在头巾里,脸像块石头,上面嵌着一双智慧的小眼睛。

她同一个戴毛织水手帽的男子谈起天气。他们聊了一会儿。另一个人踉踉跄跄地走过,说,风浪很大,是不是?她为华伦担心,在下面的旅行汽车里,颠上颠下。不知道是怎么回事。华伦从没坐过海船。它孤零零的,呆在一辆陌生的车里也许以为世界末日到了。戴水手帽的男子说:"不要担心,狗会一觉睡到靠岸的,狗都是这样。"

姑妈向远处望去,看到前方蓝色的陆地,她近五十年来第一次看到这块岛屿。禁不住热泪滚滚。

"是回家吧?"戴水手帽的男子说,"是啊,就是这感觉。"

这个地方,她想,这岩石,裹在迷雾中的六千英里海岸。起皱的水面下的礁石,在结着冰痂的峭壁间穿行的船只。苔原和瘠地,这里长着发育矮小的云杉,人们把它们砍倒拖走。

有多少人曾来到这里,像她这样倚着船栏,凝视岩石和大海。北欧海盗、巴斯克人、法国人、英国人、西班牙人、葡萄牙人。一批批的人被鳕鱼吸引而来,当初那些船只漂流在北大西洋上,寻找通往摩鹿加群岛和黄金之城的路线时,大量的鱼群曾阻塞了它们的道路。瞭望者心中梦想着烤海雀或盛在草编杯子里的浆果,看见的却是起伏的海浪和船栏旁闪烁的亮光。只有冰的城市,那核心为海绿色的冰山,像白宝石中包着蓝宝石,有人说它能散发一种杏仁般的气味。她小时候嗅到过那苦涩的滋味。

上岸的人们回到船上,身上满是虫子叮的血块。这个岛里面真潮湿,真潮湿啊,他们说,到处是沼泽和泥潭,河流和一串串的池塘,里面生活着金属般歌喉的鸟儿。船绕着岬角行驶。瞭望者看到驯鹿的影子消失在迷雾中。

后来,有人发现这是一块滋生邪恶精灵的地方。春天的饥荒现出了骷髅般的脑袋,皮肉下扭结的关节。生存活命的斗争是多么残酷,在艰苦的岁月拼命抓刨一条生路。炼金术士般的大海把渔夫变成湿淋淋的尸骨,让船只随鳕鱼漂流,将它们抛上海滩。她想起老人讲的故事:父亲开枪把自己和大儿子打死,好让其他人靠仅有的一点面粉活下去;几个捕海豹的人蜷在一块浮冰上,冰被压得与水面齐平,直到有一个人跳入海中;冒着风暴去找药——找回来的药经常是错的,而且送到岸上抽搐的病人身边时往往已经太迟了。

她少年时离开这片水域,一直没有回来过,可是现在所有的记忆都涌上心头,大海催眠般的翻滚,血、天气和盐的气味,鱼头、云杉烧出的烟和腋下的酸臭味,被冲圆的岩石在嘶嘶海浪中发出的哗啦声,燕鸥,泡汤面包的那种饼干味,屋檐下的卧室。

可是现在他们说艰苦的生活已经结束了。失业保险削弱了命运的力量,开采近海石油大有希望。现在到处是发展和占有,到处在蓬勃推进,他们说。

她十五岁时他们迁离奎尔岬,十七岁全家迁往美国,是当时外逃的纽芬兰移民潮中的一滴水珠,移民们逃出外港、小岛和隐蔽的小海湾,像潮水一样逃离孤独、无知、用旧垫子布做的裤子、掉光的牙齿,逃离扭曲的思想和粗糙的手指,逃离绝望。

她父亲哈罗德·哈姆在他们去美国前一个月死于非命,一个桶钩上的绳结松了。当时正在卸一桶桶的钉子,吊索角往下一垂,钉子桶就砸了下来。桶的铁边砸在他后脖子上,撞脱了脊椎,砸碎了脊柱。他瘫在船坞上,奄奄一息,已说不出话;谁知道什么样的思想冲击着他失灵的大脑的海岸,他的孩子和妻子俯身看着他,哀叫着爸爸,爸爸。没有人叫他的名字,只是叫**爸爸**,好像做父亲是他一生中最大的事情。哭泣。连盖伊也不例外,他是除了自己不关心任何人的。

真奇怪,她想,带着一位丧亲的侄儿和盖伊的骨灰回到这里。那天她从抽泣的奎尔手里取过骨灰盒,把它带到楼上的客房。她躺在床上,心想可以把盖伊倒进一只超市塑料袋里,系上提环,把他扔进垃圾箱。

只是想想而已。

不知哪个变化更大,是这地方还是她自己。这是一个强悍的地方。她打了个寒战。现在该会好些的。倚在船栏上,凝望暗色的海面,大西洋对着昔日的山坡呜咽。

第五章 轮　结

"轮结可以系住没有槽的扫帚,只要扫帚把的表面不是太光滑。"

《阿什利绳结大全》

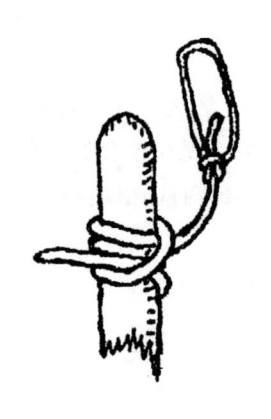

　　华伦在后座的地上呻吟。奎尔驾车行驶在北部大半岛西海岸一条被运输车辆压出辙印的公路上。公路在贝尔岛海峡绵软的波涛和蓝圆瓜般的山峦之间延伸。海峡对岸是阴沉的拉布拉多半岛。卡车一辆接一辆的沉重地向东开去,不锈钢的驾驶室上结满了雾水珠。奎尔几乎认出了那片昏暗的天空。似乎他曾经梦见过这个地方,后来又忘记了。

　　汽车在裂缝的路面上行驶。矮树丛。断裂的悬崖蒙着一层光滑的火山熔岩。在海边一条突出的岩壁上,一只海雀产下了它唯一的卵。海港还被冰封着。一座座房屋像墓碑似的立在原始的花岗岩上,海岸是黑色的,像银矿石一样闪闪发亮。

他们的房子,姑妈叉起手指说,在奎尔岬。不管怎样,奎尔岬还能在地图上找到。一座空了四十四年的房子。她自我解嘲,说它不会在那儿了,但心里却相信总有些东西保存了下来,相信时间没有骗她白来一趟。她的声音喋喋不休。奎尔一边开车一边听着,他张着嘴,像在品尝副极带的空气。

天边的冰山像白色的监狱。大海无边的蓝色缎面在褶皱、动荡。

"看,"姑妈说,"渔船。"船在远处显得很小。海浪冲击着山岬。浪头爆炸开来。

"我记得有个人住在一艘捞起的破渔船里,"姑妈说,"叫老丹尼什么的。那船被拖上岸,搁在风浪打不着的地方,他把它修了修。支起一个小烟囱,铺了一条小路,两旁砌了石头。他在那里住了好些年,一天他坐在船屋前补渔网,朽烂的船身倒塌下来,把他砸死了。"

公路缩成了双线路,他们继续往东开,从悬崖下面驶过,经过一些云杉林,前面立有"禁止砍伐"的牌子。偶尔遇上一两家汽车旅馆,奎尔以准备投宿的眼光估量着它们。

姑妈在地图上圈出了奎尔岬。它在二马佬湾的西面,像弯曲的大拇指似的插入海中。那座房子,无论现在是倒塌了,毁坏了,烧掉了还是被一块块运走了,过去它是在那里的。曾经。

从地图上看,那海湾像是化学家的浅蓝色烧瓶,里面灌进了大洋的海水。船从瓶颈进入海湾。东岸有一个叫面袋湾的小村庄,再往里三英里是锚爪市,沿瓶底有一些零星的小湾。姑妈从她黑色的化妆包里翻出一本小册子,给他们读锚爪市的特色,官方码头的数据、鱼厂、货运终点站、饭店。人口两千。前途无量。

"你的新工作在面袋湾,是吧?正好在奎尔岬的对面。从水上过去大概两英里。走陆路可就远了。过去每天早晚有渡船从翻船湾到锚爪市。但我想现在可能已经停了。如果你有一条船和一个马达,可以自己开过去。"

"我们怎样去奎尔岬呢?"他问。

公路上有条岔道,姑妈说,在地图上被画成一条虚线。奎尔不喜欢途中那些被画成虚线的路。砾石、烂泥,搓衣板似的路面,看不出能通向什么地方。

他们错过了岔道,直到看见加油泵才停下来。旁边有块招牌,写着"IGS 商店"。商店在一座房子里。房间里很黑。能看见柜台后面是厨房,茶壶在火炉上噗噗地响。小兔听到了电视里的笑声。

等着有人出现的时候,奎尔端详着熊掌雪地鞋,在房间里随意地走动,观看了自制的架子,敞开的一盒盒水果刀、补网针、线筒、橡皮手套、罐装肉,还有一堆惊险录像带。小兔透过冷藏箱的门盯着冰淇淋桶上密布的乳头状霜珠。

一个男人从厨房走出来,莎草般的头发从一顶绣有法国某自行车制造商名字的帽子下面支棱出来,嘴里嚼着软骨之类的东西。裤子是一种暗淡而走了形的毛料。姑妈和他攀谈,奎尔戴上一顶海豹皮帽子给孩子们看,帮她们挑选用衣服夹做的小玩偶。墨水画的脸蛋笑嘻嘻的。

"你知道去翻船湾怎么走吗?"

没有笑容。把东西咽下去才回答。

"就在你们后面。好像从弯曲的干道直插出去。往回开时就在你们右边。现在那儿没有什么了。"他把脸转向了别处。喉结在脖子上突起一个带毛的鼓包,像某种奇怪的性器官。

奎尔站在一架连环漫画书前,研究一个用激光枪朝绑着的女人射击的歹徒。歹徒总是穿一身绿衣服。他付钱买下玩偶。那个男人的手指丢下冰冷的角币。

他们在公路上兜了三个来回,才发现了一条铁锈色的窄路,缓缓升向天边。

"姑妈,我觉得我没办法在这种路上开车。它好像不可能通向什么地方。"

"路上有轮胎印。"她指着楔形的轮胎花纹说。奎尔把车开上了这条坑坑洼洼的道路。尘土飞扬。轮胎印消失了。准是走了回头路,奎尔想。他也想退回去,明天再来。要不就是掉进了一个无底洞。

"什么时候才能到啊?"小兔踢着椅背说,"我烦透坐车去什么地方了,我想现在就到那儿。我想穿上游泳衣在海滩上玩。"

"我也是。"两人有节奏地把身体往座位上掼。

"太冷了,现在只有北极熊才游泳。不过你们可以往水里扔石头。姑妈,在地图上这条路有多长?"一连几天攥着方向盘,手都疼了。

她对着地图喘息了一会儿,"从大路到翻船湾有十七英里。"

"十七英里这样的路!"

"然后,"好像他没说话似的,"再有十一英里到奎尔岬,到那座房子,谁知它现在是什么样。他们在地图上画出了这条路,可过去没有这路,只有一条小径。你知道,那时人们不开车,谁都没有汽车。去什么地方都坐船,谁有轿车或卡车呀。咱们走的那条大公路全是新铺的。"可是地平线上用粗重笔迹刻写的岩石签名,没有改变,永远不会改变。

"我希望不要到了翻船湾之后,又发现还得步行十一英里。"他的尼龙衣袖蹭着方向盘发出粗涩的声音。

"也许。那我们就回头。"她的表情很淡漠。海湾好像是她想象出来的,一个蓝色的幻象。

奎尔和路面搏斗着。**偏僻小道上汽车散架**。黄昏迅速弥漫,汽车艰难地爬上一个斜坡。他们在悬崖边上,下面是翻船湾,废弃的房屋歪歪斜斜。光线暗下来。前方,道路消失在远处。

奎尔把车开上路肩,心想不知有没有人曾经翻下悬崖,金属在岩石上碰撞。通往下面废港的侧路很陡,布满大块的砾石,其实只能算一条沟。

"我说,今晚到不了奎尔岬了,"他说,"恐怕只能开这么远了,要等白天看清了路以后再往前开。"

"你不是要退回到公路上去吧,啊?"姑妈急躁地叫道。离一切的发源地这么近了。

"退回去,"小兔说,"我想去一家有电视和汉堡,还可以睡在床上吃炸土豆片的汽车旅馆。还有那种你转动开关时它就慢慢暗下去、暗下去的灯。还有你不用起床就可以用它开关电视机的那个东西。"

"我想在床上吃炸鸡。"阳光说。

"不,"奎尔说,"我们要在这里坚持一晚。车后有个帐篷,我要把它支在车子旁边,睡在里面。这就是我们的计划。"他看了看姑妈。这其实是她的想法。但是她低着头翻钱包,她的个人用品。她苍老的头发被压得瘪瘪的,有些乱。

"我们有气垫,还有睡袋。把气垫吹起来,翻下后座,把垫子铺开,放上睡袋,多棒,两张舒适的小床。姑奶奶睡一张,你们两个女孩合睡一张。我不用气垫。我就把睡袋放在帐篷的地上。"他好像在回答提问似的。

"可是我饿死了,"小兔哼哼着,"我恨你,爸爸!你真蠢!"她凑向前打了一下奎尔的后脑勺。

"**放肆!**"姑妈愤怒地对小兔喝道。"坐好,小姐,别再让我听到你那样对你父亲讲话,不然我揍肿你的屁股。"姑妈让自己心口血液沸腾。

小兔的五官扭曲成了一个悲惨的鬼脸。"佩塔尔说爸爸很蠢。"她恨他们所有的人。

"每个人都有蠢的地方。"奎尔温和地说。他从座椅间向后伸过手去,把红色的大手伸给小兔。为姑妈的怒喝而向她表示安慰。狗用舌头舔了舔他的手指。又是他熟悉的那种不对劲的感觉。

"哎哟,我可再也不想睡在车里了,"姑妈转动着脖子,扬起下巴说。"我的脖子像焊死了似的。小兔睡觉跟打蛋器一样响。"

他们默默地在阴森的湿气中散步。汽车上亮晶晶的,蒙了一层盐。奎尔眯起眼睛察看道路,它弯离了海岸线,伸入雾中。他能看到的部分似乎还不错,比昨天好。

姑妈拍着蚊子,在下巴下系了一块方巾。奎尔渴望能有苦咖啡或清楚的视线。他希望的事情从来不会发生。他把潮湿的帐篷卷了起来。

他把帐篷和睡袋扔进车里时小兔睁开了眼,但车子发动后她又沉沉地睡着了。她看到蓝色的珠子不断从项链上掉下来,尽管她把项链两头都捏得紧紧的。

旅行车里散发着人的头发的气味。雾中出现了一道弧,后面还有一道淡淡的彩弧。

"雾虹。"姑妈说。旅行车的引擎真响。

突然,他们开上了一条挺好的砾石路。

"瞧,"奎尔说,"这还不错。"路盘旋着伸向远方,他们驶过一座水泥桥,桥下溪流的颜色像啤酒一样。

"哎哟,"姑妈说,"真是条好路。可是为什么呢?"

"不知道。"奎尔说着,提高了车速。

"一定有什么原因。也许人们从锚爪市乘船到翻船湾,再从这条路开车去奎尔岬?天知道为什么。也许有家省立公园。也许有座大饭店。"姑妈说。"可是他们到底怎样从翻船湾上来呢?那条路全给冲坏了。翻船湾已成了废港。"

他们注意到路中心长着莎草,还有一个曾经是下水道的湿坑,在被淤泥积塞的路肩上,留着沙钵那么大的蹄印。

"这条鬼路很长时间没有人开车走过了。"

奎尔猛踩刹车,华伦被摔到椅背上,吠了一声。汽车侧面赫然站着一只美洲驼鹿,它恼怒地退却了。

八点钟刚过,他们驶过了最后一个拐角。在一座水泥房子旁铺着沥青的停车场前,道路中断了。周围是一片荒野。

奎尔和姑妈下了车。四下里静悄悄的,只有风在屋角磨砺,大海在咬啮。姑妈指出墙上的裂缝,上面靠近屋檐的地方有几扇窗户。他们推了推门,是金属的,锁着。

"没有一点线索,"姑妈说,"不知这是个什么房子,或曾经是什么。"

"我也不知道是怎么回事,"奎尔说,"可是路到这儿就断了。风又起来了。"

"哦,毫无疑问这所房子是跟这条路相配的,"姑妈说,"要是能找到什么东西烧水就好了,我手袋里还有几个茶叶包。我们休息一下,好好考虑考虑。可以用孩子们的汽水罐头来喝茶。真无法相信我竟然忘了带咖啡。"

"我带着野营锅呢,"奎尔说。"从来没有用过。在我的睡袋里,我压着它睡了一夜。"

"我们试试看。"姑妈说着,就动手采集挂着苔藓的枯云杉枝,她管它们叫风枝子,管那些苔藓叫老头胡子。她记起了各种东西的名字。把树枝堆在房子旁边的背风处。

奎尔从车里拿出了水罐。一刻钟后他们就用汽水罐头喝滚烫的、带烟味和橘汁味的热茶了。姑妈把毛衣袖子拉下来隔开烫手的罐头。颤动的雾袭着他们的面颊。姑妈裤脚的翻边在风中扑扇。赭色的光辉渗透残破的晨雾,显现出海湾,随即又淹没了它。

"啊!"姑妈指着扰动的晨雾叫道。"**我看到那座房子了。那窗户,两个烟囱。都是老样子。在那儿!跟你说我看见它了!**"

奎尔定睛望着,看到雾在扰动。

"就在那儿,海湾和房子。"姑妈大步走开了。

小兔从车里钻出来,还裹在睡袋里,拖着脚在沥青路面上走。"这就是吗?"她盯着水泥墙说。"真难看,连窗户都没有,我的房间在哪儿?我也喝杯汽水行吗?爸爸,你的汽水罐里有烟冒出来,你嘴里也在冒烟。你怎么做到的,爸爸?"

半小时后他们一起艰难地朝着房子进发,姑妈背着阳光,奎尔背着小兔,狗一瘸一拐地跟在后面。风钻到雾的下面,把它往上推。翻动着波纹的海湾时隐时现。姑妈伸出手臂指点着,像射击场中那个人形靶子,金属手里夹着雪茄烟。他们看到海湾里一只扇贝捕捞船正驶向海峡,拖着衬裙褶边似的尾波。

小兔坐在奎尔的肩头,双手紧紧地箍在他的下巴下面。奎尔沉重地走在矮树丛中。那座房子是草绿色的,斜插在雾中。小兔忍耐着让爸爸的手扶着她的膝盖,忍耐着他头发里那种熟悉的味道,听他低沉地抱怨说她有一吨重,说她快把他掐死了。房子随着他的步伐在波涛起伏的矮白桦丛后面摇晃。那种绿色使她恶心。

"乖一点,"奎尔说,一面把她的手指松开。六年的时间把她和他隔开了,并且每过一天,都使她这条出航的船和作为海岸的父亲之间的水面越来越宽。"差不多到了,差不多到了。"奎尔喘着气,觉得马很可怜。

他把小兔放下地。小兔和阳光在凹凸不平的岩石上跑上跑下。房子将她们的声音掷回给她们,空洞而陌生。

这座荒凉的房子立在岩石上。显著的特征是一扇大窗户的两边各有一扇小窗户,好像一个大人站在两个孩子中间,手臂搭在孩子肩上保护他们。门上有扇形窗。奎尔注意到一半的窗玻璃已经没有了。木头上油漆剥落。屋顶上有不少洞。海湾里的波浪不断地翻滚起伏。

"它还没倒,真是奇迹。那屋顶线跟尺子一样直。"姑妈颤抖着说。

"我们看看里面怎么样,"奎尔说,"谁知道呢,也许地板已经塌进地窖里去了。"

姑妈笑了。"不可能,"她快活地叫道。"这座房子没有地窖。"房子是用钢索拴在打入岩石中的铁环上的。道道铁锈,石头上凿出台阶似的立脚点,有些岩缝宽得足以藏下一个小孩。钢索上布满了断钢丝茬。

"岩石顶上不是很平,"姑妈说,话语像柱子上系的缎带那样飘出来。"我没见着,但是他们说暴风雨中房子像一把大摇椅那样前后摇晃。使女人头晕、害怕,所以他们把它拴到下面来,它便纹丝不动了,可是风吹过这些钢索时发出的那种呼号让你难忘。哦,我至今记得冬天大风中的那种声音,像是在呻吟。"房子被风环绕着。"这是我当时很高兴搬到翻船湾的一个原因。翻船湾有一个商店,那可是很了不起的。可是后来我们搬到了锚爪港,一年以后就去美国了。"她叫自己平静下来。

生锈的两毛钱一颗的钉子;底层窗户上钉着板条。奎尔用手指抠住窗板往上扳。像是抠着世界的边缘。

"车里有把锤子,"他说。"在车座下面,也许还有根撬棍,我去拿来。还有吃的,我们可以野餐一顿。"

姑妈记起了无数的事情。"我就生在这儿,"她说。"生在这座房子里。"还有其他的仪式也发生在这里。

"我也是。"阳光说,一面朝落在她手上的一只蚊子吹气。小兔一巴掌照它拍下去,其实不用使那么狠的劲。

"不对。你生在纽约的莫金伯格。那边有烟,"她看着海湾对岸说。"什么东西着火了。"

"那是锚爪市的房屋烟囱里冒出的烟。他们在做早饭。粥和烤饼。看到海湾中间的渔船了吗?看到它在开吗?"

"我想看,"阳光说。"我看不见,我**看**不见。"

"不要鬼喊,小心我揍你的屁股,"姑妈说。她的脸在风中红通通的。

奎尔想起他曾对一个数学教师喊"我看不懂",教师转过脸去,没有回答。雾撕开了,亮光充满了海面,像蓝色的霓虹。

由于年深日久和天气侵蚀,木头早已硬化,牢牢地巴着钉子。它们哭喊着被拔出来。他拧了拧门闩,可是打不开门,只好用车轮撬铁插进门缝把它撬开。

除了从门口泻入的那块炫目的长方形光线,屋内一片漆黑。木板落在岩石上发出回音。一条一条的光射进玻璃,落在积满尘埃的地板上,像一条条黄色的帆布。两个孩子在门口跑出跑进,害怕独自走进黑暗中,她们尖叫着,听见奎尔在屋外撬着木板,发出幽灵般的笑声和呻吟,"呼——呼——呼。"

然后进了屋,姑妈爬上漏斗形的楼梯,奎尔试探着地板,连连说小心,小心。空气中充满了灰尘,他们都打起了喷嚏。寒冷,霉味;倾斜的门,门上铰链已经松动。楼梯踏板被上千次的上上下下磨得凹陷。墙纸大片地从墙上挂下来。阁楼上铺着一床漏毛的羽毛褥垫,褥面上带有地图状的块块污渍。两个孩子在各个房间窜来窜去。这些房间即使在刚建成的时候也一定是寒酸而惨淡的。

"那又是我的一美元!"小兔尖声唱道,在带沙的地板上旋转。然而窗外是一片清冷的海的平原。

奎尔退了出来。呼吸着外面的海风,就像干渴的嘴尝到清泉一样爽快。姑妈在屋里咳嗽,低声喊叫。

"这是那张桌子,可爱的桌子,还有这些旧椅子,火炉在这儿,哦看哪,那把扫帚还挂在墙上的老地方,"她抓住扫帚的木把。朽烂的绳结崩断了,稻草从捆扎的绳下喷泻出去,姑妈手里只剩下一根木棍。她看到火炉烟囱彻底锈了,桌子腿是坏的,椅子也不能坐了。

"需要好好打扫一下。妈妈总是这么说。"

她在屋里随意走动,翻转一幅幅画像,碎玻璃从画框中迸落在地上。她举起一张已故妇女的纪念照,那女人眼睛半睁着,手腕上缠着白布条。遗体放在厨房桌子上,靠墙停着棺材。

"埃尔蒂姨妈,死于肺结核。"又举起另一张,一个胖女人手里抓着一只母鸡。

"平基姨妈。她胖得蹲不下去,只好把便壶放在床上撒尿。"

房间都是正方形的,天花板很高。光线像水一样从屋顶的上百个闪烁的洞眼滴淌进来,落在碎木片上。这间卧室,她熟悉它天花板上裂缝的图案,胜于熟悉生活中的任何东西。看了让她受不了。回到楼下,她摸摸一把油漆斑驳的椅子,看到椅子前腿的包脚磨成了皮条。脚下地板一翘一翘,木头像皮肤那样裸露。一块被海水磨光了的石头是门碰头。一根铁丝上挂着三块幸运石,保佑房子的安全。

一小时后在屋外,奎尔生火,姑妈从食盒里往外拿吃的:鸡蛋、一包压碎的面包、黄油、果酱。阳光挤在姑妈身边,跟着用手抓取一包包的东西。小丫头打开黄油,姑妈用木片当刀子把它涂在面包上,翻搅着锅里颤动的鸡蛋。面包头喂给了那条老狗。小兔在高潮线上朝海里扔带斑点的石头。石头一落到水面就被泛着泡沫的嘴唇吞没了。

他们坐在火边。树叶冒出的浓烟像石头祭坛上的祭火,姑妈注视着浓烟融入天空,想道。小兔和阳光靠在奎尔身上。小兔在吃一片卷起的面包,一边看着烟雾盘旋,果冻露出在面包一头,像烤面包炉的圆眼。

"爸爸,烟为什么打转儿?"

奎尔撕下一片片面包,在上面加上一小撮鸡蛋,说"一只小黄鸡飞到魔鬼的洞里来了",一边操纵面包从空中飞到阳光的嘴里。两个孩子又站起来跑开了,在房子周围玩,从那些生锈的钢索上跳过去。

"爸爸,"小兔喘着气,用两块石头敲出清脆的声音。"佩塔尔不再和我们一起过了吗?"

奎尔目瞪口呆。他解释过,说佩塔尔不在了,她睡着了,永远不会醒来了,他抑制住自己的悲伤,照着殡仪员提供的一本书念给她们听,那本书叫《向孩子解释亲人的去世》。

"不,小兔。她睡着了,她在天堂。还记得吗?我跟你说过。"他没让她们参加葬礼,从来没说过那个字:死。

"她不会再起床了?"

"不会。她永远睡着了,再也不会起来。"

"你哭过,爸爸。你把头靠在冰箱上面哭过。"

"是的。"奎尔说。

"可是我没哭。我以为她会回来。会让我戴她的蓝珠子项链。"

"不,她不会回来了。"那蓝珠子项链,连同成堆的链子和珠串,一大批珠光宝气的衣服,那顶缀满莱茵石的傻气的天鹅绒帽子,黄色紧身衣裤,仿红狐皮外套,甚至那些只剩半瓶的法国香水,都被奎尔送给了慈善商店。

"要是我睡着了,我就会醒过来。"小兔说着,从他身边走开,绕到房子后面去了。

她一个人待在房子后面,矮小的树木拥集在岩石脚下。一股树脂和盐的气味。房子后面有一块岩礁。一股淡水注入一个洞中。在背阴的这一面,房子的颜色又呈现出那种讨厌的绿。她抬起头,墙壁向外膨胀,好像要倒塌似的。她转过脸,矮树丛晃动起来,仿佛很多条腿在毯子下面移动。有一只奇怪的狗,白色的,有点畸形,长着纠结的毛。两只眼睛像湿浆果似的闪闪发亮。它站住了,盯着她看。黑色的嘴张开,牙齿中好像填满了硬毛。然后它就像烟一样消失了。

她尖叫起来,站在那里尖叫,奎尔向她跑来,她爬到他身上,大喊救命。后来他拿着一根木棍在矮树丛中搜寻了半个小时,却没有发现一点狗的踪影。姑妈说,过去邮差驾着一群狗拉的车,人们用狗拖运木柴,那会儿人人都养这畜生。她疑惑地说,也许那些狗繁衍出了一些野生的后代。华伦冷淡地嗅了嗅,不肯追踪。

"不要自己乱跑了,跟我们待在一起。"姑妈朝奎尔做了个鬼脸,意思是——什么呀?这孩子太神经质。

她顺着海湾望去,扫视着海岸线、峡湾,和奶油般水面上拔起的一千英尺的悬崖。那些鸟儿仍然像信号弹的闪光一般从悬崖上飞起,用它们的叫声划破天空。转暗的地平线。

奎尔家的老房子,已经破败,孤零零的,墙壁和门都被死去的一代代石头般的生活磨光了。姑妈感到一阵火热的剧痛。什么也不能再把他们赶出去了。

第六章　在船与船中间

哦,把它拴牢,卷起你的帆,

离开它,约翰尼,离开它!

把它拴在繁忙的码头

我们应该离开它啦!

老　歌

火渐渐熄灭。煤块像多米诺骨牌一样倒塌,释放出最后一些热量。小兔睡眼蒙眬地偎依在奎尔夹克衫的衣襟里。阳光在火的那边把鹅卵石一块块垒起来。奎尔听见她喃喃地对它们说:"到上面去,亲爱的,你想吃烙饼吗?"每次垒到四块就倒塌了。

姑妈扳着手指计算,用一根烧焦的棍子在岩石上划来划去。不能住在这房子里,奎尔说,也许很长时间都不能。**可以**住在这房子里,姑妈说,话好像冲着什么东西去的,但是会很艰难。啊,即使房子跟新的一样,奎尔说,他也不能每天开着车在那条路上来回颠簸。那第一段路简直可怕极了。

"买一条船。"姑妈想入非非地说,仿佛说的是一艘乘着信风航行的双桅纵帆船。"有了一条船,你就不需要路了。"

"遇到风暴天气怎么办呢?还有冬天?"奎尔听见自己傻乎乎地问。他不想要船,一想到水就畏缩。他惭愧自己不会游泳,怎么也学不会。

"即使遇到风暴,纽芬兰人也很少不能渡过海湾的,"姑妈说。"到了冬天,还有机动雪车。"她用木棍擦刮着岩石。

"还是有条路更方便些。"奎尔说,想象着咖啡从壶嘴里冒出来,倒进他的杯子里。

"我说,就算暂时不能住在房子里,也许两三个月之内都不行,"姑妈说,"我们可以在锚爪市租一个离你报社不远的地方,直到房子修好为止。今天下午就开车去吧,在汽车旅馆订两个房间,并且看看有没有房屋出租,同时找几个工匠开始修理这个地方。还需要一个保姆或托儿所照顾两个小姑娘。我还有自己的事情要做,你知道。我要选一个工作室,然后就开张。风越刮越大了。"煤堆喷出火星。

"你的工作到底是什么,姑妈?真不好意思,我居然不知道。我的意思是,从来没有想到问问你。"他跌跌撞撞地踏上了如梦似幻的旅途,什么都不知道,只嗅到悲哀像一股恶臭。希望赶快呼吸到新鲜的氧气。

"在这种情况下是可以理解的,"姑妈说。"是装潢。"她伸出泛黄的、骨节粗大的手指。"我已经把工具和面料装箱托运过来。下个星期就该到了。对了,趁现在我们还在这里,最好列一个单子,看看这地方要做哪些工作。需要一个新屋顶,烟囱也要修理。你有纸吗?"她知道他带了一箱。

"在车子后面。我去把我的笔记本拿来。过来,小兔,坐在这里。你可以让我的座位保持热乎。"

"你看看能不能在前座上找到那些饼干。我想小兔吃了一块饼干就会振作起来的。"孩子皱起了眉头。这是一种可爱的表情,姑妈想。感到风刮过海湾的势头很猛。大海的边缘云团翻滚,黑白相间的海浪像刻板的花呢图案。

※

"我们来看看,"姑妈说。她又往火堆里扔了几块木头,火苗在阵阵狂风下飞蹿。"窗户玻璃,绝缘材料,铲掉墙皮,装上新的墙板,新的房门,防风暴的外层木板门,修烟囱,火炉烟管,从泉水那儿接过来的新的输水管线。两个孩子能受得了在户外上厕所吗?"奎尔想到她们的小屁股落在狂风呼啸的两个坑位上,感到心里很不舒服。他也不愿意自己汗毛密布的臀部有此遭遇。

"楼上的地板需要重换,厨房的地板看上去还挺结实。"最后,奎尔说还不如在别的什么地方,比如里维埃拉①,建造一座新房子呢,那反倒更便宜些。现在即便有保险费和姑妈的积蓄,可能也不足以应付。

"我认为我们可以办到。不过你说得对,"她说。"也许应该清理出一条汽车道,从那个神秘的停车场通到这房子。省里可能会为修路出一点力。也许我们最后出一笔钱就行了。可能很贵。比买一条船贵得多。"她站起来,把黑色外套裹在身上,扣得严严实实。"天气越发冷了,"她说。"你瞧。"伸出手臂,零星的雪花落在羊毛外套上。"我们最好赶紧回去吧,"她说。"在这个地方被暴风雪困住可不是闹着玩的。我知道得很清楚。"

"在五月份?"奎尔说。"饶了我吧,姑妈。"

"一年里任何一个月份都有可能,孩子。这里的天气你根本不了解。"

奎尔眺望远处。海湾变得模糊不清,他像是隔着一块干酪包布在看。雪扎在脸上像针一样。

"我不相信。"他说。然而这正是他需要的。风暴和危险。艰苦的差使。筋疲力尽。

回来的路上,风蹂躏着汽车。黑暗从阴郁的天空中渗透出来,雪粒落在挡风玻璃上嗒嗒作响。公路表面已经积了薄薄一

---

① 里维埃拉,从意大利拉斯佩齐亚沿地中海到法国戛纳一带的避寒游憩胜地。

层雪。他又驶向伊格商店。

"喝点咖啡，"他对姑妈说。"你也来一杯？"

"那儿有一座大楼，还有个停车场。"

"哦，是的，原先是手套厂，多年前就关闭了。"那人推给他两个带折叠把手的纸杯。

风声凄厉。苦咖啡也在颤抖。

"这鬼天气。"那人对端着湿杯子在门口微微摇晃的奎尔说。

奎尔顶风弯着身子。天空炸裂，顿时风雪大作。油泵上的招牌，一块手绘的圆形薄金属板被风扯断，从店铺上面直削过去。那人奔出来，店门猛地从他手里跳开，疯狂扭动。风把奎尔抛向油泵。车窗里姑妈大惊失色的脸。然后狂风从东面刮来，把暴风雪狠狠地向他们扫射。

奎尔拼命掰开车门。他已经扔掉了咖啡。"你看看！你看看吧，"他嚷道。"照这个情形，我们没法开车二十英里到锚爪市去。"

"刚才在那儿不是看见一个汽车旅馆吗？"

"没错。那是在血腥滩。"他在地图上划来划去，手上亮晶晶的布满正在融化的雪。"看见了吗？在我们后面三十英里处呢。"汽车在颤动。

"我们去帮那个弟兄修好店门，"姑妈说。"可以向他打听一下。他准会知道一个地方的。"

奎尔从座位下面拿出锤子，他们弯腰躲着风行走。他扶住店门，让那人把长钉子敲进去。

他几乎没有看他们一眼。他有心事呢，奎尔想，大概在担心屋顶会不会被掀掉。不过他还是大喊着回答了问题。有一家趣乐汽车旅馆，往东六英里。这是今年店门第三次挣脱了，招牌倒是第一次被刮掉。整个上午就感到要下雪,他们开车转向公路时,他大声喊道。挥手目送他们驶入横飞的雪雾中。

滑溜溜的路面;除了汽车发动机罩上的装饰图案,能见度几乎为零。一切都消融在旋转飞舞的颗粒中了。速度计的指针指着十五,但车子仍然不住地打滑,震动。姑妈一会儿靠向这边,一会儿靠向那边,手按在仪表板上,手指分得很开,好像这样靠来靠去就能使车子保持平衡似的。

"爸爸,我们害怕吗?"阳光说。

"不怕,亲爱的。这是一次奇遇。"不想让她们长大变得胆小腼腆。姑妈轻蔑地哼了一声。他扫了眼后视镜。华伦的黄眼睛与他对视。他朝狗眨了眨眼,为了让它高兴一些。

汽车旅馆的霓虹招牌在闪烁,"趣乐汽车旅馆,酒吧和餐厅",他把车开进停车场,曲折地穿过那些卡车和小汽车,长途拖拉机,破旧的卡车,四轮驱动小货车,雪犁,雪车。这地方真够拥挤的。

"现在只剩下豪华间和新婚套间了,"旅馆办事员揉着发炎的眼睛说,"风暴使大家都涌到了这里,再加上标枪锦标赛的人也来过夜。布里安·莫尔罗尼总理去年到这里来的时候就下榻在本店。一个大间,两张大床和两张帆布床。他的保镖就睡在帆布床上。那一夜的房价是一百一。"他领他们走过一个大木桶,递给奎尔一把印着"999"的华丽的钥匙。收款机旁一只篮子里放着一些上发条的玩具鸽子,奎尔给两个孩子每人买了一只。没等离开休息室,小兔就把她那一只的翅膀弄断了。地毯上留下一道潮湿的轨迹。

999房间离公路一丈远,正面是一扇厚玻璃窗。外面的每一排车灯都拐进了停车场,耀眼的强光掠过房间的墙壁,像油锅里的生鸡蛋。

里面的门把手被奎尔拽脱了,他小心翼翼地把它塞回原处。他要找服务台借一把螺丝刀把它修好。他们打量着这个房间。其中一张床是一个弧形沙发。地毯上沾满泥浆。

"没有挂衣服的壁橱,"姑妈说。"莫尔罗尼先生一定是穿着西装睡觉的。"厕所和淋浴都挤在一个狭窄的小房间里。电视机旁的水池只有一个水龙头,原先装另一个水龙头的地方成了一个窟窿。电视机的电线拖拉在地板上。机器的顶部好像熔化了,看样子是被营火烤的。

"没关系,"姑妈打了个哈欠说,"总比睡在汽车里强。"她寻找电灯开关。得到了一片昏暗的紫色灯光。

奎尔第一个去冲澡。泛黄的脏水从一块破瓷砖里喷射出来,从房门下面流出去,渗进地毯。只要一开冷水龙头,自动喷水灭火系统就不断地滴水。他的衣服从马桶盖上滑下去,落在地板上,因为门后面的挂衣钩被拔掉了。抽水马桶旁边有一本拴着链子的《圣经》,纸页松散,一碰就掉。直到第二天晚上他才发现,这一整天他背上都粘着《利未记》中掉下来的一页。

房间里很热。

"看看恒温器吧,"姑妈说。"怪不得呢。"它倾倒在地,好像被军棍敲了一记。

奎尔拿起电话,可是根本不通。

"至少可以吃顿晚饭,"姑妈说。"有一个餐厅呢。正正经经地吃一顿,再美美地一夜睡到天亮,便什么都能应付了。"

餐厅里挤满了人,在几盏红灯泡的照耀下,他们看上去是坐在椅子上被活活地烤着。奎尔认为咖啡很不干净,可是别的桌上人们笑嘻嘻地喝得津津有味。晚饭足足等了一个小时,奎尔陪两个脾气暴躁的女儿和哈欠连天的老姑妈干坐着,两个膝盖上都沾着一块块的蛋黄沙司,他简直笑不出来。佩塔尔准会一脚把桌子踢翻,扬长而去。他又想起她来了,佩塔尔,像一个经常重复的乐句,像儿时记住的几行顽固的诗歌。尖针牢牢地扎在深处。

"谢谢。"奎尔含混地对女服务员说,一边用小面包擦着盘子。在托盘下面留了一张两块钱的钞票。

两边隔壁房间里都住着脾气恶劣、大哭小叫的讨厌的孩子。雪犁驶过,震得床头的耶稣像微微发颤。奎尔关门的时候,球形把手又被拽脱了,同时听见门外"咚"的一声,把手的另一半也掉了。

"哦,天哪,简直像个战场。"小兔看着胶合板墙壁在瑟瑟发抖,这样说道。姑妈认定有人在用两只脚踢墙。掀开床单,露出用旧床单的残片缝起来的床单。华伦把抽水马桶里的水拍打出来。

"总比睡在汽车里稍强一些,"姑妈又说。"要暖和得多。"

"讲个故事吧,爸爸,"小兔说。"你有一百年没给我们讲故事了。"

阳光冲到奎尔身边,抓住他的衬衫,跃到他的膝盖上,迫不及待地把大拇指塞进嘴里,然后靠在他胸口,可以听见他呼哧呼哧的喘气声,怦怦的心跳声,和叽里咕噜的肠胃蠕动声。

"现在不行,现在不行。"奎尔说。"每个人都要刷牙。每个人都要洗脸。"

"还要念祷词。"姑妈说。

"我不会念。"阳光哭哭啼啼地说。

"那好吧。"奎尔说着,坐进了床边的椅子里。

"让我们想想。这是一个关于锤子和树林的故事。"

"不要,爸爸!不要锤子和树林!讲一个好听的故事。"

"讲什么呢?"奎尔为难地说,仿佛创造力的源泉已经干涸。

"驼鹿,"小兔说。"一只驼鹿和几条路。长长的路。"

"还有一条狗。像华伦那样的。"

"一条漂亮的狗,爸爸。一条灰狗。"

于是奎尔开始讲道:"从前有一只驼鹿,一只很穷、很瘦、很孤单的驼鹿,住在光秃秃的岩石山上,那里只长着一些苦叶子和带刺的灌木。一天,一辆红色的汽车开过。后座里有一条戴着一个金耳环的吉卜赛灰狗。"

夜里小兔从噩梦中惊醒,呜呜地哭,奎尔轻轻摇晃着她,说:"只是一个坏梦,只是一个坏梦,不是真的。"

"她被梦妖抓住了。"姑妈小声咕哝着。奎尔还是继续摇晃着,因为梦妖也总是不放过他。漫漫长夜的每个小时都印着佩塔尔残缺不全的尸体。

华伦在床底下放着响屁。一股恶臭。**狗屁弥漫四口之家。**

早晨,大雪横飞。隔壁鼾声震天。奎尔穿好衣服走到门边,却找不到那个门把手。爬来爬去地在床底下找,在浴室里找,在他们的行李里找,在塞满《圣经》散页的抽屉里找。肯定是哪个孩子把它带上床了,他想,可是她们都起床了,门把手还是无踪无影。他狠狠地捶门,想引起注意,却听见隔壁有人大吼一声:"该死的别吵,小心我揍你。"姑妈使劲摇晃着电话筒,希望它能起死回生。可它依然无声无息。电话簿是一九七二年出的安大略省电话号码录,许多页都被撕掉了。

"我眼睛疼。"小兔说。两个孩子的眼睛都又红又肿,像是进了什么东西。

在被困的一小时里,他们看着渐渐减弱的风暴和来来往往的雪犁,不时地用力砸门,大喊:"喂,喂。"两只塑料鸽子都坏了。

奎尔想把门撞开。姑妈在一只枕套上写了几句话,挂在窗户里面。"救命。被锁在999房间。电话不通。"

旅馆办事员打开了门。用汽车尾灯一样的眼睛看着他们。

"其实你们只要按一下警报钮。立刻就会有人来的。"指着天花板附近的一个开关。踮起脚飞快地按了一下。叮叮当当的声音响彻汽车旅馆,震得四壁颤抖,最后整个旅馆都产生了共振。办事员揉着眼睛,像一个目睹奇迹发生的电视演员。

风暴又持续了一天,狂风刺耳地尖叫着,刮过公路干道。

"我喜欢风暴,可是这也太过分了,"姑妈说,她的头撞在枝形吊灯上,头发耷拉下来盖住一只耳朵,"如果我这辈子还能离开这家旅馆,一定好好地生活,按时去教堂,一星期烤两次面包,不让脏盘子堆在那里。我再也不光着腿在外面跑了,所以求求你,让我离开这里吧。我忘记了这是什么滋味,可是现在又想起来了。"

夜里下起雨来,风从南边吹来,暖融融的,还带有一股奶油味儿。

第七章 拉呱鸟

在纽芬兰，普通绒鸭被称为"拉呱鸟"，它们习惯于聚在一起呱呱齐叫。这个名字与帆船时代有关，当两只船在大海上相遇，船员们便会降下帆桁，大声交流消息。为了两相靠近，处于上风的船会降下主帆桁，而处于下风的船则降下前桅的最下桅桁。这便是"聚拢拉呱"。

一个女人穿着油布雨衣，牵着一个孩子的手，走在公路边缘。奎尔的旅行汽车开过去和她并排时，她凝神望着湿漉漉的汽车。一个不认识的人。他把手抬起几寸，可是她已经垂下了目光。那孩子呆滞的面孔。红雨靴。他超了过去。

通向面袋湾的道路从锚爪市顺坡而上，跨过那片高地，然后直插向房屋和几艘停船。晒鱼的木架，是昔日遗留下来的云杉净木做的支架，用来腌制咸鱼。他经过一座漆成红白两色的房子。门在正中间。这里那里散落着一些船坞和渔民的库房。突起的岩石上摊着层层渔网。

毫无疑问，那就是报社了。门上方钉着一块经过风吹雨打的柚木板。画着一只呱呱鸣叫的绒鸭，上面写着"拉呱鸟"。房子前面停着两辆卡车，一辆是锈迹斑斑的新型道奇车，另一辆是式样较老但通体锃亮的丰田货车。

从里面传出喊声。房门猛地朝里打开。一个男人从身边奔过,钻进丰田车。排气管突突震动。马达有些堵塞,然后似乎很尴尬地沉默下来。那人看着奎尔,钻出货车,伸着手朝他走来。面颊上皱巴巴地布满粉刺疤痕。

"你都看见了,"他说,"有时候你就是走不成。我是特德·卡德,是该死的所谓总编辑,技术编辑,改写员,版面设计,广告编排和邮件收发主任,铲雪开道工。你呢,或者是一个大广告客户,想来登一条横跨四页的广告,鼓吹你货栈里的那些笨头笨脑的日本靴子有多么值钱,或者就是我们屏住呼吸等待的奎尔先生。到底是哪一个呢?"他声音里充满怨气。因为魔鬼长期以来对特德·卡德钟爱有加,像灌满一只冰淇淋火炬筒一样,给他灌满瘙痒和烦躁。他身体中间像字母"X"。脸像被叉子抓挠过的农家干酪。

"我是奎尔。"

"那么进来吧,奎尔,见见这支土匪队伍,其中最坏的是该死的纳特比姆和他那双勒人脖子的手。杰克·巴吉特先生呆在自己家里,用甜言蜜语哄骗他那骨瘦如柴的胸膛,希望能咳出那一口积累已久的了不起的痰,他咳了一个星期也没咳得出来。"他真可以上台演说。

"这就是所谓的报社,"卡德讥笑道。"这位是比利·布莱蒂,"他指点着,像指点一块路碑。"他是一条老鱼狗。"比利·布莱蒂个头矮小,眼看就快八十岁了。坐在一张桌子旁边,后面的墙上贴着颜色如同昆虫翅膀的油布。他的脸像是刻着扇形纹路的木头。蓝色的眼睛嵌在倾斜的眼眶里,眼皮很厚。他歪着嘴唇露出一个淡淡的微笑,面颊便鼓胀起来,一道伤疤样的细沟从鼻子直达上唇。浓密的眉毛,头发从前额梳向脑后,颜色像一只古董手表。

他一靠上去桌子就摇晃起来,上面铺着一张教堂义卖交易会的海报。奎尔看见有篮子、木头蝴蝶,和装在廉价尼龙袜里的送给幼儿的礼物。

"比利·布莱蒂,负责家庭版。他有几百个通讯员。你可以看到,他从邮件里捞到不少宝贝。有一大批人追着他给他寄来各种新闻。"

"啊,"比利·布莱蒂说。"还记得那个二马佬给我带来了几只彩绘的燕鸥蛋吗?手绘的风景。夜里突然爆炸了,淌得满桌子都是。后来这里臭了整整一年。"他在印着钻石图案的厚运动衫上擦了擦手指,运动衫的肘部打了补丁,沾着白色的圆溜溜的胶水滴和纸屑。"二马佬?是二马佬湾的那个吗?"

"噢,是的。二马佬——大块头,又笨又傻,不动脑筋,思想简单的那一类家伙。以前海湾的那一边有一大堆这样的人,"他朝奎尔岬示意了一下,"所以人们用他们的名字做了地名。"冲奎尔眨眨眼睛。奎尔不知道是否该笑一笑。便笑了一下。

靠近窗户的地方,一个男人在听收音机。黄油色的头发拢在耳后。两只眼睛靠得很近,长着一抹小胡子。桌上有一包进口海枣。他站起来和奎尔握手。笨拙地走过来。格子花纹的蝴蝶领结,脏兮兮的套头毛衣。从宽扁的鼻子里挤出英国口音。

"纳特比姆,"他说。"北极的纳特比姆。"半真半假地朝奎尔抛了个敬礼,模仿某部泛黄的战争片中的人物。

"这是 B. 鲍费尔德·纳特比姆,"特德·卡德说,"倒霉而丑陋的英国佬,一年前被扔在很不好客的纽芬兰海岸,现在还呆在这儿。且不说别的,他想象自己是专门负责国外新闻的。每篇新闻都是从收音机里偷来,再用他的生花妙笔改写一番。"

"而该死的、下贱的卡德又拿过去用他的胡言乱语任意瞎改一通。这只该死的水老鼠刚才就是这么做的。"

纳特比姆的新闻来自像患了偏头痛一样嘈杂乱响的短波收音机。当无线电波清楚的时候,会发出一种男高音的哼哼声,而当极光静电噼啪爆裂时,便会咆哮起来。纳特比姆趴在桌上,耳朵贴近接收机,搜寻短波,捕捉那些嘶哑号叫的外国声音,并根据他当天的心情对新闻加以扭曲篡改。调节音量的旋钮掉了,他用一把餐刀的刀尖插进金属狭槽里转动,调整声音高低。他坐的那个角落里有一股收音机的气息——灰尘,热量,金属,木头,电,时间。

"我只是为了不让别人告你剽窃,我的老儿子。"

纳特比姆尖刻地笑了起来。"我发现你已经恢复镇静了,你这只纽芬兰屎壳郎。"他朝奎尔靠过去。"是的。极为有效地保护你不犯剽窃罪。每个句子都充斥着印刷错误,原来的作者根本认不出是他们自己的文章。我来给你看几个例子。"他在文件夹里翻找,抽出一张破破烂烂的纸。

"我给你念念他的一篇不知所云的杰作,让你开开眼界。第一稿是我写的,第二稿就是报纸上登出来的那个样子。消息:'缅甸的锯木厂老板和仰光发展联合公司星期二在东京聚会,考虑当地销售和出口热带硬木材的联合方案。'再看卡德弄成了什么。'面锯木丁老权和迎光发展耿会公司星期三在东京娶会,标出烈带竖毛木材'。"他坐回吱嘎作响的椅子里,让那几页纸落进字纸篓。

特德·卡德挠挠头皮,又看了看他的指甲,"不管怎么说,它首先就是一篇偷来的玩意儿。"他说。

"你现在认为滑稽了吧,奎尔,你笑了,"纳特比姆说,"尽管你想用手掩着嘴笑,你且等着他来糟蹋你的东西吧。我念这些例子给你听,是让你知道前面等着你的是什么。'胶合板'会变成'绞肉板','渔民'会变成'鲜民','西伯利亚'会变成'四利亚'。杰克·巴吉特就是把我们的文章托付给了这样一个人。不用说,你肯定在问自己,'这是为什么?'就像我在许多漆黑的不眠之夜问我自己那样。杰克说卡德的打字错误给报纸增添了幽默。他说它们比字谜游戏还有趣。"

房间那头的角落用一块碎料隔板隔开。

"那是杰克的办公室,"卡德说。"那边是你的小角落,奎尔。"卡德傲慢地一挥胳膊。一张桌子,半个文件柜,刨光的柜顶上铺着一块方胶合板,一本一九八三年的安大略省电话簿,一把只有一个扶手的转椅。桌子旁边竖着一盏只有在三十年代的旅馆休息室里才能找到的那种台灯,粗粗的红电线像老鼠尾巴,插头有棒球那么大。

"我该做些什么呢?"奎尔说。"巴吉特先生想让我做什么?"

"啊,除了他自己,谁也不好说。他想让你正襟危坐,等他回来。他会告诉你他希望怎样。你只管每天上午都来,不定哪个好日子他就会露面,面授机宜。你翻翻过去的报纸,熟悉熟悉《拉呱鸟》。开车到处逛逛,认认我们仅有的四条马路。"卡德转过身去,在计算机上埋头苦干。

"我得出去转转,"比利·布莱蒂说。"采访一个用龙虾须做护身手镯出口海地的家伙。借用一下你的货车,卡德。我的车散热阀坏了。在等零件。"

"你总是在等零件修你那条破船。不过,我的车今天起动也不太好。随时都会熄火。"

比利转向纳特比姆。

"我今天是骑自行车来的。我想你也可以骑车去。"

"我宁可走去,也不愿蹬那辆破车把腿累断。"他清清喉咙,扫了一眼奎尔。但奎尔把目光转向窗外。他新来乍到,不愿意卷进这件事情。

"唉,好吧。我就骑车去吧。每趟也就十八英里。"

一分钟后,他们听见他到了外面,骂骂咧咧地骑上吱嘎乱响的自行车。

半小时后,特德·卡德离开了,发动他的货车,顺顺当当地开走了。

"出去喝酒去了,"纳特比姆快活地说。"去买彩票,然后大醉一场。你注意到了吧,他想让车起动就能起动。"

奎尔笑了,用手捂住下巴。

这一天后来的时间,这一星期后来的日子,他都在翻那本破旧的电话簿,看以前出的《拉呱鸟》报纸。

这是一份印在薄纸上的四十四版的小报。六个栏目,朴素的大字标题,半英寸大的惊叹号,一种强悍却陌生的粗黑体。很小的一片新闻版,数量惊人的广告。

他从没有见过这么多广告。像楼梯一样顺着报纸两面排下来,新闻被挤在中间花瓶状的一点点空间里。赤裸裸的广告,正中央打着几行字。"一月份之前无须付款!""不付定金!""不收利息!"似乎这些煽动的话是新发明的,用于推销乙烯基壁板,塑料压印机,人寿保险,乡村音乐节,银行服务,绳梯,船货网,航海装置,船内洗衣设备,吊艇杆,雪球厅的摇滚乐队表演,钟,柴火,纳税申报服务,千斤顶,插花,卡车消声器,墓碑,锅炉,平头铜钉,烫发钳,运动裤,机动雪车,在海豹鳍厅和手风琴大师阿瑟欢度良宵,二手雪车,炸鸡块,一种钻探工具,T 恤衫,油布帆具,煤气烤架,牛肉熏香肠,到鸭鹅湾的航班,中国餐馆的特色菜,干货运输服务,挪威日落厅一杯红酒加猪排的特别套餐,渔民进修节目,录像机修理,重型设备操作培训,轮胎,步枪,双人沙发,冻谷子,果冻粉,德米舅舅酒吧的舞会,煤油灯,船壳修理,舱盖,茶叶包,啤酒,刨木机,磁扫帚,助听器。

他估算了一下广告篇幅。《拉呱鸟》肯定赚钱。这里有个高明的推销员。

奎尔问纳特比姆。"是巴吉特先生负责广告吗?"

"不。是特德·卡德。那是总编辑工作的一部分。信不信由你。"他从小胡子后面发出窃笑。"东西并不像报上登的那么好。"

奎尔翻着报纸。第一版上的车祸照片令他畏缩。性猥亵的报道——每期都有三四例。冰原上的北极熊。船讯貌似很简单——只是一一列出停泊和出海的船只。

《饥饿的人们》，是贝尼·弗吉和阿多尼斯·科勒德写的一篇餐馆印象，登在两张斑斑点点的照片下面。弗吉的脸像是用一堆剩肉马马虎虎拼凑而成。科勒德戴着一顶遮住眼睛的帽子。奎尔读着，不寒而栗。

> 想决定到哪儿去吃一顿快餐吗？格拉基鳕鱼坊是个不坏的选择。里面是一个个火车座，有一扇迎街的大窗户。可以看着卡车在公路上开过！我们就是这样做的。要了鱼条套餐，内含三块炸鱼条、卷心菜丝，和一份丰厚的炸薯条，价格为5.70美元。饮料另算。鱼条套餐本来应该包括午餐圆面包的，但我们只得到了面包片。鱼条非常松脆可口。还有柠檬汁和蛋黄沙司供你任选。我们俩都选了蛋黄沙司。这里还有柜台服务。

比利·布莱蒂负责的"家庭版"是个大杂烩，有诗歌，婴儿照片，邮购针织地毯图案。总是有一篇豆腐干大小的特写——怎样用罐头盒做鸟巢，用硬纸板做斧头套，用旧叉子做腌肉搅拌器。还有食谱，如何做面拖香肠、油炸面团、山茱萸酒和奶酪豌豆。

可是奎尔认为，每个人必须首先读到的是"压缩饼干"——一堆诽谤性的闲言碎语。违警罪法庭的新闻，远方亲友的来信摘选，以及对那些打算出门去"爱尔兰度假"的鲁莽青年的粗暴挖苦，作者把这些统统混杂在一起。它比奎尔以前读过的闲话栏都高出一筹。作者署名是小萨格。

对了,我们发现邮递员被判监禁四十五天,因为他把邮件都扔进了锚爪港。他说要送的邮件太多了,人们想要可以自己去取。你如果会游泳倒是很管用。可怜的塔奇夫人上个星期二被一名游客驾驶的豪华轿车撞倒。她住在医院,恢复得不算太好。我们听说那位游客的车也情况不妙。另外,加拿大皇家骑警正在调查一天清晨烧毁随便岛上针眼海鲜鱼厂的火灾起因;可能会询问岛上某个小海湾里某个家伙对此事的看法。一场雪车事故夺去了七十八岁高龄的里克·帕夫的生命。帕夫先生离开帕夫太太称之为"尖叫狂欢"的地方,驱车回家,不料雪车撞进了冰堆。帕夫先生是著名的手风琴演奏家,大学里来的一伙人曾给他拍过电影。七十年代,他因强奸他的几个女儿而入狱四年。我们打赌她们也不会哭泣。好消息!我们听说科文·穆西的狗"恶狼"上星期在中国山的一次雪崩中丧生。我们还从海外的报纸上获悉,一伙绑架者割下他们扣作人质的一位西西里商人的左耳,邮寄给他的家人。这叫什么事儿!外国人的生活方式真叫人震惊!

社论版像消防水龙头一样,滔滔不绝地肆意抨击省内政治舞台。一篇篇高谈阔论,点缀着无数个定性的形容词。《拉呱鸟》是一块难啃的骨头。用它诡诈、充血的眼睛直视人生。一份硬邦邦的小报。给了奎尔一种很不舒服的感觉,仿佛站在操场上看别人玩游戏,而他对那些游戏规则一无所知。与《莫金伯格记录》完全不同。他不知道怎样写这类玩意儿。

第二个星期一上午,通向杰克·巴吉特办公室的门终于开了。巴吉特本人就在里头,耳朵后面夹着一支香烟,仰靠在一张木椅上,对着电话哼哼哈哈。他用右手勾了两下,示意奎尔进去。

奎尔坐进一张前端开裂、夹他大腿的椅子里。用手捂住下巴。那边的隔墙后面传来纳特比姆收音机的含混说话声,和叭嗒叭嗒敲击电脑键盘的声音,比利·布莱蒂老汉把水笔蘸进墨水瓶,潦草地做着笔记。

杰克·巴吉特看上去不像一个主编。他身材矮小,印堂发红,年龄嘛,奎尔估计,在四十五到九十五岁之间。布满短髭的下巴,皮肉松弛的脖子。参差不齐的头发很闷热地披下来。手指因为一支接一支地抽烟而呈黄褐色。身穿沾着鱼鳞的连衫裤工作服,跷在桌面的脚上是一双红底套鞋。

"好的好的!"他用高得吓人的声音说。"好的好的。"然后挂断电话。点了一支烟。

"奎尔!"猛地伸出手来,奎尔赶紧握了握。感觉像抓住一只皮壶把。

"倒霉的阴天,小雨不断。我们此刻坐在这里,奎尔,坐在《拉呱鸟》的总部。现在你也为这份报纸工作了,它办得相当不错呢,我告诉你我是怎么做到这一点的。纠正一下你的看法,因为你可以看出来,我并没有上过新闻学校。"他嘴角喷出一股股烟雾,抬头看着天花板,像在端详海员星座。

"高祖父不得不靠人吃人才活了下来。我们在面袋湾定居,就在这里,现在只剩下不多几个家庭了。巴吉特家人在这片水域捕鱼,捕海豹,出海,什么能糊口就做什么。捕鱼,以前可是个不错的生计。我小的时候,大家都在近海岸捕鱼。有自己的渔船,自己的渔网。找鱼可得凭技巧。俗话说得好,'鱼身上不带铃铛。'比利·布莱蒂是找鱼的好手之一。熟悉水情就像熟悉他床垫上的凹坑。他可以给你数出这片海岸每一块暗礁的名字,这绝对不是假话。

"忙得肚子咕咕叫,尽量硬撑着,瞅空子睡上一会儿,晚上点着火把接着干,手和手腕上长满了海疖子,可是活儿不能停。对了,你知道吧,自从我得了个偏方,就再没长过海疖子。你只要在星期一剪指甲,就不会长海疖子了。现在大家都这么做了!你知道一双快手剖鱼的速度有多快吗?不,我看出来你不知道。那么告诉你一分钟剖三十条鱼也就没啥意义了。想想吧。一分钟三十条鱼!我姐姐睡着了也能做到。"他停住话头,坐在那里大口喘气。又点了一根烟,喷云吐雾。

奎尔试着想象自己正挣扎着跟上剖鱼健将的速度,想象自己被埋在滑腻腻的潮水般的鱼尸堆里。佩塔尔穿着一件白金鳞片做的长裙游过来,光裸的胳膊像银子一般,嘴唇煞白。

"真是艰难的生活,可是自有乐趣。不过是很艰难。过去那些日子艰难得要命。你会听到一些使你头发一夜变蓝的故事,而会讲那些故事的就是我。有一些野蛮的、无法无天的地方,一个男人在那里干什么都行。我猜你知道这些,凭你这个身份!可是情况起了变化。当那个该死的地方熬不过艰难的日子,跟加拿大换回了联盟时,我们得到了什么呢?我们慢慢地、稳稳地得到了政府。哦,是啊,乔伊·斯摩伍德[①] 说,'孩子们,停下你们的船,烧掉你们的晒鱼架,忘记打鱼这件事吧;纽芬兰的每个男人都将得到两份工作。'"他沉闷地笑了几声,使奎尔看到了他的四颗门牙,然后又点了一根烟。

"唉,我当时是个傻瓜,居然相信了他。开头十年我什么都接受了。当然啦,我也需要那些东西,电和公路,电话,收音机。当然还需要健康保健,邮政服务,子女的良好教育。有些东西确实进来了。但是没有工作。

"渔场越来越不景气,四十年的工夫,就化为乌有了,该死的

---

① 乔伊·斯摩伍德,当地一位政治家,主张纽芬兰脱离英国,与加拿大结盟。

加拿大政府把捕鱼权拱手让给地球上的每个国家,却百般控制我们,害得我们失业。那些该死的外国拖网渔船,把鱼统统捞光了。然后可恶的绿色和平组织又想禁捕海豹。好吧,我说。看到我再也没法靠捕鱼为生,就转过弯儿来了,我说,好吧,我也学聪明点,也要跟上形势,跟上政府的计划。于是,我跑到锚爪市的加拿大人力资源办公室,说,'我来了。需要一份工作。你们让我做什么?'

"他们说,'你能做什么呢?'

"'是这样,'我说,'我能捕鱼。冬天在树林里干活。'

"'不行,不行,不行。我们不要渔民。我们要让你学一门有销路的技能。'知道吗,他们正在引进工业。每个人都有工作。首先,他们把我弄进慢行港那儿的一家该死的皮革厂。总共只有十到十五个人干活,因为还没有全面生产。他们让我学的技能就是把那些臭烘烘的兽皮,从阿根廷还是什么地方弄来的,扔进大染缸里。我从早干到晚,干了四天,然后兽皮用光了,不再运进来,我们就站着发呆或拖拖地板。又过了两个星期,皮革厂垮了。我回到家,靠捕鱼熬了一段日子。实在熬不下去了,又去找加拿大人力资源办公室。

"'替我安置一下吧,'我说。'我需要另一份工作。'

"'你能做什么呢?'他们问。

"'我能捕鱼,我能砍柴,我能从早到晚把兽皮扔进大染缸,还能拖地板。'

"'不行,不行,不行。我们要培养你。纽芬兰在实行工业化。'他们打发我去了圣约翰斯,那里有一座新的大工厂,准备生产工业机器,各种机器,饲料加工机,碎石机和花生米粉碎机,金刚钻,研磨机。那是个非常可怕的地方。很大。我从没见过那样的地方。五百万元的工厂。可是一个人也没有。于是我就去了,和一个臭气熏天的老妖怪合住一个房间,等待着。我呆在那里,饿得半死不活,只能随便找点东西嚼嚼,一天花两毛五分钱,就这样等那该死的工厂开门。那杂种一直没有开门。最后什么也没生产出来。我只好回家,靠捕鱼度过那个季度。

"秋天到了,我又去找人力资源办公室,说,'日子不好过了,我需要那份工作。'那时候我仍然相信他们会给我找到点事情,不是在搞工业嘛。'好吧,'人力资源的那个家伙毫不犹豫地说,'各行各业都不景气,杰克。不过我们正在帮你留意。准备把你安排在连字城的第三制造厂。用硬纸板做衣服衬垫。'我在那个疯人院干了三个月。最后它关门了。接着他们又对我说,凭我的资历,在鸟翅镇的新炼油厂或伊甸园瀑布的电力工程处都能找到一份不错的工作。炼油厂还没有开工,他们说,所以他们帮我填了这份大约两英里长的工作申请表,叫我回家等伊甸园瀑布的回音。我一直等到今天。是啊,他们是开工了,没问题,但只有很少几份工作。于是我就呆在家里,勉强捕一些鱼。当时真穷啊。我妻子病着,日子总是紧巴巴的。那是最糟糕的一段时间。我们失去了长子,你知道。因此我又回去了。

"'瞧,伙计们,光景太难熬了。我需要一份工作。'他们说已经给我找到了最理想的工作,这么些苦年头来一直给我留着。就在二马佬湾对岸,一家手套厂!就在那儿,奎尔,就在你们海岬上的房子那儿。他们准备在那里做手套,皮手套。说得天花乱坠,就好像政府专门为我建了这家厂子。他们说我有在皮革厂的那段经历,肯定能得到一份工作。我可以算是皮革业的行家里手呢!没准能捞到一个监工的职位呢!我能不高兴吗?他们让渡船开过去。第一天,一大群人挤着去做工。你相信吗,我们到了那里,进了工厂,有许多人站在那儿,一个漂亮的食堂,染皮革用的不锈钢大染缸,缝纫机和裁剪台。只有两样东西他们没有——会做手套的人和皮革。知道吧,做手套的皮革本来应该来自我几年前工作过的那家制革厂,可是它早就停产了,却没有人告诉那些建手套厂的家伙,也没有人告诉加拿大人力资源办公室。事情就是这样。

"于是我就渡过海湾回家,渡船开了第二次,也是最后一次。我现在还在想,现在还在想:'早知道这个笨蛋没有皮革,我就省得跑这一趟了。'可是,你靠什么了解情况呢?靠读报纸!当地没有报纸。只有圣约翰斯的那份政府的喉舌,《海狮报》。所以我说,虽然我对这行一窍不通,连一个句子也写不好——在学校里只学到'汤姆的小狗'——但我拿定了主意,既然他们没有皮革、没有会做手套的人就能办手套厂,那么我也能办一份报纸。

"我又去了加拿大人力资源办公室,说,'我想办一份报纸。你们这些小伙子能帮我解决困难吗?'

"'你准备雇多少人?'他们说。我贸然地夸口:'走上正轨之后需要十五个人,'我说,'当然还得有一段培训期,'我说,'提高技能。'他们居然深信不疑,给了我成箱成箱的表格让填。这下我的麻烦来了,我就让比利·布莱蒂撤下捕鱼的行当,跟我上了贼船。他写得一手好字,念起文章来像政府官员。我们便办成了。

"他们派我到多伦多去学习办报业务。他们给了我钱。管它呢,我在多伦多逗留了四五个星期,听他们狂热地向我灌输社论的平衡结构,整体完美,新式报刊,记者职业道德,为社区服务。真是让我大跌眼镜。他们说的话我一半都不懂。我最后在我这旧作坊里边干边学,弄懂了需要了解的东西。如今,办《拉呱鸟》已经有七年了,发行量高达一万三,每年都在上升。这片海岸的人都看我的报纸。因为我知道人们想读到什么。这是不用说的。

"我先雇了比利,然后是特德·卡德。都是好样儿的。在多伦多,报社里一半都是说说笑笑、东拉西扯的女人,她们打量男人,或者那些男人打量她们。根本就不干活。写女人的文章需要知道的东西,比利全懂。他是个老光棍,菜做得一塌糊涂。为了以防万一,我妻子巴吉特夫人总要检查一遍。我知道我的读者需要什么,想看到什么,我就满足他们。我的话很管用。我不想听你谈什么新闻学思想,我们会相处得很好。"

他停下话头,又点了一支烟,看着奎尔。奎尔的两条腿都发麻了。用手托着下巴缓缓点头。

"好的,巴吉特先生,我会尽力的。"

"叫我杰克。喏,这是报纸的纲要。第一条,一切由我说了算。我是这里的头儿。

"比利·布莱蒂负责家庭版,编写'压缩饼干'——你别告诉任何人他就是小萨格——处理当地新闻、机关团体和教育。加拿大的政府比世界上任何地方都庞大。几乎一半的人口在为政府工作,另一半受政府管制。我们这份地方级小报就是报道这片海岸每时每刻发生的事。比利也写一些犯罪的文章。现在的犯罪可是比以前多了。知道吗,以前称为寻欢作乐的,现在就成了暴力和强奸。比利·布莱蒂,从刚开始办《拉呱鸟》起,他就和我在一起。"

"我在《莫金伯格记录》报道过市政新闻。"奎尔嘶哑着嗓子说,声音都变了。

"我已经对你说过了,比利负责那一片。另外,纳特比姆写一些国外、省内和国内的新闻,从收音机里听到一些报道,把它们改写一遍。他还负责性猥亵报道。干得很吃力。我们每星期要登两三篇性猥亵的故事,一篇大的在第一版,其他的在里面。他还兼管体育,补白,一些特写,我们不太喜欢特写。他来这家报社刚刚七八个月。我觉得他不太理想。反正是临时的。**你听见了吗,纳特比姆?**"

"听见了。"声音从外间传来。

"我不在的时候,就由特德·卡德临时代替,他是总编辑,还兼着其他许多事情。分配任务,排版,拼贴,送版样给米斯基湾的印刷工,负责标签、邮寄、分发,如果有时间就添进一些当地的新闻。来这儿两年了。我听到不少人抱怨特德·卡德和打字错误,但打字错误是《拉呱鸟》的一部分呀。

"多留意广告。不管有了什么捕鱼的新闻,我都希望第一个知道。我知道其中的难处,因为我并没离开捕鱼场。

"好了,说说我想让你做什么。我想让你负责当地的车祸,写报道,拍照片。我们每个星期都在第一版登一幅车祸照片,不管有没有车祸发生。这是我们的黄金规定。从不例外。特德有一大堆车祸照片的档案。如果没有新的,就得在他的档案里找。好在我们通常都能弄到一两个好的。角杯湾那儿车辆拥挤,不愁没有新闻。特德会告诉你照相机在哪里。你把胶卷给他。他拿回家冲洗。

"还有船讯。从港务长那里弄到清单。哪些船进入锚爪市,哪些船离开了。每年都在增多。我对此早有预感。以后要见机行事了。明白你能做什么了吧?"

"就像我在电话里说的,"奎尔说,"我对船没有多少阅历。"车祸! 想到可能要面对鲜血和垂死的人,他不由惊呆了。

"好吧,你可以这样告诉你的读者,也可以埋头苦干,学会一些东西。船就在你家族的血液里。好好干吧。完成特德·卡德吩咐的事情。"

奎尔不自然地笑笑,站了起来。他用手握住门把,杰克·巴吉特又说话了。

"还有一件事。我不爱开玩笑,奎尔,也绝不希望听到关于纽芬兰或纽芬兰人的笑话。记住这点。我讨厌纽芬兰笑话。"

奎尔走出办公室。车祸。他瞪着破旧的电话簿。

"奎尔!"纳特比姆说。"喂,奎尔,你不会对着我们哭鼻子吧?你不会跑回美国去吧?我们就指望你了,奎尔。我们正在对你建立一种船货崇拜①,奎尔。"

杰克·巴吉特从玻璃门里探出头来。

"比利!埃尔维斯生小狗了吗?"

"啊,生了。上个星期。一共三只。每只都是黑毛白爪子。"

"好吧,我要一只小狗。"门又关上了。

---

① 船货崇拜,某些南海群岛居民中的半宗教迷信。

第八章 滑　结

"这种绳结在大船上很少需要，但在小船上，尤其是容易倾翻的无顶小船上，经常必须迅速解开缆绳，滑结便成为不可缺少的了。"

《阿什利绳结大全》

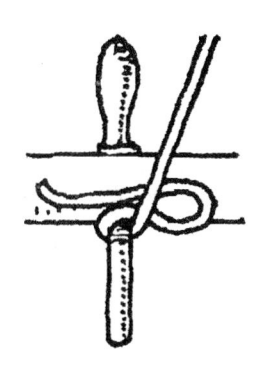

"我认为我干不了这份工作。"奎尔说。他在锚爪市的海锚餐馆里灌了两杯啤酒，吃了一袋不新鲜的爆米花。他怀疑自己是不是被绑进了一个误会里，就像乘客登上一架刚起飞就在跑道上坠毁的飞机。

姑妈抬起头来。她坐在弧形的床上，像机器一样飞快地织着一蓬云雾状的安哥拉羊毛，华伦在她脚边昏昏欲睡，只有眼珠在红眼眶里转动。小兔满脸泪痕，坐在一张椅子上，上面的靠垫已经破旧。椅子冲着房间的一角。阳光朝奎尔跑来,嘴里大喊。

"爸爸,她咬我。小兔咬我的腿。"她给奎尔看她大腿上两排月牙形的牙印。

"是她先惹我的!"小兔嚷道。像贝多芬那样皱着眉头。

"你是个会咬人的大混蛋!"阳光咆哮。

"看在上帝的分上,安静些吧,"姑妈说。"侄子,我们必须采取措施了。孩子们需要换个地方。到了那座房子里,如果有人会调驯狮子的话,可以教她们给土豆除草,扫地,洗碗,擦窗子,而不是整天你抓我、我咬你。她们在这里太受拘束了。华伦也由于缺少锻炼,变得半死不活的。"

"你猜怎么着,爸爸,"阳光说。"华伦在你床底下吐了。"

"它有些反常,这是肯定的,"姑妈低声说。"你说你的那份工作怎么了?"声音尖利。

"我说了,我认为我干不了。这家报社跟我以前见过的完全不一样。主编有些半疯半傻,叫杰克·巴吉特。我不熟悉这片地方,也不认识这里的人,他却要我报道车祸。我没法儿报道车祸。你知道为什么。我老想着最近发生的事。车祸。船只。而且我怀疑我们能不能搬到那座房子里去。旅行汽车在那条路上坚持不了一星期。以后我怎么来回上班呢?我想我们可以买一辆四轮驱动、带加强减震器的卡车,但是那就意味着要开车好几个小时。如果在锚爪市这里租一个地方,你看怎么样?"

姑妈飞快地戳着织针。毛线在手指间抖动。

"这份工作你当然能做。我们必须勇敢地面对可怕的事情,因为不可能逃避它们,忘记它们。你越早渡过这一关,越早对自己说'是的,事情已经发生,我无能为力',就越早能开始你自己的生活。你还有孩子需要抚养。所以**必须**渡过这一关。只要必须,就一定能够办到。就连最糟糕的事情也不在话下。"

当然,渡过这一关,奎尔想。廉价的哲学。她不知道他以前经历过什么,目前正在经历什么。

"唉,我拉扯着这两个孩子,坐着汤姆岩公司的出租车在锚爪市转了整整一星期,找一个地方——一座房子,一套公寓,或者哪怕是几间屋子。我得让我的生意开张。我每天晚上都提到这件事,但你总是心不在焉。"不知道他还要在那个死去的女人的坟墓里沉湎多久。"我们必须赶紧熟悉这里的情况,大家齐心合力。"

"你说得对,姑妈。对不起,让你一个人去找地方。"他已经来到这里,已经没有退路可走了。

"唉,我也没有找到什么。斯派克老夫人那儿有一间黑屋子。政府叫她换换床单,挂出一块'住宿加早餐'的招牌。还不如这个垃圾堆呢,虽然价钱要便宜一些。但是那里只够住一个人。看来锚爪市住房紧张。这地方发展迅速。"她的话越说越快,似乎为了赶上咔嗒咔嗒的织针的速度。

"正像我说的那样,我们需要一条船。半小时就能穿过海湾。花钱租房子是愚蠢的,因为我们祖传的老房子就在那里,只需要修理一下。我今天跟一个木匠谈过了。丹尼斯·巴吉特,住在锚爪市。他活儿不忙,说立刻就能动手。他妻子明天负责照料两个小姑娘,我和丹尼斯一起到那座房子去,作一番估算,看看需要什么。他妻子叫比蒂。打算在她家里办一个日托班。这是我们到这里来以后我听到的最好的消息。这两个小家伙,"她扭了一下头,"会成为第一批最好的顾客。"

小兔用脚踢墙,抽着鼻子。

奎尔只听见一个"船"字。"姑妈,我对船一窍不通。它们很贵。很不舒服。很危险。还需要船坞什么的。我不想要船。"

"这恐怕是明智的办法。除非你想每晚花一百多元住在这里。那只需要木匠忙活两天。"她厉声说,眼里闪着怒气。

奎尔按着电视机上的按钮,忘记它已经坏了。

"它不响了,爸爸。"阳光抽噎着说。

"我讨厌这个地方。"小兔说,用磨坏了的鞋子踢着墙壁。"我想坐在一条船里。我想去修绿房子,姑奶奶是在那里出生的,我要有自己的房间。如果我们能去,就让我来扫地好了,爸爸。我什么都肯做。"

"我们去吃晚饭吧,"奎尔喃喃地说。"我现在还想不清楚。"

"餐厅今晚不对外开放,冰山溜石锦杯赛要聚餐。他们给我们做了一些杂烩,不过得我们自己去端,在房间里吃。"

"我想吃肉,"小兔说。"我要吃杂烩肉。"

"真糟糕,"姑妈很不客气地说,"菜单上没有。"接着又对自己说:不吃鱼你只好饿死。

特德·卡德穿一件红衬衫,系一条白领带,正在打电话。比利·布莱蒂占着另一条线。比利大声笑着,喘着气说出一些难懂的句子,奎尔听不明白,简直像外国话一般。外面雨声不断,海湾布满密密的雨点。煤气取暖机在屋角号叫。

奎尔看着纳特比姆。"一个名叫丹尼斯·巴吉特的人和杰克有关系吗?他是个木匠。姑妈跟他商量了修理老房子的事。我们必须采取措施了。再也不能呆在那个该死的汽车旅馆里。通向奎尔岬的道路糟糕透了,在锚爪市又租不到房子。我真不知道该怎么办。如果要买船,我宁可回美国去。"

纳特比姆的下巴往下一掉,假装惊恐地举起双手。"不喜欢船?那倒是怪滑稽的。在一个满是海滩、海湾,没有道路的地方,船是很实用的。我之所以最后跑到这里来,你知道吗,就是因为我的船。'波罗哥夫'。我这么叫它,因为它有一点古板。"纳特比姆的话像微风过耳。演戏般侃侃而谈,像在做竞选演说,当时说得慷慨激昂,但是第二天一早赶往另一个地方演说时,那些话就被忘得一干二净了。

奎尔把笔记本架在他的茶杯上,关于一场卡车车祸的文字刚写了半段,是用手动打字机打的。别人都有电脑。

"等我给你一台,你就也有了。"杰克·巴吉特说。但是并无恶意。

"丹尼斯是杰克最小的儿子,"特德·卡德听见了他们的谈话,探过身说道,口臭从房间那头喷过来。"他和老头儿关系不太好。以前他是老头儿眼里的宝贝,特别是他们失去了可怜的杰森之后,可是现在不了。搞不清楚,如果丹尼斯替你干活,杰克可能会觉得不合适。谁知道呢,也许不会。"电话像玩具口哨一样颤巍巍地响了起来。

"这次是他。"卡德说着,抓起话筒。他总能猜到。

"《拉呱鸟》报社! 好的,没问题。再见,头儿。"他挂断电话,让椅子转过去,看着斑驳的海面。大声笑了起来。"比利! 你猜怎么着。他两边耳朵都疼,在家歇着呢。说,'你明天或后天才会看见我。'"

"我还以为这次是断了肋骨呢,"纳特比姆说。"耳朵疼也不错。这个我们还不曾听说过。"电话铃响。

"《拉呱鸟》报社! 啊,好的,好的。你的电话号码是多少? 等一等。纳特比姆,四手湾马库斯的欧文车站着火了。听见了吗?"

"你为什么不弄一条船,奎尔?"比利·布莱蒂从他那个角落里喊道。他桌上放着两个洗衣篮,一个是塑料的,一个是用荆条手编的。

奎尔假装没听见。可是无法躲避邻桌的纳特比姆,他推开收音机,用兴奋的目光看着奎尔。他的脸皱缩着,手指敲着拍子,这是他在巴伊亚① 被黑人音乐催眠时留下来的毛病,那是用鼓和金属锥、闪光铙钹、哒哒响板演奏的一种音乐。纳特比姆受太阴周的影响,带有一点狼人的特征。月圆时就发作,不停地讲话,讲得口干舌燥,在星光厅进行跳舞和打架的活动,然后慢慢陷入沉思。

纳特比姆说,在去巴伊亚之前,他曾在累西腓② 逗留,为一个以前在《伦敦时报》干过的古怪家伙工作,那人办了一份多种语言混杂的四版小报。

"我就是在那里第一次产生了拥有一条船的念头,"纳特比姆说,从桌上的纸包里拣了一颗海枣。"当时住在海岸边,每天都看见船和海水。看见'江哥大'——很特别的一种小渔船,只是六七根不粗的圆木——大概是白塞木吧,组成的一个平台,用木榫固定在一起,用绳子拴牢。随波逐流,靠一根橹掌舵。有一段时间满世界都是打结和捆扎的绳子——伸缩自如有弹性,在钉子和螺钉的野蛮力量出现以前,都是那样弄的。你明白点什么了,是吗?从远处看,渔民仿佛是站在水里。实际上也是这样。海水直接冲过平台面,冲过他的脚面。"他站起来踱步,仰着头,下巴冲着天花板。

比利也不甘寂寞。"老式的爱斯基摩狗拉雪橇也是这样做的。里面没有一根钉子。全靠下死力气用生牛皮绑起来的。"

纳特比姆不理睬他的打岔。"当时我喜欢那些船的样子,但并没有采取什么行动。后来和《时报》那条肮脏的臭咸鱼大吵一架——他躺在水床上玩纸牌,喝黑朗姆酒,我就一气之下飞到了得克萨斯州的休斯敦——不要问我为什么——然后买了一辆旅行车。是自行车,不是摩托车。我蹬着它去了洛杉矶。那是世

---

① 巴伊亚,巴西东部一州,东濒大西洋。
② 累西腓,巴西第四大城市,著名海港。

界上最可怕的一趟旅行。我忍受了沙漠风暴,吓人的致命炎热,干渴,冷入骨髓的大风,想把我撞死的卡车,机械故障,冻死人的北风,倾盆大雨和洪水滔滔,野狼,开着单引擎飞机往下扔面粉炸弹的牧场主。奎尔,唯一支撑着我挺过所有这些的就是对一条小船的向往,一条安静的、可爱的小帆船,轻轻驶过凉爽的水面。这个念头在我心里扎下了根。当时那该死的自行车座牢牢地焊在我的屁股沟里,我暗暗发誓,如果有朝一日能摆脱它,能挣脱它,我一定要到大海去,永远也不离开。"

电话又响起来。

"《拉呱鸟》!是的。是的,杰克,他在这里。不,纳特比姆刚出去报道一场火灾。是马库斯的欧文车站。在四手湾。我不知道。他们只给了我一个电话号码。好的。没问题。他一回来我就告诉他。奎尔,又是杰克,找你的。"

"你这个星期弄到了什么新闻?"声音像子弹一样从话筒里飞出来,射进他耳朵里。

"啊,卡车车祸。我刚把它写完。"

"是什么车祸?"

"一辆双轮拖车驶向无人湾的时候撞在弯道上,滚了下去。车上装满新雪车。一半都掉进了水里,海湾里的每条船都在用抓机打捞雪车呢。驾驶员跳了出来。没人受伤。"

"别忘了船讯。"电话挂断了。

"**纳特比姆!**你最好趁火没灭,快点赶去,不然就拍不到火苗熊熊燃烧的精彩照片了。带着照相机。如果你要拍照,它还是很管用的。"尖刻的讽刺。

"你为什么不弄一条漂亮的罗德尼船[①] 呢?"比利·布莱蒂说。"现在正好可以拣一条好的。可以开着它捕小鱼,让游客们

---

① 罗德尼船,一种古色古香的小船。

给你拍照。你在船上的样子会很好看。"

可是纳特比姆还不准备离开。"所以,奎尔,我又回到伦敦,继续饿肚子。不过至少我收集的录音带完好无损。可是我知道必须有一条船。我当时非常绝望。你大概以为'船和水'是个等式。不对。'钱和船'才是等式。水并不是不可缺少的。所以你才会看见这么多船都躺在人家的后院里。我没有钱,绝望得要命。我花了整整一年时间阅读关于船舶和大海的书。我开始在造船厂转悠。在一个地方,两个年轻人正在造一艘划艇。他们刨起木头来好像很费劲儿——我一直以为刨工是轻松愉快的——于是我突发奇想。念头就是这样产生的。我要自己造船。我要乘着它横渡大西洋。"

"**纳特比姆!**"卡德大吼。

"哦,去敲你的错别字吧,"纳特比姆说着,三下两下套上外衣,戴上苏格兰圆帽,把门一摔冲了出去。

"上帝,他忘记带照相机了。奎尔,杰克要我提醒你报道船讯的事。到港务长的办公室去,抄一份船只清单。要写下船名、日期、船的国籍。他们不会在电话里告诉你的。你得亲自去弄。"

"我本来想今天下午去的,"奎尔说。"不过也可以现在就办。港务长的办公室在哪儿?"

"在公共码头上,帕比航海供应站的隔壁。在楼上。"

奎尔站起身,穿上外衣。至少这不是一场车祸——满眼都是碎玻璃和滴滴答答的液体,救护人员在粉碎的嘴巴里掏摸着。

第九章 系泊结

"这种绳结的好处在于,如果系得牢靠,就不会从桩上滑脱。如果有谁辛辛苦苦打了一天鱼,发现海水正在涨潮,他的系船缆索套在高潮线痕迹以下四五英尺的一根木桩上,便会想到要学会这种绳结。"

《阿什利绳结大全》

他在码头路上喧闹的叉车和起货机之间躲躲闪闪地穿行。淋过雨水的船只闪闪发光。他看见道路那头红栏杆的黑色海滨渡船上载着汽车,还有拉布拉多区的舰队医药船。在官方码头上,可以看见搜寻救援队的快艇的橘红色侧面。一条拖船正在开进鱼厂。

码头路上铺着已被磨损的蓝石子,那是作为压载物从遥远的某个地方运来的。扑鼻而来的是海边特有的油臭味、鱼腥味和肮脏的海水臭味。除了娱乐场和酒吧外,还有几家物资供应站。透过一扇窗户,他看见一袋袋海枣码成一个巨大的金字塔,正是纳特比姆喜欢的那种海枣——红骆驼牌,商标上印着飞蹿的星星。

港务长的办公室在一道撒满沙子的木楼梯顶上。

港务长狄迪·肖维尔看着奎尔黄色的油布雨衣从旅行车里钻出来,看着他把笔记本掉在潮湿的石子地面上。判断他身材魁梧,动作粗笨。肖维尔曾经以过人的膂力远近闻名。二十岁的时候创办了一个奇怪的协会,名为"手指俱乐部"。七位成员都能靠一根小手指头悬在艾迪·布朗特家地下室的横梁上。当时都算是威猛的好汉。随着年岁的增长,他用洪亮的声音弥补体力的衰退,最后索性取而代之。现在他是手指俱乐部里唯一在世的成员。他的思绪经常停在那一点上。

一分钟后,奎尔推开房门,透过十二英尺高的玻璃往外看,玻璃墙外是濛濛细雨中的海港,处在最突出位置的是公共码头和防波堤,远处是雾气缭绕的海湾。

吱嘎一响。木转椅转了个圈,港务长那张令人生畏的脸正对着奎尔。

"你真该领略一下它在暴风雨中的景色,巨大的云团从山肩上翻滚而下。日落的景致也很壮观,像一群着了火的鸟。这是纽芬兰最赤裸裸不讲体面的一排窗户。"声音低沉浑厚,像在山洞里呐喊。

"我相信。"奎尔说。雨水滴在地板上。他发现了墙角的挂衣钩。

狄迪·肖维尔的皮肤像沥青,有许多裂纹和细缝,因一辈子饱经风霜而粗糙厚硬,又因人到老年而疙里疙瘩。胡髭顶破纹路纵横的面皮钻出来。眼睑在眼角处折叠着耷拉下来,像在保护眼睛。浓密的眉发;粗大的毛孔使他的鼻子像沙子堆成的一样。夹克衫的肩部绽线了。

"我是奎尔。《拉呱鸟》报新来的。来了解船讯。希望你能给我宝贵的建议。关于船讯,关于什么都行。"

港务长清了清喉咙。**人模仿鳄鱼**,奎尔想。站起身,蹒跚走到柜台后面。窗外投进来的冷色强光照在一幅床单大小的油画上。一艘大船劈波斩浪,在它的舷侧,一条较小的船陷在波谷里,眼看就要沉没了。人们在甲板上纷纷逃窜,张着嘴发出尖叫。

港务长抽出一本纸页松散的笔记本,用大拇指翻了翻,然后递给奎尔。封面上写着"到达";给人一种进账和亏损、满舱货物和千里迢迢的感觉;有一种热带的气息。

他随着奎尔的视线。

"多好的画!那是'玛丽女王号'撞翻了它的护卫舰'库拉索'。是一九四二年的事。离开爱尔兰海岸二十英里,当时阳光明媚,有着水晶般的透明度。'女王号'八万一千吨,是从客轮转为部队运输舰的,而那艘巡航艇只有四千五百吨。把它拦腰撞断,像切一根煮胡萝卜。"

奎尔写得手都发麻了,却发现抄录的船名都是几个星期前入港的。

"我怎么能知道船还在不在这里呢?"

港务长又抽出一个本子。胶合板封面,上面歪歪斜斜、颤颤巍巍地烫着"离开"二字。

"哈哈,"奎尔说。"我认为他们应该给你弄一台电脑。这些记录似乎挺费事儿的。"

港务长指了指柜台后面的一个小壁间。电脑屏幕像煮沸的牛奶。港务长敲了几下键盘,船名便以蓝色豪华体字母显现出来,还有它们的吨位,船主,注册国,货物,到达和离开的日期,上次停靠的港口,下次停靠的港口,离开出发港的天数,船员人数,

85

船长的姓名、出生日期和社会保险号码。港务长又敲击一通,一台打印机嗡嗡作响,纸张不断地滚出,落进一只塑料箱里。他把纸撕下,递给奎尔。这便是船讯。

他咧开嘴一笑,假牙暴露无遗。"现在你便会记住了,我们用两种办法记录船讯,"他说。"这样,碰到狂风骤雨,突然停电的时候,你就可以翻翻老本子,东西都在上面。喝一杯茶吧。在阴雨天气,没有比喝茶更舒服的了。"

"好的。"奎尔说。坐在椅子边缘。雨水像小溪流一样顺着窗玻璃淌下。

"下去,"港务长说,把一只猫从椅子上推下去。"现在我们这里的船只范围很广。两年前政府花了一千七百万给这个海港升级。重建的码头,新的集装箱枢纽站。今年有十六艘巡航舰赶着入港。只呆一两天,但是,我的小伙子,只要他们踏上这片码头,就开始大把地往外扔钱。"

"你干这个多长时间了?"

"取决于你说的'这个'是指什么。我十三岁的时候就出海了——在我叔叔唐纳尔的六十吨纵帆船上做舱面水手,在这片海岸上转悠。我就是这样练出了一身力气。哦,他给我吃山珍海味,却也让我做牛做马。后来我在一条平底纵帆船上到贝尔岛沿岸捕鱼。我在海岸渡船上干过。当过商船船员。二次大战期间,是加拿大海军上尉。战后参加了海岸巡逻队。一九六三年搬进这间办公室,担任锚爪市港务长。三十年啦。明年就退休了。我才七十岁,他们就要把我赶走。我想学学弹五弦琴。但愿别把弦儿崩断就好了。有时我真不知道我还有那么大的力气。你怎么样?"他活动活动手指,使关节像燃烧的树节疤一样突现出来。伸出防风草根般的小指头。

"我?我刚到报社工作。"

"你看样子像是本地人,但口音不像。"

"我家是奎尔岬的,但我在美国长大。所以我是个外地人,或多或少吧。"奎尔的手悄悄移到了下巴上。

港务长打量着他,眯起眼睛。

"是的,"狄迪·肖维尔说。"我猜你在那儿有过一段故事,小伙子。你怎么会在离家那么远的地方长大?然后又回来?"即使现在他也能表演一些让人目瞪口呆的绝活儿。

奎尔将茶杯在托碟里拖来拖去。"我——唉,一言难尽。"声音低弱下去。他用钢笔戳着笔记本。改变一下话题吧。

"那儿的那条船,"他指点着,说。"是什么?"

港务长从椅子底下找出一个双筒望远镜,朝海湾眺望。

"'北极磨工号'?哦,是的。已经通过了试航和检验。定期到这里来装鱼和海胆卵,用于日本的美食贸易。是一艘冷藏船,大约一九七〇或一九七一年在哥本哈根为北方美食公司建造。你见过它在鱼厂装海胆卵的场面吗?"

"没有。"奎尔想到涨潮的水池里那些绿色的针垫。

"漂亮!真漂亮。花哨的木碟子。日本人认为它们是美味佳肴,每碟子出一百美元呢。他们把它们摆成好看的图案,像条被子一样。'乌米',管它们叫'乌米'。生吃。在蒙特利尔的寿司酒馆里可以买到。我吃过。我什么都尝过。野牛,裹巧克力的蚂蚁,还有生的海胆卵。我有一副钢铸铁浇的肠胃。"

奎尔喝着茶,感到有点恶心。

"给,拿望远镜去看看。它的龙骨前端部分是球茎状的,那是造它的时候刚开始使用的。另外还有一艘姐妹船,叫'北极门牙号'。冷藏船,带四个货舱,隔离舱。还有航海图和位于船中部的驾驶舱,以及所有最先进的电子航海辅助设备。在当时来说是高度自动化了。它在风暴里遭难以后,又给它重新配备了新的航海设备,新的温度计,你在驾驶台上就能看到,还有其他的一切。

"造这艘船的时候,正流行斯堪的纳维亚风格的装备——那些柚木便是派了这种用场。那首歌,《挪威森林》,还记得吗?"用男低音连吼带唱了几句。"'北极磨工号'上都是涂了油的柚木装置。有蒸汽浴室,而不是游泳池。在大海里蒸汽浴室是不是管用得多?墙上的壁画描绘了滑雪比赛、驯鹿、北极光等等。我想你该听说过它的。"

"没有。它有什么出名的地方吗?"

"就是那条船造成了父子间的不和,杰克和他的儿子丹尼斯。"

"丹尼斯,"奎尔说。"丹尼斯正在给我们的老房子干活呢。在奎尔岬。"

"我小的时候,"狄迪·肖维尔用淡漠的口吻说道,"可能去过那座房子。那是很久、很久、很久以前了。说起丹尼斯,他是一个很好的木匠。他当木匠比当渔民出色。当时这对杰克来说是个安慰——巴吉特家的人在海上遭遇了那么多的不幸。杰克虽然把所有的时间都尽量花在海上,却对大海有一种病态的恐惧。他不想让他的儿子们去当渔民。结果当然弄得父子关系剑拔弩张。杰克告诉他们,这是一种非常、非常残酷的生活,到老了一无所有,只有一身的病痛和贫穷。而且很可能孤苦伶仃地淹死在那片翻腾着冰块的水域里。他的大儿子杰森就遭到了这样的命运。载着满满一船鱼在巴基滩被冰包围,后来天气突变,就翻了船。预报说是中等的疾风,却突然变成了风暴的势头。这里的海岸上堆积着可怕的银白色融冰——越是美丽就越是危险。再喝点茶。"他为奎尔倒了一杯浓茶。

"就是这样!丹尼斯去给圣约翰斯一位有名的木匠当学徒,学习从制图到完工的一套手艺,如果我记得不错,那人好像是叫布里安·考科利。后来他做什么呢?告诉你吧,他的第一个工作是签约在'北极磨工号'上做随船木匠!那船来来回回地航行于沿海诸省和欧洲之间,去过两次日本,还顺着海岸去过纽约。丹尼斯对船和大海简直着了迷,就像杰克和杰森一样。在所有的事情当中,他最喜欢捕鱼。可是杰克死活也不同意。

"杰克那个态度真是吓人。他想如果丹尼斯是个木匠,就会平平安安呆在岸上。他很担心,你知道,替丹尼斯担心。我们对自己害怕的东西经常感到怒不可遏。杰克的想法是对的。你看,他知道大海特别钟爱巴吉特家的每一个人。

"到了一定的时候,我们这儿就会有一场冬季风暴。真是活该倒霉,'北极磨工号'在海上遇到了风暴。在圣约翰斯东南面大约二百英里的海面上。二月风暴,来势凶猛。寒冷的四十英尺高的巨浪,风速为五十海里的呼啸的狂风。你有没有在海上遭遇过风暴,奎尔先生?"

"没有,"奎尔说。"也不想。"

"你永远不会忘记那种经历。以后每当你听到风声,就会想起那预报死讯的女妖精的呜咽,想起排山倒海的巨浪,被撕成泡沫的浪峰,和可怜的船的哀哀呻吟。任何时候遇到风暴都是够倒霉的,而当时正是严冬,冷得可怕,栏杆和索具上都结冰了,最后船上载着好几千磅重的冰。雪下得那么猛,透过窗户只看见外面狂舞着一片白色。根本看不见下面的街道。房屋的西北面粘了一英尺厚的雪,像钢铁一样坚硬。"

奎尔手中的茶杯冷却了,他专心地听着。老人耸着肩膀,话嘶嘶地从牙缝间挤出。往事冒着泡儿从他黑洞洞的嘴巴里涌出来。

"船都想驶进安全的港湾,从沿海诸省到欧洲的整个北大西洋的海面上,到处都是遇险求救信号。化学油船的驾驶台没有了,船长也无影无踪。一艘满载铁矿砂的货轮沉入海底,所有船员无一幸免。一条保加利亚的船尾拖网渔船被拦腰斩断,船上的人全部丧生。海港里的船拖着锚移动,互相猛烈地碰撞。一场可怕的风暴。没有一个安全的地方。'北极磨工号'也吃尽了苦头。那些汹涌的巨浪根本没法看。船长保持足够的速度,想操舵避开风头,让船平安脱险。哦,你什么时候让丹尼斯给你讲讲那段经历吧。那艘船所受的折磨,简直让你的血液都会凝固。驾驶舱的窗户被砸得粉碎,真是巨浪滔天啊。整整一夜,每个人心里想的就是,船能够坚持到天亮吗?他们总算挺过了那个可怕的夜晚。曙光出现了,这时唯一的变化就是可以清楚地看见朝他们劈头打来的巨大的浪头,看见愤怒的大海的疯狂肆虐。

"天亮后不久,迎面来了一个巨浪,像一堵由半个大西洋聚集而成的高耸的墙壁,然后是一阵石破天惊的爆破声。丹尼斯说他还以为船撞上了冰山,或船上的什么东西爆炸了。说他的耳朵后来有好一阵听不见声音。实际上是船被巨浪打中了。'北极磨工号'钢铸的船体在浪头的重压下从中间裂开,一道将近一英寸的裂缝从右舷横贯左舷。

"这下,他们都慌了,纷纷奔来跑去,赶紧调和水泥,想把那道裂缝用水泥堵住,用木头塞住,只要能挡住海水进来。海水汹涌地往里灌,很快填满了货舱。他们在齐腰深的水里艰难行走。"

又喝了一大口茶。

"沉重的巨浪和涌进船里的成吨的海水使船身严重倾斜。眼看就要沉下去了,船长下令'弃船逃生'。但愿你能想象那些渺小的救生艇在滔天巨浪中挣扎的情景!他们失去了二十七条汉子。最后发生了两件奇特的事情。第一,'北极磨工号'——正如你看到的那样——并没有沉下去,只是倾侧着摇摆不定。船长看到它仍然浮在水面上,就又返回船上,第二天他们遇到了一艘营救拖船,用一根拖缆拴着,终于被拖进了海港。"

"那么丹尼斯呢?"

但是电话铃响了,老人吱嘎吱嘎地走进海图室,用洪亮的声音对着另一部电话讲话。然后走到门边。

"好了,我只能打断话头了。他们抓住一艘俄罗斯拖网渔船,它在二百英里的界线内捕鱼,没有执照,而且渔网的网眼小于规定尺寸。这是他们第二次抓住同一条船和同一位船长了。海岸巡逻队正把他带进海港。我要去办一些书面手续。下星期再来,我们一起喝茶。"

奎尔沿着码头行走,伸长脖子想再看一眼"北极磨工号",但它消失在濛濛细雨中了。一个男人穿着粗呢上装和塑料凉鞋,正出神地望着库迪航海物资供应站的橱窗里摆放的套鞋。他有着湿漉漉的通红的脚趾。在奎尔经过的时候说了一句什么。酒店,航海五金店。一条长线多钩钓鱼船朝鱼厂漂去,一个穿黄色油布雨衣的身影靠在栏杆上,盯着下面打着旋涡的机油色的海水。

在码头的尽头,人们在装板条箱,一股垃圾的气味。板条箱旁边拖上来一条小船,上面靠着一块木板,用粉笔写着:"出售"。奎尔打量着这条船。雨水流过倒扣着的船底,叭嗒叭嗒地落在石子路上。

"你掏一百块钱,它就归你了。"一个男人靠在一扇门框里,手上的水流进口袋里。"是我儿子造的,可他现在走了。摸彩票得了五百块钱。远走高飞去大陆了。那里的人都生活在蛇堆里。"他发出一阵窃笑。"他去撞运气,寻找该死的出路。"

"噢,我只是随便看看。"不过一百块钱买一条船倒不算很贵。它看上去挺不错,似乎够结实的。漆成白色和灰色,简直跟新的一样。一定有什么地方不对头。奎尔用指关节敲了敲船帮。

"你猜怎么着,"那人说。"给我五十块钱,它就归你了。"

"漏吗?"奎尔问。

"不漏!绝对不漏!结实得跟海牛一样。只是我儿子把船造好就走了。你瞧,他倒是一走了之,一身轻松。我想把这船从我眼前弄走。本来想把它烧掉,"他狡猾地说,掂量着奎尔的反应。"眼不见,心不烦嘛。不然看见它就想起我那儿子。"

"别,别,别烧掉它。"奎尔说。"五十块钱总不会有错,不会的!"他掏出五十块钱,换回一张潦潦草草写在一个信封背面的收据。他看见那人的外衣是一种疙里疙瘩的面料,被撕开了几道口子,衣襟上沾着污渍。

"你有拖车吗?"那人指了指船,手在空中画着圆圈,做出滚动的姿势。

"没有。我没有拖车,怎么把它弄回家呢?"

"你可以在库迪的店里租一辆,如果你愿意付给他吓人的租金。或者,我们把它绑在你的卡车车厢里。"

"我没有卡车,"奎尔说。"只有一辆旅行汽车。"他总是没有合适的东西。

"啊,那也可以的,只要你开车速度不是太快。不然它会从前面或者后面耷拉下来的,你知道。"

"那么,你管它叫什么样的船呢?"

"啊,就叫快艇。你在上面装个马达,沿着海岸冲来冲去多么好玩!"那人现在变得精神抖擞,热情饱满了。"只要等这种小阵雨的天气过去以后。"

最后,奎尔还是租了一辆拖车,和那人以及另外六七个人把船挪到了拖车上。那些人踩着水走过来,大声笑着,捶打着那人的肩膀,对此奎尔未加理会。他开着车返回《拉呱鸟》报社。管它呢,五十块钱还不够四个人吃一顿晚饭。雨水像波动的床单一样流过路面。那条船一路摇摆不定。

看见了她。穿绿色油布雨衣的高个子女人。像往常一样沿着路边大步行走,雨衣的帽子被推在脑后。一张平静的、几乎算是俊秀的脸,浅红色的头发编成辫子,盘在头上,是一种老式的圆锥形发型。头发湿了。她独自一人,目光正对着他。他们同时挥了挥手,奎尔猜想她的腿一定像马拉松运动员一般修长。

悠闲地走进报社,坐在桌边。里面只有纳特比姆和特德·卡德。由于气压低,纳特比姆耳朵贴着收音机昏昏欲睡,卡德在接电话,同时使劲敲打电脑的键盘。奎尔想对纳特比姆说些什么,但终于没说,而是继续整理船讯。够枯燥的,他想。

本星期到港船只
贝拉号(加拿大)来自渔场
告别号(加拿大)来自蒙特利尔
狐火号(加拿大)来自苦难湾
港丸54号(日本)来自渔场
佩斯卡梅斯卡号(葡萄牙)来自渔场
波托·桑托号(巴拿马)来自公海
佐克号(俄罗斯)来自渔场
金字神塔号(美国)来自公海

如此等等。

四点钟,奎尔把船讯交给特德·卡德,卡德潮湿的耳朵贴在话筒上,一边耸着肩膀打字。他那颈椎僵硬的毛病又犯了。

外面响起车门被关上的声音。比利·布莱蒂的嗓音忽高忽低。纳特比姆敏捷地抢着说道:

"是杰克·巴吉特和比利·布莱蒂报道车祸回来了。奎尔,你不在的时候有辆汽车撞了驼鹿。死了两个人,驼鹿也死了。"

又躲过去了,奎尔想。

"我希望他们从各个角度都拍了照片,把我们的那点篇幅都占满。"特德·卡德一边说,一边打着奎尔的船讯。

几分钟过去了,门还是关着。比利的声音听不见了。奎尔知道他们在打量他的船。怎么样,他终于采取了果断行动。他微笑着,在肚里练习讲述他怎样不假思索地决定买一条船,并且买到了,他怎样感到自己已经脱胎换骨,准备接受大海,去抓住祖先的遗产。

门开了。比利·布莱蒂急跑进来,没有看奎尔一眼,径直奔向他的桌子。杰克·巴吉特头发上布满雨珠,大步流星地走进房间,在奎尔桌前站住,一边喷烟,一边嘶嘶地说道:"你买那玩意儿想干什么?"

"怎么啦,每个人都逼着我买一条船!它看上去和别的船一样好,价格也公道。这样我来来去去就可以快得多了。它是一只快艇。"

"是一只破艇!"杰克·巴吉特说。"你最好的办法就是趁一个黑夜把它处理掉。"他砰地摔门走进他的玻璃办公室,他们听见他嘴里咕咕哝哝,擦了几根火柴,又把办公桌的抽屉开了关,关了开。纳特比姆和特德·卡德走到门口,望着外面奎尔的船。

"有什么不对吗?"奎尔摊开两只手,说道。"有什么不对吗?大家都叫我买船,等我真的买回来了,又说我不应该买。"

"我告诉过你,"比利·布莱蒂说,"我告诉过你,要买一条漂亮小巧的罗德尼船,带七马力马达的漂亮小巧的十六英尺罗德尼船,有能挡住海水的漂亮小巧的船身,有精致的船帮,船里不要掏得太空,一条小巧的船,船头下面能吃得住劲儿。你却买了一个摇摇摆摆、歪歪斜斜的次品,根本不管用,只能在风平浪静的时候沿海岸外十英尺的地方转转。船身弓腰驼背像个罗锅,而且没有马达井,形状也丑陋不堪,它在水里会颠簸摇晃,不是前面翘起来,就是后面竖起来,搞不好还会沉没。"

纳特比姆什么也没说,但他看着奎尔的那副神情,就好像他打开一包系着彩带的礼物,却发现里面是一双尼龙袜一样。比利·布莱蒂又打开了话匣子。

"造这条船的那小子是个死不开窍的笨蛋,里德·古什的儿子,船造好后一个月就离家出走了。什么能力也没有。这船不仅毫无用处,而且让你看了就想哭。造船怎么能把艏柱的曲线弄反了呢?我从没见过哪条船的艏柱像这个样子。这里造船根本不是这样的造法。里德本来想把它烧掉,他说过的。真倒霉他没有这么做。我告诉过你,要买一条漂亮小巧的罗德尼船,那才是你需要的。或者一条带马达的平底渔船。或者一只出色的快艇。你最好把那玩意儿装满石头,沉到海底算了,到纳尼口袋湾去找那些家伙谈谈,找鸬鹚·愁冈大叔和艾尔文·雅克那些家伙谈谈。叫他们中间的一个给你造一条漂亮小巧的小船。他们会给你一个适合在海上航行的东西,会给你一个船头船尾之间和谐匀称的东西。"

雨水像鼓点一般落下。**蠢人又一次办了错事。**

第十章 纳特比姆的航行

> "航行,是外出或回家的一段旅程;不过在保险单上,从一个港口到另一个港口的旅程也称为航行。"
>
> 《海员词典》

奎尔走进汽车旅馆的房间,看见姑妈穿着她那件羊毛外套,轮廓僵硬,目光呆滞。窗户下面的地上放着一个包裹,用床单包着,用网绳捆着。

"两个孩子呢?"奎尔问。"那是什么?"

"她们在丹尼斯和比蒂家。考虑到这种种情形,我认为她们呆在那里更好一些。有了今天早晨的那件事。华伦,"她指指那个包裹,"它白天在床底下死了,只把爪子伸在外面。房间里只有它一个。我进来以后才发现的。"她没有哭,声音也没有打战。奎尔拍了拍她穿着黑衣服的肩膀,感到手下的垫肩硬邦邦的。她袖子上粘着狗毛。姑妈深深隐藏在她外套里面的某个地方。

"两个小姑娘很喜欢呆在比蒂家。和他们家的孩子一起玩小木片和彩色笔。巴吉特家有几个孩子跟她们年龄差不多大,请求让阳光和小兔留在那儿。我认为你不会反对的。考虑到这种种情形。我对她们说华伦必须出远门去。我想她们没有明白我的意思。阳光还太小了,不过小兔想知道华伦到底什么时候回来。我希望你能解释得更清楚一些。"声音平淡得像在背诵字母表，介于呻吟和沉默之间。

"可怜的华伦。我很难过，姑妈。"他确实很难过。无精打采地跌坐进椅子里，撬开一瓶啤酒。想起小兔那些恐怖的噩梦把他们全都惊醒，孩子大汗淋漓，两个瞳孔像比利桌上的墨水瓶。希望她夜里不要吵醒丹尼斯和比蒂。

"关于修理那座房子的事，丹尼斯是怎么说的？"他疲惫地问。

"是这样的，"姑妈说着，把外套挂在一边，费力地脱去靴子，"他认为，如果上手以后有人帮他一把，就能保证我们两个星期之内住进去——有一片屋顶遮风挡雨。信不信由你。我心里有了底，就去跟旅馆办事员交涉了一下，为我们争取到了那扇门后面的著名单身客房"——指了指侧墙——"只要我们住在这里，就能以这个房间的价钱多住一个房间。你看，"她打开另一扇门，里面有一张单人床和一个小小的厨房。"你可以睡在那里，我和两个小姑娘住在这里。这样至少可以有一点私人空间，住得稍微宽敞一些。至少早上可以煮煮咖啡，弄点东西吃吃，省得楼上楼下地锻炼身体。我明天就去采购一些食品。"她取出她那瓶威士忌，倒出一点。

"好了，再说说年轻的丹尼斯打算对那座房子做些什么吧。他说如果你能在周末帮他一把，一切就没有问题。这很艰苦，但是我们会熬过去的。总不会比这个地方更糟吧。其他的修理工作要一直持续到秋天。他认为我们需要找一个煤气发生器，买一个煤气炉和两箱丙烷。他可以叫一个人来开推土机清出一条路，从老手套厂一直通到门前的院子。明天就可以干，他说，只要我们付得起钱。我对他说我们能付得起，因为非付不可。但是首先必须打一些桩基，建一个船坞，让丹尼斯可以开着船来来去去，运送建筑材料。他说有一个家伙——名字我忘记了——以前专门在这片海岸上修码头，现在退休了，但可以承担这样的

97

小活计,如果有几个人帮他干重活的话,几天就能完工。丹尼斯说,这比开车绕道过去可要快多了。"

奎尔点了点头,但脸上毫无表情。姑妈叹了口气,心想如果能摆脱这身老皮老肉,恢复年轻的体格,她就自动手了。她能应付一份新的工作,能操纵一条船,能翻盖老房子,能战胜配偶负心的痛苦。她拖出一叠草图和清单,一行行长长的算式,在桌子上摊开。手指短粗,指甲剪得平秃秃的。

"真希望能找到我的计算器,"她说。"丹尼斯把数字都算出来了,他总是算到后面忘了前面,不得不加了三次。我现在好像已经不会算数字了。他们说如果每天做十遍算术,人就不会衰老迟钝。可是这样的话,银行家就应该都是天才,可这是没有道理的。银行家是世界上最笨的人。"奎尔把椅子转了个圈,假装很感兴趣。**男人对岬上的老家半冷不热。**

"最大的困难是填入绝缘材料。如果已经住进去了,就不能把原来的灰泥和板条都铲光。那可是没完没了,简直要把你呛死。所以他就想出了这个主意。把新的间柱直接覆盖在每个房间的墙壁上,然后蒙上绝缘材料,再贴上你买的墙板。就像一座双重的房子。尤其是我不喜欢在外面涂乙烯基材料。'哦,'他说,'乙烯基壁板可以使房子保暖,永远不需要粉刷,而且随时都能买到。'我说我的棺材上也不要涂那玩意儿。"

她两口喝光了威士忌,一块孤零零的冰块在杯里咔嗒作响。奎尔吃惊地看见她又倒了一杯。**痛失爱犬。**

"你想怎么处置华伦?"

"把它埋了是不大可能的,"她说。"到处都是岩石。我想把它带到海边去海葬。行一个短短的仪式,你知道,说几句话。我打算开车到海岸上,找一个合适的地点。把它托付给海浪。可怜的华伦。它在这里一直很不快活。一直没有机会真正出去玩玩,在海滩上好好走走。狗都喜欢那样。"

"我今天买了一条船,姑妈。真糟糕没有同时买个马达。我们可以把华伦带到海上去,如果我知道怎么开船就好了。"

"你买了船!"

"是的。可是杰克·巴吉特说那条船一钱不值,虽然我买得很便宜。那家伙简直是白送给我的。五十美元。姑妈,我的意思是它虽然没那么好,可是便宜呀。我租了一辆拖车。现在必须去买一个马达。我可以从这条船开始学习航海。"

姑妈眺望外面的停车场。"从这里看不见,"她说。"不过你这么做是对的。也许你可以和丹尼斯一起出海几次,看他是怎么处理的。"

"我今天听到一个关于丹尼斯的故事。但是没有听完整。"

响起一阵敲门声,敲门的节奏很特别。像一个鼓手轻捷飞快地敲击绷紧的皮鼓。他以前在什么地方听到过?啊,是纳特比姆。

"你好,你好。"纳特比姆说,他两条长腿一开一合地在房间里走动,和姑妈握了握手,递给她一瓶棕红色葡萄酒,"法国新地葡萄酒。"又握了握奎尔的手,面带微笑东张西望,像在欣赏什么新奇的景物。他坐在最靠近华伦的椅子上,弯曲的膝盖差不多跟肩膀一般高。他朝那堆裹尸布瞥了一眼。

"我想过来一下,"他说。"跟你接着说说我的船。在报社根本没法谈话。我想就你买的那条船给你出一些点子。巴吉特老汉当时脾气是凶了点,但你可以从中得到一些有用的东西。以后多留点神就是了。在这里我没有人可以交谈。我来这里以后就没有跟人交谈过。八个月了,我没有跟任何人交流过一句文明的话。我对自己说,吃过晚饭过来看看,认识一下这位——"

"哈姆,"姑妈说。"阿格妮丝·哈姆女士。"

"幸会幸会,哈姆女士。你们知道吗,真正人生的一大悲剧就是没有背景音乐。我带来了几盘我的磁带。几段也门音乐,

99

几首阿尔及利亚歌曲,一些诗歌朗诵录音。就是这一类的玩意儿。我想你没准儿有台录音机呢。没有?真糟糕,不是吗?那么,你们一定要到我那儿去听听这些音乐。不过我住的地方很小。我住在汽车后面的活动房子里。你总会看到的。你们一定要来尝尝我做的咖喱美食,我还在这旅馆里录了几盘磁带呢。在我的船失事的逃避港,我给一个古怪的年轻人录过音,他是所谓的'下巴音乐'专家,不用任何乐器,只要定下一个调子,就从鼻子里发出一连串不可思议的、毫无意义的音节。像一个烟草拍卖家。哇——啊嘟——啊嘟——啊嘟——啊嘟——哇——嘟豆儿——啊!"

姑妈站了起来。"先生们,我忙了整整一天,简直快要饿死了。我们下去到'只此一家、别无分店'的趣乐汽车旅馆餐厅去吃一盘美味的鳕鱼段,你认为怎么样?纳特比姆先生?"她不知道他那硕大的鼻子是天生的呢,还是因为肿胀的缘故。

"哦,我吃过晚饭了。真的,是咖喱饭。不过我跟你们一起下去。你们吃饭,我说话。对了,也许我会喝一杯啤酒。"

奎尔点了红肠套餐,这是菜单上他唯一没有尝过的东西,他晚上经常看见邻桌的食客狼吞虎咽,吃得津津有味,猜想这是一道家常特色餐。只见盘子里堆着一段段粗粗的红肠,还有炸土豆、肉汁、罐头萝卜和一团青豆,都是放在微波炉里加热过的。给人最强烈的感觉就是吱吱作响的热油和剥落的盐痂。姑妈将脑袋靠在一只手上,似乎在听纳特比姆说话。

"所以我就在造船厂到处逛,在造船工人常去的酒吧耗着,听他们讲各种事情,有时也提几个问题。我提醒你,我以前对船是一无所知,除了给我叔叔做过一块放烤箱的搁板外,什么也没有做过,也从来没出过海,甚至没在海上航行过。我经常听得云山雾罩。但是我很勤奋地听着,打定主意要把事情做成。那个念头牢牢抓住了我。

"最后,我琢磨出了一种我能造得出来、能在水上漂浮的东西。用胶合板造一条经过改良的中国式舢板,配有全压条的斜桁四角帆。你知道吗,中国人所忘记的航海知识,比世界上其他人所知道的还要多。他们发明了指南针,发明了防水舱,发明了腿舵和世界上最得力的帆。舢板是古代的船,有五千多年的历史了,特别经得住风浪,很适合远距离航行。而且我一直对中国的诗人非常着迷。"

"盐太多了。"奎尔抱歉地对女服务员说。"最好给我来一杯啤酒吧,如果方便的话。"

姑妈垂下了红红的脸,嘴巴周围的圆括号像钳子一样。无法弄清她是在听纳特比姆说话,还是思维早已飞到了喜马拉雅山。

纳特比姆灌下他的陈贮啤酒,示意再来一杯。只要那姑娘站在旁边,他就不会让她闲着。"我那段时间一直在为一家曲高和寡的杂志写书评,他们专门登载除了大人物外谁也看不懂的评论文章。都是些剑拔弩张的笔墨官司。我就靠着从我叔叔那儿蹭点拿点,靠着每天喝羊脖子汤过活,最后总算省下了笔钱,雇了一个船舶设计师来为我画一个舢板的图样,简单得很,我自己在家里用半英寸厚的胶合板就能做出来。

"啊,哈姆女士,你真应该看看它刚做好时的样子。很难看。是个粗糙、丑陋的东西,总长度二十八英尺,吃水深度五英尺,还有就是那个唯一的舢板帆,不过面积有三百五十平方英尺呢,相当可观。船尾有一个悬空的腿舵。它又笨重又迟钝,非常丑陋。再加上我又把它漆成鼠皮灰色,就更加丑陋不堪了。弄了一块泡沫当床垫,放上我的睡袋。几个木箱当桌子椅子。就是这样。起初我只是开着它在海岸附近转悠,吃惊地发现它很舒服,而且操作起来得心应手。那帆简直是个奇迹。我得到它的经过非常有趣。"

姑妈喝光了杯里的茶,把茶壶轻轻地挪来挪去,然后又给自己倒了半杯。没有办法阻止纳特比姆,他现在呼啸着乘风破浪,勇往直前。

"你们知道,我有个朋友在索斯比拍卖行工作,有一天提到他们要拍卖许多航海和船舶的古董。于是我就去了——纯粹出于好奇。都是一些你能想到的东西,海象牙雕刻,'泰坦尼克号'上一艘救生艇的牌子,波利尼亚棕榈叶海图,古代地图。目录上有一样东西使我很感兴趣,是一张竹片压条的澳门舢板帆,形状完好。最后我以低于一张新帆的价格把它买到了手。也算是一个小小的奇迹。

"后来我才知道那压条帆真是一个空气动力学的杰作——它形成一道平展的弧线。其实只是将苇片和帆布用压条横着绷紧——原理类似于一把折扇。你把它折起、张开,就像开合一把扇子。有了压条板,就可以很自如地操纵船帆了——几秒钟之内就能收帆或降帆。没有支索之类的东西。那些小片片使你可以十分细致地调节平衡。他们说,即使帆布上满是窟窿,帆也照样管用。中国人称它为'捕捉风声的耳朵'。过去的舢板水手甚至把一张苇帆卷折起来,如果船失事了就用它当救生筏。我从拍卖行买来的帆真是个好东西。

"于是,那年夏天我就出发了。横渡大西洋。你知道,一旦有了目标,就必须勇往直前。我就靠吃那些一小袋一小袋的东方面条、干蘑菇和干虾。我有个很小的炉子,只有茶杯那么大。你们大概见过那种东西。航行六十七天到达逃避港。我的计划是继续环行世界。"

"可你仍然呆在这里。是为下一次航行攒钱吗?"姑妈问。

"啊,是这样的,我刚刚把船大修了一番。本来计划经圣劳伦斯到蒙特利尔,可是海上起了风暴,使我偏离了航向。我根本就没有打算到纽芬兰来。如果能自己做主就好了。倒霉的是我正好碰上这片海岸最糟糕的一部分。到处都是凶险的岩石。可怜的波罗哥夫,本来一路顺顺当当,却在逃避港撞坏了船底。那真是个奇怪的地方,我就是在那儿听见那个男孩表演下巴音乐的。"

"我可以去负责处理华伦。"奎尔压低声音对姑妈说。他看见她把餐巾拧成了一股绳子。

"不,不用。你在这里陪着纳特比姆先生。我愿意亲自去办。一个人去办。"说罢便起身走了出去。

"她的狗死了。"奎尔说。

纳特比姆招手再要一瓶陈贮啤酒。

"我最喜欢喝的。"他说,深深吸了口气。但是不等他开始大讲特讲逃避港,奎尔便硬插进一杠。

"我今天下午听到丹尼斯·巴吉特在'北极磨工号'上的一些遇险经历。是听港务长肖维尔先生说的。他很会讲故事。"

"哦,是的。很精彩,是不是?使你毛骨悚然。当讲到杰克那一段时,我的脉搏都加快了。真是个怪人儿。那家伙能看透你的思想。"

"杰克?他根本没提到杰克呀,只说他对丹尼斯签约上船非常恼火。他描述风暴和被迫弃船的场景十分抓人。一个海上故事。可惜他没有讲完就被迫停住了。"

"我的天哪,杰克那部分才是故事的最精彩之处呢。好吧,我来告诉你!"纳特比姆往后一靠,东张西望寻找端着陈贮啤酒的女服务员,却发现那杯酒已经放在他面前了。

"根据我听到的情形,当时搜寻救援队终于认为丹尼斯和另外几个人已经丧生,不再寻找了。他们找到了两只木筏上的幸存者,救生艇除了一个之外也都找到了。有六个人用塑料绳子绑在一起。还有四个人没找到,其中就有丹尼斯。经过一个星期的搜寻,他们不得不停下了。飞机,海岸巡逻队,渔船,统统出动了。这段时间杰克几乎没有睡觉,呆在海岸巡逻队的码头旁,不停地踱来踱去,一支接一支地抽烟,等待消息。巴吉特夫人留在家里。提醒你一下,我当时不在这儿。都是听比利和特德·卡德说的——当然啦,还有丹尼斯自己。他们走出来,对杰克说不得不放弃搜寻了。他仿佛没有听见他们的话。他们说他站在那里像一块石头。然后他转身就走——你知道杰克转身的动作多么突然——同时他说:'他还活着。'

"他到米斯基湾去找他的哥哥威廉,说:'他还活着,我知道他在哪儿。我要出海去找他。'你知道吗,威廉有一条新的长线多钩钓鱼船,很能经得起风浪。但是他对到离岸太远的地方去有些顾虑。虽然风暴过去一个星期了,海面还是很不平静。请你注意,他绝对没有说他不肯借,只是犹豫了那么一眨眼的工夫。但是这对杰克来说已经够了。他立刻来了个向后转,飞也似的奔向面袋湾。请了一群人帮着把他那条排钩钓鱼的小快艇从水里拉上来,放到拖车上,然后杰克就出发了,朝着南海岸驶去。他连夜开车赶到哭枭湾,把小船放进水里,上面装满一罐罐汽油,他就这样去了,独自一人出海寻找丹尼斯。

"他居然找到了他。真是不可思议,他怎么知道该到哪儿去找呢。找到了丹尼斯和另外一个人。丹尼斯的两条胳膊都断了,另外那个家伙也神志不清。他怎么把他们两个都弄进小艇里的?根据我听到的情形,当时杰克一句话也不说。一直到了哭枭湾,他才说道:'如果你再敢踏上一条船,我就亲手把你淹死。'当然喽,丹尼斯胳膊上的石膏刚一拆掉,就跟妻子一起出海钓乌贼去了。杰克朝他挥了挥拳头,他们现在就不说话了。"

"那是多久以前的事?"奎尔问,他让杯子里的泡沫转啊转的,形成一个旋涡。

"哦,很多年了。很久以前的事,我还没来呢。"

姑妈沿海岸驱车开出几英里,眺望狂风扫荡过的沙滩。这个地方再合适不过了。她把车子停在沙丘顶上,向下凝视着沙滩。涨潮了。太阳悬挂在大海的边缘。变得水平的阳光把潮湿的石子镀成了金色。在一道狭长的谷穗般金黄的天空下,海浪拍岸有声。

波浪一阵接一阵地涌来,浪峰上顶着橘红色条纹,摔碎了,撞在滚动的大卵石上,退回去。她打开奎尔旅行汽车的后盖,拎出狗的尸体。

向下走过那一道海藻线,来到坚实的沙地上。须须丛丛的泡叶海藻和缠结海藻舒展开来,松散开来,又随着不安的海水漂回来。姑妈把华伦放在碎石子上。一阵海浪涌来,打湿了床单。

"你是一个好姑娘,华伦,"姑妈说。"一个聪明的姑娘,从来不惹麻烦。我很难过他们不得不拔掉你的牙齿,可当时的情况你是知道的。哈哈,你咬起人来还真厉害,是不是?不过有好多年没给你吃骨头了。真对不起,我不能把你埋掉,我们在这里的情况太艰苦了。太遗憾了,你没能等到我们搬进那座房子。太遗憾了,艾琳从来不认识你。不然准会喜欢你的,我可以肯定。"她想道,艾琳·华伦,我是多么想念你。永远永远。

她用手帕擤着鼻子,在逐渐降临的夜幕中等待着,海潮逼近时就后退几步,最后华伦浮了起来,沿着海岸向西移去,骑着一匹看不见的海潮的驽马,一点一点地挪动着。大海看上去好像击之有声。华伦消逝了。驶出了视线之外,驶进了西沉的落日。

就像西部电影里那样。

在海湾边,奎尔听纳特比姆讲着没完没了的故事,特德·卡德就着一杯德梅拉拉酒消磨黄昏。

第十一章 人发胸针

十九世纪,珠宝商们用死者的头发制作纪念性的装饰品,把单根的长发编成精致的玫瑰花、姓名首写字母、鸣鸟和蝴蝶等。

星期五早晨,姑妈出发到老房子去。她开着她新买的小货车,海军蓝的车身,银白色的顶篷,还有附加的载客车厢,CD放音机和铬合金的脚踏板。

"我们需要它。在这里必须有一辆货车。我得来来回回地照应我的店铺。你有了一条船,我买了一辆车。他们已经把路修好,把船坞建起来了。楼上的房间修整好了。还建了一个户外厕所。暂时先用着。水已经接进厨房。弄了一些那种新的黑塑料输水管。以后我们还可以装一个浴室。他这个星期在修理房顶。但愿天气不要变坏。不过已经够顺利的了。我们最好住到那里去吧。离开这个可怕的汽车旅馆。我带上食品和煤油灯。你带着两个小姑娘——还有你的那条船一起去,明天上午。"

她的手势和表情都很果断,双手突然攥紧,像抓住一匹野马的缰绳。归心似箭。

姑妈一个人在老房子里。脚步声在一个个房间里回响,桌上的碗和勺子也发出悦耳的声音。现在是她的房子了。水在茶壶里轰轰烈烈地沸腾着。到楼上去。可是当她拾级而上,走进那个房间时,却仿佛是冒险闯入一片粗野的景色,布满了灰岩坑和岩溶洞,以及看不见底的深渊,直到她失足坠落渊底。

盛着她哥哥骨灰的那只盒子放在墙角的地上。

"好吧。"她说着,一把抓起骨灰盒,带着它下楼来到户外。一个晴朗的艳阳天。海面平滑如镜,海鸥翩翩飞翔。她的影子在她身后拉得很长。她走进新建的户外厕所,把骨灰倾倒进坐坑里。然后撩起裙子,坐了下去。尿液四溅。她想,他的亲生儿子和两个孙女,每天都要把身体里的秽物排泄在他的遗骸上,这件事只有她一个人知道。

星期六上午,奎尔带着两个女儿过来了,手提箱堆在后座上,快艇在后面那辆租来的拖车里摇摇晃晃。他转向被压平的道路。从手套厂的停车场那儿道路结束的地方开始,推土机已经在矮灌木丛中铲出一条小路通向老房子。轮胎嘎吱嘎吱地碾过新铺的沙砾。天上的云是锯齿形的一棱一棱,大海是一种果汁的颜色。太阳像一条上钩的鳟鱼,从云层里突现出来。

"是梯子房。"阳光看见了脚手架,说道。

"爸爸,我还以为会是一座新房子呢,"小兔说。"我还以为丹尼斯会把它变成新的呢。怎么还是原来的房子啊。真难看,爸爸。我不喜欢绿房子。"她怒气冲冲地瞪着他。难道他骗了她？

"丹尼斯把里面修好了。以后我们可以把房子漆成另一种颜色。先要把有洞和不牢的地方修一修。"

"红的，爸爸。我们把它漆成红的吧。"

"这个嘛，最后得由姑奶奶决定。这基本上是她的房子，你们知道。她大概对红色不太喜欢。"

"我们把她也漆成红色吧。"小兔说，像鬣狗一样笑了起来。

奎尔把车停在姑妈的货车旁边。星期天再来对付拖车和小船吧。丹尼斯·巴吉特在房顶上，把木瓦扔进风里。姑妈打开房门，喊道："你们来啦！"

光滑的墙壁和天花板，接缝处还留有泥铲的痕迹，新的窗台，污迹斑斑的窗玻璃上还贴着标价。一股木头的味道。床垫靠在一面墙上。女儿的房间。小兔把刨木花堆在头上。

"喂，爸爸，看我的卷头发。爸爸，看我的卷头发。爸爸，我有卷头发。"声嘶力竭地喊，眼泪都快下来了。奎尔揪掉她衬衫上沾的软乳酪。

厨房里，姑妈让水放进池子里，打开煤气炉给大家看。

"我做了一锅很好吃的炖鳕鱼，"她说。"丹尼斯带来一条比蒂自己烤的长面包。我过来之前买了碗和勺子，还有黄油和一些食品。放在那个冷藏箱里很容易腐烂。你以后必须带冰过来。我不知道这儿什么时候能有一台煤气冰箱。侄儿，你暂时只好在你的房间里靠气垫床和睡袋对付一阵儿。不过孩子们已经有了床架和弹簧床垫。"

奎尔和小兔用木板和锯木架搭了一张桌子。

"真重啊。"小兔说着，骑在一块木板的顶端，假装累坏了似的气喘吁吁。

"是啊，"奎尔说，"不过你力气很大。"他的身体结实、相貌平平的女儿,虽然有令人烦恼的地方,但是帮他搬木板、石头和箱子,真是个能干的小帮手。她对厨房里的东西不感兴趣,除非是可以吃的。

丹尼斯从房顶上下来,朝奎尔笑了笑。他身上没有一点像杰克·巴吉特的地方,除了那双迅速瞥向地平线,衡量天空变化的眼睛。

"面包真棒。"奎尔说,把一片面包叠起来塞进嘴里。

"是啊,没错,比蒂每天都烤面包,只有星期天除外。"

"鱼也不错,"姑妈说。"我们只需要青豆和色拉了。"

"对了,"丹尼斯说。"毛鳞鱼鱼群很快就要来了。建一个菜园子吧。毛鳞鱼是很好的肥料。"

下午,奎尔和小兔用湿海绵擦拭凹凸不平的水泥面,直到所有的接缝都平整光滑。小兔很有干劲,是个得力的小帮手。丹尼斯在房顶上敲敲打打。姑妈用砂纸磨光窗台,刷了一道底漆。

在最后一道晚霞中,奎尔陪着丹尼斯走向新建的船坞。他们经过姑妈的谐趣园,一块巨砾上面长着傻乎乎的青苔,活像一张脸上顶着头发。青苔里散乱地放着一块带牛眼的石头,一个贝壳,几块珊瑚,还有酷似某个动物侧影的白石头。

新船坞的木头上含着树脂,散发出一股清香。下面海水拍岸,凝聚起一些泡沫。

"现在你可以把船停在这里了。是不是?"丹尼斯说。"弄两只旧轮胎来,船就不会摩擦了。"

丹尼斯解开系泊绳,跳进自己的船里,马达嚷嚷,船尾拖着翻卷的波浪,驶进暮色中。海岬上的灯塔开始闪烁发光。奎尔跳上岩石朝家里走去,迎面的窗口充盈着橘红色的灯光。转过身去再望望海湾,丹尼斯的船在海面留下的尾迹像一根白色的头发。

厨房里,姑妈在洗扑克牌,然后给大家发牌。

109

"我小的时候,我们晚上经常玩牌,"她说。"古老的玩法。现在没有人会玩了。法国波士顿,三十二张,挤骨头,斯卡特,四点牌。我每种都会。"

啪,啪,一张张牌扔出来。

"我们来玩四点牌吧。是这样的,庄家每翻出一张J,便可以得一分。来吧,梅花是王牌。"

可是孩子们不明白,把牌扔掉了。奎尔想去看书。姑妈又要开始发怒了。

"没完没了的牢骚!"她想得到什么呢?再现她久远过去的某个珍贵的夜晚?她自嘲着。

于是奎尔在昏暗的卧室里给女儿讲故事。讲探险的猫发现了新大陆,讲玩纸牌的小鸟,纸牌被风刮跑,讲海盗的女儿和埋藏的珍宝。

又回到楼下,看着倚桌而坐的姑妈,她终于回家了。她杯里的威士忌已经空了。

"真安静啊。"奎尔说,侧耳倾听着。

"有大海呢。"像一扇门一开一合。缆索在哼唱一首含混的歌谣。

奎尔在空屋子里醒来了。灰蒙蒙的光线。一种砰砰的敲击声,是他的心脏。他躺在地板中央的睡袋里。旁边放着蜡烛,可以闻到蜡的气味,闻到身边打开的那本书的纸张的气味,闻到地板缝里灰尘的气味。朦胧的微光照亮了窗户。又听见砰砰的敲击声,最高的那格窗玻璃上有一个扑打的影子。是一只小鸟。

他起床走过去。把它赶走,别让它吵醒姑妈和两个孩子。看来小鸟拼命想挣脱被大海、岩石和天空囚禁的空间,闯进他空空荡荡、一无所有的卧室。他的脚踏在地板上像窃窃私语。窗外平静的大海苍白得如同牛乳,天空也同样苍白,潦潦草草地涂抹着一些窄窄的云边。空荡荡的海湾,远处的海岸被晨雾浸染得像奶油一般。奎尔穿上衣服,走下楼来。

门槛上躺着三束用青草扎成的小把。是阳光的创造发明。他走到那块用来固定老房子的岩石后面,步入灌木丛中。呼吸凝成圆锥形的气雾。

一条不太明显的小路蜿蜒伸向海边,他想它大概通向新建船坞北面的海滩。开始沿着它向前走。走了大约一百英尺,小路变得陡峭而潮湿,他小心地在野当归茎和波涛般的山茱萸间穿行。没有注意到赤杨树枝的末梢上绑的绳结。

进入一片云杉树丛,树枝上乱糟糟地爬着苔藓,加拿大松鸡扑扇着翅膀。小路变成了挤满湿漉漉的岩石的河床。路的尽头是一道瀑布和平阔的海面。他绊了一下,急忙抓住亚历山大草,树叶在手里芳香扑鼻。

喷泉般的蚊蚋把他团团围住。奎尔看见一个蓝色的塑料环。他把它捡起,几步之外又发现一块被水泡胀的尿布。一根扁平的木棍,上面印着"彼得牌五点冰棍"。随后捡到一只旧塑料袋,往里面装进了垃圾,空罐头,婴儿食品罐,一只超级市场盛肉的盘子,一张哄骗失业读者的揉皱的报纸:

> ……也许你还不相信自己能成功完成时尚推销的整体计划。好吧,我可以给你提供特殊的帮助,使你能够轻松过关。不妨先试试课程的第一单元。这并不需要你投入长期的时间精力,却能使你有机会……

塑料绳,被撕开的卫生纸卷里的硬纸筒,粉红色的药棉塞。身后传来一声低沉的叹息,是什么人陷于绝望和激愤时的叹息。奎尔转过身。只见百步之外有一个鳍,一个闪闪发光的后背。那条鳁鲸一跃而起,又轻盈地钻入牛乳般的水面下。他呆呆地瞪着海水。接着它又出现了,叹息一声,潜入水中。动荡的雾气像一条条手臂,在海面五十英尺的上空挥舞。

岩石里一件编织物吸引了他的视线,是由许多花结和螺纹编成。那东西被卡在岩石缝里。他晃着身子试了几次,终于一把抓住。托在掌心里,是用细线编织的花结,有螺旋形和环形的花样。他把它从岩石上揪下来时弄断了细线。再翻过来一看,有一根已被腐蚀的别针。他翻来覆去地端详一番,看出了它的图案,是一只奇异的昆虫,有两对翅膀和瓣状的胸部。细线并不是线,而是人的头发——淡黄色的,被侵蚀的,带有灰色道道儿的头发。是死人的头发,是绿房子里的东西,是用奎尔家某个死人的头发做的。他感到一阵恶心,把胸针扔进了波涛起伏的大海。

他攀着岩石回老房子去,走到云杉树丛时,听见一阵刺耳的马达声。一只船朝岸边驶来,他先以为是丹尼斯,却发现船上油漆剥落,污迹斑斑。那只平底小渔船悠闲地漂浮着。坐在船尾的人关掉马达,提起螺旋推进器。船在雾气中荡漾。那人脑袋低垂,一头白色短茬,嘴巴微微张着。夹克衫的袖口和衣边都是粗粗拉拉的线头。他年迈而硬朗。拎起一根细绳上拴的几只捕海螺的罐子。没有收获。他又把螺旋推进器降下去,一遍遍地拽那根油腻腻的绳索。马达终于又发出了难听的嘟嘟声。一分钟后,人和船都被晨雾吞没。马达声消逝在南边手套厂的方向,那是翻船湾的遗迹。

奎尔抠住岩石缝往上攀。他想,如果带着斧头和锯子,在最陡的斜坡上凿几个台阶,再造一座桥越过那些湿地、砾石和苔藓——那将会成为到海边去的一条美丽的路线。这个地方的某一部分将成为他自己的了。

"我们还以为你被海鸥带走了呢。"咖啡的香味,小孩的吵闹,姑妈穿着熨过的蓝色牛仔服,头发用丝巾高高束起,正在替阳光往烤面包片上涂黄油。

"丹尼斯刚才开着卡车过来了。他要和他岳父一起去砍柴。说天气要变坏了,你恐怕得自己把剩下来的木瓦装上去了。他说大概需要一天或一天半。他把木工腰带给你留下了,怕你没有工具。他说那块塑料布下面还有五六个平方。他拿不准什么时候能够回来。大概要到星期三吧。你瞧他给姑娘们带来了什么。"

桌上放着两把小锤子,柄是手工削的。柄的前端还涂了颜色,一个涂着红道道,一个涂着蓝道道。

可是奎尔却感到一个大黑翅膀把他拢进了氤氲的深渊。他从来没有上过房顶,从来没有铺过木瓦。他倒了一杯咖啡,却溅湿了托碟,没有吃用丹尼斯妻子做的面包烤出的面包片。

走到梯子脚下,向上看去。房子真高啊。到底有多高呢,他不知道。房顶坡度很陡,整个纽芬兰的房顶都是平的,唯独奎尔家硬要弄成一个陡坡。

他吸了一口气,开始往上爬。

铝梯在他脚下跳跃,哼唱。他抓住梯级,慢慢地爬着。到了房顶边缘,朝下望去,想看看有多危险。岩石上的云母闪烁着冷酷的微光。抬头再看房顶。涂着焦油的防雨纸用 U 形大钉钉住。新木瓦只铺到一半。木瓦上面钉着一个木头撑子。难道是要蹲在撑子上钉木瓦吗?最难办的就是怎样攀到木撑子上。他慢慢退回到地面上。听见阳光在厨房里大笑,听见小锤子的敲打声。脚下的大地多么可亲!

他扣上丹尼斯的木工腰带,袋子里沉甸甸的装着修房顶用

113

的钉子,他爬梯子时锤子一下一下敲打大腿。攀到一半,他想起了木瓦,于是下来取了三块。

现在他只靠一只手往上爬,另一只手里抓着涂了沥青的木瓦。在梯子顶上,有了惊心动魄的一刻。梯子比房顶高出几级,他必须从旁边跨过去踏在房顶上,必须战战兢兢地慢慢移动,因为下面就是深渊。

他笨拙地蹲在木撑子上,看见丹尼斯把木瓦一层层地排列着,他很容易就能够着,再把撑子换一个地方。下面的云杉树梢像雾中的一个个污点。可以听见大海缓慢的撞击声。他怔怔地呆了几分钟,什么也没干。情况并不是很糟糕。

奎尔把那三块木瓦放在身后的斜面上。然后拿起一块,慢慢地把它与丹尼斯铺的最后一块衔接,注意留出五英寸露在外面。他从围腰里取出几根钉子,小心翼翼地把锤子从屁股下面往外挪,从皮圈子里头拔出来。他开始钉木瓦。把第三根钉子深深敲进去的时候,听见什么东西滑动的声音,看见他拿上来的另外两块木瓦正往下滑去。他赶紧用锤子挡住。再铺上一块瓦,钉牢。然后是第三块。并不费事,只是弄得笨手笨脚,气喘吁吁。

这次,奎尔肩上扛着半个平方的木瓦,再次返回房顶。现在容易多了,他毫不犹豫地踏上房顶,把木瓦放在屋脊上,埋头干了起来。他偶尔朝大海瞥去一眼,看见地平线上有一艘油船的剪影,像一条水蛇悠闲地浮在水面。

已经在铺最后一排了,现在速度很快,因为可以跨坐在屋脊上。钉子一根接一根地陷进木头。

"喂,爸爸。"

他听见小兔的声音,朝地面看去,但视线停在了很高的地方。她站在高出房顶的一级梯子上,正拼命伸出一只脚要往房顶上跨。她手里拿着那把柄上涂着红道道的锤子。奎尔仿佛透过一扇微小而逼真的窗口看见小兔就要把脚踏在房顶上,就要一脚踩在陡坡的边缘,就要摔下去,尖叫着转着圈儿摔在岩石上。

"我来帮你干活。"她伸脚去够房顶。

"哦,小祖宗啊,"奎尔屏住呼吸说。"你在那儿等着。"他的声音很低,但很紧张、紧迫。"不要动。在那儿等着我。我上来接你。手抓牢了。不要往房顶上跨。让我来接你。"父亲用这种催眠的声音,用他因惊慌而鼓起的眼睛把孩子定在原处,同时一点点地沿着该死的斜坡向下移动,一把抓住孩子的胳膊,她的小锤子掉了,他嘴里不停地说着:"不要动,不要动,不要动。"听见画着彩道儿的锤子"当"地落在下面的岩石上。奎尔终于稳稳地站在梯子上,小兔被挤在他的胸膛和梯子之间。

"你要把我挤扁了!"

奎尔迈着颤抖的双腿往下走,一只手扶住梯级,左臂紧紧搂住女儿的腰。他的颤抖带动了梯子也在瑟瑟发抖。他不敢相信她没有摔下去,在刚才的两三秒钟里,他已经一遍遍地经历了她的突然惨死,一遍遍地想象自己伸出手去抓了个空。

第十二章　尾　波

"防止绳结滑脱全靠摩擦力,要有摩擦力就必须有某种压力。这种压力和绳结内部产生压力的地方称为'咬口'。绳结是否牢固,主要取决于它的'咬口'。"

《阿什利绳结大全》

就像对着镜子写字。倒退时的每个细小变化都使拖车折向相反的方向,奎尔眯起眼睛盯着侧视镜,注意反向的情况。拖车一次次地像折刀一样折起,有两次还撞在了新船坞上。他感到非常恼火,最后,方向对了,拖车后退着进入水中,这里头大有技巧啊。

他从驾驶室里出来,打量着拖车。轮子埋在水里,小船悬在上面。他把手放在拖车的斜闩上,才想起要用绳子把船系牢。他想,如果把小船放下水,看着它漂向远处,一定很有意思。

他终于系好船首缆和船尾缆,拔开斜闩。小船滑了下来。他松开绕在曲柄上的绳索,爬到船坞上把船拴牢。这可是两个人的工作。然后回到拖车旁,扣上斜闩,将绳索绞起,于是那条五十元的小船便下水了。

他跨进船里,才想起该死的马达还在旅行汽车里。他搬着它来到船坞上,一只脚踩着船舷上缘,落进了船里。嘴里诅咒着从独木舟到超级油轮的大小船只。

奎尔没有看出他安放马达的位置使船头高高翘起，像一只猎狗的鼻子。他从红罐头里倒出汽油。

马达立刻就发动了。奎尔坐在船尾，这是他的船啊。马达在转动，他把手放在舵柄上，结婚戒指闪闪发光。他移动换挡装置，小心地用了一些力，他曾看见丹尼斯这么做过。小船转了个方向，船尾冲着船坞，忽前忽后地徘徊了一阵，终于离开了船坞。他驾驶小船径直向前，马达发出一声低吼，小船与海岸并行奔驰——速度真快啊。他减慢速度，小船有些颠簸。继续向前，忽见前方礁岩耸立，他本能地把舵柄转向海岸方向，小船沿曲线向二马佬湾驶去。水波翻滚。像乘着一枚玻璃箭飞翔。

他操纵着舵柄，沿着曲线前进。现在速度更快了，奎尔像坐在货车后面的狗一样放声大笑。以前为什么会害怕船呢？

海面吹来一阵微风，他飞速前进时，波浪拍打着船底。一个急转弯，他感到小船在跳动。再次推节流杆减速。尾波在他身后轰响着扬起，溅落在艉板上，在他的脚踝周围打转，并向整个小船蔓延。他又拉了一下节流杆，小船向前一跳，但速度已经放慢，船里的水一起向船尾涌去，再加上奎尔自身的重量。他想找个什么东西戽水，但是没有找到。他非常小心地把船转向船坞的方向。小船变得迟钝，不听使唤，因为船里的水改变了船体的平衡。但他还是让小船继续朝前开，并不担心沉没，这里离船坞只有两百英尺。

小船前进时，他又把节流杆向下一拉，尾波再一次冲上艉板。反正已经离岸很近了，他索性关掉马达，让小船慢慢擦向船坞。他把系泊绳扔过去套在木桩上，上岸到家里去拿一只咖啡罐来戽水。

他回到水上，小心地操纵节流杆，让小船慢慢改变方向，提防着尾波再溅进来。肯定有办法在减速时不让海水进船。

"当然有办法啦,"纳特比姆说。"你的艉板做得太低了。需要一个马达井,一个和船舷一样高的舱壁挡在马达前面,每个角落还要有自动排水装置。一小时就能搞定。我真奇怪他们怎么给这样一条船注册。"

"还没有注册。"奎尔说。

"你最好赶紧到海岸巡逻队去办一下,"纳特比姆说。"没有注册,没有马达井,没有合适的灯光和浮水装置,他们会把你抓起来,罚个底朝天的。我想你总该有个锚吧?"

"没有。"奎尔说。

"桨呢?舀水的东西呢?遇险信号灯呢?你的马达有安全锁链吗?"

"没有,没有,"奎尔说。"我只是下水试试船。"

星期六,丹尼斯和奎尔把小船从水里拖出来。小兔在船坞上扔石子玩。

"它是个粗糙的蹩脚货,"丹尼斯说。"说实在的,你应该把它烧掉,重新弄一条船。"

"我花不起那份钱。能不能给它装一个马达井?我上星期下水试了试,它开得倒是挺好的,只是后来海水打进来了。我只希望开着它在海湾里来来去去。"

"我会给它装一个舱壁,并且给你几句忠告——只在风平浪静的日子开它出去。如果天气恶劣,最好搭你姑妈的车,或者开你自己的旅行汽车。你可不能在大风里开这条船。"

奎尔盯着他的船。

"你看看吧,"丹尼斯说。"就是几块木板拼凑起来的。做出这东西来的男孩应该狠狠揍一顿屁股。"

奎尔用手捂住下巴。

"爸爸,"小兔蹲在鹅卵石地上,把一根棍子捅进沙里,她说。"我要上那条船。"

丹尼斯咂了咂舌头,好像听见她说了一句脏话。

"找艾尔文·雅克谈谈吧。看他是不是愿意替你造一条船。他造船的手艺很高。我也愿意帮你做,但是他速度快,还能替你省一些钱。我来给这船装一个舱壁,不过别让任何人看见我这么做,看见我接触这玩意儿。我劝你最好找艾尔文谈谈。你肯定得有一条船,这是不用说的。"

小兔跑向老房子,拇指和食指捏在一起。

"姑奶奶,世界上最大的东西是天空,你猜最小的东西是什么?"

"不知道,亲爱的,是什么?"

"这个。"伸出手指,露出一粒细小的沙子。

"我也要看。"阳光奔过来,她的呼吸像一股飓风,把沙粒吹得无影无踪。

"别,别,别这样,"姑妈说着,抓住小兔捏起的拳头。"沙子多得数不清,每个人都管够。"

第十三章　荷兰索圈

"索圈可以成为一只箱子的理想应急把手。"

《阿什利绳结大全》

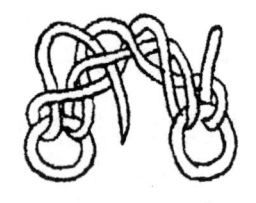

"小伙子,这里的码头上有一样东西值得一看。这片海域从来没有这样的东西。"嗡嗡的声音传过电话线,灌进奎尔的耳朵。"它有一种邪恶的气息。即使全世界的鳕鱼都在那里,我也不愿乘着它出海打鱼。最好过来看看吧,小伙子。机不可失,时不再来啊。"

"是什么东西,肖维尔先生?西班牙无敌舰队的旗舰吗?"

"不,小伙子。你带着铅笔和照相机来吧。我认为你能写出一些更精彩的东西,不光是什么到港时间、离港时间。"他挂断了电话。

奎尔并不高兴。外面强劲的狂风夹着阵雨,狠狠地敲打着玻璃窗,砸在屋顶上像鼓点一样。这股狂风横冲直撞,势头正猛。他正用胳膊肘撑着靠在桌子上,改写纳特比姆从收音机里记下来的一个洛杉矶沉船故事,倒是蛮舒服的。一个上了年纪的男人被一伙酒吧的流氓脱得一丝不挂,蒙住双眼,扔在车来车往的快车道上。当时男人刚从医院里看望一个亲戚出来,走进附近一家酒吧想喝一杯啤酒,五个头上涂着蓝色颜料的男人把他抓了起来。特德·卡德说它揭示了美国疯狂的生活方式。这个故事是《拉呱鸟》的读者们最爱看的,千里之外那些人的疯狂行为。奎尔回电话。

"肖维尔先生,我不太愿意丢下现在手上的工作。"

"告诉你吧,这是希特勒的船。为希特勒建造的游船。一艘荷兰的大型游艇。你从来没见过这样的东西。船主就在甲板上。他们说欢迎报社的人来参观。"

"我的上帝。我大概半小时就赶到。"

比利·布莱蒂盯着奎尔。"他弄到了什么,我说?"他低声问。

"他说公共码头那儿有一艘原先属于希特勒的荷兰船。"

"哇!"比利说,"我也想去看看。在过去那些日子,小伙子,德国人在我们这片海岸徘徊,就在那边的海峡用鱼雷击沉船只。同盟国有一艘潜艇抓住了一艘德国潜艇。把它拉到圣约翰斯去了。

"当时我们这里还有间谍。哦,有些间谍真聪明啊!其中有个女人,我现在还记得她的样子,戴一顶脏分分的旧帽子,每星期都踩着她那辆吱嘎作响的旧自行车在海岸边走一趟,从粗店港到锚爪港,然后再到渡口。我不记得她是怎么编造鬼话,解释她为什么要骑车乱逛的,可是后来发现她是一个德国间谍,在来来回回地清点船只数量,再用发报机把情报发给潜伏在附近海里的德国潜艇。"

"那么穿上你的雨衣,咱们走吧。"

"我们总是听说他们把她击毙了。有一个星期,她没有露面。他们说她在粗店港被抓住处死了。说她骑着自行车在小路间躲躲藏藏,疯子似的尖声大叫,那些人在后面追她,跑得像开足的马达,终于把她抓到了。"

奎尔用嘴角发出啧啧的声音。他一句也不相信。

旅行汽车的地板上有一个洞,肮脏的雨水像间歇喷泉似的,不时从那里喷出来。奎尔嫉妒地想到姑妈的小型货车。他买不起新卡车。保险费花得像流水,真够吓人的。他不知道姑妈是从哪儿弄到钱的。她支付了房子的修理费,还在买食物的钱里加入她那一份。他出钱修路,新建船坞,给两个女儿买床,买衣服,支付汽车旅馆的账单,给旅行汽车买汽油。还有新买的变速器。

"我要是穿着防水长裤就好了,"比利·布莱蒂大声说道。"不知道你的车半个底都掉了。"

奎尔放慢车速,不让雨水溅到那个穿绿色雨衣的女人身上,她身材优雅、腰杆挺得笔直。上帝,难道这里天天下雨吗?她身边跟着那个孩子。她眼睛直视着奎尔。他也望着她。

"她是谁?好像我每次出来都看见她在路上走。"

"那是韦苇。韦苇·普鲁斯。她刚从学校的特殊教育班里接回她的儿子。那班里有许多孩子。是她开办的,那个特殊教育班。儿子不正常。她受了痛苦刺激才使男孩变成这样。韦苇怀他的时候,'全球勇士号'出海翻船。她丈夫死了。我们应该让她搭车,小伙子。"

"她走的是另外一条路。"

"就不能花一分钟绕一下吗?雨下得太大,像楼梯上固定地毯的一个个钉条。"比利说。

奎尔在公墓入口处把车停住,掉了个头往回开。女人和孩子上车后,比利介绍了他们的名字。韦苇·普鲁斯。海利。女人为弄湿了车子而道歉,然后,在车子驶向《拉呱鸟》报社半英里外一座小房子的途中,她便一言不发地坐着,没有朝奎尔看。小房子那边的院子里有许多大大小小、令人眼花缭乱的彩色木头造型,奔跑的马,骑自行车的狗,还有一排套在木棍上的镀铬的骰盖。一座想象中的动物园。

"那个院子真漂亮。"奎尔说。

"爸爸的手艺。"韦苇·普鲁斯说着,砰地关上车门。

重新沿着雨水泛滥的道路驶向锚爪市。

"你真应该看看她爸爸用驼鹿角做的椅子,"比利说。"坐在里面感觉非常舒服,可是在别人看来,就好像你背上长出了金色的翅膀。"

"她的姿态很美,"奎尔说。随即又想删掉这句愚蠢的话。"啊,我的意思是,她走起路来很好看。我的意思是,很高挑。她好像很高。"**说话像傻瓜的男人**。不知怎的,他无法解释为什么她把他吸引住了;因为她仿佛是从散发着鱼腥和潮水恶臭的湿石头里蹦出来的。

"也许她就是那个高个子的文静女人,小伙子。"

"那是什么意思?"

"是我老爸过去经常讲的一句话。"

"就在那儿。"他们透过淌着雨水的挡风玻璃往外看。码头上,波特游艇比其他的船都显眼,拴在一艘扬帆快艇——它的澳大利亚主人已经到了两个星期——和军校学员训练船之间。从上面看,这艘大型游艇就像一个低矮的浴缸,两侧竖着硕大无比的奇怪的鞋拔子。一个穿黑雨衣的船员在船舱门口低头看着什么东西,然后飞快地走向船尾,消失不见了。

"侧面那些东西是什么? 像一只大甲壳虫长了一对小

翅膀。"

"是横漂抵板。起的作用就像船底中央挡水板。你知道的。在帆船里把中央挡水板升起或降低来增加龙骨。有人管它叫'垂板龙骨'。如果你有一艘追捕鱼群的拖网渔船,必须逆风行驶,就要感谢你的中央挡水板了。而有了横漂抵板,你看,就不会失去任何储藏空间。那些抵板挂在船舷上,而不是放在下面的船肚里。垂直升降板的大木块太占地方了。"比利苍老消瘦,皮包骨头,对比之下,奎尔像一个庞然大物在滑行。

一道光线照进船舱。即使大雨瓢泼,他们也能看出这艘船是一件无价之宝。

"是栎木的船壳,我猜,"比利·布莱蒂说。"你看看它!看看上面的桅杆!再看看那个船舱!柚木的甲板。又平又低,而且宽阔。我一辈子也没有在哪条船上看见那样的形状——再看看那垂直而平阔的船头。看看它的艏柱那样竖起来,像一把爱斯基摩刀。看见那些雕刻了吗?"船名用油漆写在一块镀金雕刻的红木条板上——结实宝贝,波尔塔·马拉卡。他们可以听见含混的说话声。

"真不明白为什么给船起这么个名字,"比利嘟囔着,走上倾斜的踏板,跳到闪闪发亮的甲板上。他大声喊道:"啊哈,结实宝贝。游客们!上船吗?"

一个红脸膛、白头发的男人打开一扇对开的拱门。他穿着用马德拉斯条纹布做的裤子,系着一条漆皮带,脚上是一双配套的白鞋。奎尔打量着。每件东西都在流动。盘起的湿绳子,滴水的送风机,大片的雨水流过甲板。在靠近船舱门的地方,有一只湿漉漉的猪皮箱子,上面有一个破旧的绳子把手。

"我认识你们吗?"那人眼睛充血。

"先生,我们是当地《拉呱鸟》报的,认为读者会对你的船感兴趣,想稍微报道一下锚爪市不太常见的船只,从来没见过像这样的。"奎尔说了他应该说的话。船在他脚下像辽阔的大草原。他露出讨好的笑容,但是"结实宝贝"不是一条热情好客的船。

"啊,好的。那个不可思议的港务长,他叫什么名字来着,好像是笛子吧,含含糊糊地提到会有当地媒体的人来参观。"那人气势磅礴地叹了口气,像扔果皮一样做着手势。"唉,我和我亲爱的妻子为这事吵得非常厉害,不过我想我们可以井水不犯河水。我向每个人介绍这艘船,从那次致命手术两个星期前的安迪·沃霍尔① 到英国警探。它走到哪儿都吸引这么多人,不管是昂蒂布② 还是博卡拉顿③。它绝对是独一无二的。"他走出舱门,来到大雨里。

"它的设计是传统的荷兰大型游艇,不过这些细处非常富丽堂皇。我认为,它是人类造出来的最精致的波特游船。我们第一次看见它的时候,它完全是一堆破烂。停在意大利某个可怕的港口——属于拉朗西尔塔公主——那年夏天,我们在安西多尼亚租了一个别墅,就在他们隔壁,有一次公主提到她有这条曾经属于希特勒的荷兰游船的残骸,把她烦得几乎想哭。嘿!我们去了一看,我立刻就发现可能出现什么样的情景——清清楚楚,非常清楚,再清楚不过了,这是一个不同寻常、绝无仅有的稀罕物件。"雨水顺着那人潮湿的发梢滴落,使他的衬衫变得透明。

"底部绝对是平的,所以它能顺顺当当地搁浅而不受损害,在风暴来临的情况下,或者需要维修的时候,可以把它径直开到海岸上。重得让人不敢相信。差不多是四十吨栎木。当然啦,它是为北海设计的。垂直而平阔的船头。绝对有浮力。我妻子

---

① 安迪·沃霍尔(1927—?),美国艺术家,在一次手术中不幸身亡。
② 昂蒂布,法国滨海阿尔卑斯省城镇。
③ 博卡拉顿,美国佛罗里达州东南部城市。

恨透了这条船。可是我爱它。"

比利·布莱蒂的目光落在一方人造草地上,起先以为是一块擦脚垫,后来看见上面雪茄状的狗屎。他惊讶地盯着。

"那是给我妻子的西班牙长毛小狗预备的。了不起的办法。小狗在仿造的草地上拉屎,然后把它扔进海里——看见那个角上串绳子用的环儿了吗?——把它拖在水里,它立刻就咕叽咕叽又干净了。伟大的发明。这个设计可以追溯到十五世纪。当然啦,指的是船,不是狗屎地毯。就是你在伦勃朗出色的油画里看见的那些船只。皇家豪华游艇。亨利八世就有一艘,伊丽莎白一世也有一艘。皇家豪华游艇。我们看见它的时候,它叫'达妮'——意思是'跪拜',于是我只好单膝跪下来说服我的心上人,我亲爱的妻子,求她让我把它买下——"他停下来让奎尔发笑。"公主买它的时候也叫这个名字——自从那个贪得无厌的德国企业家在战后得到它之后,绝对没有人给它改过名字。我亲爱的妻子认为应该给它取她的名字,但是我叫它'结实宝贝',那是在我看清了它真正的性格以后。这艘船再过一百年也照样这么结实。是在哈勒姆建造的。造了九年。它是绝对、绝对不可摧毁的。笨重得让人不敢相信。骨架子有七又八分之一英寸厚,六英寸宽,装在十一英寸厚的中轴板上。"

比利·布莱蒂吹了一声口哨,扬起眉毛。那人的头发紧贴在黄脑壳上。雨滴挂在比利和奎尔的帽子边缘,像镶了月亮宝石一般。奎尔在笔记本上潦草地记着,弯下身子挡住雨水。无济于事。

"它的船壳板——没有人能够相信它的船壳板——选用的是上等栎木,二又十六分之三英寸厚,底部是双重板。什么道理?因为它家乡的水域很浅,有许多沙洲、沟渠和流动的河道。

真是难以相信。须德海①。凶险的水域,暗藏着危险。绝对随时都会搁浅。舱板也不薄。信不信由你,此刻你站在一又四分之三英寸厚的柚木上,来自第二次世界大战前的缅甸!如今在世界上任何地方花多少钱也买不来这艘船上的木头了。今天彻底没有了。"震耳欲聋的声音不停地响着。奎尔看见比利的双手在口袋里捣来捣去。

"你这该死的杂种,在跟谁讲话?"一个冷冰冰的大嗓门。浑身湿透的男人继续往下讲,仿佛没有听见。

"让我看看,共有四个船员。它是独桅前后帆,启用的船帆有两千平方英尺,需要三个身强力壮的男人操纵主帆,他们还总是累得患了疝气和脱肠。总是辞职不干,弃船溜走。它有一千磅重呢。我指的是船帆。它速度很慢。慢是因为它重。不过非常非常坚固。"没有丝毫停顿,他紧接着喊道,"我跟当地的新闻记者谈谈这艘船!"鼻子像一只狂吠的狗那样皱起。

"告诉他们鲍勃飓风时的情景!"

这句话和雨水一起灌了下来。奎尔收起湿透的笔记本,站在那里,用湿漉漉的手捂着湿漉漉的下巴。那个白发男人的胸毛透过精湿的丝绸衬衫显露出来,像一堆灰色的绳结。他似乎没有注意到雨水。奎尔看见他手上紫红色的伤疤,无名指上戴着一枚圣女果那么大的红宝石戒指。能闻到一股酒味。

"绝对精美的**雕刻**。到处都有雕刻,花了九年时间搞成的这些不可思议的大师级的雕刻。人们知道的所有动物。斑马,驼鹿,恐龙,欧洲野牛,海鬣蜥,貂熊,我们曾让国际著名的野生物学家到船上来辨认所有这些不可思议的物种。还有鸟。真正、真正是千奇百怪。我想你们都知道,这是为希特勒建造的,可是

---

① 须德海,位于荷兰,这一片海面原为密布湖泊的低地,现已渐渐成为淡水湖。

他一直没有踏上它。无数次地拖延。故意拖延。不同寻常的荷兰人的抵抗。"话语飞溅出来,弹跳着落在甲板上。

"告诉他们鲍勃飓风时的情景!"

"我认为我**亲爱的**妻子是想引起我们的注意,"湿透了的男人说。"到这个船舱里来,看看船的内部。你们会喜欢的。像外面的雕刻一样华丽,里面**更是**狂放潇洒。"他把门打开,屏息收腹,让他们进去。奎尔被厚厚的地毯绊了一下。砖砌的壁炉里燃着一堆火;缎木壁炉罩,镶嵌着用珠母、蛋白石和碧玉做成的兰花。这些奎尔都无法领会,只看到一盏灯上的绿锈。样样东西都显得很稀罕。这间房子虽然美丽,却有一种令人反感的东西,他不知道是什么。他意识到令物体变形的海水的潮气,有腐蚀作用的盐分。一个女人坐在沙发上,穿着沾有斑斑点点食物痕迹的浴衣,头发的颜色像污水里的泡沫。她手上的手镯、戒指叮叮作响。伸着两只脚,露出硬邦邦的紫红色脚踝。手里端着一只刻着字母"M"的玻璃杯。大提琴在鸣咽,营造着一种戏剧效果。奎尔看见咖啡桌上放着 CD 盒,曲子是"缎子床单里的早餐"。女人放下杯子。嘴唇又湿又黄。

"贝亚内特,告诉他们鲍勃飓风时的情景。"她对男人发号施令,并没有看奎尔或比利·布莱蒂。

"它的横梁是十六英尺十一英寸,"白发男人从壁炉罩上拿起一只刻着一个字母"J"的玻璃杯。冰块几乎融化了,但他照喝不误。"另外还有胡加游船,波耶尔游船——"

"还有大骗子游船,叫花子游船,吹牛皮游船,"女人说。"还有废话连篇,蠢驴笨蛋。如果你不告诉他们鲍勃飓风时的情景,就让我来讲吧。"

男人喝着酒。裤管往下滴水。

比利·布莱蒂好言好语地哄着女人,怕她使人难堪。"好了,亲爱的,告诉我们鲍勃飓风时的情景吧。我们急着想听呢。"

女人张了张嘴巴,没有发出声音,目不转睛地盯着男人。男人叹了口气,用疲倦的、毫无生气的口吻讲了起来。

"噢,好吧。为了维持该死的家庭幸福。我们当时停泊在巴尔港背面的白乌鸦港。是在美国的缅因州。从波特兰沿着海岸线往北。实际上有两个波特兰,不过另外一个是在西海岸,俄勒冈州,不列颠哥伦比亚以南。是这样的,在那股不可思议的风暴最猛烈的时候,'结实宝贝'大概是锚链滑脱了。大海绝对是疯了。你们刚才看见了'结实宝贝'的结构。非常非常扎实。非常非常笨重。完完全全就是造出来害人的。好嘛!它把**十七**条船撞成了火柴棍。十七条哪。"

女人把头往后一仰,发出呱呱呱的笑声。

"这还不算完。你们刚才看见它底部是平的。为了便于搁浅。它把白乌鸦在海上的最好的船撞成柴火棍以后,海浪不停地把它往岸上猛推,就像一种不可思议的攻城用的大锤一样。它就冲进来了。轰!"

"轰!"女人说。浴衣张开了。奎尔看见她膝盖上面有一些伤痕。

"又漂出去。它撞在海滩房屋中间。不是你们那些肉店啊、面包店啊之类的海滩房屋,不是,而是由国际著名的建筑学家设计的一些最美丽的海滩别墅。"

"是这样的。是这样的!"催促他,像催促一条穿火圈的狗。

"把十二幢海滩别墅、船坞和船库撞得稀巴烂,绝对的稀巴烂。它冲进来了。轰!"

"轰!"

"又漂走了。把它们碾成粉末。砸成了平地。维尔基·弗雷兹-常基当时想在一幢海滩别墅的客房里睡觉——他曾经是东欧某个小热点地区的大使,杰克和达芙妮·吉肖姆家的海滩别墅倒塌以后,他到现在还惊魂未定呢——真是死里逃生啊。他后来说,当时还以为有人向他开炮呢。最不同寻常的是,经过这场完全疯狂的、无法控制的横冲直撞,它所受的唯一损失只是裂了一块横漂抵板。身上没有一个瘪坑,也没有一道划痕。"

女人嘴里塞得满满的,闭着眼睛点了点头。可是已经腻烦了。对这些人感到厌倦了。

奎尔想象那条笨重的大船朝邻近船只猛撞过去,把房屋和船坞砸得粉碎。他清了清喉咙。

"你们怎么会到锚爪市来的?是来度假的吗?"

白发男人迫不及待地说下去。"度假?在这里?在全世界最最荒凉、最最寒碜的海岸上?多少匹野马也拉不动我。我情愿乘着一条破破烂烂的敞舱驳船在火地岛附近波涛汹涌的风暴海域航行。不是的,我们正在重新装潢,是不是?"一种尖刻的讽刺口吻,在某种程度上使他的声音有所降低。"喏,银子,我亲爱的妻子,坚持要接受特殊游艇装潢服务。其实有无数家呢。长岛上就有,离我们的夏日别墅只有七英里。现在却不得不找到这块被上帝抛弃的岩石上来。为了给餐厅交谊厅重新装潢,从巴哈马一路航行到这里。人怎么能在这里生活呢?我的上帝,就连皮革我们也不得不亲自带来。"

从他说女人的金属名字的口气上,奎尔认为它是从一个"爱丽丝"或"贝妮丝"之类的比较乏味的名字改过来的。

"游艇装潢?我不知道还有这样的事。"

"哦,绝对有的。想想吧。游艇上都是这些不可思议的、奇里奇怪的不规则空间,完全**离奇古怪的**凳子、三角形桌子。在这样一艘独一无二的游艇上,单单装潢那个小吃饭间就要花几千几万美元。样样东西都要符合惯例。当然啦,每艘船都是不同的。有些比较高级的游艇还有皮墙壁或皮天花板呢。我看见过皮地板——记得吗,银子?比斯科特·帕拉根的游艇,是不是?科尔多瓦皮革地板砖。真让人不敢相信。当然啦,你在上面经常会摔跤。"

"他叫什么名字?"奎尔问。"一位当地的游艇装潢家肯定会使读者感兴趣的。"

"哦,不是男的,"女人说。"是阿格妮丝。阿格妮丝·哈姆。'哈姆承接定制游艇内部装潢'。一个令人厌倦的女人,不过操起装潢针来绝对是一个天使。"她笑了起来。

比利·布莱蒂移动脚步。"好吧,谢谢你们——贝亚内特和银子——"

"梅尔维尔。和赫尔曼·梅尔维尔① 一样的姓。"男人又倒了一杯酒,颤抖着,也许是因为身上湿了。他们和男人握手,比利·布莱蒂捏住女人冰冷的手指。走出热乎乎的船舱来到雨中。那只湿箱子大概已经毁了。

船舱里的声音高了起来。你再说,再说,女人说道,从这里滚开,滚开,能滚多远滚多远,可恶的杂种。下次再当导游啊。你说啊。再说啊。接着说啊。

---

① 赫尔曼·梅尔维尔(1819—1891),美国小说家,代表作有长篇小说《白鲸》。

第十四章　韦　苇

在怀俄明,人们给女孩子取名"斯基尔"。在纽芬兰则是"韦苇"。

一个星期六的下午。奎尔身上沾着粉刷孩子们房间时溅到的青绿色斑点。他坐在桌旁,面前是茶杯和托碟,还有一盘塞果子冻的炸面包圈。

"我说,姑妈,"他说,"你在经营游艇装潢业务。"吸着茶水。"我原来一直以为是沙发呢。"

"你看见我的招牌了?"姑妈正用砂纸擦一个柜子,砂纸摩擦木头沙沙作响,她大臂下面松弛的肉在抖动。

小兔和阳光在桌子底下玩汽车和一条硬纸板公路,公路铺开来是一些跑道般的弯道。小兔把一块积木放在公路上。"这是那只驼鹿,"她说。"爸爸开过来了。呜呜。嘟嘟。驼鹿不理睬。"她把汽车撞在积木上。

"我也要玩!"阳光说着,过来抢积木和汽车。

"玩你自己的吧。这是我的。"一场争夺,脑袋撞在桌脚上,阳光放声大哭。

"你就会哭!"小兔从桌子底下爬出来,把积木和汽车向阳光扔去。

"哎,不许这样!"姑妈说。

"冷静一点,小兔。"奎尔把阳光抱到膝盖上,查看她额头上的红印,亲了亲,轻轻摇晃她。小兔在房间那头用刀子般的目光剜着他们三个。奎尔用微笑表示对她的怒目而视不感兴趣。可是他觉得两个孩子的声音真是尖利刺耳。什么时候才能变得温柔呢?

"店里目前还是乱七八糟,不过至少缝纫机已经安置好了。寻找有经验的帮手真是一个大难题,我正在培训两个女人。玛维斯·邦斯夫人和道恩·巴杰尔。玛维斯年纪比较大了,是个寡妇,你知道,道恩只有二十六岁。上过大学,得过奖学金什么的。她那个领域根本找不到工作。她一直在鱼厂做临时工,加工圆鳍鱼——那是有活儿的时候——别的时候就靠失业保险金勉强打发日子。她在鱼厂是做圆鳍鱼鱼子酱。"她自己也不喜欢。

"不,我没有看见你的店铺。我采访了你的两个顾客,我想写写他们的船。梅尔维尔夫妇。真让人吃惊,没想到你是个游艇装潢师。"

"哦,是啊。我一直在等我的设备运来。店铺大约是十天前开张的。我开始搞游艇装潢,你知道吗,是在我的朋友去世以后。一九七九年。人们现在管那种关系叫'情人'。华伦。我给狗起的就是此人的名字。搞邮政业务。我说的是华伦,不是狗。"她笑了起来,脸上闪过一些难以捉摸的表情。没有告诉奎尔华伦实际上是艾琳·华伦。世界上最亲的女人。他怎么能理解呢?他不可能理解。

"我发誓我以前从不知道有这样的行业存在。即使你是一个核物理专家,我也不会这么惊讶。"他突然想到,他对姑妈的生活几乎一无所知。而且从来也不想知道。

"你知道吗,人们听说你是一个新闻记者也会很吃惊的。这是很简单、很合理的。我在海边长大,看见的船比汽车还多,可是其中没有一艘是游艇。我在美国的第一份工作是在一家服装厂里,缝衣服。华伦和我在一起的那些年里,我们生活在一条住宿船上，停泊在长岛海岸的各个系船池。

"我们在孤独溪停泊的次数最多，那是我们呆的时间最长的一处系船池。如果看腻了同一些熟悉的船只，星期天就驶到别的海港去，看看那里的船，吃一顿午饭。这就像是一种爱好，就像观察野鸟生活习性一样。华伦经常会说，'怎么样，出去看看船吧？'我们梦想着有朝一日能有一只漂亮的小双桅船，到处游来游去，可是一直没有实现。总是打算回到这里来，回到老房子里，和华伦一起，可是我们拖延着，你知道。对我来说，回来是带有一点纪念华伦的意思的。"不仅如此。

"我给我们住宿船里的一只旧椅子重新装潢，它的线条很美，但是滚边已经磨损、拉丝，变成了芥子棕色。我买了一段很好的装潢布，深蓝色上带红色图案，把旧的装潢布取下来做样子。就忙着缝呀、比画呀、熨烫呀。效果十分完美。我喜欢做这种事情。一向就爱好缝缝补补，用两只手干活儿。华伦认为它很漂亮。我就又用皮革做了一个。那可不简单，用皮革做东西。真正的暗红色，我猜你会说是勃艮第葡萄酒的颜色。只可惜我没能把贴边弄得那么完美。不是这里鼓出一块，就是那里突出一点。而且我固定垫边也很不顺利。看到那块美丽的皮革被糟蹋了，心里真是难过。在我看来它是被糟蹋了。这时华伦就说——知道我喜欢做这个——'你为什么不去参加皮革装潢的进修班呢？学一门课什么的？'

"后来是华伦注意到了《装潢杂志》上的一则广告。那杂志是订了给我做圣诞礼物的。一个爱读书的人。家里有什么就读什么，从牙膏盒子到葡萄酒商标。总是为星期五的晚餐买一瓶葡萄酒。那么多书！我的天哪，住宿船里堆满了书。这则广告说的是一个夏季班——高级装潢技术——在北卡罗来纳州的一所学校。华伦写信去要小册子。我被那笔费用吓坏了，而且不想整个夏季一个人出去。那是八个星期的课程。可是华伦说，

'谁知道呢,阿格妮丝,也许你再也得不到这样的机会了。'最后的结果是,我决定去了。"

阳光蠕动着挣脱奎尔的手臂,拿起积木。她把一块积木放在桌子底下的公路上,得意地扫了一眼小兔。小兔摇晃着两条腿。先闭上一只眼,又闭上另一只眼,使阳光、奎尔和姑妈一会儿前,一会儿后,跳来跳去。最后仿佛有什么东西出现在她的视线边缘,出现在外面的矮树丛里,一个滑动的影子。白的东西!又消失了。

姑妈还在滔滔不绝地讲她的故事。浪漫的篇章。"是在帕姆利科湾[①] 一个小镇的大学里。大约有来自全国各地的五十个人。一个来自衣阿华城的女人想专门进修用古式锦缎和贵重织物修复博物馆的技术。一个做玩具家具的男人。一个家具设计师,不停地说他只想获得一些经历。我写信告诉华伦,我来了很高兴。我对他们说我没有专业,只是喜欢用皮革做东西,希望得到提高。"

她把砂纸放到一边,用一块柔软的破布擦拭桌面,擦得很用力,幅度很大,把灰尘都带走了。小兔侧着身子沿墙走来,渴望呆在他旁边。用两只手紧紧抓住他的胳膊。

"课程上到大约一半的时候,那个导师——他和意大利家具设计师们一起工作,说,'阿格妮丝,我有一个艰巨的任务交给你。'那是一个玻璃纤维做的二十英尺的小巡洋舰,属于学校的看门人。他刚刚买了一艘旧船。我的工作是给那些白天当长靠椅、晚上当卧铺位的奇形怪状的软垫做蒙面装潢。还有一个三角形的酒吧台,他想用饰穗装饰的黑色皮革来装潢,并用饰穗拼出那条船的名字,我记得好像是'项链马嗒'。我劝他说,那样不会好看,还不如采用打褶饰穗构成的古典钻石图案,上缘再配上

[①] 美国北卡罗来纳州东海岸浅水区。

一只含有衬垫的漂亮酒杯呢。我说他可以把船名刻在一块铜板上,挂在酒吧台后面,或者搞一个好看的木头招牌。他说就这么办吧。果然不错。

"我加进一些曲线,卷形的、波浪形的边,褶裥和皱褶——风格非常豪华,完全符合那家伙的梦想。真的,这确实是一门艺术,我做的装潢超出了我自己的能力。纯粹是运气。"她撬开一只罐头,是黄蜡。一种勤劳持家的气息。

"导师说我对船有灵气,说游艇装潢是很来钱的。说你能看到一些大船,结识许多有趣的人。"显然,姑妈让一个陌生人的称赞改变了自己的一生。

奎尔和女儿们一起趴在地板上,在公路上搭了一座桥,又搭了一个小镇,一个城市,里面挤满了积木汽车和轰鸣的发动机。耐心地重搭被卡车撞倒的桥。

"爸爸,搭一个城堡吧。在路上搭一个城堡吧。"她们叫他做什么他都愿意。

"在返回长岛的公共汽车上,我全都盘算好了要自己开一爿小店。我构思出招牌的草图——哈姆游艇装潢——字母下面是一艘扯满全帆的帆船。我打算在蚌壳港的码头上租一个沿街的铺面。我还列了一个我需要的设备清单——一台工业用缝纫机,压纽扣机,衬垫支架,拆缝工具——粗缝拉钩和拆线錾子,修复工具——拉皮装置,织带边撑。我告诫自己先做小规模的,只购买每份活需要的皮革,这样就不会把许多钱都套牢在皮革里了。"

城堡竖起来了,塔楼和拱扶垛,姑妈的一只小发夹上绑了一截纱线作为三角旗。现在汽车变成了横冲直撞的奔驰的骏马。小兔和阳光把舌头弹得"哒哒"响,模仿马蹄声。

"我回家以后激动极了,竹筒倒豆子,一口气都说了,华伦坐在厨房的桌子旁边,连连点头。我注意到那种消瘦,那种灰暗的脸色,就像你患了严重的头疼,或者病得很厉害的时候那样。于是我说,'你不舒服吗?'华伦,可怜的人儿!拼命克制着。然后突然说了出来。'癌。全身都是。四到六个月。不想在你上课的时候让你担心。'"

姑妈站起身来,擦了擦她的椅子,走到门边透透气,摆脱因心理作用而感到的黄蜡的恶臭。

"结果,三个月就结束了。我情绪恢复过来以后做的第一件事就是买来那只小狗,给它取了名字。"没有解释她需要每天五十次地念叨艾琳·华伦这个名字的一部分,以唤起往昔幸福的回忆。"它本来脾气不错,长大后才变凶的。而且只是冲着陌生人。过了一阵,我租了一个沿街的铺面,开始做游艇装潢。华伦——我的华伦——没能看到这个店铺。"

奎尔仰面躺在地板上,胸脯上堆着积木,随着他的呼吸一起一伏。

"那是船,"阳光说。"爸爸是海水,这些是我的渡船。爸爸,你是海水。"

"我也感到是这样,"奎尔说。小兔回到窗口,把两块积木放在窗台上,凝望着矮树丛。

"反正,过去十三年我一直在店里工作。你父母去世以后,虽然我一直不认识你母亲,但也认为应该回家乡了。不然就可能再也看不见它了。我猜想我是上了年纪,尽管自己没有感觉到。你不应该太迁就她们,你知道。"指的是奎尔躺在地板上,身上堆满积木。"她们永远不会尊敬你的。"

"姑妈,"奎尔说,思绪在他下巴下面的那些小船和游艇装潢生意之间漂浮。"你店里的那个女人。你说她在大学里学的什么?"他总是陪他的孩子们玩耍。与小兔一起搭积木时的令人尴尬的最初的喜悦。他对用沙子做馅饼很感兴趣。

"你说的是道恩吗?邦斯夫人连小学都没上过,更别说大学了。灯塔学。研究灯塔和信号灯的科学。道恩懂得海拔高度和用烛光表示的光强度,还有关于闪光灯、冰映光和浮标之类的知识。让你腻烦得要死。你知道,她一天到晚不停地谈论这些,一不留神它们就从她脑子里溜出来了。不用就会丢。她就在丢。她自己这么说的。可是她找不到工作,虽然海运交通这么拥挤,你几乎夜里醒着就能听见船只在海上撕扯的声音。怎么,你对道恩感兴趣?"姑妈用手指轻轻掠过,体会着表面涂蜡的感觉。

"不,"奎尔说。"我根本就不认识她。只是有点好奇,没别的。"

一只苍蝇在桌子上爬,停下来用前爪擦擦嘴巴,又踌躇着前进,后腿像滑行器而不像活动的肢节。姑妈用抹布啪地打过去。

"下星期来店里看看吧?见见道恩和玛维斯。我们可以在威利船长的店里吃点东西。"

"好主意。"奎尔说,扫了一眼正凝视着窗外矮树丛的小兔。

"你在看什么,小兔?"只见她皱紧眉头,瞪着眼睛。

"等我长大了,"小兔说,"我要住在一座红颜色的木头房子里,养几头猪。我永远不会把它们杀掉做腌肉。因为腌肉是用猪肉做的,爸爸。是比蒂告诉我的。丹尼斯就杀了一头猪做腌肉。"

"是吗?"奎尔说,装出很吃惊的样子。

※

星期二,奎尔无法给文章起头。他把被雨水弄得模糊的波特游艇的笔记塞到一堆纸下面。他习惯于报道决议、选票、会议记录、地方法律、议事日程、用官腔官调润色过的声明。不会描写"结实宝贝"那涂了清漆的木料。怎么把梅尔维尔夫妇的粗鲁无礼付诸笔端呢?小兔不断出现在他的脑海里。旧厨房门上的抓刮声是怎么回事。他把纸在桌上挪来挪去,一遍又一遍地看表。要到镇上去看看姑妈的店铺。想跟她谈谈小兔。到底有没有问题呢。而且,永远吃不饱的奎尔已经饿得肚子咕咕叫了。

他刚要发动旅行汽车,突然想起了那个高个子女人,韦苇。他看了看道路两边,看她是不是在步行。有时她中午到学校里去。他想,也许是在学校餐厅帮忙。没有看见她。不过当他驶上斜坡,能够看见杰克的房子时,她出现了,大步流星地朝前走着,手里晃着一只帆布包。他停下车,很高兴她是一个人,他也是一个人。

包里是书:她每星期两次在学校图书馆工作,她说。她的声音有些沙哑。她坐得笔直,两只脚整整齐齐地并排放着。他们看了看彼此的手,证明了人的眼睛都被对方的无名指所吸引;两人都看见了金戒指。至少知道了对方某一方面的情况。

沉默,海水是无数碎片向前延伸。一只快艇和平底小渔船,男人们探身重新安装鳕鱼套。奎尔瞟了一眼,看见她苍白的嘴唇,脖子,眼睛介于绿玻璃和土黄色之间。手很粗糙。不太年轻;奔四十了。但是那种与什么东西的和谐感,与时间或地点的和谐感,他不清楚,能感觉到。她转过头来,发现他在看她。眼睛又躲闪着移开了。但两人都很愉快。

"我有一个女儿今年秋天上一年级。小兔。她的名字叫小兔。我最小的女儿叫阳光,我上班的时候她就呆在比蒂·巴吉特家。"他想他必须说点什么。清了清喉咙。

"我听说了。"她的声音是这么低,仿佛在对自己说话。

在学校的汽车道上,她一边跨出车门,一边含混地说了一句什么,奎尔没有听清,然后她就迈着大步走远了。也许是谢谢你。也许是哪天过来喝一杯茶。她甩动着双手。停了一下,从上衣口袋里掏出一块皱巴巴的白纸巾,擤了擤鼻子。奎尔仍然坐在那里。注视着她跑上学校的台阶,走进门去。他这是怎么啦?

就想看看她走路的样子,一个步行好几英里的高个子女人。佩塔尔从来不走路——只要能够乘车或者躺下。

第十五章　装潢店

家具装潢所用的绳结有张力圈、活套结、双张力圈和饰穗结。

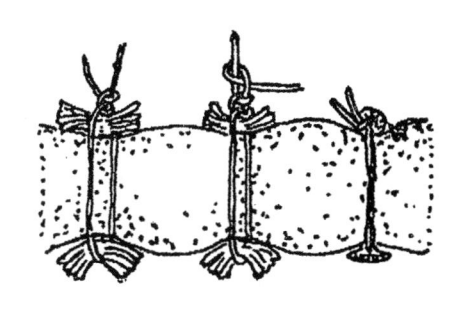

姑妈的店在码头路后面的小巷子里。一座黄褐色的木结构房子,配有木头装饰和黑色百叶窗。奎尔喜欢那一排店,处在背风的地方,很安逸,同时又几乎就在码头上。窗户上是颤颤巍巍的旧玻璃。他推门的时候一只铃铛响了起来。姑妈正在做一个填充衬垫的卷边,抬起头来。弯针一半扎在平纹细布里停住了。

"你来了。"她说。环顾四周,似乎她也是第一次打量店铺。

一个女人坐在一台缝纫机旁,留着艾米莉·狄金森[①] 式的发型,松松绾到脑后,中间被一道宽缝对称分开。嗒嗒跳动的针慢了

---

① 艾米莉·狄金森(1830—1886),美国女诗人,世界抒情短诗的大师之一。

下来,平纹细布从台面上滑落。女人对奎尔微微一笑,紫罗兰色的嘴唇间露出完美的牙齿,随即笑容隐去,一道忧伤掠过她的脸庞,从前额直到嘴巴。她颈子下面堆着衬衫的胸饰花边。

"玛维斯·邦斯夫人。"姑妈像仪式主持人似的介绍。

另一个桌子旁边,一个年轻女人顶着一头钢盔般的紧绷绷的棕色卷发,正在很铺张地用剪刀剪皮子。

"这是道恩·巴杰尔。"姑妈说。女人专心得有些紧张,没有抬头,也没有停下剪刀。店里有一股皮革、染料、胶料和香水的气味。香水来自邦斯夫人,现在她把两只手叠在一起,目不转睛地盯着奎尔。他伸手捂住了下巴。

"你看,就是这里,"姑妈说。"目前只装了两台缝纫机和一个裁剪台,等生意做起来了,希望有六台缝纫机和两个裁剪台。那是我在长岛的规模。我有一艘渔船下星期到达,甲板下面跟游艇一样——是在美国西海岸建造的,作为拖钓鲑鱼的双桅船,可现在属于圣约翰斯的一个家伙。在最近一两年里,我见过几艘商业捕鱼帆船。航行起来很便宜,他们说。人们大概又要开始用帆了。我倒真希望这样。"

"道恩正在为梅尔维尔游艇上的交谊餐厅裁剪椅背呢。那种蓝颜色正好和梅尔维尔夫人的眼睛相配。她专门在纽约给皮革染的颜色。玛维斯在缝合泡沫橡胶上包的衬布。道恩,这就是我跟你说过的我的侄子。在报社工作。我们想到马路对面的威利船长的饭店里吃点东西。道恩,你裁剪完了以后,可以给另一台缝纫机穿上那种蓝线。她把线也染了。"

姑妈踩着黑色鞋跟"笃笃笃"地走出店门,奎尔跟在她身后慢慢把门关上,听见邦斯夫人对道恩说,"他不是你想象的那样,是吗?"

一股热油味和焦煳味从威利船长饭店的排气扇里冒出来。走进饭店,空气更加污浊憋闷,身上还穿着油布雨衣和靴子的渔民埋头大嚼炸土豆和鳕鱼,举起拴着挂绳的杯子开怀痛饮。香烟的烟雾融进了炸锅冒出的油烟中。女招待冲着厨房大喊大叫。奎尔可以看见威利船长那脏兮兮的围裙不停地飘动,像不断冲击海岸的冰块。

"嗨,阿格妮丝小姐,今天想吃点什么?"女招待朝姑妈露出灿烂的笑容。

"来一份炖鳕鱼,珍珠。当然啦,还有一杯茶。这是我的侄子,在报社工作。"

"噢,知道,我见过他。那天就在这里,和比利一起。吃的是鱿鱼汉堡。"

"没错,"奎尔说。"非常好吃。"

"你知道,是威利船长发明了鱿鱼汉堡。你今天还吃它吗,亲爱的?"

"好啊,"奎尔说。"为什么不呢?还有茶,加奶油。"他领教过船长饭店的咖啡,味道寡淡而辛辣,还混有一股鳕鱼味。

奎尔把餐巾折成扇形,再打开来,形成一个个越来越小的三角形。他看着姑妈。

"姑妈,想问你一些事。关于小兔。"下决心进行这场谈话。佩塔尔说过一百次,小兔是个"怪孩子"。他曾经否认。但实际上她确实有些怪异,好像有点不大对劲儿。她就像一壶水,煮得嘶嘶响,或者咕嘟咕嘟地沸腾,最后壶底烧干裂开,或者,有时候冷却下来,表面结了薄薄一层碱花。

"你认为她正常吗,姑妈?"

姑妈吹吹她的茶,看着奎尔。表情很谨慎。仔细地打量着

143

奎尔,好像他是她可能会买的一种新皮革。

"那些噩梦。还有她的脾气。还有——"他停住了。他说得有点语无伦次。

"你看,"姑妈说。"想想发生的这些事吧。她失去了亲人。搬到一个陌生的地方。老房子。新人。她的爷爷奶奶,她的妈妈。我不能肯定她是不是懂得发生了什么事情。她有时候说他们还在纽约。她的生活被搞得乱七八糟。我想我们大家都是这样。"

"所有这些,"奎尔恶狠狠地喝了口茶,说,"可是还有一些事情,"——他的肠子像火车一样隆隆作响——"别的事情。我不知道该怎么说,但这正是我想谈的。"那句话是"性格紊乱"——那是莫金伯格幼儿园的老师说的,当时小兔推其他小朋友,还贪心地拿了好多蜡笔。

"举个例子说明你的意思。"

一团沉闷的阴云笼罩了奎尔。"是这样的,小兔不喜欢房子的颜色。那种深绿色。"听起来像傻话。关键是厨房里发生的那件事。其他事情他可以忽略不管。炖鳕鱼和鱿鱼汉堡来了。奎尔大口咬着鱿鱼汉堡,仿佛在咬捆住他手腕的绳子。

"比如,那些噩梦。还有她无缘无故大哭、大叫的样子。一个六岁,六岁半的孩子,不应该有那样的表现。你还记得我们到那个房子的第一天,她以为看见一条狗的情景吗?被一条红眼睛的白狗吓呆了。我们使劲地看啊,看啊,哪里有狗的踪影呢。"奎尔的声音变得粗哑。真希望离开这里。不过还是费力地坚持下去。

"记得,我当然记得。"姑妈的叉子擦着盘子发出声音,厨房的热气,乱哄哄的刀叉声,一阵阵大笑声。"两个星期前还有一次白狗的奇遇呢。你知道我花园岩石上的那块小白石头吗?如果你眯着眼睛,就会发现它像一个狗头?小兔跑来使劲地敲门,死命地尖叫。我还以为出了什么可怕的事呢。没法叫她停止尖叫,告诉我到底怎么回事。最后她伸出手。一个手指上有一个小口子,很小的口子,大概四分之一英寸长。有一滴血。我给裹了一块纱布,她才平静下来。不肯说是怎么弄伤的。不过两天以后,她对我说,她把'狗脸石'扔开,它就咬了她一口。她说她的手指是被狗咬了。"

姑妈笑了起来,表示这没有什么好大惊小怪的。

"那正是我想说的意思。她凭空想象出这些事情。"奎尔狼吞虎咽地吃完了鱿鱼汉堡。他感到憋闷。姑妈把事情不当事情,回避着她该说的话。身后的人们竖起耳朵听着。他可以感觉到他们在注意他。放低声音。"你瞧,我很担心。真的很担心。说实在的,真是担心得要命。还记得星期六上午,你去取你的包裹吗?我们刚刚进来做午饭。我准备热一点汤。阳光在费力地对付她的靴子——你知道她想自己脱靴子。小兔拿出那盒薄脆饼干,刚刚打开盒子,里面的蜡纸发出啪啪的声音,她突然停了下来。盯着房门,哭了起来。姑妈,我发誓她简直吓得要死。她说,'爸爸,那只狗在抓门呢。快把门锁上!'然后就开始尖叫。阳光坐在那里,手里拿着一只靴子,吓得不敢呼吸。我本来应该把门打开,让她看看那里什么也没有,可是我却把门锁上了。你知道为什么吗?因为我害怕那里真的有什么东西。她的恐惧就有这么强的力量。"

"嗨。"姑妈说。

"真的,"奎尔说。"我刚把门锁上,她就停止了尖叫,从饼干盒里拿出两块饼干。非常冷静。现在你告诉我,这正常吗?我真想听听。我一直在想她是不是应该去看看儿童心理医生。或者其他什么人。"

"你知道,侄儿,换了我就不会草率地那么做。我会再等一段时间。还有别的可能性呢。我的意思是,她可能在某一方面比我们大家敏感。能够接收我们得不到的信息。这里有些人是这样的。"侧眼端详奎尔,看他对此有何想法。他的女儿也许能瞥见超越静态现实以外的事物呢。

但是奎尔不相信什么奇怪的天才。他担心丧母、童年的不幸以及他自己没有好好地爱小兔,已经使她受了伤害。

"你为什么不等等看呢,侄儿。看看会有什么发展。她九月份入学。对于一个孩子来说,三个月的时间是很长的。我同意你说的她与众不同,或许可以说她有时有点奇怪,但是你知道,我们都是与众不同的,只是可能会假装成别的样子。我们的内心都是很怪的。长大了便学会掩饰我们的不同。小兔还没有那么做。"

奎尔吐了一口气,把手伸到下巴上。一种感觉,好像他们根本不是在谈论小兔。那么在谈论谁呢?谈话像阳光下的雾气一样消散了。

姑妈在吃鳕鱼,盘子旁边堆着乱七八糟的鱼骨,女招待称为魔鬼剪下的指甲。

走回商店。走在人行道上时,他透过窗户看见邦斯夫人的一部分黑发,她埋头在座椅上用一根拆线錾子撬开粗缝的针脚。

"好了,"姑妈说。"谈谈这件事是有好处的。真对不起,不过我今晚要呆得晚一些。我们必须用粗针脚缝好窗口凳的罩子。下个星期二就必须把活全部干完,做出来,安装好。你去接孩子们吧。不要为小兔担心。她还只是个小姑娘呢。"

可是那并没有阻止盖伊的行为。她第一次时也是小兔那么大年纪呀。

"好吧。"奎尔说,几秒钟的喜悦使他心情明朗起来。好吧,就等着瞧吧。什么事情都会发生。"你是在镇上吃晚饭,还是我们给你做点东西?"

"哦,我就在这里随便吃点吧。你走吧。你需要弄点牛奶和冰块做冷饮。不要无端端地大惊小怪。"

"我不会的,"奎尔说,"再见。"凑向姑妈柔软的面颊,闻到鳄梨油香皂的淡淡香气。她的用意是好的,可是她对孩子和他们遭受的痛苦一无所知。

第十六章　比蒂家的厨房

> "家庭妇女需要多种多样的绳结,但是她的大多数要求并不特别,所需要的几乎都能在一般类别里找到。"
>
> 《阿什利绳结大全》

奎尔到丹尼斯和比蒂家去接女儿时,每天的好时光到来了。他在生活中的角色似乎更加丰富了,变得更像一个父亲,同时能够表露出真实的感情,这些感情经常是向往和渴望。

向水面倾斜的山坡,七零八落的树桩,然后是丹尼斯家蓝绿色的房子,大型的窗户朝向街道。奎尔从衬衫里掏出钢笔,放在汽车仪表板上,然后才走进门去。钢笔很碍事。这扇门通向厨房。奎尔走了一圈,看了看孩子。客厅里,在那幅两个粗壮女人在蕨草丛里散步的着色照片下面,丹尼斯懒洋洋地歪在印着豹子图案的沙发靠垫上,在看渔业新闻。他身体两边都堆着彩虹形和方形图案的钩编垫子。**居家的木匠。**

房子里很热,有一股烤面包的香味。可是奎尔喜欢这种令人窒息的发酵的热气,喜欢聊天声和孩子们的尖叫声盖过电视里嘈杂的声音。有时泪水使这一切变得模糊不清,他感到丹尼斯和比蒂仿佛是他内心深处的父母,尽管丹尼斯与他同年,比蒂比他还小。

丹尼斯的目光几乎没有离开屏幕,却对厨房喊道。

"快给我们沏茶,妈妈。"

水龙头里的水喷涌而出,灌进水壶。一只较小的壶在白色的炉子上冒着水汽。比蒂用手掌的侧面扫了扫厨房的桌子,摆出一块长面包。温妮,巴吉特家最大的孩子,端来一叠盘子。奎尔刚坐下来,小兔就朝他扑了过来,好像他刚从一次漫长而危险的远航中归来,她搂紧他,用脑袋撞他。她什么毛病也没有。没有。阳光在和穆奇·巴吉特玩蜘蛛游戏,手指蠕动着爬上他的胳膊,嘴里说着痒痒,痒痒。

坐在厨房的桌子旁,两个孩子坐在他大腿上,吃着面包和黄苹果果酱,奎尔点着头,听着。丹尼斯一丝不苟地注意着当天的新闻,比蒂在讲一些牵牵连连的古怪的故事,却从来也没有讲完过。

桌布上印着喇叭和肥皂泡的图案。丹尼斯说他心里很难受;他的朋友卡尔在骨头山的道路上把车开进了一条建筑深沟里。他在医院里,脖子断了。比蒂把一碟碟罐装杏子放在孩子们面前。小兔举起调羹,又放了下来。

"他好像注定多灾多难。以前就受过惊吓,八九年前。一个月内头发变得雪白。你知道吗,他和他兄弟出海在大锅炉附近打鱼,看见水里躺着一个软绵绵的怪东西。他以为是被人遗失的渔网,挣脱了浮到水面。他们就奔它而去,他用钩子捅了一下,亲爱的上帝啊,那个吓人的大触手猛地从水里伸了出来"——丹尼斯把手臂举过头顶,手弯曲着做出吓人的样子——"一把抓住了他。抓住了他的胳膊。他说你从没感受过这么大的力气。唉,幸亏他不是一个人。他兄弟拔出用来切鳕鱼的刀子,开始锯那条钳住他的触手,所有的肌肉和吸盘都咬得紧紧的,肯定会留下可怕的伤疤。不过他终于把它割断了,开动了马达,心几乎跳到了嗓子眼里,总害怕感到有别的触手搭上他的肩膀。他们逃离了那里。大学付给他们一笔钱,买去了那条割下来的触手。现在他又在公路上撞进沟里,摔断了脖子。这是怎么回事呢!"

小兔下去对比蒂说了句悄悄话,从冰箱里拿出腌肉,给奎尔看。就是那块著名的腌肉,用丹尼斯杀死的那只猪做成的。奎尔睁大眼睛,扬起眉毛,向小兔表示他非常惊奇。其实他在听丹尼斯说话。

"我从来没有从老爸那里学到打鱼的知识。他喜欢打鱼——但只是自个儿喜欢。他想让我别干这一行,想让我们都别跟水打交道。你看,结果就是杰森结识了戈登老伯那一伙人,我心心念念想到海上去。哦,没错,我想当一个木匠,但我也想打鱼,"他神思恍惚地继续说道。"那才是投脾气的事儿。那里面有一些无法形容的东西,每次把网拉起来都像是打开一份礼物。根本不知道里面会是什么,是让你发财呢,还是让你破产,是杜父鱼呢,还是角鲨鱼。所以我想去打鱼。因为巴吉特家的人全都是水狗,你知道。每个人都是。女孩子也不例外。玛吉在安大略省当帆船教员,伊瓦是一艘巡游舰的公关主任。哦,不可能不让我们跟船打交道。可是老爸费了好大的心血啊。"

"他是替你担心。"

"是的,就是那样。他好像知道一些什么,好像知道巴吉特家的人在海上的情况。老爸天生就有那种能力。杰森的船翻了的时候他就知道，'北极磨工号'失事以后，他也知道在什么地方能找到我。我永远忘不了可怜的杰森遇难后的那段日子。你知道，杰森是妈妈最宝贝的。一直是这样，从他生下来的那天起。"

奎尔知道那种程度。

"突然，老爸猛地从桌旁站起来。他本来一直坐在那里听短波收音机，我们也都坐在那里，他说，'杰森去了。'然后穿过马路到他的店铺里——就是现在的《拉呱鸟》报社——自己在那里呆了整整一夜。那天夜里有北极光，漂亮极了，你简直不能相信，放射出那些彩色的射线，像蛛网一样。到了早晨，又出现了那种景象——啊，好像每件东西上都落着丝丝银线，索具，房子，电话线。一定是北极光发出来的。母亲却说是杰森干的，他正在脱离他的肉体而去。"

"杰森死后，他就开办了报纸，是吗？"

"大概是吧。但是你知道，办《拉呱鸟》的并不真是老爸，而是特德·卡德。报纸就在那里，你知道，是他开办的，差不多由他决定报上登些什么。可是他会打个电话过去，假装说他病了，然后出去打鱼。大家都知道他在干什么。"

"哦，是他办的，"奎尔说。"我认为卡德听他指挥。"

"快把你的杏子吃掉，小兔。"比蒂说，她在收拾空盘子。

可是小兔小声地对奎尔说："杏子像一个个小屁股，爸爸。小仙女的屁股。我不想把它们吃掉。"抽了抽鼻子。

丹尼斯说话的时候，一个满脸皱纹的矮个子男人来到门口，靠在门框上。除了淡紫色的脸庞外，他看上去像一段浮木。穿的衬衫上点缀着煎饼大小的木槿花。比蒂给他端来一大杯茶，还有涂了厚厚一层人造奶油的面包，老人一口就吞了下去。

"艾尔弗雷德！"丹尼斯说。"艾尔弗雷德船长，快过来坐。这是奎尔，在报社工作。和阿格妮丝·哈姆一起回到奎尔岬的老房子来的。"

"知道,"老人说。"我还记得奎尔一家和他们的麻烦。他们是一伙粗野的人。很久以前,听说奎尔家的人钉住一个人的耳朵,把他钉在树上,割掉鼻子,让血腥味引来小咬和苍蝇,把他活活咬死。现在都故去了,只剩下一个怪人,诺兰,住在翻船湾那边。我从来没想到还会有人回来,一共有四个人,其中一个姓哈姆,另外三个以前从没来过纽芬兰岛。不过我今天来看的是木匠小姐。"

丹尼斯指指小兔。

"这么说,你就是那位想用小锤子安装房顶的小姐喽。"

"我准备帮爸爸一起干。"小兔低声说。

"够不错的。如今很少有孩子帮爸爸干活了,不管是男孩还是女孩。所以我带来一件东西鼓励鼓励你。"他递给小兔一把小铜直角尺,上面的刻痕已经很旧,但仍然能看清楚。

"你在想,'这是什么东西?'告诉你吧,这是一个简单的东西。帮助你画直线,切割直线。有了它,再加上锯子,锤子,和几只钉子,一块木头,你就可以做出一百件小玩意儿。我像你这么大的时候就有它了,我先做了一只带盖的箱子,有六块板,还有两块小皮子做的铰链。我得意不得意?"

"你说什么,小兔?"奎尔压低声音问。

"我要做一只带盖的箱子,有两个铰链。"

大家哈哈大笑,只有奎尔没笑,他看着小兔,见她委屈得满脸通红。

"那么,"奎尔说,"我们感谢艾尔弗雷德船长送给你漂亮的尺子,然后回家,看看还有没有时间做一点饭后的木匠活儿。"她有没有听见那个男人被钉在树上的事?

在车里,他叫小兔把尺子平放在地上,以防车子不幸撞进路沟里。

第十七章 船　　讯

"船的表亲,是指船上本领高强的人……"

《海员词典》

他桌上摊着波特游艇的照片。颜色很暗,但印出来效果不会差,足以表现那条船令人生畏的力量。奎尔把一张照片竖在面前,然后往打字机里卷了一张纸。他已经成竹在胸了。

杀人游艇在锚爪港

一艘五十年前为希特勒建造的威力无穷的船本周到达锚爪港。希特勒从未登上这艘名为"结实宝贝"的豪华游艇,但他的一些邪恶力量却似乎被铸进了游艇内部。目前的船主,长岛的银子和贝亚内特·梅尔维尔描述了这条船最近在鲍勃飓风中,在缅因州白乌鸦港的游船和高级别墅间横冲直撞的情景。"它把十七条船撞成了火柴棍,把十二座海滩别墅和船坞捣得粉碎。"梅尔维尔说。

思路像水一样流淌,他飞快地打着。感觉写得很顺手。梅尔维尔夫妇对船的破坏性所感到的得意跃然纸上。十一点钟,他把写好的文章扔在特德·卡德的桌上。卡德正望着海浪发呆,想入非非。

"这和船讯登在一起。是港口一条船的速写。"

"杰克从来没跟我提起过速写的事。是他叫你这么做的吗?"他的私处在化纤裤子里突现。

"是额外加上去的。那条船很有意思。"

"登上吧,特德。"比利·布莱蒂坐在墙角叭嗒叭嗒地打他的闲话专栏。

"那场车祸怎么样了? 关于车祸的报道呢?"

"我没有写,"奎尔说。"谈不上是一场车祸。迪多罗夫人扭伤了手腕,句号。"

特德·卡德瞪起了眼睛。"杰克要你做的事你没有做,却做了一件他根本不知道的事。该死,我们当然会照登不误。这样也好。我已经好久没有看见杰克火冒三丈的样子了。他上次发火还是他的捕鱼靴掉在煤气炉上被烤得焦煳的时候。告诉你吧,你明天早上来上班时最好不要关掉汽车马达。"

我做了什么,奎尔想。

"别去跟艾迪丝·迪多罗自找麻烦。她扭伤了手腕呆在医院里,看见谁都要慷慨激昂地演讲一番。"比利那件钻石图案的羊毛衫袖口散开了。他的蓝眼睛里仍然含着惊讶。

"该死的,你怎么到现在才来。比利到诊所去检查前列腺了,杰克正在赶来。他想见你。"特德·卡德啪地翻开一份新出版的《拉呱鸟》报,斜着眼睛阴沉沉地瞪着奎尔。纳特比姆坐在桌前点燃烟斗,喷出一团团球形的白烟。窗外笼罩着浓雾,迅疾的狂风也不能把它驱散。

"为什么?"奎尔惴惴不安地问,"就因为那篇文章?"

"是啊。就因为那篇希特勒游艇的文章,他大概想把你整个半死,"特德·卡德说。"他不喜欢标新立异。他叫你做什么,你就应该做什么。"

卡车马达轰响,门"砰"地被推开;奎尔紧张得全身冒汗。这不过是杰克·巴吉特嘛,他想。不过是可怕的、带着血淋淋的皮鞭和烙铁的杰克·巴吉特嘛。**记者惨遭威吓**。他的袖子挂住了桌上放笔记本和文件的箱子;纸张散了一桌。纳特比姆的烟斗在牙缝间翻转过来,倒出一块正在燃烧的烟渣,同时他让话筒悬空旋转,松开缠绕的电话线。目光转向一边。

杰克·巴吉特大踏步走了进来,姜黄色的眼睛在房间里迅速扫了一圈,把目光落在奎尔身上。他把手飞快地在脑袋上面一勾,好像在抓一只苍蝇,随后便消失在玻璃隔板后面。奎尔跟了过去。

"好吧,是这样的,"巴吉特说,"就是关于这个。附在船讯后面的你写的这篇小文章——"

"我原来想它会给船讯增添一些活力,巴吉特先生,"奎尔说。"是港口的一艘不同寻常的船,而且——"

"叫我'杰克'。"巴吉特说。

"我再也不写了。我只是以为——"**记者向主编摇尾乞怜**。

"你说话的样子好像在用一张破网捕鱼,拖泥带水,吞吞吐吐。"他朝奎尔瞪着眼睛,奎尔耷拉着脑袋,用手捂住下巴。

"昨天晚上接到四个电话,都是关于希特勒的那条船的。人们很感兴趣。巴吉特夫人也喜欢。我还亲自过去看了一眼,码头上围了一大堆人,都在盯着它看。因为世上的船是奥妙无穷的,同时也非常有趣。所以,接着干吧。我正需要这样的东西。从今往后,我要你写一个专栏,明白吗?船讯。关于港口某一条船的专栏。明白吗?每星期报道一条船。他们准会喜欢的。不仅仅是锚爪港,而是整个这片海岸。一个专栏。找一条船,然后写写它。别管是长线多钩渔船还是巡航艇。就是这些。我们会给你订购电脑的。告诉特德·卡德,我想见他。"

用不着对特德·卡德说什么,他隔着挡板全都听见了。奎尔走回办公桌前,感到又轻松又激动。纳特比姆将双手交握举过

155

头顶摇了摇,烟斗在嘴里转动。奎尔把纸卷进打字机,却没有打出一个字母。活了三十六年,这是第一次有人说他做对了。

浓雾像牛奶一样偎依着窗户。

第十八章　龙虾馅饼

"龙虾浮标结……尤其适合系在木头上。"

《阿什利绳结大全》

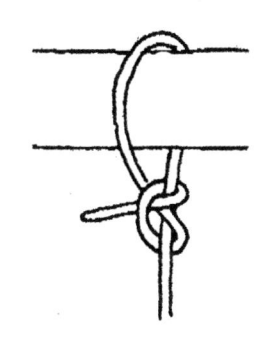

坐在后座上的男孩有说不完的话，张大嘴巴发出一些只有他母亲能够听懂的元音。不过奎尔还是领会了他的意思；海利的谈话里贯穿着一个个奇遇，他为许多小事而欣喜若狂，比如毛衣袖子上的一根蓝线，像鼓点一样落在水洼里的黄褐色雨点，一块麻花状的小甜饼。一切明亮的东西。还有橘红色的渔夫手套。他的色彩概念很乱。

"手奥！手奥！"

或者巴吉特夫人花园里的蓝色鸢尾花。

"花花！"

"他的视力毫无问题。"奎尔说。

韦苇突然有了话题。他是先天愚型,她说,她希望这孩子能过一种体面的生活。这不是他的过错。不能像过去那样把他塞在一间后库房里,或者让他在大街上流着口水乱逛。可以采取一些措施。这片海岸上还有其他孩子。她曾经打听过他们,找到了他们,并拜访了他们的父母——她哥哥科恩用卡车带她去的。她向他们解释可以采取哪些措施。"这些孩子能学会,能教会。"她说。

她满腔热情。声音响亮悦耳。这是一个情绪激昂的韦苇。她创办了患儿家长组织。从圣约翰斯请了专家来座谈,告诉大家能够做些什么。对孩子提出要求。写请愿书,召开会议,啊,对了,她说,他们还写信申请开办特殊教育班。已经办起来了。无名湾有一个三岁的女孩一直没有学会走路,但是能够学会,后来果然学会了。拯救迷失的儿童,告诉他们如何把握生活。她把两只手紧紧捏在一起,向他表示每个活着的人都能抓住机会。

他想,还有什么东西能够激起这种热情呢?

她请奎尔开车送她去图书馆。只有星期五和星期二下午开放。"你看,一般都是科恩送我的,可是他现在捕鱼去了。我真想念那些书啊。我喜欢读书。我还念给海利听,就这样不停地念给他听。还要给爸爸借几本他喜欢的书,关于登山,艰苦的旅行,到拉布拉多的航行。"

星期五早上,奎尔便做好了准备,穿上那件好衬衫,把鞋子擦得干干净净。没必要这样兴奋。看在上帝的分上,不过是送某人去图书馆啊。但他还是很兴奋。

图书馆是一座经过翻修的老房子。方方正正的屋子,墙纸上印着色彩鲜艳的阿月浑子和西瓜。自制的书架靠墙放着,还有一些油漆过的桌子。

"有一间儿童阅览室,"韦苇说。"你的两个女儿也许愿意过来借几本书。阳光和小兔。"她犹豫不决地说出她们的名字。她的头发梳得整整齐齐,编成辫子;身上穿着一件领口带花边的灰色连衣裙。海利已经站在书架跟前,拉动书脊,翻开一本本书的封面,进入瑰丽的幻想世界。

奎尔感到自己的身体有一丈多宽,像一头蠢笨的、中了毒的肥猪,每次转身的时候,毛衣总会挂住一本突出来的书。他弄倒了一些幽默杂文家,谋杀犯,圣贤哲人,板着面孔说教的博士,有时在空中把它们接住,有时出手慢了一拍,捞了个空。蠢笨的奎尔在北海岸一间小小的图书馆里羞得满面通红。不过他终于走进旅游分类图书,找到了艾利克·纽比和汉森,也找到了里德蒙·欧汉龙和威尔弗里德·特西格。怀里都抱满了。

回来的路上,顺便到比蒂的厨房去接他的两个女儿。她们不认识韦苇。

郑重其事地介绍一番。"这是海利·普鲁斯。这是韦苇,海利的妈妈。"韦苇转过身跟他们握手。海利跟每个人都握手,奎尔,他母亲,而且两只手同时握。他的手指和手掌像狗爪子一样热乎乎的。

"你们好,"韦苇说。"哦,你们好,亲爱的。"

把车停在韦苇家门前,因为韦苇答应请他们喝茶吃蛋糕。阳光和小兔在旅行汽车里打打闹闹地争着要看隔壁的院子,那是一个动物园,有涂成彩色的狗和公鸡,银白色的鹅和身上带斑点的猫,还有一个穿着花格裤子的木头男人抓住一个木头女人的手,一个风向标做的平底船。

这时小兔看见了胶合板做的那只狗。它戴着酒瓶盖串成的项圈,大张着嘴巴,露出里面长长的牙齿,鼻子仿佛在嗅着风中的气味。

"爸爸。"她一把抓住奎尔的领子。"那儿有一只白狗。"她啜泣着。奎尔听见她大口大口地吸气。"一只白狗。"他听见她敏感的语调,发现她在不断重复那个可怕的词:"白狗"。于是他猜到了什么。小兔在制造惊险场面——故意使自己惊恐万状。**女孩害怕狗,亲属大为惊慌。**

"小兔,这只是一只木狗,木头上涂了颜色,不是真的。"但她不想就此罢休。牙齿的的打战,嘴里呜咽有声。

"我想我们只好下次再来喝茶了。"奎尔对韦苇说,然后严厉地瞪了小兔一眼。几乎要生气了。

"爸,"阳光说,"他们的爸爸呢?海利和韦苇的爸爸在哪里?"

周末,奎尔和姑妈忙着修补和粉刷。丹尼斯开始在厨房里装间柱。到处都是锯木屑,两英寸厚四英寸宽的木板堆叠在地板上。姑妈又用砂纸擦掉了一个碗橱上原来的漆。

奎尔开凿着他那条通向海边的秘密小径。读书。陪两个女儿玩耍。有一次,他在阳光的神情里看见了佩塔尔那张逝去的脸。他原以为已经磨钝的痛苦又强烈地爆发出来。就好像那个女人本人突然出现又突然消失。从遗传学来说,她确实是这样。他把阳光叫到身边,想把她抱起来,把他的脸贴在她的脖子上,让那转瞬即逝的幻觉多停留一些时候,但他没有这么做。他握着她的手,说,"你好,你好,还有你,你好。"唤起韦苇——那个高个子女人的形象。让自己和孩子一起放声大笑。

一个星期六的上午,奎尔开着小船到无名湾去买龙虾。小兔在码头上暴跳如雷。

"我也要去!"

"我回来以后带你坐船兜风。"

他忍受着无名湾的人对他那条船的讥讽和嘲笑。他们说这是一条丑陋不堪的船,总有一天会把他淹死。回来的时候,他小心地避开一块正向海湾漂移的小冰山。他对这东西产生了好奇,窄窄的一块冰,却能在拱洞和岩洞间游刃有余。它不过才宾果球那么大呀。

"今年到目前为止,已经有四百多块冰山登滩了。"他对姑妈说。他不可能对它们习以为常。他做梦也没有想到他的生活中会出现冰山。"我不知道它们是在哪儿上岸的,但人们都那么说。昨天还专门为此发了一份公告。"

"你买到龙虾了吗?"

"从路德·扬格那儿弄到一些。他不停地把特别大的虾扔进篮子里,就好像它们是什么救命的宝贝。我想给钱,可是他不肯要。"

"旺季很快就要过去了,我们应该尽量多吃一些龙虾。既然他愿意白送,你就拿着。我还记得过去扬格家的人。头发搭下来盖住眼睛。你知道,最美妙的东西就是这里的海鲜,"姑妈说。"等着雪螃蟹入港吧。那是世界上最鲜美的肉。对了,我们怎么对付这些龙虾呢?"

"放在水里煮。"

"对,好的。我们有一段时间没有吃到美味的龙虾杂烩了,这倒也有好处。"她看了看另一个房间,小兔正在里面砸锤子。"我们用不着听她尖叫'红蜘蛛,红蜘蛛',然后不得不给她做一碗米饭了。或者,我可以把龙虾煮一煮,把肉都挑出来,做龙虾卷饼。或者,把浸过奶油沙司的虾肉裹在里面做鸡蛋薄饼,你看怎么样。"

奎尔开始流口水了。这是姑妈惯用的一个伎俩,先是滔滔不绝地列出一大堆美味佳肴,最后偃旗息鼓,做的是最简单的一道菜。和帕特里奇的风格截然不同。

"龙虾色拉也很不错,但是作为晚餐有点太清淡了。你知道,还有一种做法是以前我和华伦在长岛的艳阳天饭店经常吃的。把虾尾的肉浸泡在米酒里,然后跟竹笋和荸荠一起煮熟,再盛在虾壳里烘烤。那儿有一种辣酱,简直是妙不可言。那些东西在这里一样也弄不到。当然啦,如果我们有小虾、螃蟹肉和扇贝肉,我倒是可以做海鲜虾尾——道理是一样的,不过需要白葡萄酒和帕尔马干酪。如果能弄到白葡萄酒和帕尔马干酪就好了。"

"我买了干酪。不是帕尔马的,就是一般的干酪。切达干酪。"

"好吧,就这么定了。龙虾馅饼。没有奶油,我可以用牛奶。小兔准会吃得津津有味,不再大喊大叫,总算可以改变一下,不再什么都是清水煮煮。我想做几样不同寻常的东西。我邀请道恩过来吃晚饭。我叫她六点钟来,所以时间足够。"

"谁?"

"你没听见我说话吗?我请道恩过来。道恩·巴杰尔。她是个不错的姑娘。你好好跟她聊聊。"因为侄子除了工作就是发呆,什么活动也没有。

客厅里传来惊天动地一声巨响。

"小兔,"奎尔喊道。"你在做什么呀?又做箱子吗?"

"我在做**帐篷**。"声音怒气冲冲。

"木头帐篷?"

"对。可是门歪了。"哐当一响。

"你把什么东西扔掉了?"

"门是**歪的**!你还说你要开船带我兜风。根本没有!"

奎尔站了起来。

"我忘记了。好吧,你们两个穿上外衣,咱们走。"

刚一出门,小兔又发明了一种新的游戏,奎尔只好在一旁等待。

"仰天躺下来,看,就像这样。"

阳光砰的一声仰天倒在地上,摊开四肢。

"现在看着上面房顶附近。要盯着看。怪吓人的,好像这可怕的房子要倒下来。"

她们的目光顺着被风暴扭曲的护墙板往上移动,落在漆黑的房檐上。房顶上方是淡淡的天空,云彩飞快地向斜刺里飘移。幻觉渐渐增强,仿佛云彩是静止不动的,而房子正在不可抗拒地向前倾倒。那一点点逼近的墙壁似乎就要倒向阳光了。她赶紧爬起来跑开了,那心惊肉跳的样子非常可爱。小兔又坚持了一会儿,最后也不得不起身跑到安全的地方。

奎尔让她们并排坐在小船里。她们用手紧紧抓住船舷上缘。小船嗡嗡地在水面上行驶。"开快一点,爸爸。"阳光大声喊道。可是小兔却看着泡沫翻腾的首波发呆。在纠结一团的白沫中有一条狗,白白的脸,亮晶晶的眼睛,冒泡儿的嘴巴。波涛汹涌,那条狗也仿佛频频跃起;小兔抓住座位嚎叫起来。奎尔把马达调到空挡。

小船在海面上颠簸,不再前进,只听见海浪拍打船舷的声音。

"我看见水里有一条狗。"小兔哭哭啼啼地说。

"水里**没有**狗,"奎尔说。"只有气泡和泡沫,还有一个小姑娘的幻想。你**知道**,小兔,一条狗不可能在水里生活。"

"丹尼斯说有水狗。"小兔抽抽搭搭地说。

"他指的是另一种狗。一种真正的活狗,像华伦那样"——不对,华伦已经死了——"一种会游泳的活狗,它在水里游泳,把死鸭子叼给猎手。"上帝,难道什么都是死的吗?

"可是,它就像一条狗嘛。是白狗,爸爸。它冲我发火。它

163

想咬我,让我流血。"眼泪流出来了。

"不是真狗,小兔。是幻想出来的,即使它看上去像真的一样,也不可能伤害你。如果你再看见它,一定要问问自己,'这是一条真狗呢,还是一条幻想出来的狗?'然后你就会知道它不是真的,就会哈哈大笑。"

"可是爸爸,如果它**是**真的呢?"

"在水里吗,小兔?在石头里?在一块胶合板里?饶了我吧。"奎尔想用逻辑推理战胜那条白狗。他非常缓慢地驶回船坞,这样便不会激起首波。他已经被那条白狗搅得头昏脑涨了。

下午,奎尔布置餐桌,姑妈在挤压和折叠大馅饼皮。

"铺上红桌布,侄子。在楼梯下面的抽屉里。你大概需要换换衬衫。"姑妈把两根白蜡烛插进玻璃支架,尽管外面阳光还很灿烂。要到九点钟太阳才会落山。

小兔和阳光被打扮一新,穿着白色紧身衣裤和领口带花边的天鹅绒感恩节套裙。阳光可以穿小兔的漆皮平跟女童鞋,而小兔却闷闷不乐地穿着老气横秋的运动鞋。她的衣服也太小了,胳膊底下紧绷绷的,而且嫌短。穿在身上很闷热。

"她来了。"姑妈听见道恩的日本车拐弯朝老房子驶来,说道。"从现在起,你们两个小姑娘要注意礼貌。"

道恩走上台阶,脚下晃晃悠悠地踩着一双特细高跟鞋,大得足以容纳一个男人的脚。她咧开棕色的嘴唇微笑。尼龙外套闪闪发亮;裙边低低地拖在后面。她手里拿着一个瓶子,奎尔以为是葡萄酒,不料却是白葡萄汁。他可以看见索贝店的标价签。她鞋子的脚尖处非常别扭地朝外凸起。

他想起佩塔尔穿着流苏边的裙子,修长的双腿向下伸进绣着长圆形玻璃珠子的拖鞋,佩塔尔带着一身名牌香水味儿风风火火地走来走去,飞快地照照镜子,看看烤箱和酒杯,冲着奎尔张口结舌的欲望打一个响指。他为眼前这个可怜的女人感到一阵隐痛。

谈话进行得很吃力,道恩说空荡荡的地板和硬邦邦的窗台很"醒目"。阳光把那些难看的小熊和金属汽车堆在她的腿上,这是一头熊,这是一辆汽车,就好像这位客人来自一个没有玩具的国家。

最后,姑妈把香气扑鼻的大馅饼重重地放在奎尔面前。"你来分给大家,侄子。"

她点燃了蜡烛,在射向桌面的圆柱形阳光里,火苗难以察觉,但蜡的气味使人们想到蜡烛的存在。她端上豌豆和珍珠洋葱,还有色拉。

"我来帮你。"道恩说,半站起身子,裙摆被椅子腿压住了。没有她可以做的事情。她的声音在刻板坚硬的房间里回响。

奎尔用一个铝制的餐具刺穿馅饼壳。小兔把叉子伸进蜡烛的火苗。

"不许这样。"姑妈很严厉地说。龙虾馅饼的一部分从热气腾腾的盘中被托起来,滑进道恩的盘子里。

"哦,是龙虾吗?"道恩问。

"是的,没错。"姑妈说。"龙虾馅饼,和栗子肉一样好吃。"

道恩尽量使声音显得热情,她对姑妈说。"我只要色拉就行了,阿格妮丝。我不喜欢吃龙虾。小时候就不喜欢。当时我们不得不带龙虾三明治去上学,就把它们扔在阴沟里。也不喜欢螃蟹。像大蜘蛛!"勉强干笑一声。

小兔看着她盘子里的馅饼壳和橘红色的肉。奎尔硬着头皮准备听她尖叫,但是她没有。小兔夸张地咀嚼着,说道:"我爱吃红蜘蛛的肉。"

道恩和奎尔谈话。推心置腹。她说什么都很不自然。假装很感兴趣。

"那些人对阿格妮丝的做法真是太可怕了。"其实她并不在意。

"哪些人?"奎尔问,手捂着下巴。

"那条希特勒船上的人。他们居然就那样溜走了。"

"怎么回事?"奎尔看着姑妈问道。

"嗨,我好像被人赖账了,"她说,愤怒的火苗在她的发根蔓延。"我们负责给那艘游艇安装条凳,只差两张椅子,其余的都做完送去了,结果他们却跑了。游艇开走了。天黑以后拔锚离开了。"

"你不能通过游艇登记处查找他们的下落吗?那条船是独一无二的。"

"我本想再等一等,"姑妈说。"等等消息。也许有什么原因,使他们不得不匆匆离去。生病啦,生意上的事啦。他们在做石油生意。实际上是妻子在做。当家理财的是她。也许她突然想起跟人约好要在纽约做发型。他们总是那样的。所以我一直没有跟你说。"

"你在美国的时候不是给他们干过一些活吗?那总会有他们的地址吧?"

"是的,几年前我给他们装饰过沙发。但那些文件还留在长岛呢。在仓库里。"

"我还以为你把所有的东西都托人寄来了呢。"奎尔说,又一次注意到每个房间都是空荡荡的,她说已经启运的家具迟迟不见踪影。已经两个月了。

道恩发现他的嘴唇被龙虾馅饼里的黄油弄得滑溜溜的。

"需要一些时间,"姑妈说。"罗马不是一朝一夕建成的。"

外面起风了,刮得钢索呜呜低鸣。小兔站在窗口。

"谁想玩牌,"姑妈说。她摩拳擦掌,眯起眼睛,像舞台上的反面角色,一个玩牌老手。

"会玩四点牌吗?"道恩问。

"姑娘,"姑妈说,"原来你也会玩。"

扫了一眼她放威士忌酒瓶的碗橱。可以用牙齿把瓶盖咬掉。

第十九章 别了,伙计

"俄国式的脱身术。犯人……和看守紧紧束缚在一起。……犯人为了逃脱,将双手并拢摩擦,直到掌跟夹住一截绳环。然后就容易了,把那截绳环向下搓动,直达指根,可以用一只手的指尖抓住,掠过另一只手的指背。这样,犯人便挣脱了……绳子滑到他手背上,从捆住手腕的绳子下面脱出来。"

《阿什利绳结大全》

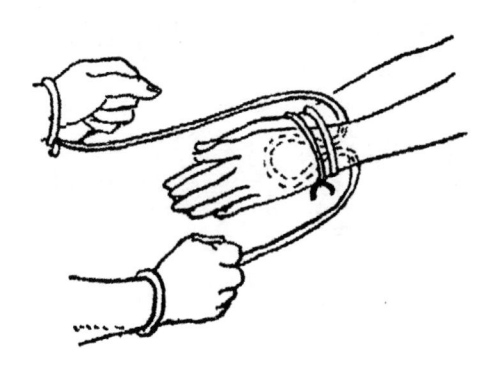

有时,特德·卡德大发雷霆,大家避之唯恐不及。那是一个闷热、无风的正午,像两种互相对立的气候之间的一条狭缝。他们挤进比利的卡车,驶向锚爪市的水手好运酒吧去吃鱼和炸土豆条,躲避特德·卡德。他双手不停地抓挠。胳肢窝里总是发痒。

他们坐在公共码头上,吃着泡沫塑料盒子里的食物,热得晕头晕脑。奎尔张着嘴巴喘气,在耀眼的阳光下眯着眼睛。比利·布莱蒂提醒大家,指着东北方向的地平线,只见一股绛紫色的云团正从一处地方散出,如同一条丝巾从一枚结婚戒指里慢慢拽出来一样。在西南面,他们看见各种奇形怪状的狂涛大浪,就像一个纸张印花匠① 用梳子画出的 S 形、浪花形,和对称喷泉形的花纹。

"这星期我搞到了最下流的性猥亵故事,"纳特比姆说,"杰克总该高兴了吧。一共有七个呢。令人恶心的老爸跟自己的孩子乱搞,又有一个神父鸡奸唱诗班的男孩,斯特里滨湾有一位好心的邻家叔叔开车送女孩子到主日学校,只要她们为他脱裤子,他就买糖给她们吃。还有一条有点不同寻常——可以使你们领略到纽芬兰性格中较为黑暗的一面。那个小伙子是米斯基湾的一个酒吧保镖,想把一个醉鬼赶出去。不料那个醉鬼走到他的卡车旁,从车子后面的冰柜里拿出一条小鳕,转身又冲进酒吧,把保镖打翻在地,'嗖'地撕开他的裤子,用那条小鳕把他奸了一通。"纳特比姆没有笑。

"小鳕是什么?"奎尔问。

比尔靠在一根木桩上,打了个哈欠。"小鱼,伙计。小的鳕鱼。你可以叫它小鳕鱼,腌鳕鱼,整条鱼……叫什么都行,总之就是鱼。"

凝望不断推进的云团。云团的卷须在开阔的蓝天里弯弯曲曲地蔓延。

"真是奇怪的时辰,奇怪的天气。记得星期一整个都是黄

---

① 旧式书的衬页一般有大理石刻般的花纹,印花匠在水面倒上一些油彩,用一把梳子画出流畅的装饰性图案,然后把纸覆在上面,油彩就吸到了纸上。

的——天空一片丑陋的黄色,像一壶隔夜的陈尿。昨天呢,又是蓝色的雾气和一股一股的浓雾。最稀奇的是,我姐姐的小儿子从圣约翰斯打电话来,说一批冻鸭落在了华特大街,共有八到十只,羽毛齐全,闭着眼睛,像在做梦,冻得硬邦邦的,像极地的冰冠。伙计们,发生这种事情的时候,你们可得留点神。比如我昨天在电话里听到的那个故事。就在纳特比姆的小鳕鱼案发生的那个地方,米斯基湾。哦,米斯基湾正受到某种超物质力量的作用。如果我听说他们那儿也下了一场冻鸭雨,是不会感到吃惊的。"

"跟我们说说那个故事吧。"纳特比姆说,一边咳嗽一边抽着烟斗。

"也不算什么故事,只是表现了笼罩在米斯基湾的那种氛围。我可不愿意到那里去——我是听皇家骑警说的,一位三个孩子的母亲用一根金属毛巾杆殴打她的祖母,用一个可怕的东西把她捆绑起来,然后放火烧了房子。人们把她们弄出来,可是那可怜的老太太全身是血,像一条剥了皮的海豹,从头到脚都烧伤了。在厨房里,自愿救火人员发现了一批收藏的财宝。水池子下面的一只水桶里是价值三百美元的宗教首饰,都是去年从伍尔沃思的商店里偷出来的。她们都说是对方干的。"

"我这个星期没有弄到车祸的消息。"奎尔说,仍然在想着记忆中的那次车祸。一阵微风吹过海湾,又消失了。

"那当然,"纳特比姆说,"要么不来,来就够呛。我不止弄到了这些下流的性猥亵故事,还弄到了一条最精彩的外国新闻呢——女同性恋吸血鬼一案审理结束。今天早晨从短波里听到的。"

"很好,"奎尔说。"有了它,杰克也许就不会追究车祸新闻了。有照片吗?"

"从破收音机里是很难搞到照片的,"纳特比姆说。"我认为杰克不大可能为了一则澳大利亚新闻放弃车祸的照片。那是雷打不动的。第一版是一则车祸新闻配照片。你只好从特德的文件里找一则旧的先用着,除非从现在到五点钟之间有人撞车。反正,你有了船讯和关于一条船的报道。对吧?"纳特比姆点到为止。

"对。"奎尔舔去盒盖上的番茄沙司,把他的餐巾纸拧成一个结。"就是星期二上午在灭顶湾爆炸的那条船。"

比利伸了个懒腰,打了个哈欠,皮肉松弛的脖子又有了几秒钟的绷紧。"我可以感觉到季节在变化,"他说。"一点一点地在变化。这种天气变化意味着炎热天气的结束。我应该到瞭望岛去给我可怜的老父亲上坟了。去年和前年都拖延着没有去。"某种感伤的情绪使他改变了腔调。比利仿佛藏在一只信封里;信封盖有时候会翘起来,他便平躺着滑到桌面上。

"什么炎热天气?"奎尔问。"在我看来,只有今天的温度才刚刚超过了华氏四十度。雨总是一副要变成雪的样子。还有,瞭望岛在哪儿?"

"居然不知道瞭望岛在哪儿?!"比利轻轻笑了笑。他那犀利的蓝眼睛直望过来。"在海峡东北面十五英里处。有一次大批鲸鱼在那里搁浅——有人管它叫鲸鱼岛,但在我看来就是瞭望岛。尽管它起先有过别的名字。一个美丽的地方。当地人很感兴趣,奎尔。"逗弄的口气。

"想去看看,"奎尔说,找到了他那盆卷心菜丝。"我从来没有到过岛上。"

"不要发昏,小伙子。你现在就在岛上呢,只要看看地图就明白了。你可以跟我一起出海。应该了解一下瞭望岛,完全应该。这才是正事儿。星期六早晨吧。如果天气不错,我就星期六出发。"

"只要我能,"奎尔说。"只要姑妈没有给我安排什么要紧的事。"目不转睛地眺望海湾。仿佛在等待某一艘船。"昨天有一条送新闻纸的货船被迫停在海湾那儿。我本来想写一写它的。"云团堆积,阳光隐去了。

"看见它停在那儿。听说遇到了麻烦。"

"机舱起火。原因不明。狄迪·肖维尔说,五年前不管是因为叛乱还是饥荒,它都不会驶进这里来。可是现在有了维修码头,物资供应站,货运枢纽站。所以它们都涌进来了。计划扩建船舶修造厂。他说他们在讨论建一个大型造船厂。"

"啊,并不一直是这样的,"比利·布莱蒂说。"锚爪港以前只有两个东倒西歪的趸船和二十间房子。直到二战以后,大海港还在我们刚才谈到的那个该死的地方——米斯基湾。啊,当时那里可真是繁忙——那些大军舰,油船,货轮,部队运输船,应有尽有。战后,小伙子,它就直挺挺地躺在甲板上。于是锚爪港走过来,一脚把它踢进了海里。快问我发生了什么事。"

"发生了什么事?"

"军火。战争期间,米斯基湾是一个军火装载点。他们把无数吨的弹药丢进了海里,直到今天都没有人敢在米斯基湾抛锚。弹药和电缆。在那个海港底下,是一片缠结不清的电话和电报的电缆,使你想到一大群猫在玩一千个毛线团,毛线被扯得到处都是,乱七八糟。

"说起来,也许是遭到那次爆炸以后,米斯基湾才开始走下坡路的。那倒可以给我的毛巾杆故事加一个不错的标题,'米斯基湾祸患仍在残害生灵'。"太阳被遮住了,海面翻腾着浪头,一阵猛烈的海风。

"快看那儿。"比利指点着说,一条拖船正拖着一条被烧毁的船。"不知道他们打算把那条船怎么办。那一定是你从灭顶湾听来的那条新闻。怎么回事,奎尔?"

一股焦炭的臭味扑鼻而来。

"带来了,"在口袋里掏着。"不过还很粗糙。"但是他花了两天的时间找有关的人、目击者、海岸巡逻队、电工和米斯基湾丙烷气监测员谈话。他大声念道:

别了,伙计

灭顶湾的人谁也不会忘记星期二的清晨。当时许多人还在睡梦里,第一抹阳光染红了长线多钩钓鱼小船"伙计号"的船尾。

船主萨姆·诺利走上船,手里拿着一个新灯泡。他打算去换一个烧坏的灯。不等那抹阳光照到操舵室,萨姆·诺利就一命呜呼,"伙计号"也成了一堆冒烟的牙签,在海湾里漂浮。

强烈的爆炸几乎震碎了灭顶湾的每扇窗户,在米斯基湾也能听见声音。终点岬那儿一艘渔船上的船员说看见一只火球在海面翻滚,后面跟着一团浓浓的黑云。

调查者认为,这次爆炸是因为泄漏的丙烷气经过前一天晚上积聚,在萨姆·诺利拧上新灯泡时就着火燃烧起来。

这条钓鱼小船问世还不到两个星期。它是萨姆和海伦(·波德)·诺利结婚那天才下水的。

"真倒霉。"比利说。

"写得不坏,"纳特比姆说。"杰克会喜欢的。有血,有船,有爆炸。"看了看表。他们站起身来。一张纸被风吹走,沿着码头翻滚,最后落入水里。

比利眯起眼睛。"星期六早晨,"他对奎尔说。眼睛像天空中一道蓝色裂缝。回到特德·卡德那里,回到狭窄的办公室。头顶上方的云团已经合并,变成一个个纹理细密的卷轴,像沙滩上海潮留下的痕迹。

比利和纳特比姆进去以后,奎尔拖延着,在龟裂的道路上站了一分钟。长长的地平线,后浪推前浪的密集的海面,就像一道转门,打开,关闭,打开。

第二十章 瞭望岛

"海盗船和小杂艇。囚犯太多,海盗船上载不下,就用小艇装满囚犯拖在大船后面。刀子都被收缴了,小艇被双股绳扣拴着。绳子后端套在小艇船尾的环端螺栓上。每块横板都用丁香结拴牢,绳子穿过船头的环端螺栓,缚在大船甲板上。告诉囚犯尽可以逃跑。可怎么逃得了呢?"

《阿什利绳结大全》

奎尔坐在比利·布莱蒂的小快艇里。老人敏捷地跳上船,把一只塑料袋放在座位下,猛地拉一下绳索。马达开动了——嗡

嗡嗡——像吹响一支喇叭。他们身后嘟嘟地飞溅起尾波。比利埋头在一只胶合板箱里翻找,拽出一只棕黄色的塑料玩意儿,支在一个角落里,坐下来靠在上面。

"啊。这是我的靠背伙伴——支撑脊柱,让背舒服。"

没有什么话可说。地平线上雾气弥漫。天空是一片蓝灰色,从中滤出一股逐渐扩散的黄色。风灌进了奎尔的嘴巴,吹得头发向两边分开,不停地扇动。

"那是公羊和羊羔,"比利说,指着海峡那边的两块岩石。海水不断冲刷它们。

"我喜欢这样,"奎尔说,"给岩石也起名字。奎尔岬那儿就有一个——"

"哦,是的,梳子岩。"

"对,一块锯齿状的岩石,一个个岩尖都向上竖着。"

"那块岩石上有十二个尖。或者说以前是这样。是根据那种老式硫黄火柴起的名字。那些火柴总是排成梳子的形状,底部连在一起,一个梳子上有十二根。用的时候掰一根下来。硫黄很臭。他们管那些火柴叫臭东西——一梳子的臭东西。奎尔岬有好几个著名的礁石和岩石。有茶点面包礁,在梳子岩北面水下半英寻处,是满满一盘子尖利的暗礁。奎尔岬的那一头是雪橇狗岩石。如果碰得巧,你会发现它活像一条雪橇狗站在水里,扬着脑袋东张西望。他们总是说它在等船失事,然后它就立刻活起来,游过去吞下那些快要淹死的可怜人。"

小兔,奎尔想,千万不要让她看见那块岩石。

比利把帽子扯下来一点,挡住耀眼的阳光。"你跟诺兰老汉见过面了吗?"

"没有,我好像有一天早晨看见他坐着一只旧的平底小渔船,独自出海去了。"

"那就是他。真是一个怪人。什么事情都按老一套的去做。

不肯领失业救济金。一个出色的渔民,但日子过得很穷。喜欢独来独往。我怀疑他不识字。他是你的一个本家,是过去留下来的一门亲戚。你应该到他那间小房子里去看看他。"

"我本来以为我们在这里没有活着的亲戚了。姑妈说他们都去世了。"

"她在这个问题上弄错了。诺兰完全应该算个活人,我还听说他琢磨来琢磨去,认为那房子是属于他的。"

"什么房子？我们的房子？奎尔岬上姑妈的那座房子？"

"就是那座。"

"这倒是第一次听说,"奎尔嘟嘟囔囔地说。"没有人对我们提一个字。他完全可以过来找我们的。"

"那不是他的做法。你应该好好观察他。他完全是老派的奎尔风格,在夜里鬼鬼祟祟。他们说他身上发出的气味像腐烂物和冰冷的泥土。他们说他妻子死后,他还和她睡在一起,你可以闻到他身上散发出的亵渎神明的气味。后来再没有女人肯要他了。一个也没有。"

"上帝啊,"奎尔打了个冷战。"你说的'老派的奎尔风格'是什么意思？我不知道那些故事。"

"不知道更好。二马佬湾就是根据奎尔家人起的名字。一群疯子。他们野蛮,近亲交配,头脑愚笨,杀人不眨眼。他们中间的一半都是智力低下的,你真应该听听杰克接到你要来《拉呱鸟》的信时,在电话里是怎么说的。打电话给你所有的介绍人。有个人的名字是一种鸟,他告诉杰克说你像金子一样纯洁,不发疯,不杀人。"

"是帕特里奇[①]。"奎尔说。

"当时我们如坐针毡,急着想看到进来的是个什么人。以为

[①] 在英语里,帕特里奇(Partridge)的意思是鹧鸪。

你是一个大块头的、野蛮粗鲁的家伙。不管怎么说,块头确实蛮大。不过你知道吧,奎尔家的人到那个岬上只有一百年左右。是十九世纪八九十年代到那里的,拖着那座绿房子在冰上走了好多好多英里,五十个男人拉着绳子,奎尔家的人和亲戚。把房子架在大滑橇上拉,是用云杉杆做的滑橇。像一个大雪橇。"

出了海峡,比利使船向大海驶去。奎尔又忘记戴上帽子,头发纷乱起舞。快艇劈入汹涌的波涛。他体会到只有晴天在大海才能感到的那种莫名的喜悦。

"啊,"比利的声音盖过马达声和海水冲刷船身的声音,说道,"说到有名字的岩石,小伙子,这一路上都是呢,成千上万英里的路程,每一英尺都有暗礁、突岩和知名的岩石。纽芬兰本身就是海里的一块巨大岩石,周围分布的那些岛屿也都是岩石。著名的岩石,像链条岩和圣约翰斯那边的煎饼岩,都是高出海面,非常陡峭的,那些讨厌的恐怖分子把它们炸掉了——还有圣约翰斯海峡的灰背隼岩和红宝石岩。一百多年前,人们把它们都炸掉了。北海岸上有长海利岩。还有一些披挂着海草的怪模怪样的岩石。

"我记得在波纳维斯塔海岬,水下两英寻处有老海利礁,在海里延伸三英里,最后猛地耸出海面,人们称它为小海利岩。在北阔湾,有鸬鹚岩和地狱岩。鸬鹚,你知道就是水老鸦,黑鹅,一种臭烘烘的黑家伙,老辈人说它们用死鱼筑巢。如果你从大浅滩来,他们就这样称呼你。如果你从好运滩来,你就是一个纸老虎,稻草人。好运滩就在雕刻刀半岛上。"比利·布莱蒂把头一扬,用沙哑而快活的男高音唱道:

> 好运滩的纸老虎,大浅滩的鸬鹚鸟。
> 全部被塞进大纸包。
> 纸包满得要爆炸,
> 大浅滩的鸬鹚张嘴骂。

"你听过这首歌吗？好吧,接着再讲岩石,打捞港有一块宽阔的大岩石,人们管它叫面包师的长面包,再过去你还会发现伙房岩。恐慌岛的水里有许多沉树残桩,还有许多暗礁、沙洲和礁岩。埃及女皇和嚓啪岩。佛哥岛,那里礁石密布,非常危险,许多船在那里失事。只有生在那里、长在那里的人,才能顺利通过。从水里直伸出来的是小辘轳、老裂缝、爱尔兰礁、木板房礁,还有想检验检验你的船底的检验员礁。

"看那边,现在你可以看见了,瞭望岛。我已经差不多三年没到这里来了。我在这里出生,成长,生活——那时我在岸上——一直到四十岁。年轻的时候乘船出海,在一些货轮上干过好几年。然后遭遇了两次沉船,我想,如果还有第三次的话,希望是在家乡的海里。这片海面下躺着我的许多亲戚,所以从某个角度来说,它就像家一样。我回来了,在岸边捕鱼。杰克·巴吉特算我的半个本家,虽然他是从面粉湾来的。他母亲和我母亲是表姐妹。看我们的样子你大概不会知道,我们年纪一般大,都是七十三岁。只不过杰克越来越结实,我却皱巴巴地萎缩了。六十年代,政府把我们赶出瞭望岛。可是你会看到有些房子三十多年无人居住,仍然直挺挺地站在那里呢。是啊,它们**看上去**真够结实的。"

"就像我们在奎尔岬的房子,"奎尔说。"四十年无人居住,还是完好无损。"

"不止四十年。"比利说。

瞭望岛像陡峭的悬崖一样从水中拔起。在离这令人生畏的岛屿半英里处,一些岩石突出水面,被泡沫冲刷着。

"那是家乡岩。我们靠它辨别方位。"他改变航向,朝岛的南端驶去。

比利驾驶小艇在暗礁和浅礁组成的看不见的迷宫中穿行。小艇朝着一堵红色岩壁驶去,波涛在岩脚撞碎。奎尔的嘴发干。

他们几乎被泡沫包围。离崖壁只有二十英尺了,他仍然看不见入口。比利把船头对准一处阴影。好像有许多马达的声音在响,冲他们吼叫,敲击着他们,在高耸于玛瑙般水面上的岩壁撞出回声。

他们穿行在一个狭窄的水道。奎尔伸出手几乎能碰到岩石。崖壁渐渐敞开,水道变宽了,朝左边拐去,然后豁然开朗,来到一片被环形陆地包围的海湾。五六个建筑物,一幢白房子,一座带弯钩塔尖的教堂,一道护墙板搭成的滑梯,古老的平台和帆布篷。奎尔从未想象过会有这样一个隐秘而破败的地方。荒无人烟,诡秘的隐蔽水道使它更像一个巢穴。

"奇怪的地方。"奎尔说。

"瞭望岛。以前在锚爪市,人们常说瞭望岛上的人有两件事很出名——他们都是鱼狗,知道怎样发现鱼群,而且他们对火山的认识比纽芬兰的任何人都多。"

比利把船驶到沙滩上,关掉马达,把它提起来。一片寂静,只有螺旋桨上的水滴答落下,还有海鸥发出的尖厉鸣叫。比利清清嗓子,吐了口痰,指着陆地弧线那边远离海岸的一座房子。

"那就是我们的老屋。"

曾经粉刷成红色,在咸腥气候的侵蚀下,变成了暗淡陈旧的粉红色。一段破烂的栅栏。比利抓起他的口袋,跳出小艇,高筒靴跟在沙地上印出一个个半圆形。把绳子拴在一根敲进岩石的管子上。奎尔跟在他后面往上爬。寂静。只有他们的靴子摩擦地面,和大海的喃喃低语。

"我爸小的时候,这里住着五户人家,布莱蒂,普尔,索普,皮莱,卡斯莱特。家家户户之间都是亲家。小伙子,他们可是忠厚、善良的人啊,如今这样的人已经没有了。如今每个人都只想着自己。女人也是一样。"

他想把一截倒塌的栅栏从野草里扶起,可是栅栏在他手里断开了,他只好清理掉那些仍然竖立的栅栏上纠结的杂物,用岩石把它撑牢。

他们走向那座高高的瞭望台,小岛的名字就由它而来,那是悬崖边上的一个小丘,一角有一小丛云杉树,四周用石头围成一道矮墙。奎尔转过身体,可以俯瞰环状的海港,再转过去可以看见开阔的海面,和远处驶往欧洲或蒙特利尔的船只。下面是液态的蓝绿色。北边有两座古板僵硬的冰山。那儿可见锚爪市的烟雾。在东边很远的地方,一道黑色环带若隐若现,像一卷轻薄的纱布。

"从这里可以看见远处任何方向的船只。夏天他们在这里放牛。纽芬兰没有哪一头牛能看到这么好的风景。"

他们踏着青苔和石楠走向墓地。一道秃桩栅栏围住那些十字架和木头墓碑,许多已倒伏在地,上面的字迹也被寒冷的日光弄得褪色模糊。比利·布莱蒂跪在角落里,用力拔着野草。木碑的顶部削成三道拱形,模仿石碑的样子,上面的字迹依然清晰可辨:

威廉·布莱蒂
生于1897年,卒于1934年
曾在生活的狂风暴雨中勉力拼搏,
上帝赐他永远安息。

"这就是我可怜的父亲,"比利·布莱蒂说。"他去世的时候我十五岁。"他不停地擦着环绕坟冢的棺材形框架,拔去杂草。框架上描着黑白钻石图案,依然醒目。

"是我上次来的时候描的。"比利说着,打开口袋,取出几罐颜料,两支画笔,"现在再描一遍。"

奎尔想起了自己的父亲,不知道姑妈那里是否还有他的骨灰。没有举行过任何仪式。是否应该竖一个墓碑? 他心头涌起一丝淡淡的惆怅。

突然,他仿佛看见了父亲,看见了那条从花园伸出来环绕草坪边缘的小路,上面撒着酸浆果的皮,他在那里边走边吃。那个男人酷爱水果。奎尔记得那些大小和形状酷似无花果的紫褐色塞克尔小甜梨,父亲像小鸟一样啃去上面的肉,家里弥漫着水果气味,烟灰缸里扔着果核和果皮、光秃秃的葡萄茎,窗台上是母鸡脑袋般的桃核,汽车挡泥板上有手套模样的香蕉皮。在地下室工作台的锯末屑里,扔着无数五颜六色的果籽和果核、樱桃核、又白又长像宇宙飞船一样的枣核。冰箱里的草莓,六月里,汽车停在乡村公路上,父亲跪着采摘杂草里的草莓。帽子般的葡萄柚空壳,带裂缝的球状橘子皮。

别的父亲带儿子出去钓鱼、野营,奎尔和哥哥只经历过寻找浆果的探险。父亲钻进灌木丛不见了,把他们撇在难熬的酷热里,拎着塑料桶,气恼地发着牢骚。有一次,哥哥的脸因为哭泣和虫子叮咬而肿了起来,只摘到十七八颗樱桃。父亲向他们走来,提着满满的两桶,手臂上的肌肉都绷紧了。哥哥放声大哭,用手指着奎尔。说奎尔抢了他的樱桃。撒谎。奎尔摘了半夸脱,很体面地盖满了桶底。结果他被浆果灌木上折下的一根枝条抽打了一顿,打第一下的时候,枝条上的果子雨点般落下。回家的路上,他盯住浆果桶,看着绿虫、臭蜡、蚂蚁、蚜虫、一瘸一拐的蜘蛛通过暗道爬到水果表面,拍打着空气,困惑不解。他的屁股后面火烧火燎。

那人在花园里一呆就是几小时。奎尔想,有多少次,父亲挂着锄头,凝望着一行行青豆,说:"我们这里是多美的土地啊,儿子。"他曾经以为那是这位移民的爱国情怀,现在却将它与海水冲刷的岩石上一穷二白的童年做了对比。父亲为深厚的土壤心迷神醉。真应该去当农民。但现在揣度死者为时已晚。

比利·布莱蒂大概听见了他的内心活动。

"按理来说,"他说,"我爸本来应该去当农民。他到多伦多去的时候是养育院的孩子,去受雇于一个农场主的。"

"养育院的孩子?"奎尔一点也不明白。

"来自一个养育院。一半是孤儿院,一半是收留家长养不起的或在大街上流浪的孩子的地方。英格兰和苏格兰把他们成百上千地拢在一起,装船运往加拿大。我父亲是伦敦一个印刷工人的儿子,那是一个大家庭,他十一岁的时候就死了父亲。就因为他是印刷工人的儿子,读书写字都不成问题。当时他不姓布莱蒂。出生的时候叫威廉·安科尔。他母亲还要抚养别的那些孩子,你知道,就把他放在一家养育院。当时英国到处都有养育院。大概现在还有。巴纳多养育院,西尔斯养育院,国家儿童养育院,费根养育院,英国圣公会养育院,采石工人养育院,等等,等等。他是在西尔斯养育院。他们给他看男孩子在阳光灿烂的果园里摘大红苹果的照片,说那就是加拿大,想不想去?他后来经常对我们说起那些苹果有多么饱满诱人。想去,他说。

"就这样,几天后他就上了这条船,'阿拉马尼亚号',前往加拿大。那是一九〇九年。他们给了他一只小铁皮箱,里面有几件衣服,一本《圣经》,一把刷子和一把梳子,还有一张尊敬的西尔斯的签名照片。他多次跟我们讲过那次航行。船上共有三百一十四个孩子,有男有女。他说其中许多孩子只有三四岁。他们根本不知道自己在遭遇什么,在去往什么地方。都是一些无家可归的小可怜儿,被运到国外,在农村里服一辈子苦役。你知道,他一直跟他在'阿拉马尼亚号'结交的几个幸存者保持联系。"

"什么幸存者?"

"轮船失事,我的孩子,所以他才会到了这里。你该记得,我们刚才来的时候谈到那些岩石的名字,但是海里还有其他东西构成致命的危险,它们永远不可能有名字,因为它们忽隐忽现,漂浮不定。"他指着地平线上的冰山。"别忘了,一九〇九年还没有冰山巡逻队、雷达和气象传真。就在冰山间的狭窄胡同里碰运气。我父亲坐的那条船,就像三年后的'泰坦尼克号'一样,在寒冷的六月黄昏撞上了一座冰山。就在那儿,就在瞭望岛那儿。冰山是没有图纸的。那三百一十四个孩子中间,只有二十四个死里逃生。官方的数字是二十三。他们的获救多亏了年轻的裘·索普——就是后来的裘船长,大浅滩最后几艘纵帆渔船之一的船主——他到瞭望台去牵母牛,看见了灯光,听见了孩子们掉进冰冷海水时的尖叫和哭喊。

"他跑向下面的房子,大喊轮船失事了。那里的每一条船都出动了,两个寡妇划着桨救了三个孩子,她们尽了全力,可是对大多数孩子来说已经太晚了。在水里你只能坚持一会儿工夫。血在血管里冻成了冰,全身麻木,在我们走回老房子的这点时间里,你就一命呜呼了。

"几个星期后,另一艘载着养育院孩子到加拿大去的船停在近海处,派一只小船来接幸存者,把他们送到原来的目的地。可是我父亲不想去。他在布莱蒂家找到了归宿。他们藏起了他,对官员说获救的人数弄错了——只有二十三个。可怜的威廉·安科尔也死了。就这样,我父亲改名为威廉·布莱蒂,他在这里长大,过着一种自由自在的生活。即使不算幸福,也感到很满足。

"如果他和别的孩子一起去了,很可能就会陷入一种凄惨的生活。我告诉你,加拿大全靠那些可怜的养育院孩子做牛做马出苦力,他们没日没夜地干活,受到轻视和怠慢,忍饥挨饿,被孤独感折磨得发疯。你知道,我父亲一直和三个幸存的男孩保持联系,他们互相通信。我那儿还有几封这样的信——可怜的不幸男孩,家庭把他们抛弃,在轮船失事和冰冷刺骨的海水里死里逃生,继续去过一种凄惨的生活,孤苦伶仃,举目无亲。"

奎尔的眼睛湿了,想象着他的两个小女儿变成了孤儿,经过寒冷的大陆,到一个野蛮的农场去。

"你要知道,布莱蒂家的日子决不轻松,瞭望岛上的生活很不容易,但他们有母牛和一些干草,还有浆果、鱼和他们的几块土豆地,秋天到锚爪市从商人手里换回面粉和腌肉,如果日子艰难,就大家分享食物,邻居间互相帮助。是的,他们没有钱,大海很凶险,男人们一个个丧生,但这是一种令人满足的生活,是今天的人们无法理解的。当时他们一起干活,共同打熬岁月,有时顺利,有时艰难,但大家都很团结。劳动和生活步调一致,不像今天,各过各的,互不来往。

"父亲收到这些悲哀的信,有时已是在它们写出的六个月之后,他在这里大声地念,眼泪顺着人们的面颊淌下来。哦,他们多想亲手教训教训那些狠心的安大略农场主。瞭望岛出去的人没有一个投票赞成与加拿大联盟!我父亲要在联盟日那天戴上黑袖章。如果他能活到那么长的话。

"其中有一个男孩,刘易斯·索恩,一直没有自己的床,只好睡在发霉的草堆里,没有鞋子或靴子,两只脚用破布包着。他们给他吃土豆皮和面包壳,都是用来喂猪的。他们每天都打他,打得他身上的颜色像一道暗淡的彩虹,黄、红、绿、蓝、青。他从天不亮干到天漆黑,而农场主的孩子们去上学,去参加社交活动。他头发长得拖到背上,纠结成团。他试着用镰刀修剪。你可以猜到那是什么模样。他满身虱子,脏兮兮的。最惨的是他们那样取笑他、嘲笑他,就因为他是养育院的孩子,他们百般捉弄他,使他的生活变成地狱。最后,在他十三岁的时候,他们骗去他那点工资,让他在安大略的冬天四处流浪。他又到了另一个农场主那里,这个比先前那个更坏。他在农场干活的那些年里——只知道做牛做马,因为别的什么也不懂,直到不满二十岁那年在一场事故中丧生——他在蒙特利尔下船以后的那些年里,从来没有一个人对他说过一句和气的话。他写信对我父亲说,只有他的信支撑着他没有走上绝路。他必须偷出纸来写信。他计划到纽芬兰来,可是没能成行就去世了。

"另外两个孩子也过了一段苦日子。哦,我还记得我们的爸爸躺在睡椅上,平伸着两条腿,跟我们讲那些可怜的孤苦伶仃的男孩子,给残酷的加拿大农场主当奴隶。他总是说,'想想你们多幸福啊,生活在一个温暖舒适的港湾。'

"我父亲教他所有的孩子读书写字。冬天,渔季结束了,风暴包围着瞭望岛,父亲就在那老房子的厨房里办学校。是的,这岛上的每个孩子都学会了流利地阅读,写一手好字。如果他有了点钱,就为我们订购一些图书。我永远不会忘记有一次,当时我十二岁,是一九三三年的十一月。就在他死于肺痨病的两年前。日子艰难,非常艰难。简直无法想象。秋季的邮船捎来一只大木箱子给我父亲。是用钉子封死的。重得要命。他不肯打开,要留着等到圣诞节。我们多少个夜里睡不着觉,想着里面会是什么。把世界上的所有东西都想遍了,偏偏漏掉了那个。圣诞节那天,我们把那只箱子拖到教堂里,每个人都伸长脖子,瞪着眼睛看里面到底是什么。父亲撬开箱盖,钉子发出刺耳的声音。原来是满满一箱子书。肯定不止一百本,有给孩子们看的图画书,还有一本讲火山的大红书,它整个冬天抓住了每个人的心。——那是一种地质学的研究,很有看头。书的最后一章是关于纽芬兰古代火山活动的。在那以前,谁也没有在一本书上看到过'纽芬兰'这个词。它简直使我们燃烧起来——像一场知识革命。这个地方也在一本书上写着呢。你明白吧,我们原来以为我们在世界上是孤零零的呢。唯一没派上用场的是一本烹调书。书里没有一个食谱能用我们食品柜里的东西做成。

"我一直不知道他怎么有钱买那些书,也许是别人送的礼物或是怎么的。跟他通信的那三个在农场干活的男孩,其中一个长大后到了多伦多,当了一名开电梯的。是他挑选了那些书,把它们寄了过来。或许钱也是他出的。我永远也不会知道了。"

新的颜料在木头上闪闪发光,刚描上去的字母黑得醒目。

"唉,不知道我下次来的时候是站着还是躺着。我的石碑最好刻得深一点,因为除了住在圣约翰斯的几个侄子侄女,没有人会每隔几年给我重描一次。"

奎尔为威廉·安科尔感到惊叹。"你父亲说起的高个子的文静女人是什么意思。你这么说过韦苇·普鲁斯。是你父亲以前经常说的。是一首诗还是一句谚语。"

"噢,那个?让我们想想。他常说每个男人心中有四个女人。草地上的小姐,魔鬼恋人,勇敢的女人,高个子的文静女人。这只是他说的一段话。我不知道是什么意思。也不知道他是从哪儿看来的。"

"你一直没有结婚吗,比利?"

"这话就你我之间说说,我有一个私人的烦恼,不想让别人知道。"

奎尔用手捂住下巴。

"那些玩意儿,"比利说,"纳特比姆和特德·卡德嘴里吐出的那些男男女女的花花事儿,我一半都不明白是什么意思。不明白里头有什么含义。"他只知道女人的形状像树叶,男人像兽皮。

他指着山坡下离开海面的地方。

"那儿也是一片墓地。一片古老的墓地。"下面被海滩的碎石围起的一小块土地。他们朝它走去。杂草蔓延,满目荒芜。几座坟墓以布满苔藓的圆锥形石堆作标志,其余的则隐埋在深密的盘根错节的杂草丛中。比利用炯炯的目光盯住奎尔,等待着什么。

"没想到这是一片墓地。看上去很古老了。"

"噢,是的。确实很古老。这是奎尔家的墓地。"

187

奎尔张大嘴巴,脑袋猛地往后一缩,像一条在镜子前大吃一惊的蛇,比利对这种效果很满意。

"传说他们是发海难财的,几个世纪前到瞭望岛来,把这里变成他们的魔窟。男女海盗们勾引船只撞到礁石上。小的时候,我们经常在合适的地方挖掘。翻开石头,看下面有没有藏着一只黑箱子。"

"在这里!"奎尔的头发根根竖起。那条蜿蜒曲折的水道,那个隐蔽的港湾。

"你看,那一片平整的岩石。你们的房子过去就在那儿,后来才从冰上拖到奎尔岬去的,当时一群岛民乱糟糟地跟在后面。许多年里,别人来到这里定居,把奎尔家人赶走了。不过,最后起关键作用的一桩罪过是他们不愿意参加圣灵降临节的仪式。当时宗教牢牢控制着瞭望岛,但奎尔家的人对此无动于衷。所以他们就走了,拖着他们的房子一走了之,一路大声吼着出海歌。"

"仁慈的上帝,"奎尔说。"姑妈知道这些吗?"

"啊,她肯定知道。她从来没跟你说过?"

"对往事守口如瓶。"奎尔说着,摇了摇头,心想,怪不得呢。

"说句实话,"比利说,"过去有许多许多人依靠船只失事来改变命运。尽量救出几条人命,然后就把船洗劫一空。攫取奢侈品、黄油、奶酪、瓷盘、银咖啡壶和精美的衣柜。现在许多人家还有从失事船只上弄来的稀罕东西呢。海盗们总是从加勒比水域到纽芬兰来找船员。这个地方天生造就海盗和发海难财的家伙。"

他们走回瞭望台去再看一眼,奎尔试着想象自己是一个不信神的海盗,在侦察猎物和敌情。

比利看见不到一英里外薄纱般的地平线变成了一道翻腾的

巨墙,一层雾气弥漫过紫酱色的海面,不由喊了起来。

"快走吧,孩子。"比利喊道,连溜带滑跑下小路,来到港湾的沙滩上,那些颜料罐互相碰撞着。奎尔气喘吁吁地跟在后面。

马达轰地一响,几分钟后,他们就进入了那条水道。

第二十一章　富有诗意的航行

"雾……墨西哥湾流的温暖水流向高纬度渗透时便产生了雾,尤其是在大浅滩附近,拉布拉多寒流使毗邻水流之间的温差变得极为显著。"

《海员词典》

他们又一次进入迷宫般的礁岩丛中,这时距雾气弥漫的海岸约有两千码。

"再给我们十分钟,让我们摆脱岩石和水流的迷魂阵,进入去锚爪湾的航线,那时就没事了。"比利说着,驾驶小船曲里拐弯地前进,使奎尔如坠云里雾里。

"这些就是奎尔家人勾引船只撞在上面的岩石。"他大声说道。奎尔仿佛感觉到悬崖边湍急的水流的牵引力,他睁大眼睛往水里看,好像在寻找海底深处浸满海水的沉船。他们猛地绕过一块有裂缝的岩石,比利称它为"网人石"。

"不管你丢了什么东西,浮子啦,篓子啦,或一截蛮好的绳子啦,最后都会缠绕在网人石周围,真是不可思议。我想是某种涡旋状的水流把东西带到岩石上,然后就粘在岩缝里了。"

"现在那儿就有东西呢,"奎尔说。"好像是一只箱子。停一停,比利,是一只旅行箱。"比利绕过水流汩汩的岩石,递给奎尔一只鱼钩。

"快点动手。"旅行箱搁浅在岩石高处,被正在消退的海潮冲刷着。它躺在一块突出的扁平岩面上,好像有人刚把它放在那里似的。奎尔钩住箱子上的绳子提手,使劲一拽。箱子自身的重量使它跌进了海里。看到它上下跳动着露出海面,奎尔赶紧伸出鱼钩,把它拉过来。最后终于可以伸出手去抓住把手。真沉啊,但他还是把它拖上了船。比利什么也没说,驾驶着减速的小船在岩石暗礁间穿行。

旅行箱被海水浸得发黑。看样子价格不菲,却系了一根绳子作提手。好像有点儿蹊跷。他试了试弹簧锁,发现是锁着的。大雾袭来,很浓很厚。使一切变得模糊不清。就连坐在船尾的比利也显得朦朦胧胧,虚无缥缈。四下里辨不清方向,分不出地平线和天空。

"上帝作证,奎尔,你真是个发海难财的家伙!你拿着鱼钩的样子,真不愧是奎尔家的一员。"

"箱子是锁着的。我们回去以后把它撬开。"

"那可能得花一些工夫,"比利说。"待会儿我们只能凭嗅觉入港了。还没有摆脱岩石阵呢,必须摸索着前进,等离开了它们再说。"

奎尔使劲睁大眼睛,最后眼睛又酸又痛,却还是什么也看不见。他渐渐感到惶恐,那些看不清楚的蠕动的物体是多么可怕。再想起奎尔海盗家族的种种行径,这种未知的恐惧更令人毛骨悚然。他的血管里流淌着祖先们肮脏的血液,他们残杀遭遇海难的无辜者,淹死不需要的小孩,他们搏斗、嚎叫,长长的胡子编成钉子状,头发里插着燃烧的蜡烛。削尖的棍棒,被火烤得坚硬无比。

右舷靠近船头的地方隐约浮现一块岩石,像云雾缭绕中的一座巨塔。

"啊,这就对了。这是家乡岩。现在我们可以笔直前进了。很快就会闻到锚爪港的炊烟,然后就可以凭嗅觉一路向前。"

"比利,我们刚才去岛上的路上看见过家乡岩,它是一块很低的岩石,只露出海面不到一英尺。现在这个家伙是庞然大物,不可能是同一块岩石。"

"不,就是同一块。它现在露出得多了一些,因为正在退潮,而且它是在雾里。雾中显大,所以你感到它很大。这是一种视觉错误,就是老话里说的雾中显大。可以使一条平底小渔船看上去像一艘大油轮。"

小船嗡嗡低鸣着在遮天蔽日的白雾中行驶。奎尔紧紧抓住船舷上缘,感到非常绝望。比利说他可以闻到水面十五英里以外锚爪港的炊烟了,还有一股别的气味,好像是什么东西腐烂发臭了。

"我不喜欢那股臭味。就像盛夏的第三个星期被海水冲上岸的一条鲸鱼。这气味似乎越来越浓了。也许有一只死鲸在雾里漂浮。你仔细听听标明各个航道的浮标。这么大的雾,我们很容易错过入口处。"

过了将近一个小时,比利说他听见了海浪撼动岩石的声音,一个个浪头在石头上撞得粉碎,接着看见一对形状像针的岩石在朦胧的雾气和渐渐弥漫的夜色中浮现。

"啊,"比利·布莱蒂说。"那是织针岩。我们在锚爪港以东一点的地方。不过离亡命湾倒是不远。你说呢,我们是不是就在这里靠岸,等雾散了再沿着海岸回去?哦,亡命湾过去有一家很不错的小饭店。不知道我现在还记不记得怎样靠岸。我还是小时候来过,后来再也没有从水路在这里上岸。"

"看在上帝的分上,比利,这片水域到处都是岩石。"又一个泛着泡沫的黑压压的庞然大物从雾中耸现。好在比利凭着一首歌谣找到了路线,那是过去可怜的人们没有海图、指南针和灯光,全靠记忆航海时编出的歌谣。

当你和织针岩肩并肩,

亡命湾就在正西边。
必须绕到针岩后，
看老人鞋出现在眼前。
鞋尖正好抵着水流，
水道狭窄要慢慢走。

老人使船绕到织针岩后面，顺着水流和咂吸有声的海潮摸索前进。

"有十几个办法帮你找到路线——寻找海浪摇动岩石的声音，大声喊叫，然后听悬崖传过来的回声，体会你脚下水流的走向——或者闻闻各个海湾的不同气味。我爸可以凭空气里的气味说出一百英里海岸的每一处地名。"

一块高耸的岩石，海浪轻拍的声音，然后是海水顺着破裂的岩脊慢慢冲刷下来。奎尔惊奇地听见一扇车门关闭的声音，又听见马达发动，汽车渐渐驶远。他什么也看不见，但一分钟后，一条趸船顶上的灯光便隐约可见，比利把船靠岸，爬上去把一根系泊绳套在拴缆桩上。

"那股臭味，"他说，"是从旅行箱里发出来的。"

"大概是皮革，"奎尔说。"开始腐烂了。离饭店有多远？我不想把它留在这里。"

"马路对面就是。旅游的人夏天带着照相机到这里来，你知道，他们从早到晚坐在这里，看着海水。大海就像一个奇怪的动物，他们无法把目光从它身上挪开。"

"如果你从萨德伯里或新泽西来，就会明白这是为什么了。"奎尔说。

"这儿。就是这儿。我可以闻到炒菜的油烟味，盖过了旅行箱的臭气。你把那箱子放在外面吧。"

店里没有顾客，女招待和厨师亲密地坐在一张桌子旁，都在用梭子织花边餐巾。一股面包的香味，是每天为第二天烤的面包。

"姑娘,我们快要饿死了。"比利说。

"比利船长!突然从雾里钻出来,把我吓了一跳。"

厨师放下手里的梭织物,站在黑板旁边。

"现在只剩这些了,"她擦去"鳕鱼段",擦去"小虾套餐"。"还有油煎乌贼和肉丸子,亲爱的。你知道莱利捉到的那只驼鹿,是不是,比利船长?嗨,我们把许多肉磨成了肉末,我想把冷藏箱腾空,所以今天早晨就把它们做成了肉丸子,烩在鲜汤里。味道不错。怎么样,再来一个土豆泥?"她全身都是垂直线,皱纹密布的脸,还有裙子上深色的皱褶。

比利打电话给特德·卡德,他靠在墙上,嘴里咬着一根牙签。

"我和奎尔在亡命湾,被大雾困住了。我想把船留在这里,不知你能不能开车接我们回锚爪市。他的汽车在那里,我的货车停在码头上。是啊。我明天来取。发海难财的奎尔在网人石上拾到一只箱子。不知道。箱子是锁着的。雾大得很,你慢慢地开。不要着急。我们在这里吃饭。对。不,她把莱利的驼鹿做成肉丸子了。好的,我会告诉她的。"

奎尔要了乌贼,又添了一份肉泥洋葱。乌贼里塞着粉红色的小虾,下面的底菜是海欧芹。比利在对付他那一大盆肉丸子。女招待给他们端来热的圆面包,还有黄油和蔓虎刺果酱。

厨师从厨房里探出她那张长脸。

"比利船长,我给莱利做了一些老式的无花果布丁。这里还有不少。也许你愿意来一点,让嘴里清爽清爽?"

"好吧。特德·卡德要开车来接我们。他想买一些肉丸子,不知道你还够不够。"

于是,又端来一盘浇着朗姆酒沙司的无花果布丁,还有咖啡。

"我去把那只箱子打开。"奎尔说。

"发海难财的奎尔,你脑子里净惦记着它,那只该死的箱子。去吧,把它打开。用一根叉子把锁挑开,或者用一块岩石把它砸开。我希望里面塞满了从瞭望岛的宝藏里挖出来的金银财宝。"比利竖起手指,示意再来一杯茶。

奎尔把旅行箱拖到码头唯一的一盏灯下。他找到一截管子,用它去捅锁。管子与黄铜碰撞发出响声。锁还是纹丝不动。奎尔环顾四周,想找一个东西来撬锁,一把改锥或凿子,可是视线里只有石头和碎玻璃。他于绝望中抡起管子,使出全身的力气朝锁砸去。一阵金属碎裂的声音,随着扑面而来的可怕的恶臭,箱子猛地弹开了。

就着灯光,他看见贝亚内特·梅尔维尔的破碎的眼睛、肿胀的脸和被血染得僵硬的胡子,箱子底部都是水草。凝胶状的恐惧从箱子里向码头上弥漫。

第二十二章 狗 和 猫

"网眼结是用织网梭子打'单编结'的一种常见织法。"

《阿什利绳结大全》

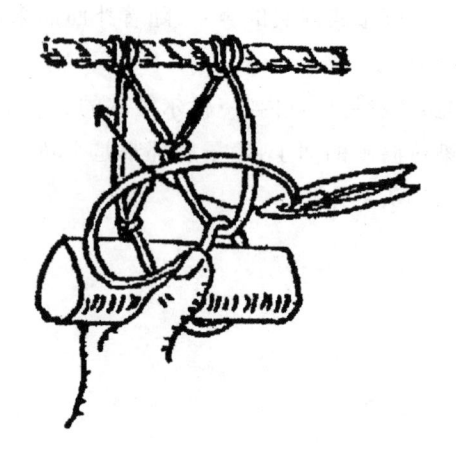

"阿格妮丝真是有一副男人的心肠,阿格妮丝真是这样,"姑妈带着她的卷尺和笔记本出去以后,玛维斯·邦斯对道恩说。"有一种很勇敢的气魄,像男人那样处理事情。那是因为她在美国生活过。那里的女人都很勇敢。你看见她多镇静吗?她侄子倒吓成了一摊烂泥。他发现了那颗脑袋。阿格妮丝说他受了惊吓,两天不能开车。我也吓了一大跳。那些警察不停地进来问东问西。一堆问题又一堆问题。可怜的阿格妮丝。"

"还有另一方面的原因。她姓哈姆,但她也是奎尔家的人。亲爱的,别忘了那些传说。德斯蒙认识他们,就是我那可怜的死鬼丈夫。他来自翻船湾那边的无名湾,离奎尔岬只隔一个海湾。他们的那位小姑娘是典型的奎尔家人,像浮标一样在汹涌的波涛里倾斜沉浮。"

道恩几乎没有听见她在说什么。每次阿格妮丝·哈姆的小货车一开走,道恩就坐到电子打字机前,有时候还为此熬夜,一封信接一封信。

> 亲爱的先生们:我写信申请贵公司汽车销售门市部的工作。尽管我的履历都是船舶运输……

> 亲爱的先生们:我写信应征你们招聘会说西班牙语的职员的广告,我虽然不会说西班牙语,但有海运管理学的学士文凭,愿意重新定位。现附上……

玛维斯·邦斯只管往下说着。"告诉你吧,有一个女人和她的男人一起出海捕鱼,这个女人就是巴吉特夫人。她把小孩交给她姐姐,他们就出发了。听说她和男人一样强壮。巴吉特夫人现在不能出海了,只能到晾衣绳那儿逛逛。他们说她患了尿失禁。憋不住尿。她起身、大笑、咳嗽或什么的时候就不行了。真成问题。他们想让她做一些练习,你知道的,憋紧,放松,憋紧,放松,她说那根本不解决问题,不过他们注意到每当她进了卫生间,那条狗就会站在门口,表现出非常关心的样子。你知道的,巴吉特夫人是在他们大儿子去世以后突然得病的。那孩子叫杰森。和杰克一模一样。固执得要命!别人的话一句也听不进。你是怎么看的,道恩,你认为是梅尔维尔夫人干的吗?她那块漂亮的蓝色皮革还是我们缝的呢。是不是她砍掉了他的脑袋？阿格妮丝的侄子说他们像狗和猫一样是死对头。不停地吵。酗酒。一个女人居然酗酒！他们怎么会在夜里离开,不把我们的工钱付给阿格妮丝呢？当然啦,现在看来不付钱就连夜溜走的是那个女的。可是割下一个男人的脑袋,放在一只旅行箱里,好像不太可能！他们说她必须有人帮忙,她是一个那么虚弱的老太太。"

"我不知道。"道恩说。打字机有一个复制功能。她只要把收信人的姓名和申请职位改变一下,机器就会吐出另一封信来。

> 亲爱的先生们:我最近看到你们在《环球邮报》上刊登的招聘助理研究员的广告。我虽然不会说日语,但愿意从头学起……

> 亲爱的先生们:我最近看到你们在《环球邮报》上刊登的招聘花卉设计师的广告。我虽然不会布置鲜花,但愿意从头学起……

> 亲爱的先生们:我最近看到你们在《环球邮报》上刊登的招聘经纪人的广告。虽然我学的专业是海运管理,但愿意从头学起……

"现在这些坏人全都涌进来了。以前可不是这样。以前从没有发生过这样的丑事。我们过去有一些很有意思的做法。现在的人们大概会嘲笑它们,但它们经常还是很灵验的。有一种做法我永远不会忘记,现在的姑娘很少有人知道了,因为她们不再编席子了,你知道吗,当年如果编好了一张席子,姑娘们、年轻的女孩子们就会捉一只猫来,把猫放在新席子上,然后把席子卷起来,让猫关在里面。随时都能找到一只猫,纽芬兰人喜欢养猫。然后再把席子打开,看那只猫跟谁亲近,啊,她就是下一个出嫁的人。就像太阳每天升起一样灵验呢。"

目标是一星期二十五封信,每星期如此。总会收到一封回信的。

亲爱的先生们:我最近看到你们招聘梳刷狗毛的工作人员的广告,虽然我学的专业是海运管理,但愿意重新定位……

"我姐姐一个冬天都在编一张席子,图案是玫瑰花和鳕鱼,底色是蓝的。漂亮极了。我当时十四岁。在场的有五个姑娘。我姐姐利兹,还有凯特、吉恩和两个玛丽。席子编好以后,她们把一只猫关在里面。你知道吗,后来那只猫径直向我跑来,跳到了我膝盖上。说起来真奇怪,我果然就是下一个出嫁的。利兹不到夏天就死于肺结核。凯特一直没有结婚。玛丽·甘吉和她的家人去了波士顿,另一个玛丽的情况我不知道。反正我嫁给了托马斯·穆恩。在我十五岁生日那天。可是他一九五七年死在海上了。真是一个美男子。头发乌黑。每当他走进房间,你就会感到一股热浪袭来。我哭得人越来越瘦。体重掉到八十六磅。他们都以为我活不下去了。没想到居然挺过来了。后来嫁给了德斯蒙·邦斯。结果他遇上了飞机失事。在拉布拉多。我说,'我再也不嫁人了,受不了这份痛苦。'不像有些人把她们丈夫的脑袋砍下来塞在小提箱里。"

再写五封,这星期的定额就完成了。她是不管什么工作先接受下来再说,只要能离开这里,远走高飞。不再听玛维斯·邦斯的唠叨。去看看除了渔船、岩石和海水之外的东西!

我写信询问那份视觉艺术展览工作人员的职务。虽然我学的专业是海运管理和装潢,但愿意从头学起……

"你知道吗,我们那些女孩子针线活都做得很棒。利兹,不用说啦,会编席子,是一个远近闻名的编席子能手。我们的妈养羊剪羊毛。我现在还记得她晚饭后纺线或编织的样子。总是吃过饭以后开始编织。我现在还仿佛能看见她,在那里埋头织一双连指手套,木针咔嗒咔嗒地响个不停。她说夜里羊毛比较听话,松松软软的,因为你知道,羊都躺下来睡觉了。那架旧纺车传给了我。无价之宝啊。我过去经常把它搬到外面的草地上。德斯蒙把它漆成了红色和黄色,真是一个漂亮的装饰品。可是晚上我们得把它拿进来,生怕哪个游客顺手牵羊。他们经常那么干,你知道。他们会把一架纺车从你的院子里搬走。我知道有个女人就遇到过这种事情。特莱维·希金德夫人,她跟我去的是同一个教堂。道恩,你认为那个侄子怎么样?你到他们家吃过晚饭。他竟然发现了那样的东西。你是不会接受一个发现那种东西的男人的,是不是?奎尔家的人从来没有遇到过什么好事儿。"

"从来没有。"键盘啪啪地响着。这星期的最后一封信了。她的信箱里很快就会有回信了。

> 我想申请一下那个建筑绘图员的职位。虽然我学的专业是海运管理,但我愿意为从事建筑绘图的工作而重新定位,重新学习……

奎尔和韦苇并排坐着,感到相互之间很和谐,海利把热气呼在他们的脖子里。汽车呻吟着冒雨爬上山坡,离开学校。他们越过了山顶。奎尔这边的窗外是大海,在透过雨水渗出的湿漉漉的光线下呈现出青灰色。

行驶在黄色的雨帘间。一排信箱,有的做成小房子的形状,还画出了一个个窗户。四只鸭子摇摇摆摆地走在泥泞的土路上。奎尔放慢车速,跟在鸭子后面徐徐前进,直到它们躲进了路边的阴沟。经过《拉呱鸟》报社,经过巴吉特家,继续向前。方方正正的房子上漆着奇妙的条纹,在岩石的衬托下显得十分醒目。

韦苇的小房子底层是薄荷绿,上面是红色的框格。晾衣绳上挂着小男孩的大红睡衣,像干辣椒一样鲜艳夺目。一堆一头粗一头细的圆木,乱糟糟的碎木片和树皮堆里的锯木架,还没有码放好的劈开的木头。

路边有两个渔民,瘦精精、硬邦邦的,像两杆步枪,正在雨里补网,他们的毛衣上凝着圆圆的水珠。尖尖的爱尔兰人的鼻子,长长的爱尔兰人的脖子,头发卷缩在遮阳帽下面。其中一个抬起头来,看看韦苇又看看奎尔,打量着他的脸,认出了他来。那人手里拿着梭子。

"科恩舅舅在那儿。"韦苇用低沉动人的声音对男孩说。

"狗狗。"孩子喊道。

阿奇·斯巴克斯家的院子里有一只新狗,一只蓝色的长卷毛狗在那些胶合板做的天鹅中间。

"狗狗。"

"是啊,一只新狗。"韦苇说。一只木狗,尾巴是一根绳子,项圈是用罐头做的。骑在一根棍子上。眼睛像一个大肿包。

奎尔从后视镜里看见韦苇的哥哥沿路向他们走来。另外那个男人远远地看着,抓着渔网的双手停在那里。

韦苇把海利拖出汽车。他迎着雾仰起脸,闭上眼睛,感到细细的水滴抚摸着他,像凉凉的、软软的毛梢。她拉着他向家门走去。

奎尔朝渐渐走近的男人伸出手去,即使面对一个大步向他走来的陌生的狗,他也会这样做的。

"我叫奎尔。"他说出这个名字时显得闪烁其词。渔民草草地用力握了握他的手。

和韦苇一样瘦长的脸,但是比她粗糙。一个散发出鱼腥味和雨水味的年轻人。精瘦精瘦的肌肉到九十岁也不会松弛。

"开车送韦苇回家,是吗?"

"对。"他为自己软绵绵的手感到难为情。在热闹的木头动物园后面的房子里,有一扇窗户的窗帘动了一下。

"那是爸爸,在往外看呢,"科恩说。"你进去喝杯茶吧。"

"不,不。"奎尔说。"我还要回去上班。刚才是为了送韦苇回来。"

"走路可以使你敏捷。是你发现了那只装着死人脑袋的箱子吧。换了我的话会恶心死的。你在对岸的海岬上。"转了转下巴。"晴天的时候,爸爸用望远镜看见你在那儿。是给老房子铺新房顶吗?"

奎尔点了点头,回到车上。可是他无色的眼睛热乎乎的。

"回去了?捎我一程,我要去补渔网。"科恩说着,大步从车前绕过来,一屁股坐进韦苇的座位。

奎尔倒车,转弯。韦苇走进家门,消失不见了。

"你随时可以过来看她,"科恩说。"那个小男孩太惨了,不过他是个好心肠的小家伙,可怜的小废物。"

"亲爱的先生们,"道恩写道。"我想申请……"

第二十三章　邪　术

"绳结中存在的神秘力量……可能既是有益的，也是有害的。"

《绳结语和巫结》

奎尔在刷油漆。他想，不管他们怎么修理这座房子，它还是一副荒凉憔悴的样子，和第一次在薄纱般的白雾后面隐约浮现时没有两样。当初，它崭新地立在瞭望岛，或者在咔咔开裂的冰层上滑行时又是什么模样呢？他固执地认为，是这种冰上搬迁使房子走样变形，把那些木料扭曲成一种罕见的几何形状。而且，他一想到那个白发男人呆滞的眼睛无神地盯着他的情景，就感到不寒而栗。

姑妈修理房子的兴趣有所减退，把注意力转向她自己房间里一些隐私的事情，经常整小时地躺在床上，望着天花板出神。或者打个哈欠爬起来，轻轻地笑一声，说，好吧，看看现在吧。思绪从刚才的不知什么地方回到了这里。

周末通常这样度过:姑妈或呆在她的房间里,或搬动什么东西,或出去散步。奎尔开辟他那条通向海边的小路,孩子们蹲在青苔里看昆虫慢慢爬上花茎。或者,他劈柴预防将来的严寒。思念着帕特里奇,生火烧一些新的菜肴,让孩子们把她们的手指在混合调料和酒糟里蘸来蘸去,有时让小兔操纵削皮小刀。他在一旁闲着。

八月下旬,厨房的搁板上摆着一碗洗净的鱿鱼。奎尔这样打算:刷完油漆后做一顿鱿鱼烩扁面条。因为他还要给帕特里奇写一封回信。姑妈宣布要做一个凉拌色拉,尽管莴苣是干瘪的,温室西红柿颜色苍白。

"我们可以自己搞一个菜园子,"她说。"至少可以种一些我们需要的凉拌菜。市场上卖的那些玩意儿根本不能吃。芹菜烂得发黑,莴苣好像是用水煮过。"

"韦苇,"奎尔说,"韦苇说亚历山大草比菠菜好吃。在这里的海岸上可以采到。"

"从没听说过,"姑妈说。"我可不吃野菜。"

"它就像野生的海欧芹,"奎尔说。"我可以放一些在鱿鱼沙司里。"

"好吧,"姑妈说。"你试试吧。管它怎么样呢。"不过,她还是去在岩石丛中寻找一块适合做菜园子的土地。现在播种莴苣还来得及。她想,最好能建一个玻璃暖房。

天气很暖和,微风掠过海湾,海面泛起阵阵涟漪。姑妈闻到翻起的泥土那股忧郁的气味。奎尔被油漆味熏得头疼脑涨。

"有人来了,"姑妈倚着铲子说道。"在路上走着。"

奎尔朝那边望去,一个人也没有。

"在哪儿?"

"刚刚走过那棵断了树枝的云杉树。顺便说一下,那是被推土机弄断的。"

他们凝望着手套厂方向的汽车路和公路。

"我刚才看见有人的,"姑妈说。"我可以看见他的帽子和肩膀。一个男人。"

奎尔回到他的油漆罐旁边,姑妈还在那里望着,最后她把铲子插进土里立着,径自朝那棵云杉树走去。没有人。但见捕鱼靴的脚印弯弯曲曲地隐入矮灌木丛——她想那里面有一条驼鹿踏出的小径,通向下面积满茶褐色污水和粗硬灌木的泥潭。

她深深吸了一口气,沿着路边寻找狗的足迹。不能肯定。

"是那个老头儿吧,"奎尔说。"准是他。"

"什么老头儿?"

"比利·布莱蒂说他是奎尔的'本家'。说他是个脾气暴躁的老家伙。不肯离开翻船湾重新定居。一个人住在那里。比利说,他看到我们住在老房子里大概很不高兴。我对你说过的。"

"不,你没有,侄子。这个人到底是谁呢?"

"我记得我跟你说过这事。"

姑妈警惕地想知道那个人的名字。

"我不知道。是奎尔家的一个老前辈。我不记得他的名字了。好像是个爱尔兰名字。"

"我不相信。他们已经一个也不剩了。你知道,奎尔家的名声不太好,"姑妈说。把头转向一边。

"听说过,"奎尔说。"我听说二马佬湾就是用奎尔家人取的名字——就像弱智潭、六指港或黄耳朵河这些名字是为了纪念一些别的倒霉蛋一样。比利对我说了他们怎样从瞭望岛搬到这里的。似乎是把房子从冰上拖了过来。"

"他们是这么说的。多半都是些胡编乱造的假话。在我的想象里,奎尔家的人和别人一样体面。而且我肯定不知道你说的那个家伙是谁。"

奎尔洗去手上的油漆,喊道:"谁愿意陪我到海边去采亚历山大草?"

阳光找到了两颗野草莓,小兔把一块比一块大的石头扔进海浪;溅起的浪花越来越大,最后一浪打来,把她浇得透湿。

"好啦,好啦,我们回家去吧。小兔去换裤子,阳光去洗亚历山大草,我来用油煎一煎大蒜和洋葱。"

可是,就在沙司快要做好时,才发现没有扁面条,只有一包形状像蝴蝶结的蛋黄面,软塌塌地堆在沙司下面,使鱿鱼卷滑到了盘子边缘。

"你得事先计划好,侄子。"

又是即将破晓的时候,什么声音把他吵醒。空荡荡的屋子耸立在他上方,阴郁而寒冷。他侧耳听听小兔是否在喊叫或哭泣,四下里一片寂静。

一道圆环飞快地掠过天花板,消失了。是手电筒的光柱。

他起身走向临海的窗户,昆虫蜕下的干皮在他赤裸的脚下咔咔作响。他朝一边跪下,朝朦胧的夜色里窥望。很长时间什么也看不见。瞳孔在黑暗中放大,只见天空浸润着渐渐降临的曙光的珍珠母光泽。大海像银色的底片一样隐约浮现。在远处铁丝般的灌木丛中,他看见一点闪光在不安地急速跳动,很快就从他的视线里消失了。

"我们应该到下面去,"奎尔说。"拜访一下那个老头儿。"

"我根本不想去查找什么八竿子打不着的心怀恶意的亲戚。到现在为止,我们一直过得很好,最好不要去招惹什么麻烦。"

奎尔想去。"带两个孩子一起去,她们会使吃人魔鬼的心肠变得温和。"

变得冷酷还差不多,姑妈想。

"去吧,姑妈。"他恳求道。

可是她不为所动。"我想过了,一直在琢磨那个人会是谁。以前我母亲的一大堆表兄弟都住在翻船湾,但他们至少和她年纪差不多大,我十几岁的时候他们就是壮年人了,有了自己的子女和孙子孙女。所以,如果是他们中间的一个,肯定有八九十岁,也许已经老糊涂了。我猜路上的那个人是城里来的,大概是来散步或者打猎,不知道我们在这里。"

奎尔没有提到手电筒,只是又劝了劝她。

"还是去吧,我们开车到道路岔开的地方,然后走进去。我想看看翻船湾,那个被遗弃的村庄。那天我和比利一起在瞭望岛上——真是凄凉。那些空房子。我站在那里听比利讲了奎尔家老辈人的事情。"

"我从来没有去过瞭望岛,不能说我有多么想念它。那些古老的地方都是令人沮丧的。真不明白政府为什么还让那些房子立在那里。应该把它们统统烧掉。"

奎尔想象着一千个村落在风里熊熊燃烧,冒着火焰的瓦片飞过岩石,嘶嘶地落进大海。

最后,他们还是没有去。

第二十四章 采浆果

> "**丁香结**和**双半结**之间的差异,在许多人的头脑里是非常模糊的,这两种绳结的形状一样,不过一个是系在别的物体上,而另一个则是系在自身绷直的那一部分上。"
>
> 《阿什利绳结大全》

九月,白天越来越短,海水变得寒冷了。开学第一天,奎尔带小兔去上学。小兔穿着新鞋子、方格裙和白色的外套。小手冰冷潮湿。她虽然害怕,却不要他陪着,自己一个人穿过推推搡搡的吵闹的人群。奎尔看着她孤零零地站在那里,脑袋几乎一动也不动,在寻找她的朋友玛蒂·巴吉特。

下午三点,他在学校外面等着。

"怎么样啊?"以为会听到他三十年前的那种感觉——心惊胆战,可怜巴巴。

"好玩极了。看。"她拿出一张纸,上面写着几个大大的、不太正确的字母:

BUИ
Y

"你写了你的名字①。"奎尔说,这才放下心来。她和他竟然如此不同,他感到困惑。

"是啊。"好像对此已经习以为常似的。"老师叫我们明天带一盒卫生纸来,学校里买不起。"

✥

早晨,迟滞的雾虹在海湾漂浮。风暴带来了一个个色块。比利在唠叨月晕。风暴肆虐。突如其来的冻雨变成闪闪发亮的紫色细棍,然后是大雨倾盆。两三天的炎热,似乎是从沙漠刮过来的,一束束光线像闪光的鳗鱼一样慢慢爬下海湾。

海岬上,沼泽地里,数不清的浆果成熟了,野生黑醋栗,刺儿李,大果越橘,湿地果,蔓虎刺,南瓜果,岩高兰果,还有直挺挺竖在紫酱色叶子上的带黑斑的云莓。

"我们这个周末去采浆果吧。"姑妈说。"我小的时候,离这儿不远有一些著名的采浆果的好地方。然后我们来做果酱。采浆果是大家都喜欢的高兴事儿。也许你愿意带上韦苇·普鲁斯?"

"好主意。"奎尔说。

韦苇说她很高兴来——好像他是邀请她来参加晚会。

"科恩开车送我过去——他想看看你们新修的房顶。"

科恩没怎么看房顶,倒是仔细打量着奎尔和他的两个女儿;

---

① "小兔"的英文拼写是"Bunny"。

和姑妈开玩笑。告别的时候拍了拍海利的肩膀。"好吧,我走了。到米斯基湾办点事情,可以从海岬绕过去。我办完事再过来,好吗?"他的眼睛像荆棘一样,什么都逃不过它们的锋芒。他匆匆地想把一切都看个清楚。

"好的,"韦苇说,"谢谢你,小伙子。"她的浆果桶上有管用的绳结编成的把手。

姑妈、两个小姑娘、奎尔、韦苇和海利一起走向手套厂那边的浆果地,手里的提桶咔嗒作响,小路上的石头在脚下发出嘎嘎的声音,阳光说,抱我。太阳用黄宝石般的柔光沐浴着灌木丛生的沙地。湛蓝色的天空。大海波光闪闪。

韦苇穿着烤面包色的长筒袜,裙子的接边是补过的。奎尔穿着一件格子布衬衫,显得有些紧。

"以前人们经常带着浆果盒和提桶从好几英里远的地方到这儿来,"姑妈扭过头来说道。"你们知道吧,当时他们用浆果卖钱。"

"现在也是这样,"韦苇说。"阿格妮丝女士,去年秋天他们出价九十美元一加仑购买云莓。我父亲去年靠浆果赚了一千块钱呢。城里的人需要它们。现在还有人在做浆果酒呢,如果能弄到蔓虎刺的话。"

"浆果酒!真是一种可怕的酒。"姑妈说。"看看我们能采到什么。"她从侧面打量着韦苇,敏锐地注意到她粗糙的手和开裂的鞋子,还有海利如同一碟脱脂乳般的面孔。倒是一个漂亮的男孩子,人们说,继承了他父亲的英俊相貌,只是有点扭曲变形。就好像柔和的五官被一只有力的手挤压过一般。

大海闪闪烁烁,在阳光下晶莹透明。韦苇和奎尔采浆果时挨得很近。她坚硬的手指在灌木和草丛里灵巧地采摘着,食指和拇指捏住了两个、七个,让它们滚进团起的手心,然后倒进提桶,浆果落下去时发出轻微的响声。她跪在地上移动。被压断的青草发出苦涩的清香。奎尔吹去浮土草屑。一百英尺以外,海利、阳光和小兔像小狗一样在柔软的草地上打滚。姑妈漫无目的地游来荡去,她的白色方巾缩成了一个圆点。采摘者渐渐分散,偶尔会消失在凹坑里或高坡后。大海嘶嘶地响着。

姑妈对奎尔喊道:"喂!午饭篮子忘记带了。还在手套厂附近。你去取吧,我来照看孩子们。"

"和我一起去吧。"奎尔对韦苇说。态度恳切。她扭过头去望着海利。

"他们在玩呢。走吧。我们沿海边走。走在石头上比穿过矮灌木丛快一些。二十分钟就回来。"

"好吧。"

她迈着两条长腿向前走,奎尔磕磕绊绊地跟在后面,小跑着才能赶上她。大海抽搐扭动,像一块巨大的布盖在无数条蛇上。

奎尔手里摇摇晃晃地提着篮子,沿着海边向前走,一路经过破碎的泡叶藻、多结藻、牛角藻和死人手指藻,还有翠绿的腊肠藻和珊瑚藻,一大片一大片成千上万的掌状红皮藻,挤压成一堆堆的刚毛苔藓虫,长长的一道道棕色的海藻衣,一条由上个星期的风暴形成的黑糊糊的海岸带。

韦苇爬上去,在岩石上跳跃行走,踢着一堆堆的海藻。奎尔比较缓慢地择路而行,啤酒瓶在篮子里叮叮地响着。

"你看。"他说。海湾入口处有一座双塔冰山。

"它在倾斜。"

韦苇站在一块岩石上,卷起手指,捏成空心拳头罩在眼睛上,像是举着一副望远镜。庞大的冰山探下身子,仿佛要欣赏它在波涛里的倒影,它倾斜得越来越厉害,最后南塔像一杆被人握在手里写字的笔,北塔如同一个追求者在后面向它靠去。由于距离很远,只见那两个塔无声地合并,沉入水中。溅起喷泉般的水雾。

奎尔站在岩石下面。突然,他伸出双手抓出她的两个脚踝。她隔着长袜感觉到他双手的热量,没有动弹。被囚禁在岩石上。低头看去,奎尔的脸贴着她的双腿。她可以看见纠结的红头发下面的白色头皮,紧紧握住她脚踝的手遮住了她的鞋子,只露出尖尖的鞋尖,皮革上打了孔,形成一个装饰形的曲线,像一抹维多利亚式的小胡子。他粗粗的手腕,后面是毛衣的袖口,羊毛上挂着一块贝壳碎片,袖子上粘着狗毛。她没有动弹,感到仿佛有一道帘子,一只手抓住绳子拽一下就能把它拉开。奎尔嗅吸着棉袜的气味,一种混合着盐腥和海草味的女人气息使他不能自已。他松开手指,双手缩了回去。她感觉到他的撤离。奎尔深深地凝视着她。"下来。下来。"他张开双臂。他的意思明确无误。她站着一动不动,几乎停止了呼吸。只要稍微动一动,他就会整个儿俯在她身上,撩起她的衣服,扯下她的棕色长袜,把她压倒在石头堆上,而海岸的昆虫就会爬上她赤裸裸的肌肤,奎尔就会进入她的身体,他硕大的下巴埋在她的颈子一侧。事后就会有某种无言的协定,某种令人不快的同谋关系,再然后是背叛。她突然大声说道:

"你知道他是怎么死的吗?我的丈夫?霍罗德·普鲁斯?我来告诉你。他死在海上。现在还沉在海底。我每次来到海边总是会想——'霍罗德就在那儿。'比利老汉跟你谈过这件事,是吗?"

她从岩石上滑下来,现在安全了,受到悲伤情绪的保护。奎尔站到一边,垂着双手对她望着。她的话滔滔不绝。

"霍罗德是'全球勇士号'上的一名甲板水手。那是他得到的第一份体面差事。钱挣得多,工作稳定。我们真是一帆风顺。那是世界上最大、最安全的油船。三个星期出海,三个星期休息。船沉没的时候他正好在海上。电话来了,那是一大早,一九八一年一月二十九日。我已经起床穿好衣服,可是又躺下了,因为感到很不舒服。当时正怀着海利。电话里传来一位女士的声音,她说,她对我说,'哦,普鲁斯夫人。我们必须通知你,他们报告说"全球勇士号"在风暴中沉没,断定船上的人全部失踪。'在风暴中沉没,她是这么说的。他们起先认定是因为风暴太凶猛了。

"可是就在十几英里外还有另外两艘油船,它们就平安无事。'全球英雄号'和'深蓝12号'。它们没有遇到任何麻烦。那样的风暴每年冬天都有好几场。并不是什么世纪风暴,每一百年才来一次的那种。共有九十七人失踪,一具尸体也没找到。他们看见其中有几个人坐在一条正在沉没的救生船里,一阵大浪打过去,就不见了踪影。

"事情渐渐地水落石出。像一场噩梦,越来越可怕,你却无法醒来。政府对这些事情没有任何安全条例。油船的设计非常糟糕。船上没有一个人知道谁是主管。是掌舵的还是船主?船上大多数人对大海一无所知。他们是地质人员,水泥工,井架工,泥地勘探员,钻井工,焊接工和安装工,是专门寻找石油的,根本不注意海面或天气。甚至天气预报来了也听不懂。不知道海浪涌上来时应该关闭舷窗外盖。压载舱的窗户玻璃一碰就碎。海水一涌进来,控制板就会短路。一个巨浪砸碎船舱窗户,海水灌进来浸湿了控制板。他们没有受过适当的培训,也没有操作指南。控制板失灵后,他们就想用几根小铜棒去手工调整压载舱,结果整个儿弄反,船开始后退,他们又把它搞得倾斜过来。就像那座冰山一样。船沉下去了。救生船根本不管用,大多数人没能找到救生船,因为控制板失灵后扩音装备也不管用了。律师说就像多米诺骨牌一样相跟着全盘倒塌。

"所以,我不是想伤害你的感情,但情况就是这样。刚才看着那座冰山坍塌,我就在想这些事情。每次我来到海边都会这样想,我眺望海岸,半是害怕,半是希望会在海草中看到霍罗德被淹死的尸体。尽管事情已经过去了许多年。"

奎尔静静地听着。他是否必须把她带到大草原上?然而,佩塔尔的精髓不是也深入他的肌肤,像注射的预防爱情瘟疫的疫苗一样吗?那么再去抚摸韦苇干燥的手又有什么意思呢?

他们沿着小路走向灌木丛生的沙地,望着姑妈的头巾像一个苍白的圆点,孩子们像甲虫一样跳来跳去。

奎尔跟在她后面。韦苇不用看也知道他在哪里。

温暖的天气,深邃的天空,四下里一片寂静,只有远处孩子们的声音。突然,就像一次头痛戛然而止那样,某种东西终于让步,多年的伤痛一下子减轻了。她转过身来。奎尔离得这么近。她张嘴想说些什么。她布满雀斑的、粗糙的皮肤泛起了红晕。她倒在地上,或者是他把她拉了下来。他们在茂密柔软的浆果地上翻滚,紧紧抱在一起,滚过来滚过去,热得发烫的手臂和大腿,浆果和树叶,嘴巴、眼泪和傻话。

可是,当大海在下面发出叹息时,她听见了,想起了霍罗德英俊的遗骸被破网缠绕。一把推开奎尔。起身跑向姑妈,跑向两个小姑娘和可怜的、没有父亲的海利,野餐篮重重地砸着她的腿。奎尔如果想得到什么,就必须赶快跟上来。

韦苇为了躲开而跑,然后是为跑而跑,最后只是因为没有别的事情可做。如果改变步伐就会显得犹豫不决,好像并不知道自己想要什么。她似乎总是要不停地做一些毫无意义的举动。

奎尔躺在石楠植物丛中,凝望她的背影,看着她蓝裙子的褶皱随着她越走越远而消隐不见。姑妈,孩子们,韦苇。他把腹股沟紧贴着沙地,好像在与大地交媾。他渐渐苏醒的意识使远处的景象有了举足轻重的意义。巨大的岩石衬托下的那几个小小的身影,远处是辽阔的大海。生活中错综复杂的乱麻被清除了,他看见了生活的结构。没有别的,只有岩石和大海,还有暂时被它们衬托着的小小的人影和动物。

他用锐利的目光看穿过去。看见祖祖辈辈像迁徙的候鸟,海湾点缀着如梦似幻的帆影,被遗弃的村落重新繁荣起来,海洋深处的渔网上鱼鳞闪闪。看见时光流逝,奎尔家的人都被邪恶浸染。他想象姑妈去世了,埋葬了,他自己老了,韦苇也已年老背弯,他的女儿都在远方有了自己的生活,海利仍然为木狗和彩色的线而欢喜,那是一个头发花白的海利,睡在房子顶楼的北屋或楼下的小屋里。

重又有了一种洁净的感觉,一种大事即将来临的感觉颤颤巍巍地向他涌来。

一切的一切似乎都蕴含着预兆。

第二十五章　石　油

"如果外力产生的震动使图画倾斜,就用单根铁丝穿过两个螺丝眼,然后固定在两个挂钩上。"

《阿什利绳结大全》

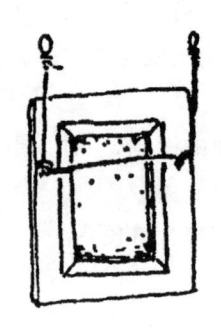

　　海湾里白浪翻涌,像巨大的伤口里蠕动的蛆虫。一个喧闹的早晨。奎尔三步两步跳下台阶。他想开车。但是先到船坞上去看看海水。小船一下一下地撞在减震的轮胎上。涌向岸边的海浪显得很厚实,带有一种喜怒无常的情绪。他看了看表。如果加快车速,就有足够的时间到岸巢饭店喝一杯茶,吃一盘烤面包片。先搞定那篇石油的文章,然后到米斯基湾去查航海档案。核对港口的船只。说不定会有一条来自西海岸的纵帆船呢。

　　坐在吧台边,把面包片浸在大杯子里。他一口就把一片叠起的面包吞进喉咙。

"奎尔！奎尔，到后面来。"比利·布莱蒂和特德·卡德坐在后面的一个隔间里，热固性树脂桌面上摊着杯盘碗盏。特德·卡德的烟蒂从托盘里戳出来。

"好吧，看看这只猫能给我们叼回来什么。"卡德说，喷出一股刺激性的气味，像剃须后搽的香水一样强烈。嘴里的溃疡折磨得他痛苦不堪，抹了药也不管用。入冬以后就患上这毛病。那是他嚼一块水煮肉时不小心咬到了嘴里的肉。那天早晨他翻开下嘴唇照了照镜子，看见三个泛着白边的溃疡像发炎的小洞，不由得一阵恶心。往上面抹了一块小苏打。几天不能吃腌菜，不能喝苦咖啡。现在面前放着一杯奶茶。

奎尔又要了一些烤面包片。两份葡萄果冻。犹豫着是不是应该来点炸土豆。

"只需要纳特比姆一个人就够了，我们用不着去上班。"比利把鸡蛋弄碎了拌进海鲜杂烩。

"就像我说过的，这个地方的希望，"特德·卡德用小手指甲掏着耳屎，"就是石油。一九八○年他们发现麦克高尼哥油田时，我就买了股票，我真的那么做了。一旦出油就是财源滚滚啊。石油外汇。哦，小伙子，等那条船一来，我就到佛罗里达去了。"

"麦克高尼哥？"奎尔问。

"真不敢相信，你居然不知道他们在我们这片海岸上发现了加拿大最大的石油储备，就在大浅滩下面，几亿几亿桶石油啊。那就是麦克高尼哥油田。我们要发财啦。遍地都是工作，股东坐收红利，制造业、住房和物资供应也会极大发展。是这个国家最大的发展计划。好日子就要来了。"

他们前面的隔间里坐着一个骨瘦如柴的男人，留着一抹五线谱小节符号般的小胡子，他回过头来瞟了卡德一眼。奎尔猜想他大概是鱼厂的一个管理人。他在吃燕麦片和一碟大红肠。

比利嗤之以鼻。"能获得工作和经济利益的只有圣约翰斯的那些人,我告诉你。你看着好了,等开始打出石油的时候,他们又搞出了什么核聚变,用清水干干净净地发电,要多少有多少。纽芬兰又落了个竹篮打水一场空。"

奎尔把一块涂着厚厚一层葡萄果冻的三角形面包块递给比利。他想,这老人坐在虎背熊腰的特德·卡德旁边,显得多么羸弱啊。

"不,小伙子,他们永远也搞不成那个核聚变。只有石油。纽芬兰会成为世界上最富裕的地方。这是一个新时代。我们都会腰缠万贯啦。"

比利·布莱蒂转向奎尔。"你听到的是他在犯石油瘾症。"然后又对特德·卡德说。"你会看到那些国际石油公司把精华全部掳走。还有多少能流到边远的渔村呢?大发其财的都是外人。这里已经有了吸毒、犯罪,妓女们摇着她们的红屁股,这还只是刚刚开始。暴力,偷窃和破坏。"

"说得对,"鱼厂管理人说,他的燕麦片吃完了,大红肠也一扫而光,刚吸了第一口香烟,准备好好放松一下。"你看他们怎样烧掉了锚爪市这里古老的灯塔。再看看他们怎样捣毁了渔业办公室。"

"还有,"比利说着,转过身子,把他的同盟军包括进来,"酗酒,和下流无耻的道德败坏。离婚,人情淡薄,无家可归的孩子在路边游荡。污染!海底下扔着许多乱糟糟的电线、油桶和破金属,会把拖网全部撕烂的。以后还有什么?可怕的石油泄漏会使最后几条小鳕鱼也一命呜呼,使整个渔业彻底毁灭,使海岸线上堆着一层臭烘烘的黑淤泥,船只和港湾统统完蛋。航道都会被油轮和物资供应船堵塞。"颤抖着往杯里倒了一些茶。

"他扯得太远了,"特德·卡德端详着指甲上那块黑色的耳屎,轻蔑地说。"他看见过尼罗河。"

比利·布莱蒂朝奎尔和鱼厂管理人扫了一眼,张开嘴巴,要说出如鲠在喉的话。

特德·卡德在他旁边摇摆着身子,表演哑剧拉小提琴的动作。

"我得再要一份炸土豆和大红肠。"奎尔对女招待说。比利深深吸了口气。

"我看见捕捞的鳕鱼和毛鳞鱼从原先的几百万吨变成了只有两三桶。看见捕鱼业从原先季节性的近海岸小船捕捞变成了一年到头的深海加工船和拖网渔船作业。现在,鱼都没有了,森林也被砍光。毁掉了,败尽了!怪不得这里开始闹鬼了呢。坟墓里的死人被推土机翻出来了,不得安宁!"

鱼厂管理人插进了一句:"人们过去常说,'一个人有了一头猪、一条方头平底船和一小块土豆地,就可以安安心心过日子了。'现在的人怎么说?每个人都只顾自己。"

"是啊,"比利说。"人们都在拼命捞钱,从大陆购买塑料快艇、雪车和滑稽的小狗。在酒吧里寻欢作乐,还有谋杀,偷窃。剥掉自己的衣服,还反过来说你是疯子。以前这里的日子多快活啊。知道吗,很开心,大伙儿都过得很开心。你不会明白我说的话,特德·卡德,你那么迫不及待地要去佛罗里达。我何苦白费口舌呢。"他举起茶壶往杯里倒水,可是茶壶空了。

特德·卡德的嘴一直在等候时机。他对所有的人说话,包括汗流满面的女招待,和从点菜窗口探出脑袋的厨师。"如果现在仍是当年的情景,布莱蒂先生,你早就死了。忘记了几年前的冬天你患的那场中国流感吗?你病得住进了医院。我看见你躺在床上,脸色发灰,像一条死鱼,我想,完了,他这回完蛋了。可是他们给你服抗生素,给你吸氧气,你活过来就翻脸不认人。凡是头脑清醒的人,没有谁会愿意回到那些苦得要命的年代。当时

219

人们善良,是因为生活太恶劣了,没有条件去与人为敌。大家要么一起挣扎,要么一起沉没。那种状况使人们变得亲切慈善。"从牙缝里吸着气。

厨师从厨房里大声说道:"我说,让渔业完蛋吧。让石油人放手干吧。情况不可能更糟,说不定还会好转呢。"哈哈一笑,表明是在开玩笑。其实没有必要。

"最好别让你的一些顾客听见你这样说,不然你可要倒霉了。"鱼厂的人站起来去取了一根牙签。

"我对谁都这样说!"卡德大声嚷道。"石油强大,渔业弱小。根本就不是对手。整个世界需要石油。石油可以挣来大钱。捕鱼的人太多,又没有那么多鱼。归结起来就是这样嘛。好了,我们到报社去,把那份该死的报纸拼凑起来吧。奎尔,你那篇船的故事写好了吗?"声音仍然很大。激动得红头涨脸。

"走吧。"比利·布莱蒂说,他读过那篇文章,听见奎尔一星期来一直在电话里谈论石油,看见他从浮满泄漏石油的灰心湾回来,笔记本成了油腻腻的一团,因为他曾和营救受害海鸟的工作人员一起深入海湾。"你把那篇文章给他,我们看看这位石油大王特德·卡德会不会一气之下一命呜呼。你以为他拥有价值一百万美元的石油股票。哈,他占着莫比尔石油公司的两份股呢。两份!"脑袋像蛇一样摆来摆去。

"在我的桌上。"奎尔说。

"我不会饶过你的,比利·布莱蒂。"卡德说,小托盘大小的两朵红晕在他面颊上燃烧。

一行三人前往面袋湾,饭店外卖的咖啡溅在仪表板上,方向盘上粘着炸面圈的糖屑。十分钟后,奎尔把他写的专栏稿递给卡德,一句话也没说,看着卡德的目光来回地向下移动。**职员等**

待发作。

无人悬挂油轮照片

锚爪市公共图书馆的墙上挂着一幅一九〇四年的图画。画面上是二马佬湾的八艘纵帆船出发前往浅滩渔场，高扬的船帆像白色的翅膀。美丽得无与伦比。驾驶它们需要高超的技能和丰富的航海知识。

今天，海平线上最常见的景象是一艘油轮的低矮、乌黑的剪影。石油——无论是原油还是经过提炼的——都是国际贸易的第一商品，地位不可动摇。

另一个常见景象是绵延许多英里的海岸线上漂浮的黑糊糊的油渣，就像本星期灰心湾海岸线上的情况一样。星期一上午，几百人目睹从"金鹅号"一个破裂油箱渗漏出的一万四千公吨原油涌向海岸。成千上万的海鸟和鱼类在石油里挣扎，渔船和渔网肮脏不堪。"这个地方毁了。"杰克·艾尔说，他现年八十七岁，来自小灰心湾，年轻时曾是纵帆船队里的一名渔夫。

我们的世界靠石油作燃料。有三千多艘油轮在世界各地的海洋里徘徊。其中有人类制造出来的最大的移动物体——超级油轮，简称 VLCC，长达四百米，载重量超过二十万吨。这些船许多都是单体船身。有些年代已久，腐蚀严重，结构薄弱。有一点可以肯定，将来还会有更多的石油泄漏，有些甚至是极为可怕的。

没有人在他们的墙上悬挂油轮的照片。

特德·卡德读完了，把稿子放在桌角，望着奎尔。
"你也这么说，"他说，"该死的你也这么说。"

那天晚上,报社的人都走了,他站在窗口,对并不在场的奎尔说话。

"别在这儿贩卖你那一套该死的美国左倾绿色和平自由主义的玩意儿。你他妈的是谁,竟敢这样说话?哦,不错,奎尔先生的宝贵专栏!这是跟我们发展和经济进步的努力唱对台戏!"

他把文章重新改写,用粗大的手指粘贴在版样上,便出去喝酒了。为了减轻那讨厌的口腔溃疡的痛苦。他们怎么会知道,他一杯接一杯地狂饮是为了体会一种粗犷而隐秘的美感啊!

一两天后,特德·卡德拿来一幅装在镜框里的图片,是从一个船舶公司的挂历上裁下来的。他把它挂在他的桌子后面。"静眼号"巨轮在夕阳里乘风破浪,驶进普拉森舍海港。"世界最大的油轮"。当门第一次被撞响的时候,镜框就被震歪了。

奎尔起先觉得很滑稽,中午,卡德从印刷厂回来,领回一捆捆散发着油墨味儿的《拉呱鸟》报。他拿过一份翻开,想看看他的船讯文章刊登出来的效果如何。他的专栏被简缩成一段说明文字,旁边正登着特德·卡德墙上挂的那张挂历照片。

一艘油轮的照片

世界的海洋上骄傲地航行着三千多艘油轮。这些巨轮,即使是其中最巨大的,也从纽芬兰的深海港和炼油厂获益匪浅。石油和纽芬兰像火腿和鸡蛋一样密不可分,在未来的日子里,它们也将像火腿和鸡蛋一样给我们大家提供营养。

我们都在墙上挂一幅油轮的照片吧。

奎尔感到脑子里一片空白;感到头晕目眩。

"你干了什么!"他冲特德·卡德嚷道,声音像一把利斧。

"把它改正了一下,就是这样。我们不想听那套绿色和平组织的鬼话。"特德·卡德嘶嘶地说。他自我感觉良好。卑鄙的脸向外伸着。

"你把文章的内容篡改了!把它变成了为石油工业歌功颂德的腐败、廉价的宣传文字。你把我弄得像一个油轮界的代言人。"他把卡德逼入墙角。

"我告诉过你,"纳特比姆说,"奎尔,我告诉过你,要留神,他会把你的工作搅得一团糟的。"

奎尔怒不可遏,愤怒的岩浆像平静的沙地下的油库,在起伏,在喷涌。

"这是一个**专栏**,"奎尔吼道,"看在基督的分上,你不能因为自己不喜欢就乱改别人的专栏!杰克叫我写一个关于船和航海的专栏。就是说我要写出我的观点,描绘我看到的情景。这个"——他把报纸伸到卡德肥厚的脸上抖了抖——"不是我写的,不是我的观点,也不是我看到的情景。"

"既然我是总编辑,"特德·卡德说,嘴里发出咔嗒咔嗒的声音,像空罐头里的鹅卵石,"我有权修改我认为不适合登在《拉呱鸟》上的任何文章。如果你不以为然,我劝你去找杰克·巴吉特核实一下。"他头一低从奎尔举起的手臂下钻过。

接着朝门口跑去。

"别以为我不知道你们都在跟我作对。"特德·卡德像一根粗蜡烛那样喷溅着火光,溜到别的地方去了。

"你真让我们大吃一惊,奎尔,"比利·布莱蒂说,"我原来以为你不可能发这么大的脾气。你把他打得落花流水。"

"你现在明白了吧,"纳特比姆说,"你来的第一天我就告诉过你。"

"不过你看着吧。明天他又会一副若无其事的样子。特德·卡德虽然霸道,倒是不记仇。"

"我自己也感到吃惊,"奎尔说。"我去给杰克打个电话,"他说,"把这件事情做个了断。到底让不让我写专栏,必须说个明白。"

"听我一句忠告,奎尔。别给杰克打电话。我想你也知道,他出去捕鱼了。而且他不愿意《拉呱鸟》报社的事情闹到他家里去。你暂时先别管,让我明天或后天晚上顺路到逗船上去跟他谈谈。旁敲侧击对杰克来说是最有效的办法。"

"是《拉呱鸟》报社。我是特德·卡德。噢,好的,杰克。"特德·卡德把话筒贴在他穿着运动衫的胸口,望着奎尔。早晨的光线冷漠无情。

"他要跟你说话。"他的语调暗示杰克此刻情绪不佳或怒气冲冲。

"喂。"硬着头皮等着挨骂。

"奎尔,我是杰克·巴吉特。你只管写你的专栏。即使你不慎踩到狗屎,我们也会认为这是因为你在美国长大。特德以后再也不会横加干涉了。让他接电话。"

奎尔举起话筒向卡德示意。他们都能听见杰克在粗声大气地说话。特德·卡德慢慢转过身去,背对房间,面朝窗户和大海。时间一分一分地过去,他的重心从一只脚移到另一只脚,然后他坐在他的桌子边缘,一会儿掏耳朵,一会儿摸鼻孔。他轻轻摇晃着身体,把话筒从脑袋这边挪到那边。最后,声音平息了,他挂断了电话。

"好吧,"他平和地说,尽管面颊上燃烧着通红的火焰,"杰克说,他想让奎尔的专栏就照现在的样子办下去。反正暂时先这样吧。我们就照他说的办。不过他对车祸报道又有了新的想法。你们知道我们经常好几个星期没有理想的车祸,只好从档案里面找现成的。所以,杰克希望登一些船只失事的报道。他说在渔民会议上,人们说去年有三百多起危险的船祸和船舶损坏事故。奎尔,他希望你写一些船只失事的报道,再配上几幅照片,就像报道车祸那样。船只失事的次数很多,我们总有新鲜的船祸可以报道。"

"这不成问题。"奎尔看着特德·卡德说。

第二十六章 死 人 索

"死人索——一种'爱尔兰短索',松散的一端悬在船帆或索具上。"

《海员词典》

九月底,潮水退去,天上挂着下弦月。这是奎尔第一次独自待在绿房子里。姑妈留在圣约翰斯,准备周末去购买纽扣和平纹细布。小兔和阳光嚷着要去住在丹尼斯和比蒂家,给玛蒂过生日。

"她是我最好的朋友,爸爸。我希望她是我姐姐。"小兔充满激情地说。"求求你,求求你,求求你,让我们留下吧。"她在飞鱿鱼礼品快餐店挑了一串贝壳项链给玛蒂作礼物,并选了一张小点点彩纸包起来。

星期五下午,奎尔带着一包食品和两盒六瓶装的啤酒,开着那条被众人嘲笑的小船驶过海湾,还带来了他全部的笔记和打字机。一堆关于十九世纪航海规则和弊端的书。在厨房里,他弯着腰想把啤酒放进水池下面的冷藏箱,这才想起忘记买冰了。他本来打算带一些过来的,但空空的冷藏箱仍然空空地放在小船上。没有关系。晚上,他喝着未经冰镇的啤酒,就着煤气灯的灯光潦草地写了起来。

星期六,奎尔拖着沉重的脚步在没有几件家具的房间里走来走去;灰蒙蒙的空气似乎在他走过时起了皱褶。他劈木柴,一直干到吃午饭的时候；啤酒，两个沙丁鱼罐头和一罐青豆。下午坐在厨房的桌子旁工作，开始打第一遍草稿，重重地敲打着键盘，有时手指被夹着，就恼火地咒骂几声，文章写的是塞米尔·普利姆索尔[①]和他发明的载重线。

"看在上帝的分上，帮助我"

人人都见过船上的普利姆索尔线或曰载重标志。它们标出了每条船可以承受的安全载重量。

载重标志是因一位有识之士才得以出现的，他名叫塞米尔·普利姆索尔，一八六八年从德比竞选为下议院议员。普利姆索尔为水手的安全大声疾呼，因为当时丧心病狂的船主故意派超载的旧船出海。普利姆索尔在他撰写的小书《我们的水手》中描述了那些破船上载着沉重的煤或铁，使得甲板与海面齐平，船主知道船会沉没，也知道船员会葬身大海。他们这样做是为了获得保险赔偿。

超载是每年成千上万条船失事的主要原因。普利姆索尔请求人们在每条船上漆出一道载重线，并呼吁不管在什么情况下，除非载重线清晰可见，不然任何船不得离港。

他在书中直截了当地对读者说："你们对这些话表示怀疑吗？那么，看在上帝的分上——哦，看在上帝的分上，帮助我呼吁皇家委员会去查究它们的真伪吧！"强大的航海界寸步不让，始终在跟他对抗。

他停下手时暮色已经再次降临。他用橄榄油和大蒜煮了两磅虾，使劲把虾肉从壳里吸出来。黄昏里，他拿着最后一瓶啤酒走向下面的船坞，忍受着蚊虫的叮咬，看着锚爪市的灯火渐渐亮起。海岬上的灯塔一闪一闪。

[①] 塞米尔·普利姆索尔(1824—1898)，英国政治家、社会改革家。

夜里梦妖光临,控制和驾驭着奎尔。他又梦见自己行驶在噩梦的公路上。高架桥下有一个小小的身影伸出双臂在哀求。是佩塔尔,伤痕累累,鲜血淋漓。可是他的车速度太快,飞一般地掠了过去。他猛踩刹车,没有用。几分钟后他挣扎着醒来了,紧张的右脚仍然踩着梦中的刹车,脖子里湿漉漉的是焦虑的汗水。风吹着钢索呜呜咽咽,这声音使人产生一种绝望和凄凉的感觉。他把睡袋拉上来盖住耳朵,重新睡去。他对噩梦已经习惯了。

星期天中午,普利姆索尔的那篇文章基本成形,他想出去散散步。以前从没有走到海岬的尽头。他出来把门关上,一段打结的二股绳子从门闩上掉下来。他捡起来放进口袋。然后沿着海岸向陆地的尽头走去。

他攀上大如房屋的岩石,贴着岩边滑到下面潮湿的、地面布满海草的空地上。石头被缠在被遗弃的破网里,埋陷在破破烂烂的贻贝壳和海草堆中。海鸥从潮水起伏的水潭里起飞。岩石上这里那里有一些空的螃蟹壳,里面仍然粘着铁锈色的湿乎乎的尸体腐液。海岸线越来越窄,通向悬崖。他不能再往前走了。

于是,他按原路返回,攀上那一片像皱缩的假发一样覆盖斜坡的石楠。沟壑纵横的石头。他沿着驯鹿踏出的小路走到一块伸入海面的花岗岩舌尖上。右边是湛蓝的二马佬海湾,左边是绵延好几英里通向米斯基湾的粗犷海岸。迎面便是开阔的大西洋。

他的靴子吱吱嘎嘎踩着光裸的石头。磕磕绊绊地走在岩缝里长出的刺柏根上,看见石英矿脉像冻结的闪电。斜坡像迷宫一样布满沟壑和山岗,岩礁和高地。他看到远处有一座圆锥形石堆;心想不知是谁垒的。

到达这座石塔花了半个小时,他绕着它走了一圈。高度是人的三倍,石头上爬满苔藓。是很久以前建造的。也许是现已绝迹的古代贝奥图克人的作品,他们被穷极无聊的捕鲸者和杀鳕者游戏般地屠杀。也许是巴斯克渔民或发海难财的奎尔家族的一个标记,奎尔家的人用骗人的灯光引诱船只撞向礁岩。大海低沉浑厚的轰鸣吸引他往前走去。

终于到了世界的尽头,一片似乎悬在崖壁尖上的荒野。杳无人迹,一无所有,没有船只,没有飞机,没有动物,没有小鸟,也没有排钩标志或浮标。他仿佛独自一人站在星球上。浩瀚的天空呼啸着向他俯冲下来,他本能地举起双手抵挡。三十英尺酒瓶色的半透明滚浪轰然撞碎在石头上,白花花的水沫争先恐后地跌进一片翻滚着奶油的牛乳湖中。尽管他站在距离海面几百英尺的高处,腥咸的水雾仍刺得他双眼疼痛,脸上和衣服上布满细细的水滴。浪涛拍岸,传来炉膛和鼠洞里特有的那种空洞的低音。

他开始顺着岩石的斜坡慢慢下去。脚下又湿又滑。他小心地迈着步子,因这种震撼人心的景致而激动不已,猜想着如果风暴来临该是何等壮观。退潮的海浪拥着潮汐贴岸起伏,仿佛地球中心一颗伟大的心脏每天只跳动两次。

奎尔想,这些海水里萦绕着往昔的记忆,沉没的船只,丧生的水手,探险者们打着旋儿沉入狗喉咙一样漆黑深邃的海底旋涡。惨叫着跌进盐汤。海盗们顺着刺骨的寒风,就着日长石的偏振光,驾船在雾里穿行。因纽特人坐着皮制轻舟,有节奏地呼吸着寒冷僵硬的空气,结冰的桨浸入海水,溅起的水花冻成冰珠,漂亮的船尾高高翘起,扑腾一下,船翻进水里,转着圈儿沉入海底。来自冰川的千年冰山,庞大、沉默,只有海浪在它们上面撞碎的声音,让人误以为是海岸,实际上海岸远在别处。还有雾角,岸上传来的沉闷枪声。冰把陆地和海洋焊接在一起。寒冷的烟雾。云里斑斑点点映着冰面上水坑的影子。耀眼炫目的冰抹杀了空间和距离,使人产生错觉和幻象。一个稀罕的地方。

奎尔下来时踩在狡诈的野草上,脚下一滑,赶紧攀住岩石,来到一个可以立足的平面,伸长脖子看了看下面的大旋涡。再也不能往前走了。

他看见了三样东西:被海水冲刷的蜂窝状岩洞;一块形状酷似大狗的岩石;一具穿着黄色西装的尸体,脑袋浸在水面以下,似乎在津津有味地欣赏海底的风光。四肢像海星一样摊开,尸体在一个小洞口滑出滑进,像大海手里摆弄的一个牵线玩具。**报社记者似乎对死人有吸引力**。

没有办法下去接近尸体,除非他纵身跳进泛着泡沫的大海。要是带着一根绳子和抓钩……他开始往回攀上悬崖。突然想到那人也许正是从他现在攀缘的地方坠身入海的。不过翻船丧生的可能性更大。得去喊人。

又回到岬上,他撒腿跑了起来。跑得一侧胸肋阵阵作痛。要把死者的情况告诉别人。到了老房子后,还得再花一小时开车绕过海湾到加拿大皇家骑警队。坐船要快一些。风从后面把头发吹向脑前,发梢抽打着他的眼睛。起先他感到脖子发冷,后来在岩石上越跑越热,便把上衣的拉链拉开了。跑了好长时间才到达船坞。

情况紧急,那具黄衣服的尸体正像滑梭一般漂进漂出,于是奎尔解开缆绳,出发穿过海湾直奔锚爪港。好像还有机会救活那个人似的。十分钟后,他驶出海岸的背风处,来到风口浪尖上时,才知道自己犯了错误。

他从来没有在这样波涛汹涌的海面驾驶过那条小船。海浪从海湾入口处朝他的舷侧打来,浪峰像一个个冷酷的狞笑。小船左右摇晃,猛地高高跃起,旋即又跌进波谷,速度之快令人晕眩。他本能地改变航向,掉转船尾躲开波浪。但是现在小船正在驶向锚爪港东北面的一个地方。只能到时候再掉头取道东南偏东方向到港湾去。奎尔没有经验,不知道可以走"之"字形穿过海湾,先让船头迎着风和海浪航行一长段距离,再让尾舷迎风航行一小段。刚到海湾中间,他就突然把船头对准锚爪港,让小船低矮平阔的船尾迎着波涛。

小船颠簸着,一小截绳子从座位底下滑出来。一头打着结,另一头曲曲弯弯,好像一些古老的绳结终于被解开了。奎尔第一次心有所悟——打结的绳子蕴含着深意。

小船纵身跃起,又被狠狠抛下,船头陷进咆哮的海水,螺旋推进器飞速旋转。奎尔吓坏了。每次船舵失手,小船都要偏离航向。几分钟后,航行结束了。船头像斧子一样劈下去,使船尾高高竖起。同时一个大浪打来,把小船从侧面扔进下一个浪头。风浪迎面扑来。船翻了。奎尔在水下沉浮。

经过可怕的十五秒钟后,他挣扎着学会了游泳,游到翻船旁边抓住静止的螺旋推进器的杆子。他的重量压得倒扣的船尾一侧下沉,船头微微翘起,下一个浪头打来,小船又翻过身,里面灌满海水。奎尔又在透明的海水里扑腾,看见苍白的小船在他下面悠悠摇摆着向海底沉去,他如此熟悉的那些结构和色彩渐渐变得朦胧难辨。

他浮到水面大口喘气,眼睛里进了东西,热辣辣的,视觉模糊,只见有血水滴下来。

"真蠢,"他想,"孩子还这么小,我就淹死了,真蠢。"没有救生衣,没有浮在水面的桨,没有任何办法。一个浪头把他托起,他靠身体里的脂肪和肺里的空气浮在水面。顺水漂流。奎尔在冰冷的海浪间随波逐流,离两边海岸都是一英里半。前面漂着一截打结的二股绳,大约二十英尺开外有一只红箱子一沉一浮——那是塑料冷藏箱,他带出去却忘了买冰。他扑腾着游过一片小船队般的火柴棍,来到冷藏箱旁。他想那些火柴一定是从购物袋里掉出来落在船上的。他记得自己买过火柴。设想它们某一天被冲到岸上,火柴头不见了,只剩下一根根小木棍。那

231

么,他会在什么地方呢?

他紧紧抓住冷藏箱的把手,把前胸贴在箱盖上。血从额头或头发里滴下来,但他不敢松开箱子,伸手摸一摸伤口。他不记得有过碰撞。一定是船翻的时候被弄伤了。

巨浪排山倒海地涌来,他像一块木片随着它们起伏跌宕,留神躲开会把他卷进海底的涡流,还得提防把盐水灌进他鼻子的高耸而狡猾的浪峰。

他看见死人时海潮几乎退尽,那大概是两个小时以前了。现在一定是开始涨潮了。他的手表不见了。但是低潮和开始涨潮之间不是有一个小时的静止吗?他对海湾里的水流知之甚少。下弦月意味着较小的小潮。比利说,西边水域复杂,有沙洲、礁石和尖利的暗礁。他害怕风会把他刮到五英里外的海峡,进入辽阔的海域,趴在一只啤酒冷藏箱上漂向爱尔兰。但愿能离背风的西岸更近一些,那里海水比较平静,他可以用脚蹬水,游向岩石。

过了很长时间,也许有好几个小时,他想。双腿已经失去知觉。被海浪高高托起时,他想辨别一下自己所处的位置。西岸似乎近了一些,但尽管风吹浪涌,他却在朝海岬尽头移动。

后来,他吃惊地瞥见那天早晨散步时遇到的圆锥形石堆。一定是一股裂流带着他沿海岸漂向海岬尽头,漂向那些岩洞,漂向那个死人。如果他最后跟那个穿黄衣服的人做伴,也在一个潮水轰鸣的洞口进进出出,那倒是一个绝妙的讽刺。

"我有这个热箱子就不会死。"他大声说,已经开始认为红色冷藏箱里装满了正在燃烧的木炭。他这样推断,是因为每当把下巴从箱盖上抬起,牙齿就控制不住地打战,而只要把下巴再贴在箱子上,牙齿就老实了。只有一盆旺火才能产生这样的效果。

他惊讶地发现天已经快要黑了。从某个意义上说,他感到很高兴,因为这意味着很快就可以上床睡觉了。他实在是太乏了。深深地沉入大起大落的巨浪，那感觉一定很柔软，很惬意。他总算想明白了。他不懂为什么以前没有想到这一层，其实那个穿黄衣服的人并没有死。他在睡觉，在休息。奎尔想，再过一分钟他也要翻过身去睡一会儿。只要他们把灯一关。可是刺眼的灯光径直照着他肿胀的眼睛，杰克·巴吉特正在把他从热箱子上扳开，扔在一堆冰冷的鳕鱼上。

"我的老天爷啊！我就知道这儿有人。我有感觉。"他往奎尔身上扔了一块舱盖布。

"我告诉过你，那个该死的玩意儿会把你淹死的。你在水里待了多长时间？不可能太长，小伙子，不可能熬过太长时间。"

可是奎尔无法回答。他抖得太厉害了，鞋跟像打鼓一样敲着鳕鱼。他想叫杰克把热箱子给他，让他再暖和过来，可是下巴不听使唤。

杰克半推半拽地把他弄进巴吉特夫人完美无缺的厨房。"这是奎尔，我从血淋淋的大海里捞出来的。"他说。

"你大概不知道杰克救起的人有多少，"她说。"有多少。"只有一个人他没能救起。她帮奎尔脱去衣服，把灌满热水的瓶子放在他的大腿上，用一块毯子把他裹起来。她倒了一杯热气腾腾的茶，舀了一勺硬灌进他的牙缝，动作果断娴熟，训练有素。杰克嘟囔着说来一杯朗姆酒更管用。

二十分钟后，奎尔的牙关放松了一些，理智也坚强起来，结结巴巴地讲述沉船的惨状和热箱子的错觉，并开始打量巴吉特家的详细布局。他又喝下一杯加了糖和淡炼乳的茶。

"这是上等的乌龙茶。"巴吉特夫人说。朗姆酒远远比不上它。

房子里的每件东西都用小垫布和梭织品布置得很有艺术情

调,图案有波浪和冰原,海螺壳和海藻,龙虾的触须弯成的曲线,圆溜溜的鳕鱼眼睛,卷缩成逗号状的带须的虾和龟裂的海岩洞,落在黑岩石上的白雪,翩翩飞翔的海鸥,被风吹斜的银色雨丝。坚硬弯曲的绳结围住祖先和铁锚的画框,《圣经》上包着退潮图案纸张,钟面像新娘的脸庞一样从野花编成的花环中探出来。厨房餐具柜的球形把手上挂着流苏,像妓院里的脱衣女郎,壶把上缠绕着编织物,安乐椅的扶手和靠背上搭着细绳和线编成的群岛图案装饰布。一层搁板上放着一本一九六一年的安大略省电话号码簿。

巴吉特夫人站在淡绿色的墙壁前,走到炉子旁把茶壶重新灌满,她的手像焊接过的铲子。骨节粗大、突出,手指上伤痕累累。滚开的水冲进茶壶。巴吉特夫人穿一件棉布衣服,裸着手臂。房子里弥漫着一股热气腾腾和舒适慵懒的气息。

她有一副因经常迎风呐喊和发表激烈观点而磨炼出来的嗓音。在这个家里,杰克缩成了洋娃娃大小,妻子在柔和的烛光下,在鲜花的簇拥中变得无比庞大。她仔细端详着奎尔的脸,似乎以前曾经认识他。他的牙齿贴着杯子,不再那么厉害地打战了。脖子到脚弓的阵阵颤抖也停止了。

"你会暖和过来的。"她说,而她自己是暖和不过来了。她拿来一块热砖头给他焐脚。一只半大的斑点狗在擦脚垫上动来动去,猛地支棱一下耳朵。

杰克像许多一辈子干重体力活的男人一样,一坐进安乐椅就会全身放松,摊手摊脚,仿佛全身的肌肉都舒服得凝固了一般。

"多亏了你这副体格,这一身的脂肪,你才坚持了这么多钟头,你知道,一直浮在水面。换一个瘦子早就死了。"

奎尔这才想起那个穿黄衣服的人,就原原本本地讲了起来,从他在海岬上散步一直讲到灯光刺着他的眼睛。

"在岩洞那儿?"杰克到楼梯下面一个楔形的角落里给海岸巡逻队打电话。奎尔坐在那里,耳朵里嗡嗡作响。巴吉特夫人在和他谈话。

"戴眼镜的人跟狗合不来,"她说。"狗必须清清楚楚地看着你的眼睛,才知道你心里在想什么。狗会等你微笑,如果需要的话会等上一个月。"

"纽芬兰狗。"浑身颤抖的奎尔说,经历了差点葬身鱼腹的惊险之后,他仍然很虚弱。

"纽芬兰狗!纽芬兰狗不算在内。那不是这里真正的狗。真正的狗,古往今来世界上最好的狗是水狗。我们这只狗名叫光棍,它有一部分水狗血统,纯种的水狗都死光了。好几辈子以前就被人宰杀了。问问杰克吧,他会告诉你的。不过杰克是个爱猫的人。倒是我很喜欢狗。光棍是比利·布莱蒂的埃尔维斯生的崽儿。杰克有他的猫,你知道,名叫老汤姆,跟他一起出海,像个水手一样老练。"

最后,告诉了比利·布莱蒂和特德·卡德,把黄衣人的事通知了海岸巡逻队,而奎尔的茶杯也终于空了。杰克兀自到船坞去清洗和冰冻他的鱼。他救了人,由妻子负责使人恢复元气。

奎尔跟着巴吉特夫人来到楼上的客房。她把重新灌满热水的瓶子递给他。

"你需要去请艾尔文·雅克替你再造一条船。"她说。

他进入梦乡前,注意到门边有一个奇怪的布满皱褶的圆柱形东西。随即他便睡着了。

早上,他肚子饿得咕咕叫,浑身充满了生命力,才发现那圆柱形的东西是用一本邮购目录做成的门碰头,成千张纸叠起来用胶水粘住,他想象着巴吉特夫人在冬季一天接一天地做着这件事,外面风呼啸着刮过屋檐,大雪纷飞,被冻结的海湾里的冰发出呻吟,遥远的北边寒烟袅袅。她仍然耐心地折着、糊着,折着、糊着,茶壶在炉子上冒着热气,使玻璃窗变得朦胧。而对于奎尔来说,海上沉浮六个小时的最生动的纪念品是他藏青色的脚趾,是那双廉价袜子染的。

她的家里又空了,奎尔走了,茶壶洗干净了放在搁板上,地板也拖过了,她出来晾挂奎尔披过的湿毯子,并收回昨天忘在外面的衣服。尽管现在还是温柔的九月,但夺去杰森性命的那场残酷的风暴似乎仍在周围酝酿。她眨着眼睛躲避耀眼的阳光;用僵硬的手指扯住杰克一条裤子的裤腿,擦去蓝色外套上的霜毛。然后进屋叠衣服和熨烫,耳畔仿佛总是听见海岬那边浮冰的尖叫,巨大的冰山带着重压摇摇欲坠,小块浮冰在白月亮下腾起几百英尺高,然后嘎啦啦地崩得粉碎。

第二十七章 报　　社

"恐吓消息,是关于一条船的毫无根据的谣传。"

《海员词典》

奎尔海上遇险两天后的下午,比利·布莱蒂笑嘻嘻地走进报社,头戴一顶旧的皮飞行头盔,带子晃来晃去,身上穿着灰黑格子的羊毛外衣,脸色像雾一样。

"他们找到了你发现的那个死人,奎尔,搜寻救援队把他从洞里弄出来了。但是他有些令人失望。"从口袋里掏出一张纸片,展开。"这是一篇头版文章,是我到这儿来的路上边想边写的。本来应该由你来写才合适,但我已经写好了。他浮在水里,身上穿的是一件救生衣。是水流把他冲到岩洞群的。几年前也有个家伙从无名湾被冲到了那里。"

"你说他令人失望是什么意思?"

"开始,他们弄不清楚他是谁。很伤了一些脑筋。"

"好啦,别折磨我们了,比利·布莱蒂,到底是怎么回事?"特德·卡德嚷了起来。

"无头男尸。"

"那个箱子?"奎尔傻乎乎地问。"头在那个箱子里? 是梅尔维尔先生?"

"对啦,是箱子里的梅尔维尔先生。他们是这样认为的。皇家骑警和海岸巡逻队这会儿正在大呼小喊,像野狼对着月亮嗥叫。不停地往美国打电话，发通报，报警，弄得电话线都快着火了。也许根本不管用。他们说，看来尸体是在头被砍掉以后才塞进救生衣的。"

"他们怎么知道？"特德·卡德问。

"因为尸体被分成五份塞了进去。他像一块馅饼一样，被人切分了。"

比利·布莱蒂坐在他的电脑前，噼里啪啦地打那篇文章。

岩洞群发现失踪男尸，模样恐怖

"我不懂为什么我就一直搞不到好文章，"纳特比姆说。"都是那些肮脏下作的玩意儿。纳特比姆只配写下流文章，那些令人恶心的东西不能光明正大地描述，只能半遮半掩，含沙射影。我实在不留恋那些玩意儿。我弄到的最好的一份资料是指控加利安比克市长的一系列罪行。他两个星期前买大西洋奖券赢了十万块钱，为了庆祝，在一星期内调戏了十四名学生。他被指控有猥亵、严重骚扰和鸡奸的行为。这儿还有一个二十九岁的不良青年，来到金河谷养老院，说服一位七十一岁的老太太坐他的卡车到米斯基湾去逛购物街。结果径直把车开进灌木丛，非常粗暴地强奸了她，害得她需要做外科手术。他们把他关进了拘留所，开庭那天我们都知道他干了什么。"

"脱光了衣服。"奎尔、比利·布莱蒂和特德·卡德不约而同瓮声瓮气地说。

"又有一些神父对孤儿图谋不轨。至今已有十九例案子等候审判。无名湾医疗所的一名医生被指控对十四位女病人进行猥亵——'挑逗性地抚摸乳房和生殖器'，他们是这么说的。米斯基湾的唱诗班指挥星期一服罪，承认他在过去的十二年里猥亵和调戏了一百多个男孩。还是在米斯基湾，一位美国游客因为在市游泳池里抚摸男童而被捕。'他不停地摸我的屁股和前面.'一位十岁的受害者说。就在这儿的锚爪市,一位慈祥的父亲被指控从一九六二年到现在无数次地猥亵他的两个儿子和十几岁的女儿。鸡奸、下流的猥亵和性交。还有另一个热爱家庭的人,一个身材魁梧的三十五岁渔民,经常几小时地在海滩上教他年仅四岁的女儿替他口交和手淫。"

"我的天哪,"奎尔惊呆了,说道。"这不可能都是一星期内的事。"

"一星期?"纳特比姆说。"我另外还写着一页呢。"

"所以这份报纸才卖得好哇,"特德·卡德说,"靠的不是专栏文章和家庭指南,而是纳特比姆的性猥亵报道,只要可能就写明姓名和时间。杰克是个天才,居然知道人们需要这些东西。当然啦,现在纽芬兰的每份报纸都这么做了,但是《拉呱鸟》首先给出姓名和可怕的细节。"

"怪不得你因此而情绪消沉呢,纳特比姆。这里比其他地方糟糕吗?看来是糟糕一些。"

比利在他的角落里潦草地写着,椅子背过去了。在写那篇文章。

"我不知道是情况更加糟糕,还是消息更加公开。也许神父的事情是比别处糟糕。这些边远小渔村有许多行为不轨的神父,因为当地的父母都很信任他们。不过我听说——带点讽刺的意思——对孩子进行性猥亵是纽芬兰的一个古老传统。"

"这种话说起来真难听,"特德·卡德说,"我倒认为是一个英国传统。"他使劲地挠头,头皮屑纷纷扬扬地落在键盘上。

"那么,这里怎么处理性犯罪的人?有什么改造计划吗?还是让他们在监狱里等待时机?"

"不知道。"纳特比姆说。

"那倒可以写一篇好文章。"奎尔说。

"是啊,"纳特比姆闷声闷气地说,仿佛他的动力渐渐耗尽

239

了,"大概吧。如果我走之前能动手写的话。可是我做不到了。波罗哥夫已经差不多修好了,我必须趁结冰前出发。"咧开大嘴打了个哈欠。"反正我对这些已经腻烦了。"

"你最好对杰克说一声。"特德·卡德扬起嗓门说。

"噢,他知道了。"

"奎尔,你弄到了什么,是车祸还是船祸?总得有点东西。好像每次一出车祸,你都在外面采访该死的船讯。或者就是开车带普鲁斯夫人到处乱跑。奎尔,是不是这样?你不在报社的时间比杰克还多。"

"我采访了哈罗德·南丁格尔,"奎尔说,"还有照片,哈罗德在空荡荡的船坞上。文章在你的电脑上。标题'告别一切'。"

告 别 一 切

在有一些日子里,早上起床真是得不偿失。苦恼港的哈罗德·南丁格尔对此更是深有体会。对于苦恼港的渔民来说,这是一个多灾多难的渔季。哈罗德·南丁格尔在整个漫长的渔季只收获了九条鳕鱼。"两年以前,"他说,"我们在颠簸滩捕到十七万磅鳕鱼。今年——还不如没有。我不知道该怎么办。也许收帆歇网,洗手不干了。"

为了捕获这九条鳕鱼,南丁格尔先生花了四百二十三元购买汽油,两千一百五十元办理执照,四千六百七十元修理和改装船只,一千二百元添置新的渔网。更糟糕的是,他患了捕鱼生涯三十一年来最严重的海水过敏。"从手腕一直肿到胳膊肘。"他说。

上个星期五,哈罗德·南丁格尔受够了罪。他对妻子说要出海最后再拉一次渔套。他给他的船和索具写了一则广告,请求登在《拉呱鸟》上。

他和他的四个船员拉了一上午渔套(都是空的),正准备返航时,风力渐渐加强。平静的海面骚动起来,几个大浪打在船尾的甲板上。就在快要进入苦恼港时,船朝右侧倾斜,无法恢复平衡。南丁格尔船长和船员们奋力爬进救生艇,抛弃了沉船。船渐渐消失在波涛下面,他们朝岸上驶去。那条船没有上过保险。

"最倒霉的是,它是被空渔套的重量拖着下沉的。如果船上满载着鱼,我心里还好受一些。"南丁格尔先生到家以后撤销了他的分类广告。

"哈哈,"特德·卡德说。"我还记得他打电话来谈那则广告。"

奎尔颓然坐在桌旁,想起那些老人站在雨里,把事情经过讲给他听。讲哈罗德·南丁格尔的毕生事业像一个蹩脚的笑话一样结束。

他从口袋里掏出帕特里奇的来信,又读了一遍。信里写了他们在海岸上变化不定的生活,新房子里的家具。梅尔卡利亚送给帕特里奇一台摄放像机作为生日礼物。他们有一个游泳池,还有一个名叫"超级厨师煤气烤架"的东西——价值两千元。帕特里奇很认真地迷上了品尝葡萄酒,有一个酒窖。在一次晚会上遇到了斯派克·李[①]。梅尔卡利亚在学飞行。他给她买了一件飞行员皮夹克和一条白丝巾。为了开个玩笑。找人在后院又砌了一个黏土炉子。成了烧烤专家。哥伦比亚的鲑鱼。厨房里有三种温度的水吧。安装了一个庞大的数字信号处理的音响系统,可以同时在不同房间以不同音量播放激光视盘和CD盘。奎尔什么时候飞过去看看?随时都行。随时都欢迎。

奎尔把信折起,放进口袋。海湾像一个铝托盘上点缀着一些纸船。白天变得多么短啊。他看了看手表,惊讶地发现不知

---

① 斯派克·李,当代著名的黑人电影导演。

不觉又过去了好几个月。

"纳特比姆。想到威利船长的饭店去吃鱿鱼汉堡吗?"

"没问题。让我把这段写完,我跟你一起去。"

"给我带一份外卖的鱼和薯条。"特德·卡德从人造丝裤子里掏出卷成一团的钞票。

比利打开了他那盖子上印着加菲猫卡通图画的饭盒,看着里面的炖鳕鱼、厚面包片和人造奶油。他独自享用着,认为这样更好。

奎尔和纳特比姆弓背弯腰地坐在后面的一张桌子旁。餐馆里弥漫着热油和煮茶的香气。纳特比姆往他杯子里倒着柚木色的白毫茶。

"你有没有注意到杰克分配任务时有一种神秘的直觉?他叫你专门报道一件事,正好敲中你内心隐秘的恐惧。就拿你来说吧。你妻子是在车祸中丧生的,杰克叫你报道什么?车祸,要趁座套还在燃烧,血还是热的时候抢拍照片。比利不知什么原因终生未娶,杰克却让他负责家庭新闻,女人感兴趣的专栏,家长里短的琐碎细节——这对老人来说一定非常痛苦。我呢。我不得不报道肮脏的性猥亵。它们桩桩件件都让我想起自己的童年。我在学校被人欺辱了三年,先是一位卑鄙的几何教师,后来是他的密友——几个大男孩。至今我睡觉还必须像木乃伊一样裹着五六条毛毯。我不明白杰克是不是故意这么做的,也不知道反复触及痛处是能够使痛苦缓解和麻木呢,还是使它继续尖锐,像亲身经历不幸的那一天一样鲜明。要我说的话,痛苦没有减轻。"

奎尔又要了一些面包圈,把茶叶包在托盘里移来移去。面包圈够了吗?

"他对自己不也是这样吗?整天出海,而大海夺去了他父亲、祖父、两个兄弟和他长子的生命,他的小儿子也差点死在海上。我想这能使痛苦变得麻木。因为你发现你的情况不是独一无二的,别人也在遭受和你一样的折磨,这样你的痛苦就减轻了。那句老话一定是有道理的:苦难喜欢热闹。如果周围的人都活不了,你死起来就比较容易了。"

"这倒是乐观的想法,奎尔。再喝杯茶吧,别把那个令人恶心的茶叶包磨来磨去的。你看见今天早晨特德·卡德的裤子后面粘了什么吗?"

可是奎尔在考虑是不是再要两份蔓刺虎馅饼加香草冰淇淋。

下午四点,他去接韦苇。

冷空气从北方过来,雨变成了雨夹雪,雨夹雪又变成了雪,雾气则变成了由针尖般的小水晶组成的白云。奎尔每天的生活有了精密的程序。早晨,他开车把阳光送到比蒂家,再送小兔去学校,顺路让韦苇搭车。下午四点再整个儿倒过来。**来回奔波的司机**。如果当天的工作干完了,就在韦苇家奇妙的厨房里用茶点。如果晚上还要加班,有时他们就住在她家。韦苇替奎尔剪了头发。星期六上午他帮她劈了柴火。时不时地在一张桌子上吃饭,感觉很好。关系越来越近。像两只鸭子起先在水的两边游动,最后在中间聚合。这是一个旷日持久的过程。

"根本没有必要,"玛维斯·邦斯小声对道恩嘀咕,"来来回回地跑,让她搭车。孩子可以乘校车嘛。放学后校车会把女孩送到报社的。她可以帮着整理报纸,等阿格妮丝的侄子干完工作。谁知道他干些什么。写东西呗。这对一个男人来说倒不是份吃力的工作。霍罗德·普鲁斯夫人根本用不着在那种天气到处乱走。她是想勾引他呢。"

"我本来以为是男方在勾引她。他迫不及待想找个人照顾两个小家伙,帮着做饭。还有另外一桩,但愿你能明白我的意思。他这么大的块头,准是饥渴得受不了啦。"

在韦苇的厨房里,靠窗放着一张工作台,她在这里给她父亲做的小平底船涂上黄漆。每只船上都贴着小标签。"面袋湾木制品"。她用砂纸打磨和油漆拉布拉多猎犬造型的餐巾架、给游客钉在家里墙上的木蝴蝶,和靠一只木钉腿站立的海鸥。科恩把它们带到海岸边的礼品商店里寄售,居然卖得还不错。

"我知道这只是旅游纪念品,"她说,"但做得不坏。体面的工作,挣得一份不错的生活。"

奎尔用手指抚摸着那些精细的木工活和上面玻璃般光滑的抛光漆,说他认为它们很漂亮。

小小的房子里充满了色彩,似乎在韦苇干燥的皮肤下面沸腾着一种对激情爆发的叹赏。紫色的椅子,红色和蓝色的多结地毯,用图片装饰的碗橱,门周围的彩色道道。她站在这些色彩中间,画面上便消去了一块人形,是女性的身形。

阳光喜欢一个带玻璃门的柜子。玻璃后面有一只白色的盖盘,一排边缘画着游鱼的盘子和四个绿色酒杯。在靠下面的两扇门上,韦苇各画了一幅风景画:她的家,栅栏是油漆过的;她父亲的院子,里面摆满木头雕像。阳光打开她父亲的那扇门。发出一种喘气般的刺耳声音。她不由笑了起来。

第二十八章　溜冰者的两手扣拉

要救出跌进冰窟窿里的人，救人者的手指和被救者的手指要相对扣合在一起。
"首先应该把指甲剪秃。"

《阿什利绳结大全》

　　姑妈出来逛逛。她一直想透透气，离开老房子里的奎尔和他的两个孩子。摆脱阳光的哼哼声、叭嗒叭嗒的鞋底声，和那些尖锐的问题。小兔没完没了地放着纳特比姆拿来的磁带，把电池里的电都耗光了。现在是十月底了，每当燕鸥赶在结冰前飞往南方，海岸上就会传来一串枪声。大批的大菱鲆离开沙洲向东迁移。产完卵的鲑鱼躺在结了一层薄冰的水潭深处，或者向大海游去。

　　她来到一方小池塘前。记忆恢复了，当年这片椭圆形的水面周围长满了荆棘和月桂树，女人和孩子走过秋天的沼泽地，在斜射过来的阳光下，云莓像滴滴蜂蜜一样晶莹透亮。漏水的靴子，每当采浆果的人走近，小鸟就扑棱着翅膀飞起。她母亲一向喜欢沼泽地,尽管里面有夹人的小动物。找一块高地,在飘浮的白云下小睡片刻。"哦,"她说,"我简直可以睡一辈子。"她不知不觉睡了多久啊!最后在布鲁克林一家医院的病床上死于肺炎,却还以为自己是在北方阳光下的灌木丛生的沙地上。

姑妈由着自己回忆起那年的十月,池塘都冻住了,冰像熨衣板一样没有颜色,天上薄云翻卷,像盒子里的灰色铅笔。岩高兰浆果的表皮结了冰。大风渐渐退去。四下里鸦雀无声,她呼吸时一团团白雾从嘴里喷出来。远处海浪哗哗作响。枯死的草叶一动不动,不见一只海鸥或燕鸥在飞。是一片珍珠般灰蒙蒙的景色。她当时十一二岁。穿着蓝色针织袜,和经过翻改的妈妈的旧衣裙。一件浆过的羊毛外套,英国货,胳膊底下绷得紧紧的,是通过圣灵降临慈善机构收集的被人淘汰的东西。她有一双硕大的男式冰球鞋,套在她的鞋子上,用鞋带紧紧系住。一根鞋带断了,她打了一个老太婆结,把鞋带的金属头穿进孔眼,系成蝴蝶结。

她先是滑出几条白色的斜道道,然后不停地绕圈,像把线从线轴上散开。她在无风的微光中穿透寒冷的空气。呼吸声,冰鞋的唰唰声。在这个红色的下午,独自在完美的冰面上起舞,天上的云像树枝,像摇曳着滴血的树枝的灌木丛。只有她一个人。口袋里有一块夹肉面包。猛一抬头,发现了他。

他来到冰上,解开裤子纽扣,小心翼翼地踩着捕鱼靴滑了过来。尽管除了反复转圈子外无路可逃,尽管她知道他早晚会抓住她,她还是赶紧滑开,躲避他的进攻,坚持了很长时间。大概有十分钟吧。真是很长时间。

此刻,她站在这里望着池塘。它显得很小,毫无趣味。她没有理由下去。天空不是红色,西南面几乎是黑压压的。风暴就要来了。很快玻璃上就会结出霜花,窗台上长满霜毛,被子上因为呼吸冷凝而聚集起霜丝,房子的木料在北极寒冷的深夜被冻得收缩,发出吱吱嘎嘎和啪啪的爆响。就像当年一样。然后,滑过来的双脚,喷在她脸上的滚烫的呼吸。外面贪婪的狂风撕扯钢索,灌进烟囱,使一圈圈浓烟绕着炉盖打转。阴冷难熬的二月。然后是三月,四月。雪一直要下到五月底。她打了个寒战。

不过,那种生活磨炼了她,她挣扎着闯过粗犷野蛮的海岸,修补好她的船帆,用结实、合适的零件换下磨损的索具。她奋力摆脱了险滩暗礁。她成功了。她仍在努力。

空气吹在脸上有些刺痛。远处的冰块正在缓缓移动。不知来自何处的雪晶像透明的塑料片一样凝聚在无云的天空。她吃力地走回老房子,冷空气在鼻孔里仿佛有一股焦煳味儿。必须听听天气预报。要开车绕那么远的路。事情再也不能拖了。

进了屋子,她挂起外衣,把帽子搭在肩膀上,黑条纹的手套放进右边的口袋。一个个手指在里头整整齐齐,袖口松软地耷拉下来。

侄子在给她们念书。可以开始做晚饭了。做点简单的。煎饼。她一边往碗里倒面粉,一边想着即将到来的大雪。他们必须谈谈这个问题。第一场暴风雪就可能把道路封死。他不会知道的。

狂风夹着风笛声刮过矮灌木丛,在钢索间呜咽呻吟。

"吃晚饭啦!"姑妈喊道。声音在空荡荡的房间里显得多么响啊。

"现在我最希望的就是,"她突然对奎尔说,同时叉起一块煎饼放进奎尔冰冷的盘子,"就是在一家体面的饭店里吃一顿鲜美的晚餐,然后去看一部精彩的电影。我最希望的就是明天早晨出门可以乘上有暖气的公共汽车,而不是开着那辆货车绕过整个海湾。我坦白地告诉你吧,冬天开始让我感到害怕了。"

外面的雪好像一直在等候通知似的,此刻终于纷纷扬扬地下了起来,几片雪花轻轻打在窗户上。

"看见了吗?"姑妈说,仿佛在辩论中得到了一个支持者的声援。

奎尔嚼着嘴里的煎饼,吞了一口茶。他已经考虑过这个问题。

"我跟那个开推土机的家伙谈过了,就是丹尼斯的那个朋友。如果积雪超过三英寸的话,只要我们出价,他就会来开路。你的货车能开过三英寸的雪。"

"开出二十八英里的路来!那该是什么价钱?"

"一百块钱一次。勉强够付汽油钱。算算暴风雪来得多么频繁,他估计一星期至少得来两次。五个月要开路四十次。那就是四千块钱。还有一个可能,那就是丹尼斯。他说可以用他的船来回接送我们,直到海水结满了冰。只要我们能付得起汽油费并买下他的时间,大概是一小时十块钱。"

"噢,那倒还算公道。"姑妈说。

"我不这样认为。算起来他一天要花两个小时——渡过平静的水面需要二十分钟。那和推土机也差不多,一星期一百块钱。而且一月份海湾就封冻了。我可不想让孩子们冒险坐着雪车在海湾里来来去去。丹尼斯说有些地方冰层薄弱。很危险。每年冬天都有人掉进去淹死。必须熟悉路线才行。而且,事实上我也不喜欢让她们每天乘这么长时间的车。"

"你倒是从各个角度都考虑过了。"姑妈说。干巴巴的。她习惯于由自己来规划一切。

他没有说沉船的前一天他在空荡荡的房间里走来走去,猜想她的家具今年不会运到了。

"那么,"他说,一边用他的叉子边缘替阳光切煎饼,省得她的刀子发出刺耳的声音,"我们可以搬到海湾那边去过冬。把这个地方当成一个夏日营地。纳特比姆再过一两个星期就要走了。他的活动房屋。里面住不下我们四个人,但我和孩子们可以凑合着挤一挤。如果你能找到一间屋子或别的什么。邦斯夫人会不会知道一些信息?"

姑妈着实惊呆了。她不过出去散了散步,看了看池塘。而现在一切都呼啸着冲来,像黑暗中一列没有亮光的火车。

"我们明天再决定吧。"姑妈说。

早晨,五英寸厚的积雪,照得人眼花的阳光,温暖的风。每样东西都在滴答,都在流淌。房顶上的白毯在皱缩、开裂,像形状不规则的蛋糕一样破碎,嘶嘶地滑下来,在地上摔得粉碎。到了中午,只有几处小岛般的积雪留在潮湿的道路上和沙地的凹坑里。

"好吧,"姑妈说,"我需要再考虑一会儿。"现在已经事到临头,它来得太快了。

"唉。我一直在想你出了什么事情。"玛维斯·邦斯说,她黑头发中间的分缝在长菱形的阳光下像电线一样闪闪发亮。"以为你可能生病了。或者货车出了故障。亲爱的,我可真担心啊。道恩说要么是因为下雪,可是雪一落地就很快化了,所以我们认为不是因为下雪。不管怎么说,我中午到邮局去把你的邮件取来了。"她用眼睛瞟了瞟姑妈的桌子。一副煞有介事的样子。她总是非常热切地为阿格妮丝·哈姆效劳,做一些小事。为她取来邮件啦,无须盼咐就给她倒一杯茶啦。不动声色却大张旗鼓地献着殷勤。

"是因为下雪,"姑妈说,"你知道,土路上的积雪不容易化尽。"她撮起那堆信。"说实话,我们决定最好在近处找个地方过冬。那房子更像一个营地,你知道。他不愿意让孩子们跑这么远的路上学。所以只能这样。"她叹了口气。

邦斯夫人立刻听出来了。"你是在给你们全家找房子吗?

我知道伯克斯一家一直在商量把房子卖掉,搬到佛罗里达去。他们每年冬天都去南方。在那里交了一些朋友,有一座有廊的平房。他们在佛罗里达住的是一座带游廊的平房。伯克斯夫人,就是潘茜,说他们的前院种了两棵橘子树和一棵棕榈树。可以直接摘橘子吃。你能相信吗?我要是能亲眼看看这样的房子就死也瞑目了。佛罗里达啊。"

"我去过那儿,"道恩说,"你去好了,我是情愿去蒙特利尔。噢唷唷。漂亮的衣服。那些市场,你这辈子从没见过那样的食物,还有电影院,时装精品店。"

"那么伯克斯家的房子是什么样子的呢?"姑妈漫不经心地说。

"噢,在山脊上。去面袋湾的那条路,就在路的这头。好像一出门就面对山坡,准备往上爬——好像可以从房顶上直接登上山顶,你知道——你准会有这种感觉。灰色的房子,镶着蓝边。保养得非常好。伯克斯夫人是个出色的管家。一间老式的厨房,睡椅什么的一样不缺,同时也有现代的方便设施。油汀,洗碗机。地下室里有洗衣机和烘干机。地下室布置得井井有条。所有的房间都贴了漂亮的新墙纸。"

"哦,"姑妈说,"你认为他们会出租吗?"

"可能不会。我不相信他们愿意出租。有人问过他们。我认为他们是希望卖掉它。"

"唉,你知道吗,实际上我侄子打算接下那个英国佬的活动房屋。就是报社的那个人,纳特比姆先生。他很快就要离开了。"

"这么说,你想单独找一个地方?"

"是吧。"姑妈说。

"我认为如果一个人住,伯克斯家的房子就太大了,"邦斯夫人说,"即使你打算买下来也不合适。共有九个房间呢。也许是十个。"

"我花了好大一笔钱修理老房子。真可惜。却只能用来做一个营地。不过来去的交通确实很成问题。常言说得对,既然无法补救,就只好忍耐。我这个星期先在海鸥旅馆租一个房间,同时商量个办法出来。侄子和孩子们住在比蒂和丹尼斯家。有点挤,不过总能对付过去。不想被大雪困住。好了,我们现在不要为这个担心了。今天的计划是什么?'箭头号'的黑色坐垫。"

"道恩和我星期五下午就把那些黑色坐垫都做好了,今天早晨已经送到船上。"

姑妈看着她的信件。"你们赶在我前面了。"她说,翻过一张明信片看了一遍。"太好了,"她说,口气里含着尖刻的讽刺,"我还以为这星期能看见'水泡号'上的帕基一家呢。现在他们来了明信片,说不能在这个季节冒险到这里来。他们只在好天才敢航行。哦,糟糕,他们把活儿交给游艇艺人公司去干了!这些胆小鬼。"姑妈扔掉明信片,拿起一个小纸包。

"我认识澳门的什么人呢?这是从澳门寄来的。"把纸包撕开。

"这是什么?"她说。一包美钞落在桌上,用一根浅蓝色的带子捆着。别的什么也没有。

"那根蓝……"玛维斯·邦斯迟疑地说,伸出手来。

姑妈看着那根蓝带子,把它解下来递给她,同时投去意味深长的目光。那不是一根带子,而是一条窄窄的浅蓝色的皮革。

第二十九章　艾尔文·雅克

"绳'松段'……在绳结中有两个意思。一、它可以是一根绳子中间的任何部分,有别于绳头和绷直部分。二、它是一根绳子中弧度大于半圆的弯曲部分。这和该词在地形学上的意思一致,'松段'亦指海岸的一个凹处,它很宽广,船只可以在任何风向中轻松地驶出去。"①

 《阿什利绳结大全》

绿房子的唯一好处很快显现出来了。奎尔在比蒂家厨房的角落里打着哈欠,梳理阳光纠结的头发,他的胡子还没有刮,周围乱糟糟地堆着烤面包片、可可茶。他正在手忙脚乱地寻找放错地方的衣服和家庭作业,特德·卡德走了进来,自己动手倒了一杯咖啡。丹尼斯早在一个小时前就出门了,卡德望着比蒂,让她看见他舔了舔嘴唇,并像火鸡一样眨了眨通红的眼睛。

---

① 英语里 bight(松段)这个词有两个意思:1.绳子的松弛部分;2.(江河、海岸线)弯曲部分。

他站在阳光和奎尔面前,不停地挠着自己的腹股沟,似乎被滚烫的内裤烤得焦躁难熬。"奎尔,我来告诉你一声,你得给狄迪·肖维尔打个电话。关于一条船失火的事情。你大概需要马上就去。我把照相机放在你的车里了。看有没有机会拍到新闻照片。我告诉你,杰克·巴吉特可是个精明的人。船里一个肿胀的脑袋,比纽芬兰所有的车祸报道都更吸引读者。"他从容不迫地喝着咖啡。用手抚弄了一下阳光的下巴,又在自己身上抓挠一番,才悠闲地踱了出去。

"我不喜欢这个讨厌的人。"阳光说,她通过梳子感觉到了奎尔的怒气。

"他只爱他自己,"比蒂说,"一贯如此。没有竞争意识。"

"他老是这样。"穆奇·巴吉特说着,双手疯狂地在身上做出乱挠的动作。

"够了,"比蒂说。"你那样子像一只浑身长跳蚤的狗。"

"他就是这样的。"阳光和穆奇尖声大笑起来,结果穆奇被面包屑呛住了,奎尔只好去拍拍他的后背。

不等他打电话给港务长,电话自己响了。

"你的。"比蒂说。

"喂?"他希望听见狄迪·肖维尔的声音。

"奎尔,"比利·布莱蒂说,"你找艾尔文·雅克商量过造船的事吗?"

"没有,比利。实话对你说吧,我根本就没想过这件事。最近几个星期有点忙。而且,发生了上次那件事以后,我对船感到心有余悸。"

"所以你才必须回到船上。现在你已经接受了洗礼。冬天是造船的最好时机。让艾尔文给你造一条船,等冰块融化的时候我教你一些绝招。因为你是在远离船只的地方长大的,容易自己吓自己。"

奎尔知道他应该心存感激,但却感到头脑发木。"太谢谢你了,比利。我知道我是应该这么做的。"

"你直接去找艾尔文好了。你知道他的工作间在哪儿吗?让韦苇告诉你吧。艾尔文是她舅舅,是她那死去的可怜的母亲的大哥。"

"艾尔文·雅克是韦苇的舅舅?"他仿佛一脚踏进了旋涡,一圈接一圈越转越窄。

"对,没错。"

奎尔没有放下话筒,接着拨通了狄迪·肖维尔的号码。出了火灾,这里面有什么故事吗? 小兔无精打采地走进厨房,身上的毛衣穿反了。奎尔用手势命令她把毛衣正过来,这使她又像贝多芬那样皱起了眉头。

"年轻人,"电话里传来响亮的声音,"就在你到处瞎逛的时候,'罗马号'着火了。'罗马号'是一艘货船,六百英尺长,在巴拿马注册,船上载着锌和铅粉,它是,让我看看,它是在二十英里以外的海面上着火的,烧了很长时间。有两人死亡。船长和一个身份不明的人。其他船员被直升飞机接走了。来自密安马的二十一个小伙子。你知道密安马在哪儿吗?"

"不知道。"

"就是原先的缅甸。直升飞机把大部分船员送到米斯基湾的医院,因为他们吸进了许多烟。船正在被拉回来,目的地是锚爪港。别的我就不知道了。"

"你说,我怎样才能接近它呢?"

"何必费事呢? 等他们把它拖进海港再说。时间不会太长。"

然而到三点半的时候,船还没有进入海峡。奎尔又给狄迪·肖维尔打了个电话。

"五点钟总该到了。据说他们遇到了一些麻烦。拖缆断开了,只好重新装了一副。"

韦苇一边走下台阶,一边拽着她身上那件自己做的外套的袖子,外套的颜色像半融化的软雪。她坐进车里,瞟了他一眼。微微一笑,移开了目光。

这种沉默让他们感到熨帖。有一些东西初露端倪。是什么呢?不是爱情,因为爱情使人扭曲、受伤。不是爱情,因为爱情一生只有一次。

"我必须到港口去一趟。我们可以接上孩子,然后我把你和小霍罗德直接带回来。我要么让小兔在比蒂家待一小时,要么让她跟我一起去。他们正在把一艘着火的船拖进海港。死了两个人,包括船长。其他人住进了医院。是狄迪·肖维尔说的。"

"这消息让我听了发抖。"她果然打了个寒战。

渐渐看见学校了。小兔站在台阶底下,手里拿着一张纸。奎尔很害怕她从学校带回的东西,她总是噘着嘴唇把它们拿给他看:几块做实心面条的面团粘在彩色美术纸上,形成一张人脸;烟斗通条扭曲成花的形状,带正方形窗户的蜡笔画房子,棕色的树,上面结着在纽芬兰从未见过的花茎甘蓝。这就是学校教的肖像画法,他想。

"是格兰蒂小姐教我们这么画的。"
"可是小兔,你什么时候见过棕色的树呢?"
"玛蒂把她的树画成了棕色,我也要跟她一样。"

奎尔对韦苇说:"比利说我必须在冬天造好一条船。他说我应该去找找艾尔文·雅克。"

她听见她舅舅的名字,点了点头。

"他是个优秀的造船师,"她用她那低沉的声音说,"会给你造一条好船的。"

255

"我本来打算星期六过去，"奎尔说，"问问他。把姑娘们也带去。你和海利能和我们一起去吗？那天去合适吗？"

"再合适也不过了，"她说，"我还有些东西一直想带给爱维舅妈。我们可以在他们那里吃晚饭。爱维舅妈的烹调手艺很高明。"

奎尔和小兔去了海湾，但是"罗马号"听从公司的命令，被拉到了圣约翰斯。

"他们一般都告诉我的，"狄迪·肖维尔说，"几年前我把他们支使得滴溜转，就像给手表上发条一样，现在谁还愿意去费那个功夫？"

星期六，雾浓得化不开，像擦机器用的废棉纱头，带来了砭骨入髓的寒意。孩子们在汽车后座上像一排瑟缩的母鸡。韦苇稍微打扮了一下，黑鞋子踩在地毯上闪闪发亮。奎尔拼命睁大眼睛想看清雾中的景物。条绒裤紧绷绷的很不舒服。他第一千次地发誓要减肥。路边的房屋都被浓雾遮掩，大海也看不见了。十英里的路走了一小时，才到达纳尼口袋湾的岔道上。迎面开来的汽车像蜗牛在爬，雾灯像肮脏的托盘一样黯淡苍白。

纳尼口袋湾是一条环形的道路，挤挤挨挨地排着一些新建的平房建筑，在雾里看来很不真切。

"他们大约六年前遭了火灾，"韦苇说，"小镇全部烧毁了。后来大家都用保险金建了新房子。有几家没上保险，我猜大概有五六家吧，其他人就分些钱给他们，最后每个人都住上了新房子。艾尔文舅舅和爱维舅妈不需要像以前那么大的房子，所以把钱捐了出去。"

"慢着，"奎尔说，"难道他们造的房子比保险赔偿支付的要小？"

"是啊，"韦苇说，"他的船库还有单独一份保险。他投保的金额就好像里面有一条刚刚造好的多钩钓鱼船。"

"真有魄力。"奎尔说。

"噢,你知道,也许真有一条船!最好这样认为。遭火灾的人家很多,他们都只得到了房屋的保险赔偿,不是吗?"

雅克夫人精瘦的胳膊和腿像几根铁棍子,她让他们围坐在厨房的桌边,替孩子们把奶茶倒进印着动物图案的金边小茶杯里。阳光得到的是一头格洛斯特的斑点肥猪,海利的是一对银亮色的公鸡母鸡。一头弯角的多塞特有角羊给了小兔。桌子刚擦过,还没有干。

"喔,喔,喔。"海利用手指点着公鸡说。

"我小的时候,这些杯子就很有年头了。"韦苇说。

"亲爱的,你要是知道它们的年代有多久,准会感到吃惊。本来是我奶奶的。那是很久很久以前了。是从英国弄过来的。以前共有十二只,现在就剩下四只了。马的和牛的都摔坏了,不过托盘倒还有不少。以前还有一些小玻璃碟,后来也都碎了。"雅克夫人做的姜饼是一只只飞鸽,眼睛是用葡萄干做的。

小兔发现了厨房里那些有趣的东西,折叠的脱靴器,类似尖塔城堡的马口铁果冻模子,印着鲜花图案的护须杯,边缘横着一道陶瓷的桥梁,保护男士的胡子不被弄湿。

"你真幸运,这些东西在大火中都保存了下来。"奎尔又吃了一些小甜饼,说道。

"啊,是啊。"雅克夫人低声应道,奎尔便知道他犯了一个错误。

奎尔离开女人们的领地,跟着艾尔文·雅克出门到工作间去。雅克是个矮小的男人,脸皮像纸一样薄,耳朵只有五角硬币那么大,眼睛是柳叶的形状。他说话时嘴唇几乎只是鼻子和下巴之间的一道缝。

"这么说你想要一条船。是汽船吗？"

"对，就是一条汽船。我需要一条船渡过海湾——不要太大。我可以自己操作的。我技术不太熟练。"

帽子旋转到他疙里疙瘩的脑袋一侧，他穿着一套被一根拉链分成两半的工作服，上面有两个垂片，一个悬挂在胯处，另一个在胸骨上。工作服里面穿了一件格子衬衫，最外面是一件有更多拉链的羊毛开衫。

"船尾装马达的罗德尼船，我想对你一定合适。十五六英尺长，上面装一个七马力的小马达。差不多就是那样的。"他指着搁在两台锯木架上的一艘线条优美的结实的小船说。

"好的。"奎尔说，他已经懂得一些门道，知道眼前看到的是上等货色。

"等你的小家伙们以后有了力气，就教她们划桨。"

他们走进工作间昏暗的阴影里。

"啊，"雅克说，"还有一两件活没做完。"他指着一些木头框架和船帮的半成品。"我今年冬天可能要帮尼吉·弗恩造一条多钩钓鱼船。如果我在树林里能找到木头，那就没有问题。等到春天冰雪融化的时候就可以完工了。只要能在树林里找到合适的木材，云杉、松树什么的，你知道。一定要找到好材料做船头，你需要在上面凿出坑来，还有船尾柱和肋材，当然还有龙骨帮木和甲板撑材。必须选到合适的材料，好的船骨，你知道。这里有些人用蒸汽熏船骨，我绝不会去坐一条用蒸汽船骨造出的船。不结实。"

"我本来以为你手头就有木料。"奎尔说。

"不，孩子。我不用干木料造船。如果用的是干木料，船就会吸水，你知道，再也不可能恢复原样。如果你用新鲜木料造船，水就不可能钻进木头。我从来不用干木料造船。"

第三十章 云遮太阳

奎尔和两个女儿从比蒂和丹尼斯家走向海鸥旅馆,姑妈栖身在那里,消沉而烦恼。阳光抓着奎尔的手,不断地滑跤。后来他发现那是她的游戏,便对她说,不要那样。

路面在摩托车灯般的月亮下闪闪发光。冰冷的十二月雾气给世界包上了一层黑冰。没法开车,不过先前他还开车去了小灰心湾,对石油泄漏事件作追踪报道。闭港了。老艾尔先生得了肺炎,住在医院里。港湾边上浮着一圈石油。

穿过混杂着各种化学品气味的门厅来到餐厅,姑妈在那儿等着。走过一张张空桌子。小兔稳重地走着;阳光朝姑妈冲去,绊了一下,摔倒在地,大哭起来。晚餐因此在眼泪中开始。冷飕飕的空气从窗玻璃上飘下来。

"可怜的小家伙。"姑妈察看着阳光摔红的膝盖说。女服务员踏着破旧的地毯走过来,一只鞋子发出叹息的声音。

奎尔喝了一杯带锡罐味的西红柿汁。姑妈吞着威士忌;两杯姜汁汽水。然后是火鸡汤。奎尔的汤里漂着一根鸡脖子上的血管。

"我得说,在第一天的平静和安宁之后,我开始想念你们每一个人,想得厉害。"姑妈的脸比平时红,蓝眼睛里含着泪花。

奎尔笑了。"我们也想你。"睡在比蒂和丹尼斯的地下室里。确实想念跟姑妈在一起的轻松,想念她处理问题的果断冲动。

"爸爸,你记得韦苇的舅妈家那些有图画的小红杯子吗?"

"记得,小兔。那些小杯子很可爱。"

"我给圣诞老人写信,让他给我们带一些一模一样的小杯子。我们在学校给圣诞老人写信呢。我把小杯子的样子画在信上,这样他就不会弄错了。我还要蓝珠子。玛蒂和我要的一样。爸爸,玛蒂倒着写'S'。"

"我要一条带棍子和绳子的船,"阳光说,"把船放在水里,用棍子一推,它就漂走了!然后一拉绳子,它又回来了!"她没节制地大笑起来。

"这倒像是我要的那种船。"奎尔吃着冷面包卷说。

"姑奶奶,要是我得到了那些小杯子,"小兔说,"我要给你泡一杯茶。"

"哦,亲爱的,我会很高兴喝的。"

"请问,谁要的扇贝肉?"服务员端着一只白盘子,上面堆满了一团团苍白的东西,一堆米饭,一片发白的面包。

"这是我的主意。"姑妈说。她皱眉看着苍白的食物,悄悄对奎尔说,"应该去威利船长饭店吃鱿鱼汉堡。"

"我们在比蒂家的时候,她有时做鱼头鱼边脆脆饼,"小兔说,"我**特别爱吃**。"

"我讨厌它们。"阳光说着,在姜汁汽水的杯底吸出嗞嗞的声音。

"才不是呢。你吃得光光的。"

鳕鱼段和油煎土豆片来了。

姑妈干咳一声说:"借这顿晚餐,我要宣布一件事。既是好消息也是坏消息。好消息是我揽了一个大活,够干大半个冬天的。坏消息是它在圣约翰斯。经过是这样的:我一直在考虑我的游艇装潢生意,正视现实吧,这儿拥有游艇的人可没有长岛那么多。纽芬兰不是游艇停靠的主要码头。我很着急。因为过去六个星期里我没揽到多少活。要不是澳门来的'神秘汇款',我手头就紧巴巴的了。我可不觉得有什么神秘——想想那个奇怪的女人,把自己的丈夫分了尸,付钱倒挺爽快。于是我就开始动脑筋了。纽芬兰有很多商船。我是不是打错旗号了?试了几个新名字。'哈姆游艇装潢店'显然不能招来大批的客户。我对玛维斯·邦斯夫人说,'哈姆海运装潢店'怎么样?可以是游艇,油轮,任何能够漂浮的东西。她觉得不错。我就给圣约翰斯的装修公司和船舶修理厂打电话,说我是'哈姆海运装潢店'的阿格妮丝·哈姆,果然人家很需要。立刻就有一个大活,一条叫'罗马号'的货船,船上失火,烧坏了驾驶台、餐厅、船员休息室,到处给烟熏水浸得不成样子。够干几个月的。所以,我要带道恩和玛维斯·邦斯夫人到圣约翰斯去,待到干完活为止。他们要一种富丽的法国勃艮第瑙加海德人造革。品蓝,非常漂亮。不是所有的人都喜欢真皮。它会发霉,你知道。道恩听说去圣约翰斯兴奋得不得了。小兔,如果你要让番茄酱漏下来,就把餐巾塞到领子里。你可真邋遢。"

"爸爸,"小兔说,"我会做一样东西。艾尔弗雷德船长教我的,叫'云遮太阳'。"

"唔唔,"奎尔在不锈钢杯盛的蛋黄沙司里翻动着一块鳕鱼段,"可是姑妈,你们住在哪儿呢?在圣约翰斯的饭店里住两个月要花一大笔钱。"

"看。"小兔折着一段绳子说。

"好就好在这儿。"姑妈嚼着扇贝肉说。"大西洋装修公司正好为这种情况准备了两套公寓。跟我联系的马尔特先生说,他们经常要为某些方面的行家提供住宿,金属应力专家、螺旋桨设计师、检查员等等。所以我们可以免费借住公司的一套公寓——有两间卧室。这是协议的一部分。还有工作的地方。把装潢店开起来。所以,道恩的哥哥会帮我们把所有的东西搬上我的货车。他们从外地订购了瑙加海德革,我想是新泽西吧。下周末我们就出发。全因为改了个名字。"

"听起来挺刺激的,姑妈。"

"哦,我春天就回来。道路一通我们就可以搬回海岬上的绿房子里。等待会使它更加温馨的。我是说,如果你还愿意住在这儿的话。也许你想回纽约去了?"

"**我**可不想回纽约去,"小兔说,"玛蒂·巴吉特是我永远的朋友。不过我长大会去那儿的。"

奎尔也不想回纽约。如果生命是一道开始于黑暗并结束于黑暗的光弧,他生命的前半段只是普通的闪耀。而在这里他好像找到了一个偏振镜片,透过它看到的一切都被深化加强了。回想在莫金伯格他是多么傻啊,什么都逆来顺受。难怪爱情击穿了他的心肺,造成内出血。

"爸爸,"小兔都要哭了,"我都做了两次了,你根本没看,姑奶奶也没看。"

"我看了,"阳光说,"可是我什么也没看到。"

"我怀疑你需要配眼镜了。"姑妈说。

"对不起,小兔。再做一次给我看吧。我像老鹰一样看着。"

"我也是。"姑妈说。

孩子把一个绳圈拉紧,把它在手指上绕来绕去,做出交叠的圆圈,两手的拇指和食指套在边上的四个环里。

"你们看太阳,"她说,"中间的那个洞是太阳,旁边是云。看发生了什么。"她慢慢地把绳环拉紧,中间的圆圈渐渐变小,最后消失了。

"这是猫的摇篮。"小兔说。"我还会另外一种。艾尔弗雷德船长会好几百种呢。"

"很精彩,"奎尔说,"这绳子是艾尔弗雷德船长给你的吗?"他接过光滑的绳子,数到了七个小硬结,在接头的地方还有一个笨拙的反手结。"这些结是你打的吗?"他用柔和的声音问。

"那一个是我打的。"那个反手结。"绳子是我早上在汽车里捡到的,爸爸,在你的座位后面。"

第三十一章　有时候好好的就丢了

"在海上如果东西落水,水手很难找到替代品。所以每一件带到高处的物品都用小绳子系着:解缆钻和硬木钉、油漆罐和润滑油桶、铅笔、眼镜、帽子、鼻烟盒、大折刀、装烟草和钱的小袋子、护身符、水手长的哨子、手表、望远镜、烟斗和钥匙,都牢牢挂在脖子、肩膀和手腕上,或者拴在扣眼、皮带和背带上。"

《阿什利绳结大全》

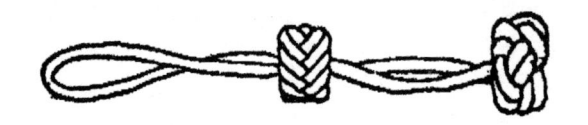

"十一月二十一日,一艘装有双舵和一对可控制的螺旋推进器的有轨车渡船'银河暴风雪'号离开圣约翰斯,驶向蒙特利尔。"奎尔写道,他大清早刚去看过那艘被毁坏的船,身上还没暖和过来。

尽管沿岸已开始结冰,天气却很晴朗。蔚蓝的天空,海面风平浪静,能见度极佳。离开圣约翰斯港一小时后,这艘船迎头撞到了绷紧袋岛的悬崖上。撞醒了正在打瞌睡的值班船员。"有时候好好的就丢了。"他对海岸巡逻队调查员说。

特德·卡德摔门进来。"我冻死了，"他叫道，一边朝皲裂的手上哈气，把他的大屁股往暖气上靠，"这么早就冷成这样，把你对这地方的好感都赶跑了。早上我沿着悬崖开车，雪从冰上掉下来，刮水器冻住了，车子老打滑，我想，'才十一月啊，怎么会这样？'开始考虑交通记录。去年一月份纽芬兰发生了几百起机动车事故。死的，伤的，还有财产损坏。光一个月啊。需要就是这样开始的，在这么个大冷天沿着悬崖开车的时候。先只是向自己提出一个小问题。然后大声说出来。然后你剪下旅游杂志上的广告附单。小册子寄来了，你把它们放在仪表板上，这样当你掉下悬崖的时候就可以看着一棵棕榈树了。二月份只有一样东西能让你坚持下去——梳妆台上去佛罗里达的机票。如果你坚持到三月，你就能上天堂了。你在米斯基湾登上飞机，机翼上全是冰，风呼呼地刮，你怀疑飞机不能起飞了，可是它飞起来了，等到它滑翔降落，他们把舱门一开，啊，热烘烘的夏天，防晒油和汽车尾气的味道让你高兴得叫起来。那儿真是个美妙的地方，还有橘子。"他吸了口气，呼出了一些鼻涕，心里想着像酒一样柔滑的黄色水面，向奎尔说："伙计，你有车祸或轮船失事的消息吗？"

"我可不想去那儿。我永远不坐那些飞机。"正在潦草地做记录的比利·布莱蒂从他那颠簸的桌子上抬起头来，眼眶发红，脸像扎了孔的糕点。"我希望你那儿有各种各样失事的消息，因为我没搞到多少——又发现两具无名尸体，两个人在法庭上脱光了衣服。有个家伙从一扇窗户往外爬的时候给逮住了，背了缝纫机、微波炉、短波收音机，还有彩电，老船长和他太太在楼上卧室里睡得正香，做着好梦呢，一点没醒。巡警看到小偷挂在窗台一根钉子上。于是他进了锚爪市监狱。半夜里他开始大喊大叫，扯掉了所有的衣服。他们说他疯了，把他送到沃特福德去观察。这种病在蔓延！这儿还有一个。一个男孩，他爸是吸鼻烟港的渔民，捕虾发了财，就给儿子买了一匹马。搭了个牲口棚，给儿子买了匹马。儿子想要匹马。'所有我没有得到的好条件,等等等等。'根本不懂养马。把它放在牲口棚里。一星期后男孩厌倦了,把它忘到脑后。最后那匹马饿死了。他们把男孩训了一通,罚了那个父亲一千美元。他有钱,你知道,可是你猜他做了什么?在法庭上,站在法官面前,扯掉了他所有的衣服。所以他们把他也送到沃特福德去了。

"还有一些失踪的人和身份不明的尸体,而且都对不上。嚼头湾的一个男人出去打猎,他们只找到了他的手套。在普迪克顿,一位太太在船长的码头下发现一具冰冷潮湿的尸体,一个从来没见过的人,而且不是嚼头湾的那个。一丝不挂,让人疑心他刚上过法庭。最惨的是养狗的那个。又是一位吸鼻烟港的捕虾渔民。此人买了一些稀奇的大陆狗,一对斗牛狗、一对罗特韦尔狗、一对多伯曼品舍狗,把它们一起放在一个大饲养场里。现在这个人找不到了。好像他去了狗圈就没有回来。家里人坐在一起看电视。两小时后有人说,'老爸哪儿去了?'他们拿手电往狗圈里照,大声呼叫。雪地上都是血,还有爸爸的破衣服。所以,尽管他下落不明,他们也猜到他去哪儿了。"

特德·卡德正靠着窗户出神,凝视着南方。"吸鼻烟港那些人应该放弃养动物。他们没那个本事。还是玩玩汽车和毒品吧。奎尔,你有没有什么失事的消息可以让头版醒目一点?"

纳特比姆抬起头,放开抱着的胳膊。"这是我的最后一个星期,国外新闻当然很不错。首先,加拿大卫生部长被脱毛的事弄得焦头烂额。"

"纳特比姆,我们中间有些人不认为加拿大是外国。"卡德说。

"别管他,"比利·布莱蒂说,"说下去,伙计。"

"好的。许多医生向健康保险计划要钱给女病人除掉脸上多余的汗毛。卫生部的一位官员说'这东西很抢手'。也许是指电针脱毛机。上亿例电针脱毛手术花掉了上亿美元。"

卡德窃笑起来。他身上都是油点,一副馋相,手指甲像糖勺子。

"猜到你会发笑的。"纳特比姆说。

奎尔惊讶地听到比利·布莱蒂吼起来。"你可以笑,卡德,可是一个女人看到她脸上长出一抹小胡子来是多么恶心和痛苦。要是男人想去掉奶子里的脂肪,你就会同情了,是不是?"他盯着卡德隆起的乳房。几秒钟的冷场,然后是特德·卡德带眼泪鼻涕的大笑,比利的窃笑。只是个玩笑。奎尔依然不能一下听出人家在开玩笑。

"啊,"卡德用手纸擤鼻子,在窗口的亮光中把纸打开。"我姐姐有这毛病,不过是手臂上的汗毛。老太太有别的办法治它。有一位斯莫尔船长,是个巫师。他在纸上写一点东西,然后扔进火里,看着它烧,烧到煤上只剩下一张纸灰,白白的,皱巴巴的。他拿棍子把纸灰捅碎,碎片飞到烟囱里去。'好啦,'他说,'你的麻烦飞走了。'"

"它治好了你姐姐的胳膊吗?"

"哦,治好了。她的胳膊变得缎子一样光滑,真的,让它们搂一下真是一种享受。他们都这么说。我希望这不会就是你的国外新闻吧,纳特比姆,安大略省的脱毛手术。"

"哦,还有秘鲁流行霍乱。阿根廷和巴拉圭拒绝去秘鲁参加足球比赛。六星期里已经发现了一万四千个患者。"

"好。我们把这条消息和最近秘鲁移民涌入之后,不知名昆虫叮咬米斯基湾社会服务处雇员的消息登在一起。"他看着奎尔。"你有失事的消息吗,伙计?"

"唔。"奎尔说。并没有交给特德·卡德什么东西。

"喔,是什么,在哪儿,你有照片吗?"

"绷紧袋岛撞船事故。我拍了两幅汽车起火的照片——原

267

因不明。卡车停在殡仪馆前面,全家人在屋里的时候车子突然烧了起来。看上去像烘锅着了火。"

"这是个好窍门,奎尔。什么时候我们缺照片了,可以找一只烘锅,里面装满油,然后把它点着。拍的时候把照相机晃着点。谁看得出来?"

"米斯基湾出了件事。看样子是双胞胎兄弟不和,博伊尔和多伊尔·卡茨。"

"我知道他们,"比利·布莱蒂说,"有一个是开出租车的。"

"对。博伊尔是出租车司机。前一天晚上闹了点矛盾。他们说和毒品交易有关。星期三下午博伊尔在鱼厂前面拉了一个客人,刚掉过头,就遭到一个蒙面人的袭击,那人开着一部新型的蓝色雅马哈雪车,车壳上漆着'精神变态者'的字样。据说他弟弟多伊尔有这样一部雪车。雪车上的人用猎枪朝出租车放了几枪,一溜烟地跑了。出租车的挡风玻璃炸掉了,汽车给打得转了向,最后停在鱼厂的装卸坡道上。只是皮肉受了点伤。雪车逃走了。"

"那儿有雪吗?"

"没有。"

"我会想起这地方的许多事情,"纳特比姆说,"可最难忘的是这种很有创造性的暴力事件和在法庭上脱衣服的行为。好像是纽芬兰的特产。这儿有一个简单的纵火案,一个家伙放火烧了自己的船——或许你也知道,奎尔——可能是为了保险金,他在监狱里蹲了几天。今天早晨他们去带他上法庭,他做了常规动作。"

"脱光了衣服。"所有的人瓮声瓮气地说道。

"我可以写写这个。"比利说,一面敲着键盘。

"特德,"纳特比姆说,"你的那个姐姐。是上次你说吞下了一头海狼的那个吗?"

"海狼？你这个白痴,她吞了一只水狼。海狼是潜水艇。她晚上下来舀了一勺水喝。那时她还小呢。说她觉得有什么东西咽下去了。没多久她就变得跟马一样能吃。吃起来没完。哦,老太太马上就明白了。'你吞下了一只水狼,'她说。纳特比姆,我在电脑上看你的性猥亵报道呢。你现在是成批地写啊?七,八,九——你写了十一条性猥亵报道。要是我们把这些都登上,就没地方登别的新闻了。"

"你该看看我的笔记本。这都成流行病了。"纳特比姆转向身后的档案柜。他拧开一个抽屉,土黄色金属发出响声。"都是我来了以后记的。我走了之后你们怎么办?"

"让杰克去操心吧,还有别的问题。"特德·卡德说,口气中饱含着满意。"你还是星期二走吗?"

"对,驶出大风雪,驶向加勒比海,在那些岛屿间航行,寻求冒险和爱情。"

"现在走太晚了。风暴和冰一夜之间就会把你堵在这儿。有些地方已经结冰了。这个时候乘帆船出海是很危险的。你也许走不出去。下次他们就该在岩洞群里发现你的尸体了。"特德·卡德说,用信封角剔着牙齿。纸被卡住撕破了,塞在黄色的门牙间。

"这儿就是这样。一到秋末人就会往外走,到南方去了,"比利·布莱蒂说,"只有我们很少几个人一直待在这儿,冬天从没离开过,除了出海。奎尔是我见到的唯一一个来这里长住的人。我正在琢磨他呢,我猜下一个走的就该是他了。"

"当然不会走,"奎尔说,"艾尔文·雅克正在给我造一条船。小兔在上学,功课不错。阳光很喜欢比蒂家。孩子们都有了小伙伴。姑妈春天就从圣约翰斯回来了。我们只需要一个住的地方。"

"我不能看见你住在纳特比姆的活动住房里。你去那儿看过了吗?"特德·卡德想到了什么秘密似的微笑着。

"他星期五去看。奎尔要帮我布置晚会。准备你能想得到的各种饮料,从家酿威士忌到姜汁啤酒到香槟。"

"香槟！我喜欢,"特德·卡德说,"里面漂着一只熟桃子。"

"得了吧。那是你从书上看的。纽芬兰从来没有熟桃子。"

"我到佛罗里达就能吃上了。我会喝到迈代鸡尾酒、牙买加之光、海浪拍岸、香蕉代基里酒、菠萝鸡尾酒——啊,穿着游泳衣坐在阳台上喝这些东西。太阳晒得热烘烘的。"

"我可不相信一个男人能自个儿拉扯大两个小女孩,"比利·布莱蒂说,"我怀疑免不了会有一些粗鲁的谣言和精神崩溃。"

奎尔装作没听到他的话。

第三十二章　毛茸茸的魔鬼

"解开一团乱绳的方法是,把所有缠结处弄松,在最长的绳头穿出的地方撑开一个洞。然后从这一头开始卷绳子,从洞里穿过,像卷袜子一样卷下去。要使乱绳保持松活,不要拉拽,让它自己解开。"

《阿什利绳结大全》

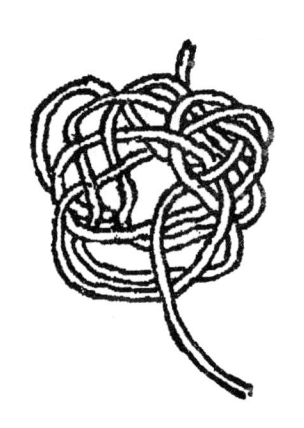

夜间天气突然变暖,从大陆来的和风舔过海湾,软化了缓缓推进的冰层边缘。十一月的雪销蚀了。星期五下午,特德·卡德因这假阳春而疯癫起来,在办公室里开玩笑,搞恶作剧,用假声接电话,一次次地去盥洗室。大家从他的呼吸里闻到了朗姆酒的味道。纳特比姆本人的兴奋表现在讲话的高调门上。他要走了,而月亮正在圆起来。

"我现在要去接小兔,送她到比蒂家去,"奎尔说,"然后就回来。"

在比蒂的厨房里他很快地喝下一杯茶。

"比蒂,今晚纳特比姆开晚会,我要早点去帮他准备东西,顺便看看那间活动住房。老天,你做的面包最好吃了。"狼吞虎咽地吃了下去。

"哦,如果今年春天艾丽·马弗尔的面包店开张,也许我就不会再做了。面包把人拴在家里,而我还想做一些事情呢。"她悄悄说,"如果丹尼斯能忍受的话。"

"爸,"小兔说,"我想去参加晚会。"

"这次不行。这是男人的晚会。你不会觉得有趣的。"

"嗨,奎尔,"丹尼斯从起居室的电视机前转过身来说,"也许你今晚不会回这儿来了。"

"哦,我要回来的。"奎尔说,他目前在地下室的工作间搭折叠床睡,等着搬进纳特比姆的活动住房。"因为明天我有一天的活要干。趁道路畅通,早上去海岬上的房子拿一些东西,然后去给艾尔文打下手。"

"如果有孩子们备用的手套也一道拿来。"比蒂说,"阳光,让你爸看看你的手套。"小女孩拿来了一个硬邦邦的、焦黑的东西。

"她拿进来几块废木头,旧手套挂在了木片上,她没有发觉。丹尼斯把木头扔进炉膛,我们闻见了。没有比羊毛烧焦的臭味更刺鼻的。连忙抢出来,已经完了。我今天晚上给她重织一只,可是小孩的手套有多少也不嫌多。"

阳光奔向奎尔,把嘴对着他的耳朵,吹进了一条很响的、让人痒痒的消息。

"爸,比蒂在教我织毛线。我要织一个圣诞礼物给你。可难啦。"

"老天爷,"奎尔惊讶地说,"你才四岁呀。"

"这是一种魔术,爸,本来只是一根长长的、粗粗的线,却能变成一块头巾。可是我不能教你。"

"你们在说什么秘密吗?"比蒂问。

"是的。"阳光快乐地笑了。

"再见。"奎尔说。

"再见!"丹尼斯热切地喊道。

奎尔和纳特比姆花了一个半小时才到达活动住房。他们在国营酒店里停了很长时间,把一箱箱啤酒和朗姆酒搬上旅行汽车,直到车厢后部被压得陷下去为止,在后座上堆满了一盘盘包着塑料膜的火腿片、火鸡、冷肉片和红眼橄榄,都是市里唯一一家超级市场供应的。然后又到鱼厂弄了一桶冰块,纳特比姆想办法把它捆在了汽车顶上。天黑得早。还有几个星期就到冬至了。

"太多了吧?"奎尔说,"每样东西都太多了。"

"你忘了撰稿的和登广告的人了,还有那两位识货的美食评论家,贝尼·弗吉和阿多尼斯·科勒德,写食品专栏的。你看到他们最近写的文章了吗?好像是'纽芬兰油炸大红肠介绍'。还有你的朋友,港口的那个老伙计,和给我提供性猥亵新闻的那个法院的小伙子。还有半夜的不速之客。也许还有五十个流浪汉。你瞧着吧。锚爪市是一个喜欢聚会的城市。所以我搞了六加仑的家酿威士忌。"

"实际上,油炸大红肠蛮不错,"奎尔说。

"你被同化了。"

他们开车到城南,驶过一座单车道的桥梁,来到一群房屋后面的一排活动住房前。褪色的粉红底色上,有模板印的撑伞女孩图案的横饰带,矮矮的栅栏。纳特比姆那辆斑驳的自行车靠在台阶旁。

"那几座正式房子是古德拉德家住的,"纳特比姆说,"渔民。兰比和约翰跟他老妈住在绿房子里。两个小儿子,雷住白房子和红房子,萨米住蓝房子。大儿子是渔业生物学家,在圣约翰斯。这就是他的活动住房。他去年夏天来过,但两天后就走了,去新西兰研究一种长在南半球的外国螃蟹。"纳特比姆本人也对螃蟹有兴趣——在烹调的意义上。尽管吃多了小臂上会出荨麻疹。

"进来。"他打开了门。

不过是又一间活动住房罢了,奎尔想,地上铺着合成地毯,舒适的小卧室,起居室好像六十年代的照片,只是屋角摆了四个保镖般的巨大的棕色音箱,碗橱那么大的厨房带有微型冰箱和炉子,水池勉强能放进奎尔的两只手。浴室有一点奇怪。奎尔朝里面望了望,看见一根黄色的喷管盘在擦脚垫上,像只猎号。隔开的淋浴间里,有半只塑料大桶。

"这是什么?"他问纳特比姆。

"以前我渴望有个浴缸——现在仍然渴望,你知道。这是我的凑合办法。他们用这些大桶装运糖浆。我把它锯成两半,安在这里。我可以蜷在里边。虽然不是很令人满意,可比冰冷的塑料帘子贴在身上强。"

回到起居室,纳特比姆说"你听听这个怎么样",便打开了一组塔形的音响装置。红的绿的流动的灯光、闪烁的显示数字、跳动的频带轮廓、橘红色的电脑指示顿时一齐闪耀起来。音箱发出了巨人般的吼声。纳特比姆把一张银色唱片放入碟仓,活动住房在巨雷声中震颤。音乐太响了,奎尔分辨不出任何乐器,只有一种搏动的震响重组着他体内的原子,压灭了思想。

奎尔把啤酒瓶塞进冰桶里,又帮纳特比姆把桌子推到墙边。

食品盘上紧绷绷的塑料膜在明显地颤动。

"第一批客人的车子一到,"纳特比姆喊道,"我们就把塑料膜扯掉。"

他们在碗橱里找了一通,想找一只盛得下三十包炸土豆片的大碗,但是没有找到。

"你浴室的那只大桶怎么样?"奎尔高喊道,"就今晚用一下。它倒是够大。"

"对呀!来喝杯啤酒!纳特比姆的告别晚会正式开始了!"奎尔把炸土豆片倒进用肥皂擦洗过的大桶里时,纳特比姆朝夜色中嚎了一嗓子。

透过两边垂着橙红色窗帘的大窗户,他们看到一列车灯接近了窄桥。奎尔瓶中的啤酒在震响中颤动。纳特比姆在说话,无法知道他说的是什么。

特德·卡德第一个进屋,他绊了一下,撞到摆满食品盘的桌子上。他捏着一瓶朗姆酒,戴着一顶旅行帽,这使他的脑袋看上去活像一只有白化病的巨蚁的脑袋。他扯开塑料膜,抓了一把火腿片塞进嘴里。一群人拥了进来,叫嚷着,摆动着身体,像在比赛吃火腿和奶酪似的,抢着抓盘子里的食物。大把地往嘴里塞炸土豆片,就像烤鸡时往鸡肚子里塞填料一样。

活动住房在煤渣砖砌的底座上摇动着。房间里一下子挤得满满的,酒瓶都只好从人的头顶上传过去。

特德·卡德在他身边。"我想告诉你一件事。"他举起一只边缘有缺口的矮粗玻璃杯,朝奎尔嚷道。可还没开始说,他就消失了。

奎尔开始感受到一种野性而迷乱的乐趣。父亲身份的结在今晚松开了,对佩塔尔和韦苇的思虑被扑灭了。他成年后只参加过两三次社交聚会,从没参加过只有男人的聚会。他想,普通的社交聚会是性爱和社交的微妙的羽毛球赛,这个晚会则大不相同。这里有一种粗野的兴奋情绪,他想,那气氛不像在同纳特比姆愉快地道别,倒更像是码头酒吧后面停车场的一场打斗。一股烟草、朗姆酒和脏头发混合成的臭味。特德·卡德的旅行帽又在他面前上下浮动,像在行屈膝礼一样。他用前臂揩了一下眉毛。

"每个人都向我打听毛茸茸的魔鬼,"特德·卡德喊道,"可我要跟你讲。"

奎尔勉强能听见他那没完没了的独白。"我爸爸年轻时在拉布拉多……那时别人都叫他滑稽剧卡德,因为他是左撇子。说有一种感觉,好像他附近雪底下有一个洞。走路要小心,不然……**旋转着**笔直掉下去……他走路小心翼翼……真恐怖。一天他带了他的好朋友阿方斯……他们来到宿营地……阿方斯说……'**没意思**,我回去了。'我爸爸劝他……'**待**到天亮吧,'……说服了。第二天早上阿方斯**不见了**。他的脚印笔直向前伸去,然后就什么都没了……脚印消失了,雪没有动过。"

一个大小和形状都类似十六磅火腿的胖脸挤到奎尔跟前。尽管他在喊叫,声音听起来却很远。

"你好,奎尔。阿多尼斯·科勒德。写食品专栏的。想问个好。不常到锚爪市来。在米斯基湾,你知道。为那些餐馆写。"人群涌动着,奎尔被卷到了啤酒桶旁。纳特比姆的音响放着极低的打鼾和拉锯般的声音。然后,又是特德·卡德,嘴里露出一片火腿。

"我爸爸找了一根**竿子**。在脚印消失的地方四处乱捅。突然听见好像**塞子**拔掉的声音……一个蓝色的深井……锃亮的**钢筒**。他把竿子扔进去,就听到滑橇一样的呼啸声。"

有人从他们中间挤过,奎尔想挤到前门去,胳膊肘像桨那样划拉着。可是卡德又出现在他面前。

"突然他**后面**有什么东西。一个毛茸茸的魔鬼像**冰球**似的跳进洞里……**红眼睛**。对我爸爸说……'等我洗了**锅子和盘子**……**回来抓你**。'我爸爸……一口气跑了四十英里。"

"我妻子死了。"奎尔呼喊道。

"我知道,"特德·卡德说,"这不是新闻。"

十点钟,奎尔已经醉了。人多极了,屋子里拥挤不堪。纳特比姆挤不到走廊或门口去,就把尿撒在了蓝桶里吃剩的炸土豆片上,人们纷纷效仿。震耳欲聋的音乐使人发狂。院子里发生了两场打斗,脸涨得发紫的狄迪·肖维尔把纳特比姆的自行车扔进了海里。这个强壮的男人环顾四周,嚷嚷着要找一根房梁,他能用小手指头把自己吊在上面。丹尼斯出现了,脸色枯黄,摇摇晃晃,手里握着一只朗姆酒瓶。一个奎尔没见过的冷面汉子脱掉了裤子在烂泥地上跳舞。二十个男人唱着歌把活动住房的后部抬了起来,踢掉了下面的煤渣砖,使房子发生可怕的倾斜。还有杰克,他一手搂着丹尼斯,从他瓶里喝酒。一辆卡车胡乱地往别的车子上撞,闪光的碎玻璃喷射到地上。比利·布莱蒂躺在台阶上唱着无声的歌,强迫每个人从他身上跨过。人群摇摆着,进入了越来越疯狂的状态。叫声吼声同震响的音乐混在一起,大家狂放地高声大笑,又跳又蹦。口音重起来,到最后全是外港的老土话,奎尔一句也听不懂。

一个消瘦的黑发男人站到了台阶上,他的个头比那些大下巴、没脖子、头发黄里带红、胸脯像粗桶的当地人高出一英尺。他举起了从纳特比姆的木头堆旁捡的一把斧子。

"哈!"他叫道。"想走是不是?咱们要把他留在这儿。来啊,伙计们,去把它砍了。带链锯了吗,内迪?"

纳特比姆惨叫道:"不要!不要!别碰它!别去动它!"

一阵呼啸,十来个人跟着黑发男人冲了出去。奎尔还没明白发生了什么事,就发现自己被抛下了。人们丢下他到别处去了,每次都是这样。奎尔走了出来。什么都没有改变。在一阵

277

被抛弃的气恼中他跟跟跄跄地顺路走去——去哪里？某个地方。

"奎尔，你这该死的快回来，帮我去救它！"可是纳特比姆的号叫被刺耳的声浪淹没了。

那群人冲到系着"波罗哥夫"的船坞上。有的从自己的小运货汽车后面拿来了链锯，有的带着棍棒和石头。黑发男人冲在最前面，吼着，"我们喜欢该死的纳特比姆老伙计！"

那条朴素的小船停在码头旁，已经修缮一新，贮备了食物，淡水箱注得满满的，新的缆索，几处金属的地方擦得锃亮。这帮疯子一起拥上了船，纳特比姆摇摇晃晃地赶来，又是哭喊又是笑。黑发男人举起斧头，使出浑身的力气照甲板砍下去。一把链锯深深锯进了桅杆。一片敲打和拧拽的声音，"波罗哥夫"的碎片落入水中溅起阵阵水花。黑发男人拎着斧头钻到甲板底下，没几分钟就把船底凿穿了。

"各人逃命吧。"他嚷着冲到前面，跳上了码头。十分钟后纳特比姆的船就沉入了水底，只能看见一个舱顶，像泡了水的筏子。

奎尔不记得怎么离开那个混乱的大旋涡的。刚刚还在那儿，现在却趴在了桥对面的沟里。灼热的嘴尝到的空气像水一样。难道是他掉到了水里，正在夜里无舵地航行？他爬起来，踉跄着脚步，回头望望活动住房。一排斜斜的、亮着灯的窗口，像一艘正在下沉的客轮。五英里之外的船只都可以听到纳特比姆的扩音器的声音。一群人的狂吼。

他走了，蹒跚地沿着公路走向更清静的所在。让纳特比姆见鬼去吧。他有自己的事情。走过那些房子,沿着锚爪市陡峭的街道向上走去。脑子清醒了一些。不知道自己要到哪里去,只是向上走着。小城的山。这是他每天上班走的路。他能看到下面海港的灯光,一艘大船缓缓驶进海湾。岬上灯塔的光柱扫过海面。奎尔一直往前走,觉得自己可以走到澳大利亚。现在他沿着长长的山坡往下走,路过黑暗中的《拉呱鸟》报社。巴吉特家的窗口映着电视的冷光,巴吉特夫人独自守着她那些雪堆似的餐巾。他朝海湾对面望去,奎尔岬消失在朦胧的夜色中。月亮把陆地照得一片澄净,给水面投下一道闪亮的光带。

他来到她的厨房窗口。里面传出一种怪诞的、笛子般的音乐。他在窗前跪了下来。天花板上的氖光灯照得刺眼。一阵咔嗒声,他朝里望去,看见韦苇坐在椅子里,两腿分开,裙摆像个吊床,上面搁着红色的手风琴。她的脚一起一落地打着拍子,节奏于凝重中带有些忧伤。火炉前空空的亚麻油毡舞台上,海利一个人在跳快步舞,圆饼脸咧开了在笑,跳得全神贯注。

奎尔爬到路上。水面月亮的倒影像一个洞钻入海底深处,像特德·卡德的爸爸讲的那个毛茸茸的魔鬼洗锅子和盘子的冰窟窿。韦苇父亲院子里油漆的木头狗无声地注视着,脖子上瓶盖做的项圈映着亮光,好像在痉挛般地吞咽着。他回头朝锚爪市走去,到那家小旅馆去租一个房间。他已经忘记了比蒂和丹尼斯的家,忘记了地下室里他的折叠床。

第三十三章 堂　兄

"魔术网、圈套和绳结曾经是致命的武器。在某些情况下,也许现在还是。"

《绳结语和巫结》

早晨十点钟,女服务员敲响了奎尔的房门,探进头来说:"我来收拾房间,亲爱的。"

"等会儿,"奎尔说,"过半个小时。"声音虚弱,有气无力。

"我猜你参加了那个把船搞沉了的晚会!哈丽雅特说厨房要把早餐撤掉,好准备午饭。要不要叫她给你留一些鸡蛋和茶?"

可是奎尔正跪在抽水马桶前,干呕着,难受不堪,恨透了自己。感觉她的声音听起来像罐子里的黄蜂。许久,他才终于能够打开淋浴器,站在无数根热针下面,把脸凑近喷头,感到头痛退去了一点。两条腿很疼。

从热蒸汽中出来,觉得卧室冰冷冰冷。他穿上衣服,布料像金属一样皱起。弯腰系鞋带时,头痛又压迫到眼睛上,他的胃抽缩起来。

窗外天空很污浊,街上的沙子打着旋。几辆卡车开过,尾管里排出扭曲的废气。好冷。夹克衫的一只袖子从肩膀撕到了袖口。

楼下哈丽雅特冲他笑着。

"听说是一场什么晚会。"她说。奎尔点了点头。

"你应该喝杯茶。香喷喷的热茶。"

"我到海岬上的房子里去趟,"他说,"早上得去那儿拿点东西。"阳光的长筒靴、孩子们的备用手套、他的换洗衬衣、一本图书馆借的、已过期几个星期的图书。还有一些工具。下午要到艾尔文·雅克那儿去。他记得有人动手拆纳特比姆的活动住房。也许他们不能住进去了?他想打电话给纳特比姆,笨拙地把硬币塞入投币口。没人接。

"他们说今天夜里要下雪。"哈丽雅特翻着报纸说。"阿格妮丝有什么消息?她喜欢圣约翰斯吗?我知道道恩喜欢。她是我堂姐阿尔基的小女儿。我想她快活得要命,说再也不回来了。"

"对,我想也是。"奎尔打着寒战说。

在街上他找不到自己的车。他强迫自己的思想回到纳特比姆的晚会上,记起他步行许多英里走到韦苇的屋外,朝窗户里看。他的车一定在纳特比姆那儿。也许他把它撞坏了,把它开出了公路或开进了海里?他不知道。他步行走到卡布港,乘出租车来到活动住房那里。这是他最不想见到的地方。

"这就是他们开晚会的地方,"司机说,"我一点都不知道。我见过连开三四天的晚会。再也没有了,小伙子。好日子都过去了。"车子开走了。

他的旅行汽车还在,但门上瘪了一块。后座上有七八个啤酒罐子。挡泥板上有几片干缩的火腿肠。活动住房一头陷了下去。院子里撒满了碎酒瓶玻璃。纳特比姆和他的自行车都不见了,船坞里也没有他的船。难道他在夜里醉醺醺地不辞而别了?大概现在正颠簸在大西洋上,脑袋像被虎钳夹着一般吧。

奎尔想起那只灌满了尿的大桶,那些狭小的铝壳房间。他不愿住进那排活动住房了。

比蒂冷静地看了他一眼,递给他一杯热茶。

"我昨晚住在小旅馆里了,"他说,"看样子就知道。"

"你看上去像在狗窝里睡了一夜。我从没想到你是这种人,奎尔。"

"我也没想到。"加了两块糖和许多牛奶的滚烫的热茶使他好受了一些。"丹尼斯起来了吗?"

"起来了。差不多一夜没睡。天亮时和那个可怜的纳特比姆回来拿工具,现在去叫那些把船搞沉的人了。可怜的纳特比姆先生。"

"把船搞沉了?我没有看到。我刚从那儿来,什么都没见着。那儿一个人也没有。什么也没有。"

"他们去拿起重机了。丹尼斯说他们昨天夜里闹疯了,似乎是个挺好的玩笑,说是要把船弄坏,让纳特比姆留下来。现在他们还得把船修好。"

"我的天,"奎尔说,"我还以为纳特比姆夜里就走了呢。"

"瞧他那样子连马路都过不了。"

"爸,你猜怎么着,我生病了。小兔也病了,还有玛蒂。"

阳光穿着松垂的睡衣站在门口,拖着鼻涕,手里捏着一张纸。

"可怜的孩子。"奎尔把她抱了起来,用一点烤面包蘸了他的茶给她吃。

"她们都感冒了。"比蒂说。

"早上我准备带她们到老房子去。你带了她们一星期了,比蒂。该让你休息一下。"

"她们就像我自己的孩子一样,"她说,"不过,你明天下午能不能过来陪陪她们?温妮在家,可是我希望家里有个大人。丹尼斯和我要去看望他的父母。他们说,'来参加晚礼拜,吃顿晚饭。'本想带孩子们一起去,可是她们都在咳嗽、打喷嚏。"

"我很高兴来陪她们,比蒂。你帮了我很大的忙。昨晚我看到杰克和丹尼斯在一起,他们俩看上去都很愉快。所以我想冷淡已经过去了。"

"那都是人们瞎说。他们**从来没有**冷淡过。倒是红过一回脸,但很快就过去了。闲话就是从这儿编出来的。"

阳光的身体很烫,奎尔看着她的画。纸的上端有一个怪物,长着仙人掌状的耳朵和螺旋形的尾巴,两条腿直伸到纸的下端。

"这是一只猴子伸长了腿。"阳光说。奎尔亲了亲她发烫的太阳穴,意识到那种潜伏的力量,这力量会使她画出棕色树皮的花茎甘蓝树。

"纳特比姆的活动住房今天早上的样子很悲惨。昨晚他们把房子的一头从底座上搬了下来。我想还是带着孩子找个正经房子住,不住活动房子了。但愿我能找到房子。你知道有什么人愿意出租房子吗?"

"你和伯克斯夫妇谈过了吗?他们在佛罗里达。一座很好的房子。他们想卖掉,不过现在可能愿意出租了。一开始说不肯租,可是没有人买。在往面袋湾去的路上。你每天要路过它两次。就是那座前头插着'出售'牌子的灰房子。在拐角上,就在那儿。"

"四周围着黑白条栅栏的?"

"对,就是那座。"

他知道那所房子,镶着蓝色的门窗贴脸,很清爽的样子。从那儿可以居高临下地眺望港口,像水手的妻子那样。

"我星期一去问问看,也许它对我们正合适。可是我买不起,我为海岬上那所老房子花了好多钱,现在没多少积蓄了。孩子们的钱要给她们存着。好了,计划是这样,"他半对阳光、半对比蒂说,"我现在到绿房子去取剩下的东西。然后去艾尔文·雅克那里给他打个下手。再去纳特比姆家看看**他**的船怎么样了。他们是不是把它修好了。如果丹尼斯今天能休息,也许我们可以带点比萨饼回来,再借一部录像看看。怎么样,比蒂?《色狼逼近》,你喜欢看那样的电影,是吗?"

"不!现在不喜欢了。你为什么不带一部喜剧片回来呢?上次你借的那部澳大利亚片子就挺不错。"

他想,不知道那个澳大利亚女同性恋吸血鬼的谋杀案拍成了电影没有。

通往奎尔岬的砾石路从来没有像这样糟糕,洼坑里结着扇形的冰。风歇了,阴霾的天空压在海面上。平静,死沉沉的平静。一个水波都没有,比利会说。汽车的马达似乎异常地响,啤酒罐在地上滚动。他路过到翻船湾去的岔路,看到一缕孤烟,路过手套厂,最后来到了像帽子一样盖在岩石上的那所丑陋的房子前。

被遗弃后的寂静,陈腐的味道。像第一次来时一样。仿佛他们从来没有在里面住过。姑妈的声音和活力都被抹掉了。

他觉得房子里的空气很沉重,往昔的压力像没有气味的气体塞满了房间。大海在远处呼吸。这所房子对姑妈有某种意义。那么对他有约束吗?他觉得房子周围的海岸很美。可是这房子不对头。一直就不对头,他想。由人力走好几英里从冰上拖来,被驱逐的人用力拉着绳子,大声诅咒着那些虔奉宗教的人们。用绞车提放到岩石上。呻吟着。一个被捆绑的囚犯极力要挣脱出来。绷紧的钢索嗡嗡作响。那振动传进房子里,使它仿佛活了一样。是了,他觉得自己待在一只被拴住的、不会说话,但是有感情的动物的肚子里。被喊叫着的往昔吞噬了。

楼上,有人在每个房间的门槛上放了几段打结的麻绳。肮脏的手抓到他女儿睡过的房间的门槛上了!奎尔怒火中烧,重重地摔门。

他想起翻船湾的那缕孤烟,想起比利·布莱蒂说过那个老堂兄就住在那边。打着他那该死的结!奎尔从门后的挂钩上扯下他的衬衫,找到了小兔的靴子。没有发现备用手套。他把那些绳结装在口袋里,摔门走出了屋子。

他在翻船湾那条路的顶端停下车。要结束这种勾当。这路已经坏得没法修了。结冰的泥地上有狗的脚印。他捡了一根木棒,准备打跑吠叫的畜生。或者朝打结的人挥舞。废弃的村庄出现在眼前,房屋建在陡坡上,一座摞一座。只剩了骨架,护墙板和墙壁都没有了。一间蓝色的房屋正面,一个由梁和柱组成的立方体。光秃秃的桩子,朽烂的木板掉进了海里。

水边的一间小棚屋有烟冒出。它不像房子,倒像个船棚。奎尔扫视四周,提防着那条狗。他注意到岸上有一只盖着帆布的小船,用石头压着。渔网和浮子,一只水桶,从棚屋通到屋后厕所的小路,晾鳕鱼的旧晒鱼台,挂乌贼的架子,一块小方地上有三只绵羊,一堆木柴,高潮线上一点红星似的塑料袋。

他走近时三只绵羊带着叮当的铃声跑开了。没有狗。他敲了敲门,静悄悄的,可他知道那个老堂兄在里面。

他叫道,奎尔先生,奎尔先生,觉得像在叫自己。没有人答应。

他拨开门闩走了进去。满地乱糟糟的木柴和垃圾,一股臭味。狗嗥叫起来。他发现它蹲在火炉旁的角落里,是一条眼睛没有光泽的白狗。另一个角落里的一堆破布动了,那老头坐了起来。

虽然是在昏暗的光线中,但在那样一副风烛之躯上,奎尔看出了相似之处。姑妈那不服帖的头发;他爸爸那没有嘴唇的嘴巴;深陷在马鬃般的粗眉毛下面的一双奎尔家人特有的眼睛;他哥哥的姿势。还有奎尔自己的那副大下巴,但这个人的骨架要略小一些,上面布满了胡楂。

在面前这个男人身上,在这间塞满了另一世纪的贫困的棚屋里,奎尔看到了他自己的来历。老头是个疯子,他大脑的机器早就锈损得只剩下一些边上带着断齿的圆盘,混乱地碰撞着。因为孤独或没有爱而疯,或是某种基因物质的混乱,或是所有隐居者遭遇的那种潮水般袭来的魔念。脚下有几环钓丝,环结被踩成了压紧的碎屑。地上污秽不堪,木片、沙子、雨水、海水、烂泥、羊毛屑、啃过的羊肋条、云杉叶、鱼鳞和鱼骨头、爆裂的鱼泡、海豹的内脏、乌贼的软骨、碎玻璃、破布条、狗毛、指甲、树皮和污血混在一起。

奎尔从口袋里掏出绳结,扔在地上。老头冲向前,用短粗的手指抓起绳结,把它们扔进了火炉里。

"这些结再也不会解开了!火把它们烧牢了!"

奎尔无法朝他吼叫,即使是为了放在他女儿脚印上的巫结,即使是为了那条惊吓了小兔的白狗。他毫无意义地说了句,"你不需要这么做。"就离开了那里。

他顺着沟壑纵横的道路往上走,一面想着老奎尔和他用动物肢体和麻绳做的肮脏魔法。想必他是按照月相生活,在叶子上做标记,看见血雨和黑雪从海上向他卷来,相信野鹅是冻在马尼托巴的沼泽里过冬的。他为了抵御想象中的敌人,最后一点可怜的办法就是在绳子上打一个结。

奎尔低头钻进工作间,艾尔文·雅克在昏暗中用镑刀修刨着一段弯曲的木料。

"上等的艄柱料,一看就是,"雅克用单调、沉闷的声音说,"我走在林子里,看到这棵云杉,就对自己说,正好给奎尔做一个漂亮的小艄柱。看得出它有很好的曲线,可以做一条瘦船,又不是太瘦,你知道。我给诺厄·戴做过一条船,做艄柱的那棵树干看着不错,可是太直了,也就是曲线不够。造出来的船头又直又阔。诺厄跟我说,'要是我还有一条船,就把这条船给卖了。'"

奎尔点点头,用手摸着下巴。**男人带着宿醉听船匠讲门道。**

"这就是船跟船不一样的原因,你知道。每棵树长得有一点不一样,所以造出来的每一条船,你知道,艄柱的斜度和船尾的斜度都有一点不一样,所以船身也不一样。谁跟谁都不一样,就像人似的,有的好,有的不大好。"他在一次布道上听过这些话,就拿过来当成自己的了。他开始用嘶哑低沉的声音唱起来,"哦,'大雄鹅',没有用。"

奎尔站在肋材中间,踏在没脚深的刨花堆里。很冷。艾尔文·雅克戴着手套,夹克衫上的拉链一闪一闪。

靠墙放着主要的船骨。

"那是我上星期削的。不是一起削,你知道,"他向奎尔解释道,"先削三块主要的,船首肋木、船腰的外板和船尾木材。我有一套模子,你知道,我爸爸给我的。他过去用它们量着削所有的船骨,可是现在不少刻度都磨掉了,有的根本没有标明,你不知道它们该怎么用。所以我就削三块主要的,你知道,还有船尾突出的那块。这样我就有数了。"

奎尔的工作是搬举木料。头痛加剧了。他能感觉到它的形状和颜色,一个巨大的 Y 形从他脑干延伸到两只眼睛,颜色是烤肉那样的红黑色。

艾尔文·雅克削出嵌接的切口,又修又刨,直到它们像握手般亲密地嵌合在一起。各部分都做好了。现在他们把艏柱与龙骨连接在一起。奎尔俯身向前时,头痛的两个尖标似乎要把他的眼睛捅出来。

"安装船尾柱。"然后把龙骨帮木放到船内侧的接缝上。

"把它钉起来。"雅克说,一面敲入一根根四英寸的大钉,拧紧螺栓。唱着:"哦,没有用,'大雄鹅'。"

"这是脊梁骨,船的脊梁骨。它已经接好了。你看着它,在懂船的内行人眼里,好像整条船都大功告成了一样。可是没人知道它下了水会怎么样,在浪里的能耐,要试了才知道。只有可怜的老莱斯大叔能看出来,莱斯·巴杰尔,不在了。要活着得有一百三十岁了。在我认识锤子和钉子之前,他就在这一带造船了。造了许多漂亮的小艇和平底小渔船,像热炉子上的黄油一样轻快滑溜。他造的最后一只船是最好的。他喜欢喝酒,没错,家酿威士忌一升接一升地往喉咙里倒。后来老了,真怪,谁都会老。"

听到提起酒,奎尔的脑袋抽痛了几下。

"老婆死了,孩子去了澳大利亚。葬礼、天国之门和棺材开始在他脑子里转。最后他动手给自己打棺材。带着半茶壶家酿威士忌钻进作坊里就敲开了。敲啊锯啊,一直干到半夜。然后爬回家倒在厨房地板上睡了。我的老爹跑到作坊去,好奇地想看看那个稀罕的棺材。他看到了什么?一口带艏柱和龙骨的棺材。上了船板,捻好了缝,漆得漂漂亮亮的一口六英尺的小棺材。最妙的是船尾那块突起,做得真叫巧,正好放一个艇外小发动机。"

奎尔无力地笑了一声。

雅克把一块弯曲的云杉木钉在艏柱的内侧,他管它叫挡板。"加固艏柱,你知道。可以支撑船板——要是咱们能干到那一步,要是我能活那么长的话。"他蹲下来,量了量,在龙骨的一端敲进一根钉子,把打线绳的一头套在钉子上,然后将蓝绳子拉到龙骨另一端打记号的地方,猛地拉断。一团轻微的蓝色粉雾,底板上的线画好了。

"咱们喝杯茶吧。"雅克咕哝道,先用手背擦了擦鼻子,然后冲着一地刨花擤掉锯末和鼻涕。唱着他的小调,"哦,没有用,螺母和螺钉都松啦。"

可是奎尔要到纳特比姆的活动住房去。

纳特比姆、丹尼斯、比利·布莱蒂和黑发男人坐在活动住房的台阶上。尽管天气很冷,几个人却喝着啤酒。奎尔一想到这点就要吐。没有起重机,也没有船。

"你看上去挺潇洒的,奎尔。"

"感觉也挺潇洒。情况怎么样?"他看到至少活动住房已经重新用煤渣砖垫好了,玻璃斜斜地插进了变形的窗户里。

"船没有了。"丹尼斯说。"找不到起重机,但卡尔把他的推土机开来了。一团糟,把船舱给扯掉了。找来了住在无名湾的潜水员奥瓦尔,在船身上捆了一根缆绳。我们斜着把它往岸上拉,船断成了两截。潮水来得很快,现在它好像漂走了。断成两截的船身正在那边水里漂着呢。别的不说,它对海上交通是一个很大的威胁。"

"我觉得有点窝囊。"比利·布莱蒂说,他小腿上沾满了烂泥,一边脸擦破了,帽檐下釉质的蓝眼睛充满血丝。他呷着啤酒,像在喝开胃酒似的。

纳特比姆咽了一口充满气体的啤酒,朝海湾望去。天空阴沉沉地压着,虽然才三点,黑暗已经开始渗入。

"我反正也走不了,"他说,"暴风雪就要来了。大风警报,雨夹雪,大雪,接着是严寒,一连串的绳结。到星期二冰就封得结结实实了。我走不成的。"

"也许是吧,"比利·布莱蒂说,"但你本来可以在春天之前把船拉上来。"

"对着啤酒伤心也没用。"纳特比姆说。

几片小雪花飘落到比利的膝盖上。他瞪着它们,呼气使它们融化。又飘下几片,间隔很大。"魔鬼的羽毛来了。"

可是纳特比姆抢走了听众。"这一天下来我已经改变了计划。"

"你准备再待一段吗?无论如何要等到圣诞演出和过节。"

"我再也不想参加晚会了,"纳特比姆说,"就像一个喜欢偷着舀糖吃的小孩,后来他奶奶在他面前放了一盆糖,塞给他一把大勺子,让他坐在那里吃,不吃光不许起来。打那以后他一见糖就倒胃口。"他鼓起腮帮苦笑了一下。

"至少你还能笑得出来。"丹尼斯说,他自己也半带笑容。

"如果不这样我就会发疯了,对不对?不,我决心微笑,忘了它,飞到巴西去。那儿气候温暖,没有雾,海水像游泳池那样碧绿,霍克内① 惯用的颜色。也许还能愉快地过上几个月。还有鱼!啊,真美呀。黄尾鱼做的鱼排。当地有一种非常好做的调味酱,你可以把它抹在鱼上或者加在其他酱汁或色拉里,只要挤一杯酸橙汁,撒上一撮盐,搁几个星期,滤掉渣子,灌进一个有塞子的瓶里,就可以用了。闻着有点怪,可味道是一绝。你把它洒在刚从烤架上拿下来还冒着烟的鱼肉上。还有古巴绿沙司——用酸橙、蒜泥、水田芥、辣酱油、酸奶油和虾子做的。我还会做一种咖喱海螺,用可可奶煨,跟熏鱼片一起上。嘿,要我说,那简直是盘中的天堂。"

"别说了。"奎尔说。层层雪幔卷过海湾,在他们的肩上和头上撒了一层白霜。

"亲爱的,我还没有讲到石蟹呢。石蟹,黄色,红色,黑色的美味,全球螃蟹之王,美食家的辉煌时刻,餐桌上的真理。我喜欢蘸着奶油酱吃,再加一点酸橙汁酱,几滴腌胡桃汁,也许再加一丁点蒜泥。"

"你是个烹调诗人,纳特比姆。"比利·布莱蒂说,"上次你请我吃了一盘你做的咖喱海豹鳍,那就是一首诗。"

"我敢说,比利,全世界只有咱们俩品尝过那道稀有的美味。还有小虾,巴西风味的。用一只大的黑铁长柄平底煎锅,把椰子油烧热后,丢进几个蒜瓣,然后把刚从海里捞上来的鲜虾倒进去——不过先要晾一晾。等虾子烧成橘红色,捞出来放在牛皮纸袋上滤油,撒一点海盐,一点青胡椒末,或浇一点辣酱油,用纸袋托着端上来。你咬掉虾头,用牙齿把虾肉拖出来,把虾尾巴吐掉。"雪向他们身上卷来。纳特比姆因为脸迎着风,头发和眉毛上积了厚厚的一层。另外几个人都已经掉转身,将后背冲着风雪。

---

① 霍克内(1937—),英国画家、设计师和版画家。

"我的老朋友帕特里奇就是这么做虾的。"奎尔说。

沉默的黑发男人皱了皱眉。他肩头覆盖着蓬松的白肩章。

"我不那么做。无名湾的内尔饭馆做的虾很好。是那种指甲盖大的小虾。她把它们去掉皮,蘸上面糊,在全麦面的饼干屑里滚一下,然后用油炸。跟小包的蛋黄沙司一起上。美极了!用烤黄豆做的面酱蘸着吃也不错。"

"对,那是我尝过的最好吃的虾。"纳特比姆说。"那种小虾味道非常鲜。行啦,然后我可能沿着海岸向北流浪,到墨西哥的太平洋沿岸某个捕鲨鱼为业的村子里。非常野蛮的地方,非常野蛮的运动。我实际上并没有什么计划。流浪一段时间也好。"

"啊,"比利一面用手掌边缘当刮皮器,刮去花呢帽檐下后颈上的雪花,一面说道,"我要能变年轻就好了,真想跟你一起去。我到过圣保罗,然后沿海岸往南。我还尝过你说的那种酸橙汁酱呢,那是在三十年代,还有石蟹。也到过古巴,还有中国。战前去的。纽芬兰人是伟大的旅行家。我有个侄子不久前乘部队运输船经过这里,送美国人到海湾打仗去的。你走到哪儿都能发现我们。可是我已经过了感兴趣的年纪,酸橙还是土豆,鱼还是油炸美味,对我都无所谓了。"

"你什么时候走,纳特比姆?"

"星期二,还是那个日子。还有最后一个机会为杰克和特德编一个奇闻逸事。'**老鳏夫和龙虾私奔!**''**总理用进口啤酒洗澡。**''**下流老爸强奸了孩子的马。**'也许我终归会怀念《拉呱鸟》的。哦,奎尔,有个坏消息要告诉你。古德拉德家说因为昨天晚上的事儿,再也不把活动住房租给报社的人了。我向他们恳求,说你有两个可爱的小女儿,为人非常本分,持家谨慎,等等等等。可是他们根本不听。我很抱歉。"

"我可以另外找地方。"奎尔说。随着每一次呼吸,鼻孔里都灌满了雪花。头隐隐地抽痛着。

"太糟糕了。"比利·布莱蒂说。他一身银白,随季节而变了颜色。"太糟糕了。"这句话似乎包含了一切。

奎尔眯眼望着天空,只见无数片雪花在寒风中乱舞。

"后娘的呼吸。"比利说。

第三十四章　打　扮

过去水手们都梳辫子,梳法有两种:打成普通的三股辫,或编成四股的方棱草帽辫。最后的修饰需要一条从盐水桶里选出的腌鳗鱼皮。水手仔细地把鳗鱼皮卷到头(像卷避孕套那样),然后把它从辫梢慢慢捋上去,用绳子扎好。节日场合便用红缎带打上一个蝴蝶结。

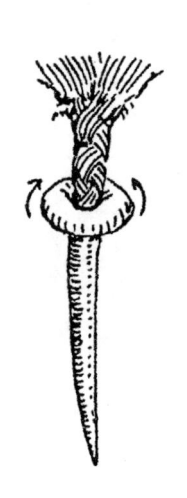

"奎尔,快把那点干完,我带你到拐弯的'坏天气'酒吧去喝杯热酒。"特德·卡德说,他神色烦闷而苍白,憎恨地望着冰封的海湾。外面已是天寒地冻。浸在水里的一块块冰连成了片,橡胶状的绿冰变厚了,冰脚贴上了海岸,把大海与陆地连接在一起。液体变成了固体,固体埋到了冰晶下。一片平原几乎伸到了海湾口。他望着破冰船向前啮进,开出一条锯齿形的黑色水道。

"好吧。"不大情愿。不想陪特德·卡德喝酒,可是估计没有别人会愿意去。这位老兄脾气暴躁。"让我给比蒂打个电话,告诉她我晚点再去。"可是他一心想去接女儿回伯克斯家的房子,他们现在的家。这是一座吱吱作响的舒适的房子,有许多食橱,藏在不可思议的角落里。最奇怪的是一个灯罩,会在灯泡变热时发出轻轻的噼啪声。洗澡间里有个手工做的铜浴盆,这是奎尔能坐得下的第一个浴盆。还有给客人住的空房间——如果有客人来的话。

"那么我们就去狂饮一通。"特德·卡德咧嘴笑着说,魔鬼拨着他喉咙里的琴弦,像弹吉他似的。"跟我走。"汽车在严寒中一路呻吟。

"坏天气"酒吧是一间铺着肮脏漆布的长屋子,扑面而来的是阻塞的马桶的臭气、呕吐物的气味和陈腐的烟酒味。这就是特德·卡德喝酒的地方,他经常喝得烂醉从这里爬回家,勉强爬上台阶,摸进家门。奎尔猜想他可能在家发火嚷嚷,或者更可怕。特德的妻子他只见过几次,一副瑟缩的样子。他跟那几个孩子打招呼时,他们直往后躲。奎尔对小孩子总是很留意。

荧光灯的光晕。酒吧台前密密的一排背影。帽上有两片耳扇的男人的剪影。互相交换看船的照片。谈话内容是保险、失业和出去找工作。奎尔和特德·卡德在边上一张丢满揉皱的餐巾纸的桌子旁坐下。一只冒烟的烟灰缸。他们背后是两个老头儿,穿着大衣,戴着拉下的粗花呢帽,都裹着围巾,带着拐杖,腿脚不灵便。两人紧挨着坐在一张长凳上。都用一只手扶着杯子。奎尔想,这跟对岸的乡村小酒店差不多。

"你喝什么?"特德·卡德问,他靠在桌上,弄得桌子摇了起来。"你喝什么,别告诉我,别告诉我,应该是家酿威士忌和百事可乐。"他向柜台走去,一边用手在口袋里掏钱。

又在昏暗中走回来。

他们喝着酒。特德·卡德的喉咙急切地活动着,他又咽了一口,举起嘎巴响的胳膊,伸出两根手指,招呼侍者。

"我见过比这更糟的。"他指的是天气,"两年前海边的冰老厚老厚。破冰船二十四小时地开。那风暴叫你撕心裂肺。几年前有一次,十二月第一个星期就刮起了尖叫的大风,五十英尺高的浪头掼来掼去,好像海底要翻上来似的。你没看见比利坐在他的角落里冻得浑身发抖,像筛糠似的。一两个星期后是从来没见过的大雨。洪水和毁灭。失踪者大坝决了口。不知道造成了多少百万元的损失。十二月的风暴是最变化莫测、最残酷的。十分钟就能从暖洋洋的轻风变成极地暴风雪。"

墙上一本渔民月历翻在最后一页。没铺桌布的桌子反着光。特德·卡德愤怒的哈欠。外面天黑了,一年中最长的黑夜。酒吧台后面的一部收音机里渗出了天气预报。要转暖了。预测气温将升过正常值。

"这就是我们现在的天气。风暴,降温,然后又升温,上上下下,像蹦蹦球。最冷,最热,最大的风,最高的潮水。像某个美国广告公司策划的一样。"

一个老头给他们端来了新的饮料,奎尔猜测他有八十岁了,还在工作,为什么不呢?他的头发剪成银色的短茬,眼睛也是银色的,弯弯的像月牙,鼻子下面一滴灰色的东西闪着光。云杉针似的胡髭。张着嘴,像一个进入头颅内部的洞口,露着白色的舌头和牙床,傻傻地看着特德·卡德塞给他的钱。

"告诉你一件事,"特德·卡德说,"杰克和比利·布莱蒂已经知道了。我要走了。在锚爪市待够了。元旦就走。圣约翰斯那边要我去给生产石油钻井器械的厂家出业务通讯。一年前申请的。嘀,申请人一大堆呢。他们只掐尖子。我当然高兴去。如果我干得漂亮,也许会去美国,得克萨斯的总部。虽然我喜欢的是佛罗里达。我会想你的,奎尔,想你是不是还在这儿。瞧,我元旦就走了。我敢打赌下一个就是你。你会回美国。杰克和比利只好自己来编《拉呱鸟》了,不知他们能不能对付。"

"你妻子会喜欢城里吗?"

"妻子!她不去。她就待在这儿,待在家里。她属于这儿。她的家人都在这儿,她要留在这儿。女人留在家里。她留在这儿。"他因为竟然有别的想法而愤愤不平。就在他又招手要酒时,奎尔站了起来,说得去接孩子了。特德·卡德进出了一段告别话。

"你知道杰克准备让比利接替我的工作。他们也许会让你去搞妇女那一摊,奎尔,再雇一个新人去报道船讯和车祸,我相信你也干不了几天了。"他的手伸进衬衫里抓挠着。

奎尔惊讶地发现一股狂热随着十一月的风暴席卷了港湾,仿佛风浪释放出的魔力附到了沿海居民的身上。到处是锯声锉声,织针的咔嗒声,浸在白兰地里的圆形大布丁,衣夹做的玩偶的脸蛋,用旧袜头填做的小猫。

小兔讲着学校的庆祝演出。她要和玛蒂一起表演节目。奎尔准备好硬着头皮听一个小时圣诞诗朗诵。不喜欢圣诞节。记得有一次他哥哥得到了一整套"火柴盒"牌玩具汽车,那些花花绿绿、小巧精致的微型汽车。他一定也得到了一样玩具,可是印象里只有那些扁扁的软包装,是妈妈买的睡衣或棕蓝相间的针织内衣。"你长得太快了。"她抱怨道,目光转回到个头适中的哥哥身上,他正在把那辆意大利赛车跟红色的双层公共汽车相撞。

他至今都无法忘怀,特别讨厌广播里那些大张旗鼓的声音,不停地宣报购物时间还剩几天,劝听众拼命借债。但他喜欢枞树的气味,而且必须去参加学校的庆祝演出。不是他想象中的那种庆祝演出。

礼堂里挤得满满的。都是最好的打扮。老人们身穿散发着樟脑味的黑上衣,袖子勒着腋窝。妇女们穿着驼色、朱砂色、红辣椒色、青铜色、柿子色、蔓长春花色、棕红色的丝绸或精羊毛服装。进口的意大利轻便舞鞋。头发做了卷,用发胶喷成凝固的云。口红。胭脂的红晕。男人们下巴刮得光光。包装纸似的领带,穿着粉红糖果色和奶油色童装的孩子们。阵阵香水味儿,一片嗡嗡细语,像蜜蜂在红色的田野上空飞舞。

奎尔抱着阳光,人群中看不到韦苇。丹尼斯一个人坐在第三排,奎尔和阳光在他身边坐了下来。比蒂也许在厨房帮忙,奎尔想。认出了坐在他前头的是"坏天气"酒吧的老招待,码头上来的两个老头儿。黄褐色的头发蘸水梳过了,脸也由于喝酒和在人群中感到兴奋而膨胀起来。一排等待外地工作消息的单身渔民。不老实的男孩子们。一卡车一卡车的大家庭和远方亲戚挤坐到折叠椅中。阳光站在椅子上,朝她不认识的人们挥手作乐。他找不到韦苇和海利。只闻到一股香粉的气味。她说他们会来的,他不断地望着。

女校长穿着她的棕色套装走上舞台。聚光灯摇曳着扫过她脚上。低年级唱诗班的合唱开始了。尖亮、纯净的童音涌满了礼堂。

不是他想的那样。不错,孩子们咬着舌头背诵幽默或宗教的诗歌,博得雷鸣般的掌声。但不只是学校的孩子,从城里和边远小海湾来的人们也上了台。贝尼·弗吉,就是那个带头向可怜的纳特比姆(他现在已经叫"可怜的纳特比姆"了)的小船发起进攻的黑发狂人,用圆润的男高音唱了一首《月儿多明亮》,以两拍响指和踢踏步结束。

"我小的时候,他们夜里过来在外面唱歌,"丹尼斯小声说,"老斯帕基·弗吉,贝尼的爷爷,是有名的金嗓子。在木乃伊滩附近的海上失踪了。"

"嗨,小兔!"阳光尖叫起来。"嗨,玛蒂!"一阵哄笑。

"安静点。"奎尔低声说。这孩子像盘起的金属丝。

小兔和玛蒂穿着一式的无袖套领罩衫。比蒂让她们自己坐在缝纫机前缝上了新衣的长边缝。奎尔看得出小兔的膝盖在颤抖,手紧紧攥着。她们开始唱一支奎尔曾经隔着房门听到过的歌,一支萦绕不去的外语小调,他猜想是非洲话。她们怎么学会的?奎尔和丹尼斯擦着眼睛,难为情地哼着鼻子。

"挺不错。"奎尔嘶哑地说。

"哦,当然。"丹尼斯用强盗头子的嗓音说。

奎尔想起了纳特比姆的磁带。孩子们会不会从那盘磁带上学会了一首不知道什么意思的异教歌曲?他希望如此。

一个约莫七十岁的女人微笑着走上台来,亮亮的头发用发网包着,像顶在额上的一卷白银。微笑堆起的面颊像谷地上的两座小山。镜片后一双眼睛顾盼有神。一个小孩跑出来在她身后的地上放了一只足球。

"哦,这个好看,"丹尼斯碰了碰奎尔说,"索菲尔姑妈学鸡。"

她静静地站了几秒钟,长长的老胳膊裹在紧身运动衫里,花呢裙子齐到膝盖。黄色的长筒袜,脚上穿着红色便鞋。突然一只脚刮了刮地板,手臂变成了翅膀,一阵低哼和咯咯的叫声,索菲尔姑妈变成了一只气急败坏的护蛋的母鸡。

奎尔笑得喉咙都疼了。尽管以前从没觉得母鸡有趣。

然后是韦苇和海利。小男孩穿了一件水手服,穿着踢踏舞鞋啪嗒啪嗒地跑过舞台。韦苇穿着自己做的灰色连衫裙坐到椅子上,手风琴横在她的胸前,像一排暖气片。几个走调的音。韦苇说了句只有那个小男孩听见的话。紧张的静场。然后,"一,二,三,"韦苇念完便拉了起来。号笛音乐流进了观众席,顿时几百只右脚跟一齐击打着地板,小男孩在空空的地板上前前后后嘎啦嘎啦地跳着,奎尔热烈鼓掌,他们都热烈鼓掌欢呼,直到海利跑向台前,按妈妈教的那样深深鞠躬,嘴咧开笑到了耳朵根。

最精彩的是比蒂。

幕布后先伸出一根黑拐杖,观众中爆发出一阵欢呼。她潇洒活泼地走出来,高视阔步。穿着舞蹈紧身裤和束腰外衣,衣服上缀满了小金属片和喇叭形玻璃珠、扁圆珠、小珠子、缎子珠、圆盘、亮黑珠、水晶钻石、猫眼石、羽毛坠和桶形珠、星状珠、珍珠、长圆珠、锯齿边圆片和珠母水滴坠。她一呼吸就会发出闪动的七彩光芒。一顶有曲木飞标般光泽的大礼帽。她靠在拐杖上,用指尖顶着帽子转,把它抛起来,在空中翻两个筋斗,端端正正地落在她头上。

"我们都知道比利·布莱蒂的习惯。"她说,声音里充满了调皮和戏谑,一种奎尔从没听过的语调。他瞥了一眼丹尼斯,见他身体前倾,半张着嘴,和所有的人一样急切地等她说下面的话。

"省钱是好事儿,对吗比利?"

观众都笑起来,扭过身去看比利,他坐在后面,窘得透不出气。拐杖转起来。

"对,我们知道他的习惯。可是有多少人知道上个冬天比利修钟的那件事?二月里,下冻雨那回,比利想请人把他厨房的那只落地大座钟修一修。亲爱的,听我往下讲。"拐杖在台上走了一圈。"比利给利安德·梅舍打了个电话。"

观众又嘎吱嘎吱地在椅子里扭转身去看那位爱修理老式手表的食品商。

"大家知道利安德在他的厨房桌子上修好了几只手表。老式表。这里也许有少数人还记得它们。你要每天给它上发条。真的！每天上发条。过去的生活真艰苦。所以！给利安德打了个电话。是本市电话,不要钱。"她变成了一个离奇的比利·布莱蒂,弓着身子在打电话。

"'利安德,'他说,'利安德,在我厨房放了一百年的落地大座钟修一修要多少钱？我用钥匙给它上发条。不用电池。'

"'啊,'利安德说。'大概要一百一十美元。主要是运输的钱。搭车运送,来回各需要五十美元。要雇两个壮小伙子,还有汽油、保险、轮胎里的空气。'

"'轮胎里的空气不要钱。'比利说。

"'你怎么回事呀,比利？这叫"通货膨胀"。'

"好啦,亲爱的,比利想了一会儿。我们知道他住在山上,利安德的房子在山下,中间隔着十来条街。比利都算好了。他要自己把钟背到利安德家,省下五十美元。让利安德把它送回来。回来是上山。钟其实并没有那么重,主要是一个放钟摆的空匣子,可是很笨,非常笨。"她比画着大座钟的尺寸,高高举起拐杖去碰比利的座钟顶上那个人人皆知的木鸽子,张开双臂,又弯下身去掸掉雕木底座上的一点棉绒。奎尔扭过身,看见比利为他的钟在舞台上重现而愉快地欢呼。观众中有人发出了滴答声。

"他找了一根结实的长绳子,在钟上牢牢绑了几圈,留出两个绳套,好把手臂伸进去。然后他把钟背到背上,走出了家门！要到利安德家去。"现在她又变成了比利,蹒跚地沿着倾斜、结冰的山路往下走。

"'滑得很,'我们的比利说。"一点点地迈着小心翼翼的步子。

"靠近山脚住着菲扎德姑妈,九十岁了,对不对,亲爱的？"

所有的人都探身去看坐在前排的那位老太太。她颤巍巍地举起粗拐杖致意,引起大家的欢呼和鼓掌。

"九十岁了,她走了出来,穿着她那双筒口有毛的高筒套鞋,鞋跟里打了刻槽,防止滑倒。穿着她的黑大衣,戴着一顶毛线帽子,一手握一根拐杖,拐杖头上都包着红橡皮。就是被人推一把也摔不倒。她想。"现在比蒂又变成了菲扎德姑妈,一步步地往前挪,一面严厉地左顾右盼,警惕着那些会来推九十岁老太太的人。

"山顶上……"观众咆哮道。

"山顶上可以说出了一点麻烦。我们的比利先朝右边冲了几小步,脚底一滑,然后绊了一下,朝左一冲,又是一滑,他打着滑往下冲,山路越来越陡,冰像水一样耀眼,他脚底下刹不住,忽然一跤摔下去,钟面朝下,加速地往下滑,像坐在一挂失去控制的狗拉雪橇上。

"可怜的菲扎德姑妈听到了嘶嘶声,抬头一看,可是已经太晚了。大钟一下把她卡进了雪堆里。一阵可怕的寂静。然后比利站起身,把他的宝贝钟从雪堆里拖出来,重新背到背上。离利安德家还有几步路呢。他朝旁边瞥了一眼,看见菲扎德姑妈的两只套鞋插在雪堆上。它们扑腾了一会儿,菲扎德姑妈从雪堆里钻了出来。她的帽子挤歪了,一根拐杖一直埋到春天,黑大衣上沾满了白雪,变成白大衣了。

"'你!好你个比利·布莱蒂!'她咒骂着他。"拐杖转起来。

"她说,"——长长的停顿——"她说,'你为什么不像别人一样戴块手表呢?'"

观众爆发出热烈的欢呼。年轻人把手表抛向空中。

"啊,她真了不起,她真了不起,是不是?"丹尼斯敲敲奎尔的背,又把手够到前面去碰碰老菲扎德夫人的肩膀。

"没有一句是真的,"她尖叫道,笑得脸色发紫,"可是她让你觉得像真的一样!哦,她太棒了!"

几天后,奎尔送给韦苇一只明亮的玻璃茶壶和一块印着越橘图案的丝巾。是他从美国的一家陈列商店邮购的。韦苇送给他一件深红色的毛衣,是她用晚上的时间织的。穿在身上并不嫌小。他们的脸靠得很近,呼吸交融在一起。可是奎尔在想着佩塔尔送给他的唯一一件礼物。当时她已经打开了他送给她的十来件礼物,一只绿松石手镯、一只热带鱼缸、一件用珠子缀出埃尔维斯·普雷斯利①头像的背心,浅黄色的眼睛,金属片做的嘴唇。她拆开了最后一个礼包,瞥了他一眼。他垂着手坐在那里,看着她。

"等一下。"她说着跑进了厨房。他听到冰箱门开了一下。她回来了,双手背在身后。

"我没有机会给你买东西。"她说,然后向他伸出两只握紧的拳头。松开手指,每只手心里托着一枚褐色的鸡蛋。他接过来。蛋是冰凉的。他觉得很温柔,很美妙。她给了他一样东西,鸡蛋毕竟只是个象征,可它们是从她手里接过来的礼物。给他的。虽然鸡蛋是他自己前一天在超市买的,但这有什么要紧。他想象她理解他,她一定是爱他,所以才知道重要的是那双伸出的手,那个给的动作。

圣诞节那天,一大块云压了过来。可是姑妈从圣约翰斯来了。他们同丹尼斯和比蒂一起在巴吉特夫人的厨房里吃圣诞晚餐。人们出出进进,炉火烧得旺旺的,当地人讲着过去的柚木节、化装游行和狂欢的故事。杰克躲在边上,倒着热的朗姆甜饮料。远处零星传来庆祝的猎枪声。

---

① 埃尔维斯·普雷斯利(1935—1977),美国摇滚乐歌唱家,有"猫王"之称。

丹尼斯的胡子上沾满白霜。这是圣诞节后的星期六早晨，他和奎尔在山洼的云杉林里砍下个冬天的木柴。奎尔用的是链锯，他喜欢这工具。丹尼斯砍去多余的树枝。阳光的蓝头巾勉强裹住奎尔的脖子。中午他们站在小火堆前啜着热茶。

"比蒂说咱们该去翻船湾看看老诺兰。这儿离得不太远。早一点干完赶过去。往年我爸或别的人一入冬总要过去看看他的柴火和粮食够不够。今年晚了点。比蒂给他做了块蛋糕，还有一些面包。早上我看到了他那儿的烟，可是也说不准。"

"我根本没有想到他。"奎尔说，很内疚。

他们绕着大弯从洼底往上爬，丹尼斯高声讲着喝醉的雪车司机因为不认识路而永远埋到冰雪底下的故事。

"真冷。"他叫道，眯眼看着海滨线上的缺口。翻船湾那些空房子出现在眼前，像粗纸上的炭笔画。雪车沿长长的倾斜弯道拐上了海岸。

老堂兄的棚屋的金属管冒着烟。雪车的呜呜声减弱成了突突的空转。

"让它开着。"丹尼斯说。

比奎尔记忆中的还要糟。臭气令人作呕。老头虚弱或糊涂得连厕所都去不了。一具骷髅在他们面前颤抖。狗靠在火炉旁，一动不动。但还活着。奎尔忍不住干呕起来，跟跄地走到门口。那片圈起的空地上有三个小雪堆，冻僵的绵羊。

"诺兰大叔，"他听见丹尼斯说。"我是丹尼斯·巴吉特，杰克·巴吉特的儿子，从山洼那边来。我妻子给你带了点面包。"他把面包从手提袋里拿出来。面包散发亲切诱人的香气。骷髅扑上来，抓过面包往嘴里塞，抽搐的面包皮后面传出沉闷的嚎叫声。

丹尼斯走出来,吐了口唾沫。清了清喉咙,又吐了一口。

"臭得没法待,可怜的老家伙饿坏了。我的老天,多脏啊。最好把他送到收容所去,你说呢?他神经有问题。他在烧墙呢,看那儿。看见他把木板给扯掉了吗?他是你亲戚,应该由你决定,看看拿他怎么办。他们来把他带走,我再过来一趟,把那条老狗淹死。反正已经半死不活了。"

"我不知道该拿他怎么办。"

"比蒂知道该给哪儿打电话。她在那个帮助妇女的'体恤组织'工作。还有'少女妈妈'。她们知道所有那些组织。她和韦苇。"

"比蒂和韦苇?"奎尔内疚得脸发烧。他第一次看到那个可怜的老堂兄时就应该去照料他的。根本没想到。

"那个'体恤组织'是比蒂和韦苇发起的。两年前的事了。那年冬天,住在我们家旁边的市议员把他老婆一顿毒打,光身子推到外头雪地里。那女人来找比蒂。身上冻得发青,耳朵被打聋了,里面还有血。第二天比蒂给韦苇打了电话。韦苇自从建立了那个特殊教育团体之后,就知道怎么建立那些组织,怎么发起,跟省里说得上话,知道吧?引起了他们的注意。"

"不简单的女人。"奎尔说。可是心里在想,哦,你真应该见见佩塔尔,见见我那可爱的姑娘。一个荒谬的念头,佩塔尔在锚爪市,这可不有趣。她会大声尖叫,跳上下一班离港的飞机。从此无影无踪。

"老弟,"丹尼斯说,"你知道的还不到一半呢。"一面加大油门,把雪车开进了狂风洗涤的山洼。

第三十五章　周日工作

> "周日航程,至少包括从正午到正午的船迹推算,从早晨和下午的时间观测推算经度,从子午线高度推算纬度。"
>
> 《海员词典》

"想和你谈谈,奎尔。"杰克在电话里喊道。"明早开车来接你。也让米斯基湾的人都认识认识你是谁。"令人毛骨悚然的咳嗽。电话随即挂断,没等奎尔说话——如果他有什么要说的话。

到一月份一直是寒冬天气。天空与海面上灰白色的冰层融为一体,近岸的冰很坚固,五十英里外锯齿状的大块浮冰随波涛上下起伏。每天都下雪,有时是慢慢飘落的雪花,仿佛在风暴间歇无所事事。不断加深,五英尺,八英尺,十一英尺深了。道路像销声的河岸间的河床,金属、木头的声音消失了。奎尔估算,每过十天就有一场风暴。

杰克卡车里的加热器刺耳地响着,可是他们的呼吸在侧窗上结成了冰花。奎尔用指甲刮着车窗,看那些像逗号和分号一样散布在远处冰上的琴海豹。心不在焉地听杰克讲话。一边想着海豹。韦苇的哥哥奥斯卡养了一只海豹。喜欢当地的扇贝。杰克心里有事,说话像铆钉枪似的。新的底栖鱼类渔汛期开始了,一堆乱糟糟的分配和定额弄得他晕头转向,脑子发木。

"爱因斯坦也弄不明白。他们搞得一塌糊涂,渥太华的那帮笨蛋,他们连圆鳍鱼和自己的屁股都分不清。"杰克处于中等火气。

"老是这样,"用手梳着头发,使头发直竖起来,"他妈的,你刚干得好好的就没了。我好像永远在修修补补,白费力气。"

奎尔穿着特大的栗色带风帽厚夹克,没精打采地坐在那里。记起了奥斯卡那只海豹的名字。帕索斯。当地扇贝的名字。

"对了,奎尔,比利想继续搞家庭版,所以你是新的总编辑了。你接替特德·卡德的工作,安排版面,负责接电话、分派任务,还要对付账单、登广告的人、印刷工。你要注意那个该死的印刷工。这就是我带你到那儿去的原因。只要有一个错可以出,他就不会漏过。呃,还想让你继续写船讯。"

奎尔吃了一惊,摸向下巴的手举到一半。

"想试着让贝尼·弗吉写法庭报道和车祸,性猥亵故事。去掉餐馆和国外新闻的报道。那些餐馆谁都知道,没有人关心别处发生的事情。从电视上都看到了。"

卡车沿曲折的路爬过山岬,他们进入了一片永远覆着轻雪的区域。

"在家庭版里加一个新栏目,你看怎么样?可以叫作'生活方式'。比利和我琢磨这件事有两年了。现在这儿有两种生活方式。一种是旧的活法,照顾家庭,老死家乡,捕鱼,砍柴,种种菜园子,靠现有这些对付着过。还有一种新的活法。去外面工作,有份职业,让别人告诉你干什么,坐火车上下班,你兄弟在南非,你妈妈在里贾纳,买你买得起的每一样该死的日本货。离开家乡,出去找工作。有的过得很艰难。奎尔,我们都知道《拉呱鸟》是以鸟巢设计和好食谱出名的,可是那还不够。现在我们得讲陶瓷罐和消费等级、沥青车道、彩票、炸鸡经销权、美食店里卖的皇家薄荷咖啡,等等等等。怎样在遥远城市里生活的建议。比利觉得足可以把家庭版扩大成对开的两页。他会和你谈谈他的想法。你跟他一起设计。"

"我们可以隔一段时间找一些在外地的人写个特约专栏,用书信的形式。澳大利亚来信、萨德伯里来信,谈谈那儿的生活。"奎尔说。

"唔,如果我二十一岁,准备出去闯世界,我也会要看的。报纸会面貌一新,在许多方面。"

"纳特比姆非常善于写棘手的故事。我不知道贝尼写性犯罪行不行。"

"哦,我们先看看这人干得怎么样,再来安排他,好吗?你这么对付着成吗,奎尔?"他们汇入了米斯基湾的车流,一圈没有名字的街道和陡斜的单向山路,因为雪堆而显得错综复杂。

他点点头。暗自以圣帕索斯的名义发誓决不出一个排印错误。

"今晚到趸船上来,我再跟你谈。好啦,你在这儿拐弯,看见吗,然后从消防站后面穿过去。这是近路。"

"好,"奎尔坐在特德·卡德坐过的位子上,不过他已经把桌子清理过了,撕掉了那幅油轮照片,"这星期有什么新闻?贝尼,性猥亵和违警罪法庭的报道你写得怎么样了?"压低了嗓门。

贝尼·弗吉坐在那里,两手紧握着放在干净的桌面上,跟上算术课似的。他蓬松的头发使奎尔想到消磁头。

"我跟你讲。我读了大概五十篇纳特比姆写的故事,学习他是怎么写猥亵案的。可是我没法像他那样编串故事。我试过,因为我觉得欠纳特比姆的,把他的船弄成了那样。可是我做不来。我只能写到这样。"

  星期二法庭驳回了对米斯基湾一名六十七岁男子乱伦

罪的指控,因为他十四岁的女儿拒绝做证。

远水湾七十一岁的辛格娄·布蒂医生被捕,他被指控在一九七八年五月至一九九一年七月间犯了九起强奸罪,涉及七名病人。被告将于一月三十一日在省法庭受审。

等候评判,咬着拇指指甲。

奎尔看看比利,他非常轻微地动了动眉毛。纳特比姆会编出两个动人心魄的故事。

"其他素材很棒。其他法庭素材?我有好东西。"

"好东西是什么?"奎尔问。

"两个家伙被控触犯了法律书上的所有条款。跟野生动物保护警吵了一架。被指控在禁猎期携带火器,阻碍野生动物保护警执行公务,用尖树枝和捕虾篓袭击野生动物保护警,打碎了野生动物保护警的宝丽来牌太阳镜,威胁野生动物保护警。还有这儿的一个家伙,被指控私藏铜电线,价值大约四千元。他还被指控贩卖印度大麻毒品。还有一个犯罪寻开心的青年,在绝望湾偷了辆自行车,骑了十一英里来到倒霉湾,又在那儿偷了辆摩托车,跑到从来没有湾。可是这青年野心很大,扔掉摩托,又偷了一部汽车。把车开进了海里,自己游到早晨快乐湾,岸上正好有两个皇家骑警坐在巡逻车里吃炸面圈。还有五起失业保险诈骗案。四名拖船船长因为在禁渔区捕捞红鱼,每人被罚了两千元,无名湾的一个家伙因为在内海用滚钩钓鱼被判三十天拘留。各种车祸。一大堆的照片。我喜欢拍照。瞧,我可以干双重职业,记者兼摄影师。"

"比那两篇性猥亵的故事写得稍微详细点。"奎尔假装很生硬,铁面无情。

"行,犯罪的故事我可以写一整天。可是性故事就不行。"一本正经的人。"我把犯罪故事和拍照看作我的大好机会。"

做什么的机会呢,奎尔疑惑着。现在他坐在特德·卡德的窗户旁,听着电话,在电脑上编辑稿件,把一页页文章粘贴起来,再开车把样稿送到米斯基湾的印刷厂。那个星期报纸出来后,他把报头那一页撕下来寄给了帕特里奇。"总编:R.G.奎尔"。

就这样,各种各样的报道,货船被冰围困,搜寻救援队空运一名被挤在不透水的动力门内的水手,一条尾舵拖网渔船引擎室发生爆炸后在海上漂流,一条设有加工冷藏装置的拖网渔船被银行收回,科学勘测船上一名水手在恶浪中落水失踪,飞机失事,石油泄漏,鲸鱼缠入网中,在港口非法倾倒鱼内脏,向消防队员和选美冠军颁发奖章,施暴的丈夫,溺水的男孩,失踪又被找到的探险者,在狂风大浪中沉没的船只,一只渔船撞到破冰船上,某人中了大彩,非法获得的美洲驼鹿肉被没收。

他给姑妈寄去一份警察局公报。梅尔维尔夫人和"结实宝贝"的乘务员一起在夏威夷被抓获。那男人比她年轻三十岁,长得挺英俊,穿名牌衣服,开一部凌志400型车,带移动电话。"我是为了爱情。"她这样坦白道。那个乘务员什么也没说。

这一切都在周日工作中。

第三十六章　拘 束 衣

拘束衣：一种用帆布等结实材料做的衣服，紧紧箍在身上，可拘束危险的疯狂者、凶恶的罪犯等。有的把手臂与身体缚在一起，有的是长袖子，袖口封闭，两只袖子可打结系在一起。

北方向太阳倾斜着。随着光明的伸展，较咸的墨西哥湾流和微咸的拉布拉多洋流交汇处的近海浅滩上滋生出一层乳状的浮游植物。热带和寒带的海水一层层复杂交错，涌动着泡沫的海浪中充满了细菌、酵母、硅藻、真菌、海藻、气泡和飞沫，生命的原料，催促着生长、变化、交配。

一个星期五的下午。奎尔在家里，换上了旧衣服。他从厨房窗户眺望海面，等待杰克的小艇。远处有雨的颜色，可奎尔这边一滴也没下。一条尾舵拖网渔船离开了鱼厂，也许是到近海的恐怖岛浅滩去。载着十四个船员工作十天，拖着渔网，慢慢把网拉回来，兜着鳕鱼的那头拉上来时有过短暂的兴奋，鳕鱼倾入舱中。或者没有多少。鱼破了膛，流血待毙。接着再拖，再拉回来，修补渔网。一遍又一遍。

杰克的小快艇出现了，朝面袋湾缓缓开来。雨幕向东垂去，留下一抹抹天蓝。奎尔拿起电话。

"嗨，比利吗？我马上到杰克那儿去。看到他进来了。"

"刚才有人从美国给你打电话。我把你那儿的号码告诉他了,你稍等一会儿吧。我听到有传言说海歌渔业公司下个月要关闭三家鱼厂。不知名的人提供的消息。据说无名湾也是一个,你告诉杰克。如果这是真的,我不知道那儿的人往后靠什么生活。"

"你和海歌公司的人谈过吗?"

"啊,那个经理的脸拉得跟强盗的马似的,他会拿一串无耻的借口来搪塞我。不过我们可以试试。"

奎尔等了五分钟,手正按在门把上时电话铃响了。帕特里奇的声音,约五千英里之外传过来的,滞缓而悲哀。

"奎尔?奎尔?这条线路真差劲。喂,你知道暴动的情况吗?"

"知道一点,"奎尔说,"这儿的新闻里播了大概十秒钟,看样子很糟糕。"

"糟透了。不光是洛杉矶,好像全国都感染了一种暴怒病毒,动不动就拿枪,就像以前抬腕子看表一样。还记得《记录》的改稿员埃德娜吗?"

"记得。她从来没对我笑过,一次也没有。"

"你要博取埃德娜的微笑可不容易。听着,她刚给我打了电话。《记录》报社发生了一场惨祸。昨天下午一个疯子带着机关枪闯进报社,打死了庞奇、阿尔·卡特洛格和其他三四个人。打伤了八个。"

"天哪!为什么?"

"唉,也是这儿动乱的一部分,和'读者来信'有关,信不信由你。这人给报社寄了一封匿名信,说暴动是净化制度和重新分配财富的必要手段。他们没给登。他就带着机关枪去了。埃德娜说她没给打到的唯一原因是射击开始时她正蹲在编辑台底下找纸夹,还记得那儿纸夹总是不够吗?奎尔,上星期有人在高速公路上朝梅尔卡利亚开枪。你看这些人多疯狂,我还拿加利福

312

尼亚的生活和洛杉矶生活方式开玩笑。她的挡风玻璃被子弹打了好几个洞。差一点就打到她了。她吓得要命,我却在开玩笑。埃德娜打来电话后我才意识到我们待在一个多么疯狂倒霉的地方。你到哪儿都可能被打死,烧死,或者遭到毒打。而我还在笑。"奎尔觉得听到了朋友在大陆那一头哭泣。也可能他又在笑呢。

空气中有一股深深的味道,一种难以捉摸的味道,使他有意识地吸气。天空像是伤口渗出的淡黄色脓水。旅行汽车车门的嵌板边上生满了铁锈。他可能已经在纽约莫金伯格送了命。

杰克站在小快艇里,往趸船上叉鳕鱼。奎尔穿上一件油布雨衣,戴上手套。他握着小刀,抓起一条鳕鱼。一开始他觉得这样开编辑会很奇怪。

"谈话的时候手里最好别闲着,"杰克爬上趸船,说道,"最讨厌看到五六个大老爷们坐在桌边,除了动嘴什么也不干。你就看他们在那儿乱画,撕纸片,晃着个脚,摆弄着纸夹。"

奎尔不愿想到纸夹。跟杰克说了机关枪杀手,高速公路上的胡乱放枪,暴动。

"美国的暴力是出了名的。"杰克说。"在这儿,最糟糕的是碰上一场群架,也许会把你的汽车推下悬崖。"他们沉默地干着活。

杰克说鳕鱼很小,平均只有五到六磅,现在很难捕到五十磅以上的鳕鱼了,而早先人们抓到过两百磅的大鳕鱼。还有更大的。二十年的过量捕捞使鱼产量濒于崩溃。已经崩溃了,杰克说,他坐在桌边,刀子灵活地动着。

"你知道我为什么不停止捕鱼,"他一边说,一边熟练地剥开鱼腹,扯出内脏。嘴角叼着香烟,"就是我想停也不行,因为那样我就再也拿不到捕龙虾或鲑鱼的许可证了。不知道为什么,我最喜欢捕龙虾。你只要让那鬼许可证失效一个季度,就再也别想得到它了。"

"比利让我告诉你,有传言说海歌公司下个月可能要关闭三家鱼厂。听说可能有无名湾。"

"我的天!你以为不可能更糟了吧,更糟的就来了。这种分配捕鱼定额的鬼办法,好像鱼是地里的一行行土豆似的。如果海里没鱼你就没法分配它们,没法捕捉它们,加工它们,运输它们,大家都没饭吃。没人搞得懂他们那些疯狂的章程了。瞎指挥。他们说'当地渔民太多,鱼不够'。好啊,鱼到哪儿去了?给俄国人、法国人、日本人捕去了,还有西德、东德、波兰葡萄牙、英国、西班牙、罗马尼亚、保加利亚——各式各样名字的国家。

"就是设了限制,沿海也好不了。鱼都在五十、一百英里之外给拖网渔船和拖船捞走了,怎么还会到沿海来呢?它们捞剩下的又在二十英里之外给多钩钓鱼船弄去了。沿海渔民还有什么?"他朝水里吐了口唾沫。看奎尔笨拙地使着刀子。"你已经会了。就是这样。坚持练就是了。"

"那些广告,杰克,我想把虚假广告去掉。我们需要新闻篇幅。上星期我们报道了锯木厂的消息、米斯基湾新的国家历史公园、抗议外国人在处女礁附近捕鱼的示威、抗议高电费率的示威、虾制品加工商的罢工——都是很好的,实实在在的当地新闻,可是我们好不容易才把它们塞进去。没有照片。我的意思是,如果它们是真实广告也还好一点。"

"啊,这是特德·卡德的主意,假装给圣约翰斯的大企业做广告。使人家觉得我们很兴隆,你知道。给当地登广告的人一点刺激。你做主好了,如果需要篇幅就把那些广告拿掉。你看,我们刚开张的时候没有那么多新闻,广告看上去挺不错的。"

弄干净的鱼一条一条丢进了灰色的塑料鱼箱中。杰克把鱼肚肠扔进了海里。

"渔业问题？问题糟透了。他们把沿海渔民变得跟流动农业工人一样。我们只是给人收获产品。哪儿有产品就到哪儿去收，人家让收什么就收什么。人家付多少钱就拿多少。我们现在再也控制不了渔业了。没有决定权，只能别人叫干什么就干什么。得遵守那些根本不了解这个地方的混蛋们制定的规章。"与其说在叹气，不如说是重重地呼了一口气。

可是，奎尔想，到处不都是这样的吗。杰克逃脱了这么久算是幸运的。

二月底圣约翰斯寄来一些文书，要他以最近的亲属的名义签字，把老堂兄永远送走。妄想、老年痴呆、精神分裂症人格，预后很差。他坐在那里看着纸上的虚线。不能就这样打发掉一个陌生男人的余生，他只对那男人说过一句话，那人只是对他打了一些绳结。他决定先去圣约翰斯看看那位老堂兄再签字。假使他眼光可怖，流着口水，正在发疯呢？他料到会是这样。假使他头脑清醒，出言不逊呢？他也有准备。

最后一刻他邀请韦苇同行。说可以换换环境。他们可以去吃饭。看一部电影。两部电影。但他知道他说的是别的。

"会很开心的。"这句话从他嘴里说出来显得很傻。他什么时候"开心"过？还有韦苇，皲裂的脸庞已经刻上了中年的皱纹，超过炉火熏烤和风吹程度的干枯侵蚀着她。"开心"到底是什么？他们俩都只能强装笑容站在那里看别人跳舞、坐在酒吧高脚凳上转圈、投保龄球。开心地玩。可奎尔确实喜欢看电影，一片黑暗，陌生人的发型衬在银幕上，花生和洗发香波的味道，爆米花在齿间清脆地响。他可以摆脱自己的下巴和笨重的身躯，飞到银幕上的白衣服和匀称身材里去。

韦苇说好的。海利可以让她爸爸照看。好的,真的很好。

◈

几片撕破的朝霞,形状和颜色像鲑鱼片。他们在高高的雪堤间行驶,微绿柔嫩的天空渐渐刺眼起来。一道光线涌了过来,把汽车浸没了。奎尔的手握着方向盘,黄色的手上长着青铜色的汗毛。韦苇栗色的哔叽外衣看上去像金布做的一样。然后是平常的日光,以及冰雪、岩石和天空构成的黑白相间的风景。

奎尔跳跃的思想使他找不到话说,不知道说什么来打破两人之间膨胀的沉默。他咕哝地询问艾尔文·雅克那支没完没了的歌是什么内容。其实并不关心,只是为了开一个头。

"我记事起就听他唱了。'大雄鹅'号在海上沉没了,他们用'布鲁斯'号运美洲驼鹿。新不伦瑞克的驼鹿。我不知道是什么时候,大概在'一战'前后。以前纽芬兰没有驼鹿。"她也不关心,但是嗡嗡作响的汽车里的交谈声给人鼓舞。她想起上学时有个男孩午饭带的饼干发霉了,在那儿哭。她把自己带的夹肉三明治给了他,是从一块冷的烤驼鹿肉上切下来的。

"现在可够多的。"奎尔笑着说,想握住那只皲裂的手。他们忽然发现一只驼鹿正站在公路边结冰的洼坑里,像是一个什么兆头。

中午看到了不封冻的港口,见到蓝色的海水他们都很高兴。几个月冰雪之后的湛蓝。

◈

韦苇在华特大街的商店里逛,新皮革、带香水味的杂志和汽车废气的味道使她又兴奋又惊讶。给海利买了一只玩具牛,给她爸爸买了一件长衬衣。一盒各种节日的贺卡,减价的。一把红柄的水果刀,把厨房抽屉里那把钝刀子淘汰掉。一副宝石色的印花胸罩。有非常好看的设得兰羊毛,可以织一件图案鲜艳的毛衣。可是太贵了。她看到一家商贩的橱窗里用真鱼做了一道绝妙的布景。比目鱼片做的小船在小虾和蓝黑色贻贝的波涛中行驶,一个整条鲑鱼做的灯塔,一条条闪闪的鲭鱼是它射出的光。画面周围用蟹爪做镶边。

她拿着奎尔的购物单,他给的信封里装着给小兔和阳光买衣服的钱。紧身裤、灯芯绒裤子、阳光的套头毛衣、短袜和紧身短裤。给小姑娘买东西多么有趣啊。她另外又买了条形发夹、带扇形花边的短袜、两顶可爱的羊毛圆帽,一顶凫蓝色,一顶淡紫色。小心戒备着充斥大城市的好多小偷。午饭吃了块烤牛肉三明治,下午在豪华的商店里闲逛,每样东西都瞧瞧,再也没花一个钱。

奎尔也买东西了,在收容所礼品商店里转来转去,想给老堂兄带点什么去。谁知道他有什么样的回忆?谁知道他有过什么样的生活?他捕过鱼。用篓子捞过海螺。养过一条狗。在夜里游荡。打过绳结。

他在摔跤杂志和机绣香袋中间,发现了一幅装在压花金属框里的长卷毛狗的照片,挺感伤的。就要它吧。不用包装了,他对收款的女店员说,然后把它放进了夹克衫口袋里。

老堂兄坐在一把木扶手的塑料椅子里。独自靠着窗户坐着。非常整洁,穿着一件白睡衣,洁白的长袍。青筋暴露的脚上是一双纸拖鞋。他两眼盯着放在靠近墙顶的托架上的一台电视机,图像重影得很厉害,每个人的脸上都有两张嘴,四只眼睛,多出一道轮廓。一个秃顶男人在讲糖尿病。画面上爆出蓝色的防冻剂广告,闪动着曲棍球比赛的片段,冰屑飞溅。

奎尔站到椅子上,调节了图像,把声音调低了些。站到地上,坐下来。老堂兄看着他。

"你也来了?"

"对,"奎尔说,"我来看你。"

"车开了好久,是吧?"

"是,"奎尔说,"不过韦苇·普鲁斯陪我一起来的。"

为什么要对老堂兄说这个呢?

"噢,知道。她丈夫没了。"

"是的。"奎尔说。他觉得这老头的脑子没什么问题。他向四周看看,没有绳结。"呃,你觉得怎么样?"他小心地问。可以表示任何意思。

"哦!好极了!好饭好菜!天花板下热水雨给你洗澡,嘿,像白丝一样,肥皂泡在你手里涨起来。站到热水下面你感觉跟小孩子似的。他们每天给你发新衣服,雪白雪白。电视。还有打牌和游戏。"

"听上去很愉快。"奎尔说,心想他不能再回那个臭猪圈去了。

"不不,不完全愉快。这地方到处是疯子。我知道我在哪儿。不过,这儿生活太舒服了,所以我就跟他们演了一场戏。他们问我,'你是谁?'——我说'小袋鼠·小木头'或'篓里最大的螃蟹'。'哦,他疯了,'他们想,'把他留下吧。'"

"唔,"奎尔说道,"锚爪市有一所养老院。也许有可能——"可是不知道人家会不会收他。他伸手从口袋里掏出那幅长卷毛狗的照片,递给了老堂兄。

"给你买了个礼物。"

老头用颤抖的手举着它,端详着。然后背过身去,面朝着窗户,朝着大海,他的左手抬起来,手指遮住了眼睛。

"我打了绳结诅咒你。招来风。绵羊死了。白脸进不来。"

很痛苦。奎尔希望自己带来了一盒巧克力。他强忍着。

"诺兰堂兄。"这个称呼听起来真怪。可是这样叫似乎把自己与这个干瘪的躯壳联结了起来。"诺兰·奎尔堂兄。一切都过去了。别责备自己。你先坚持一段时间行吗？我去养老院问问。那儿有不少锚爪市和无名湾的人。你知道你不能再回翻船湾了。"

"从来不想待在那儿！想当飞行员。在天上飞。林白[①] 横飞大西洋的时候我二十七岁。你没见过那时候的我！身体多棒！他到过纽芬兰。就在这儿起飞的。他们都到过这儿，圣布伦丹、利夫·埃里克松、约翰·卡伯特、马可尼、拉基·林迪。这儿发生过伟大的事情。我一直都知道。知道我注定要做了不起的事情。可是怎么开始呢？怎么走出去，开始事业呢？我出海捕鱼，可是他们叫我风暴奎尔。你看，我是个灾星，带着倒霉的风。我运气不好。奎尔家的人都没有好运气。只好靠自己。最后我泄了气。"

奎尔说他去锚爪市养老院打听打听。心想，在此期间他什么字也不签。

老堂兄越过奎尔朝门口望着。

"阿格妮丝在哪儿？她一次都没来看过我。"

"说真的，我也不知道为什么。"奎尔说。

"啊，我知道她为什么不想来。难为情！她难为情，因为我知道她的事。她做姑娘那会儿很乐意到我家里来。跟老太婆说她的麻烦事，求她帮忙。哭哭啼啼的。女人的肮脏事儿！我看到她拔草根，斜眼睛的鬼脸浆果，那些鬼眼睛从灌木丛里往外看。把那些草根煮成一种黑色的鬼茶，在厨房里递给她。她一夜都在叫，跟炸弹一样，吵得我睡不着觉。早上看到她，她不肯抬头，还把标致的脸蛋儿掉过去冲着墙。盆里有点血乎乎的

[①] 林白(1902—1974)，美国飞行员，世界航空史上最著名的人物之一。

东西。

"'呃,'我说,'完了吗?'

"'完了。'老太婆说。我就出来到船上去了。是她哥哥干的,你知道,那个傻大个盖伊·奎尔。她还是小姑娘时他就盯上她了。"

奎尔做了个苦脸,感觉干燥的下嘴唇裂开了。那么姑妈也到过噩梦岛了。他的亲生父亲!天啊。

"我明天早上过来,"他咕哝道,"如果你需要什么的话。"老头在看长卷毛狗的照片。可是在转身走开的时候,奎尔觉得他看见疯狂的微光了。他想起比利讲的这老头对待他的亡妻的恶心故事。就是那个老太婆。奸尸。啊,奎尔家的人。

在旅馆餐厅里奎尔要了葡萄酒。一种发暗的波尔多葡萄酒,带着软木塞味,发酸。韦苇优雅地举杯。可是这酒直冲他们的脑子,他们胡乱地谈着——没谈什么。她不说话的时候他也能听到她低沉的声音。奎尔忘记了老堂兄对他说的一切;感觉真美妙,美妙极了。韦苇描述了商店里的东西,阳光深蓝色的新毛衣,正好可以衬出她火红的卷发。她意识到自己穿在外套和内衣里面的新乳罩。每次举叉时,香水柜台的样品便从她手腕上发出阵阵高雅的芬芳。他们隔着桌子看着对方,开始只是短短的对视,然后是性交之前的那种长长的、穿透性的凝视。酒杯叮当作响。黄油在他们的刀子上融化。奎尔掉了一只虾,韦苇笑了起来。他总是掉虾,他说。他们吃了油炸薄牛肉片。又喝了一瓶酒。

在这样一顿晚餐之后电影几乎是多余了。但他们还是去了。大概讲的是个法国隐士,他透过软百叶窗往外偷看,手里耍着一把切面包的刀。

最后上了床。

"哦,"韦苇躺在奎尔粗大的臂膀中,晕晕乎乎的,身上有些青肿,"这是我和霍罗德度蜜月的旅馆。"

第二天早晨护理员说那老头不能见人。他把长卷毛狗的相框玻璃打碎了,朝所有靠近他的人乱扎。现在打了镇静剂。去养老院是不可能的了。

第三十七章 投 石 索

"投石索结……用于固定捕大龙虾的篓子。既可以系在绳子的中段,也可以系在绳子的末端。把绳子的两端使劲拉紧,悬垂部分的弯曲处就会形成绳环。"

《阿什利绳结大全》

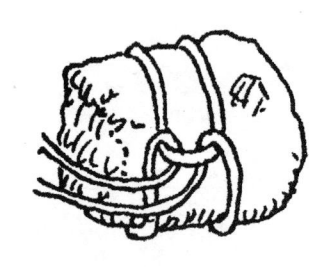

接连几个星期冷得要命。奎尔穿着毛衣和风雪大衣,感到很舒服。破旧的旅行汽车啪啪爆响着熄火了,车速慢了下来,最后在能看见《拉呱鸟》报社的地方终于停住。他下了车子,用肩膀向前顶着,一只手操纵着驾驶盘。总算使轮子又转了起来,赶紧跳进去,拧动车钥匙,猛地打开变速器。马达启动了几秒钟,当他慢慢把车开到比利那辆道奇老爷车后面时,马达又熄火了。油管里进了冰,他想。也许比利的油管没有进冰。

比利记了几个电话留言。两个是小兔学校的校长打来的。叫他立刻回话。他拨着号码,心跳到了嗓子眼里。但愿小兔平安无事。

"奎尔先生。今天上午小兔惹了麻烦。课间休息的时候。我很遗憾地告诉你,她推了一个老师,朗布尔夫人。推得很重。实际上,小兔把她推倒了。对她这个年龄的孩子来说,她个子很大,身体也很壮实。不,不是意外。据大家说,她是故意的。不用我说你也知道,朗布尔夫人非常苦恼和纳闷,不明白这孩子为什么要推她。小兔不肯解释原因。她现在就坐在我的桌子对面,一句话也不肯说。奎尔先生,我认为你最好过来把她接走。朗布尔夫人连小兔是谁都不认识。她不是教她们班的。"

"比利,能借用一下你的卡车吗?我的管子里进了冰。"

小兔已经被转移到了办公室外间,她戴着帽子、穿着大衣坐在那里,抱着双臂,板着面孔,脸色涨得通红。不看奎尔。什么也不说。

校长的脸上毛茸茸的,穿着棕色的羊毛套装。指甲像小勺纪念品的隆起部分。手里拿着一支铅笔,好像正在写什么东西被打断了。说起话来一副独裁主义的腔调,被训练得日臻完善。

"在这种情况下,我没有别的办法,只好勒令小兔停学,直到她对自己的行为做出解释,并向朗布尔夫人道歉。听着,小兔,再给你最后一次机会。现在你父亲也在这里,我希望你老老实实地坦白。告诉我你为什么要推可怜的朗布尔夫人。"

没有回答。奎尔看见孩子脸上满是愤怒和痛苦,使她说不出话来。

"好了,"他温和地说,"我们到比利的车上去吧。"他朝校长点了点头。只听校长把铅笔重重地掼在桌上。

在卡车里,小兔放声大哭。

"你推了那个老师?"

323

"推了！"

"为什么？"

"她是最坏的老师！"不肯再说别的了。奎尔只好把她送到比蒂家，心想麻烦又开始了。

"朗布尔夫人，是吗？"比蒂扬起眉毛。"我愿意拿三个小甜饼打赌，你肯定有你自己的道理。"

"我有。"小兔说，抽噎着忍住眼泪。比蒂把奎尔朝门口推去。冲他轻轻挥了挥手。

他下午听说了事情经过。是听比蒂说的，比蒂又是通过玛蒂了解到的。

"朗布尔夫人是一个机动教师，逢到主要教师生病或开会，就由她代课。今天她上了一节特殊教育课。让孩子们都穿得暖暖的，到室外去。海利·普鲁斯也在那个班上。可怜的普鲁斯被冷空气一激，就憋不住要小便。他想告诉朗布尔夫人。提起一只脚跳上跳下。你知道海利说话不利索。她不仅没有听懂他的意思——也许听懂了也未可知——而且叫他在墙边立正，治治他的多动症，每次海利想把他的难处告诉她，她都对他冷嘲热讽，把他推了回去。海利呜呜地哭着，最后尿湿裤子，出尽了洋相。于是便出现了这位复仇天使，小兔·奎尔小姐，她挺身而出，飞奔过去，猛地撞在讨厌的朗布尔夫人的膝盖后面。后面的事情你都知道了。如果她是我的孩子，奎尔，我会发给她一块奖章。不过，要跟校方解决这件事情可不太容易。校长不愿意听到老师出问题。老师很难找。即使是像朗布尔夫人这样的老师。所以她肯定想大事化小，小事化了。"

那天晚上，奎尔和姑妈通了电话，他没有想到能把她调动起来。她在电话那头发出一声尖叫，像海鸥一样。她赶上了清晨的班机，怎么劝也不肯回去，于是那天上午，校长看见奎尔家的祖孙三代沿着冰冻的汽车道走来。姑妈在圣约翰斯新做的头发像一顶头盔,奎尔的下巴向前伸着,小兔走在他们两人中间。

姑妈唠唠叨叨地说了一大堆。最后还是奎尔把事情解决了,他摆事实,讲道理,好言好语地劝校长和小兔互相道歉并做出保证。这在校长来说并不困难,因为她知道朗布尔夫人准备搬到大瀑布去开一家圣诞书店。对小兔来说就不容易了,她还在用孩子的标准衡量事情是公正还是不公正。

有些事在脑子里转,有些念头清晰起来。星期六下午奎尔和往常一样,到艾尔文·雅克的工作间去,韦苇和孩子们也和他一起去了。韦苇转向后面的座位。她看着小兔——不是用大人看孩子的目光,总是在检查孩子有没有犯错误,懂不懂大人的意思,指甲干净不干净,拉链夹克衫和帽子整齐不整齐;而是像一个大人看另一个大人那样。无言地交流着一些话。拿起小兔的手,紧紧地捏着。

"你好,你好。"海利说,他总是想跟人表示友好。

在驶向纳尼口袋湾的路上,车子内部很平稳,这是一种很难得的和谐感觉,使车里的每个人都感到安宁。

韦苇和她的舅妈爱维在钩一块地毯,是从一本年历上临摹下来的海鸟图案。韦苇在钩一只海鹦。小兔拿着她的故事书坐进窗口的摇椅里。当玻璃没有结霜的时候,雅克的猫就在这里观看船只,就好像它们是水老鼠似的。阳光和海利把玩具从海利的红背包里抖出来。不过,后来阳光被那两个女人吸引住了,看见钩针飞快地跳动着,钩出羊毛环儿,形成燕鸥和毛鳞鱼。她闻到了麻布衬垫物那股令人打喷嚏的气味。韦苇冲她眨了眨眼睛。阳光慢慢走了进去,把手指按在海鹦上。渴望着试一试。

"这样。"韦苇说,用手把着孩子的手,引导钩针钩住白色的羊毛。小兔翻动书页,用穿着长袜的脚抚摸猫。猫激动地发出一阵呜呜声。她抬起头来。

"佩塔尔在纽约遇到了车祸,不能到这里来。因为她怎么也醒不过来。我可以把她叫醒,可是路太远了。所以,等我以后长大了,就可以到那里去了。"

她怎么会说出这样一番话来,韦苇暗自思忖。

雅克在工作间里很烦躁。积雪很厚,风暴和大风还在肆虐,不过冰层正在裂开,海豹纷纷游进海湾,鳕鱼和大菱鲆在产卵,鲱鱼在东躲西闪。他感到了变化和生命,又有了那种渴望出海的季节性的感觉。捕几只海豹。或者朝冰山射击。随便怎样,只要动起来就行。可是他的眼睛太糟糕了,二十年前患了雪盲症,见光就流泪,尽管妻子给他的眼睛上贴了茶叶敷布。所以他现在只好在光线较暗的工作间里工作。

在过去几个星期里,他已经把船的龙骨楔入船底板之间,摆平了,撑牢了,把船的脊柱牢牢固定住了。

"现在,它很快就会像点样子啦。今天我们标出主要船骨。"

他用那把破旧的、布满划痕的卷尺,沿着一条无形的线,从船头顶部往后丈量,一边嘴里嘟嘟囔囔地对奎尔说话。他计算着船身全长的中点,在中点记号前面几英寸的地方,在龙骨上画出第二个记号。又从船尾柱量了量,标出船尾肘木的合适位置。奎尔把一排排錾子、锯子收拾整齐,透过蒙着一层锯木屑的窗户眺望海湾的冰。那边还没有量完。雅克根据自己脑子里的定理和公式,沿着底线往上计算船尾突出部的底部位置。

"把那把锯子拿给我,小伙子。"老人说。他说话似乎嘴里含着雪。奎尔递给他锯子,錾子,锯子,錾子,凑过去看雅克在底板上刻下槽痕,准备安装一对对船骨。最后,奎尔总算可以帮他固定船骨了,他抓住它们,让老人用他称为靠岸撑柱的粗大结实的撑柱把它们固定在底板上。

"现在我们凿出船尾柱,孩子。"果断地在船尾突出部开凿,金属牢牢地吃进木头。然后把双手放在臀部,身体向后仰着,含混地说。"咱们见好就收吧。韦苇来了吗?"

"来了。孩子们也来了。"

"身边需要孩子。可以使你年轻。"清了清喉咙,朝刨花堆里吐了口痰。"你们俩准备什么时候办事?"

他关掉电灯,在工作间昏暗的光线中转过身来看着奎尔。奎尔拿不准他指的是办什么事。雅克嘴巴的那条缝变长了,与其说是微笑,不如说是提出那个唐突问题使那道缝绽开了。为了强迫奎尔的缝也绽开。还有其他隐匿的被迫张开的缝。

奎尔像一个干粗活的人那样大口地喘着粗气。

"我不知道。"他说。

"因为那个男孩?"

奎尔摇了摇头。怎么说呢? 他爱的是佩塔尔,不是韦苇,他内心所有爱的能力已经一次性地燃成了灰烬。时刻到来,火花迸发,对有些人来说,它永远不会熄灭。在奎尔看来就是这样,他认为爱情就是痛苦。他和韦苇在一起,感到的是舒适和温馨的愉快。

不过他说:"是霍罗德。她的丈夫。她脑子里一直想着他。她深深地怀念着他。"

"霍罗德·普鲁斯!"老人把门关上。"让我告诉你霍罗德·普鲁斯的一些情况吧。他死了以后,某些地方传出松了一口气的叹息。你听说过雄猫那样的家伙,是吗? 那就是霍罗德。在圣约翰斯到搁浅湾的这片海滩,他到处播种他的私生子。人们眯着眼睛打量婴儿和小孩,看他们长得像不像霍罗德,这就像米斯基湾的一种室内游戏。经常有孩子像他。"

"韦苇知道这点吗?"

"她当然知道。她的日子过得很苦。霍罗德总是让她受罪。一走就是好几个星期,好几个月,到处乱逛。我告诉你,孩子,韦苇要保持霍罗德的记忆在她脑子里清晰、神圣,她就总把他当成一个悲剧人物。不然她还能怎么做呢?而且还有那个男孩。对于一个在那种环境下出生的孩子,你不能对他说他爸爸是一个下流坏吧。我知道韦苇还是三天两头念叨霍罗德。可是这能使她怎么样呢?"他又把门打开了。

"这使她离霍罗德不远了,我猜。"奎尔说,回答了这个不需要回答的反问句。

"全在你怎么看了。爱维做了船帆形面包。我们可以倒一杯茶,好好地吃一顿。"拍了拍奎尔的手臂。

猎海豹开始于三月份,弗隆特湾出现了几个外国人,就是拉布拉多那边的充满血腥味的弗隆特湾,琴海豹在那儿冰丘的掩蔽下产仔、蜕皮。几个世纪以来,男人们在那里把海豹烧死、冻死、淹死,后来人们在电视转播中看到海豹被大棒打死,鲜血触目惊心,捕猎海豹就被禁止了。

几千只海豹涌进海湾,跟着是许多兴奋不已的未出过海的新水手,他们开着可以在浮冰间航行的各种船只。

在凌晨四点耀眼的荧光灯下,杰克·巴吉特喝下最后一杯茶,走过去从炉子后面的钩子上取下他的外套和兜帽。双手套上妻子给他织的指套,拿起步枪,把子弹盒装进口袋。关上电灯,在黑暗中摸索着拉开门闩。门在他身后静静关上。

寒冷的空气灌进他的喉咙,像冰水一样。天空像一张网,网眼里塞满闪烁的星星。

在浮码头上,他把工具装进结满霜冻的小快艇。步枪,棍棒——真希望有一把挪威"哈卡凿"——一种方便的工具,如果你失足掉进冰窟窿,可以靠它重新攀回到冰面上。唉,反正一个渔民总是得冒险的。他有海豹刀,防止毛皮发黄的溶液,斧头,碎冰块,水桶,尼龙扫帚,细绳,塑料袋。因为杰克是在冰上剥海豹皮。必须弄得妥妥帖帖,不然毛皮就没有用了。

检查了汽油。然后出发,从海湾的冰走向远处的冰。

天亮时,他匍匐着爬过冰上的结疤,向一群海豹靠拢。

八点钟前,射中了第一批琴海豹。杰克草草看了看一只呆滞的鱼眼,碰了碰裸露的瞳孔,然后把这只肥胖的动物翻过来,肚皮朝天,从下巴到尾巴,在中间割开一条直线。六十多年在海豹饲养场的实践。习惯于一大群人集体出海,而不是这样扮演"孤独的守林人"。想起了哈利·克鲁斯,一个有名的剥皮工人,可以三刀剥出最胖的海豹,干脆利落。哦,那家伙的口臭多么厉害,在室内人们简直受不了他。女人们都用手捂着鼻子。你可以说他是住在船上。猎海豹真是艰难的人生。最后,哈利·克鲁斯成为一门艰苦手艺的专家,干活的时候被拍了照片,登在封面上,被全世界的人辱骂。

他把刀子插入脂肪层下面,割开阔鳍动脉,把海豹翻一个身,让被剖开的肚子贴在干净的冰坡上。他点燃一根香烟,看着鲜红的颜色渗进雪地。他想,凡是杀戮就少不了流血。

现在,他脱下指套,从海豹尸体上剥皮,让脂肪层保持均匀的厚度,割下阔鳍,放在一边。切口很小,非常对称。他把生皮放进海里漂洗,因为富含铁质的血液会玷污和毁坏皮子,再把海豹毛朝下放在干净的雪地上,上面没有一个划痕或缺口,然后他又回到海豹尸体旁边。

抓住气管割开,掏出肺、胃、肠子,保持薄膜完好无损,从鳍基骨往上切开,然后小心翼翼把锋利的刀子在肛门周围旋转,绝不能划伤薄薄的肠壁。轻轻地把完整的一大块内脏从尸体里拉出来。拎来几桶海水,冷却和冲洗海豹肉。在空荡荡的腹腔形成一个水洼。

他把生皮搬到二十步开外一个干净的地方,毛朝上摊开,用扫帚扫去上面的水珠,然后往毛丛里和皮子边缘涂抹防黄剂。非常完美。感谢上帝,成功了,他对自己说。

一天晚上吃晚饭的时候,韦苇来到伯克斯家的房子里。挎着一只篮子,海利蹦蹦跳跳地跟在她后面,用一根树枝划着道路边缘。在彩虹色的花椰菜状的云层下面,海面仍有微光。她打开伯克斯家厨房的门,走了进来,奎尔正在里面煮开水,准备下实心面条。她当然是走来的,她说。她让他看,篮子里是一块海豹阔鳍馅饼。

"你说过你从来没有吃过。很不错的。是肩关节的肉,你知道。并不是真正的阔鳍。是科恩捕到的一只海豹身上的。他的最后一只海豹,他说。他很快就要去多伦多了。"她不愿久待。于是奎尔匆匆给孩子们穿上外套,让馅饼先在桌上放几分钟,开车送她回家。把车停在木栅篱笆前面。她手里提着篮子,他把手放在她的手上。在驶回伯克斯家房子的路上,他觉得还久久留着她手上的温暖。

馅饼结结实实,油汪汪的黑色海豹肉泡在美味的卤汁里。可是阳光只吃外面的硬皮,急着要回去画她的蜡笔画。满页起伏波动的曲线上面有一个针尖那么大的十字。"这是小兔,"她说,"在海面上飞翔。"她张开嘴咯咯大笑,露出两排小牙齿。

夜里,奎尔把馅饼一扫而光,还像洗碗布一样用舌头把盘子也舔干净了。他正端着盘子站在那里,厨房的门被推开,韦苇又走了进来。

"海利睡在爸爸那儿,"她说,"我睡在这儿。"跑得气喘吁吁。

那天夜里,真正的纽芬兰热吻,充满了海豹阔鳍馅饼的气味。

三四天后,他仍然想着海豹阔鳍馅饼。想起佩塔尔送给他的两个生鸡蛋。他曾经给它们赋予了缠绵动人的含义。

"佩塔尔讨厌做饭。"奎尔对韦苇说,"几乎从来不进厨房。"他想起他多少次为她做好了晚饭,傻乎乎地点起蜡烛,叠好餐巾——就好像他们是什么大人物似的,等啊等啊,最后还是一个人用餐,只有收音机给他做伴。后来和孩子们一起吃饭,费力地挖掘罐头里的实心面条,擦去小下巴上沾着的婴儿食物。

"有一次,她给了我两个鸡蛋。生鸡蛋,作为礼物。"他用它们做了一个炒蛋,用手喂她,就好像她是一只巢里的小鸟。并且把蛋壳留着,放在碗橱上面的一只纸杯里。现在肯定还在那儿呢。

"她肯定有时会做一点烤面包吧。"

"她不怎么在家。白天工作。晚上和周末——我猜她是和她的男朋友们一起出去。我知道她和他们出去。"

"男朋友!"

他想一吐为快。"佩塔尔和男人出去。她喜欢别的男人,"奎尔说。"很多。"不清楚到底是指喜欢的程度还是男人的数量。韦苇知道,她从牙缝里发出嘶嘶的声音。她难道没有猜到那把斧刃上有一个缺口吗?奎尔谈论他的爱,却从来不谈论那个女人?她也可以从自己的一束秘密中抽出一根。

"你知道,"她说,"霍罗德。"想起霍罗德天亮时跌跌撞撞走进来,一身的香烟味、朗姆酒味和其他肉体的气味,一丝不挂地钻进干净的床单,阴毛因为他一夜的忙碌而黏糊糊的纠结成一团。"这只是阴道里的汁水,女人,"他说,"现在闭嘴吧。"她吐了口气,"霍罗德。"她又说了一遍。

"怎么?"奎尔说。

"霍罗德,"韦苇说,"是一个色狼。他把我的身体当作一个食槽。从她们那里回来以后就在我身体里狼吞虎咽、口水吧唧。每当他到达高潮时,我都感觉他把秽物呕吐在我的身体里。我从来没有告诉过别人,除了你。"

沉默良久。奎尔清了清喉咙。他能看着她吗? 差不多吧。

"我现在知道了一年以前不知道的事情,"奎尔说,"佩塔尔一点也不好。我想也许这就是为什么我会爱她。"

"是的,"韦苇说,"对霍罗德也是这样。就好像你感觉你自己活该那样。事情越糟糕,就越好像是这么回事,是你自己自作自受,不然肯定不会那样。你明白我的意思吗?"

奎尔点了点头。一直点个不停,像吹口哨似的噘着嘴唇呼吸,似乎在琢磨什么事情。与此同时,英俊的霍罗德和迷人的佩塔尔匆匆地钻进记忆的狭长隧道,又匆匆地消失无踪。差不多就是那样。

奎尔怎么也看不惯贝尼·弗吉织毛活的样子。三口两口吞下他的三明治,就抄起那只长袜,挥舞着毛衣针,一口气编织半个小时,速度和姑妈一样快得惊人。刚刚织好那个蓝色的东西,现在又全力以赴地对付白色毛线,看样子是要织一件外套。

奎尔想开个玩笑。"如果你写东西也像织毛活这样就好了。"贝尼抬起头来,脸上是生气的表情。

"不光织毛活。贝尼还是补网冠军呢。他对麻线针比对他老婆还熟悉,是不是这样,贝尼?"比利冲奎尔眨眨眼睛。

"两码事,两码事。"贝尼说着,又埋头编织,黑头发垂落到他的脸上。

他写的东西也没那么糟糕,奎尔说,想安慰他一下。比利点了点头,仍然不放过织毛活和编织快手这个话题。

"杰克现在还织毛活呢,当然啦,不像过去织得那么多了。他以前可是一个编织好手。可是从来没有像贝尼这样精通。贝尼就像那个运输驾驶员,你们知道吧,就是开着集装箱货车在圣约翰斯和蒙特利尔之间跑运输的那个?"

奎尔想到了帕特里奇。想晚上给他打个电话。跟他谈谈。谈什么呢?说他可以一边谈论广告篇幅和印刷成本,一边取出鳕鱼内脏吗?还是说他不知道爱情除了虚无的漆黑底色,和迷乱的火红色之外,还有没有别的颜色?

"这个驾驶员经常高速行驶在新斯科舍和新不伦瑞克,他的手臂从方向盘里伸出去,像机器一样织个不停。到达蒙特利尔的时候,一件漂亮的羊毛衫就织成了,作为纽芬兰渔民的正宗手工艺品,卖上一个好价钱。"

"那倒不错,"贝尼·弗吉说,"知道他一件卖多少钱吗?"

"不知道。不过我可以告诉你,当那个伙计开着快车横穿加拿大,一边同样飞快地织着毛活时,那个加拿大皇家骑警盯上了他。开始追他,时速一百四十公里。最后追了上来,示意那个跑运输的家伙停下来,但是他织得太专心了,根本没有注意。"

比利又在说笑话了。奎尔淡淡地一笑。

"警察亮起警灯,最后不得不冲着窗外大喊,'开到旁边去!开到旁边去!'这位了不起的运输编织专家这才转过脸来看着警察,摇了摇脑袋,说,'哎呀,不是的,先生,这是一件羊毛开衫。'"①

贝尼·弗吉没有咧嘴一笑。倒是比利发出了像生锈的金属一样刺耳的尖笑。

---

① 英语里,"(把车)开到旁边去(pull over)"和"套头衫(pullover)"读音一样。

猎海豹结束的时候,杰克把注意力转向鲱鱼。他有捕鲱鱼的套子。

那似乎是奎尔最喜欢的,在布满石头的海滩上,坐在岩石后面背风的地方,把串着银色鲱鱼的烤架悬在煤火上面。在海边进行这些寒冷的野炊。韦苇用一块浮木和几块石头搭了一个桌子。海利拖着一堆橡胶般的海草。太阳温暖着一块绿草茵茵的牧场,小兔和阳光在斜坡上赛跑。

"韦苇!"是阳光尖利的声音。"韦苇,你带果浆软糖了吗?"

"带了,小姐。小软糖。"

草地上的小姐,奎尔望着他的女儿,想道。就好像什么东西落到了合适的地方,他把比利父亲的诗句与自己的生活相比较。**魔鬼恋人。勇敢的女人。草地上的小姐。高个子的文静女人。**

小兔捧着两只手朝他们跑来。总是像一枚飞向靶心的箭。一只僵硬的、完美的小鸟,像石头一样小巧,躺在孩子的手心里。小腿折叠着。

"一只死鸟,"韦苇说,"可怜的小家伙脖子断了。"因为它的脑袋耷拉着。她一句话也没有提到小鸟睡着了,也没有提到天堂。小兔把它放在一块岩石上,又回来看了它二十次。

鲱鱼冒烟了,孩子们在周围躲躲闪闪,说,爸爸,爸爸,它们什么时候烤好啊。爸爸,海利也说。他仰起圆圆的脸蛋,为自己的聪明放声大笑。

"嚯嚯,老天爷,你们比海鸥还厉害。"杰克注视着奎尔把鲱鱼铲进一只水桶。

"我可以吃下整整一船。"

"如果你没有干上报纸这行,真应该去打鱼。你被它吸引住了。我看得出来。多好啊,你在船里带一只小炉子、煎锅和一些咸肉,就能吃到你这辈子吃过的最美味的东西。嘿,你从来没看见一个渔夫带着干粮出海。即使他有时候会挨饿。岸上做的东西总没有你从海里捞上来的好吃。下次你和我一起出海吧。"

两个星期后,鲱鱼不可理喻地消失了,《拉呱鸟》的发行量也突然下降,这时比利、奎尔和丹尼斯帮助杰克彻底检修了他的龙虾篓,又装了几只新的。贝尼·弗吉到米斯基湾去把嘴里的牙齿都拔光。

"我不知道我逮龙虾是为自己,还是为你们大家。"

"我真希望我也出海,"比利说,"哦,龙虾就是大把的钞票啊。可是弄不到证书。这里的人要弄到捕龙虾证书只有一个办法,就是把你的证书转给丹尼斯,这位。"

"我很愿意。"丹尼斯说。

"明天不行。"杰克说。口气硬邦邦的。他舍不得放弃捕鱼的权利。而且希望让他最小的儿子留在岸上。

"如果天气晴好,我们就煮它一大锅龙虾,好吗?"比利说。"即使不得不在无名湾向别人购买。真遗憾没有什么事情可以庆祝。"朝丹尼斯眨眨眼睛,对奎尔使了个眼色。

"有啊,"奎尔说,"姑妈这个星期六回来,我们准备在家里举办一个欢迎会。不过我怀疑会不会有龙虾。"

杰克的小木屋里有一堆石头。是为了固定龙虾篓的,他说。用投石索结系住了投掷出去。

第三十八章　驾橇人的梦

> "一条拴大狗的生牛皮带。把四根皮条裁得一头粗一头细,磨薄;用最长一股的末梢形成一个环,回过来把四股都绑在一起。向上编成'四股方编索'。最上面是一个大'纽扣结'。用皮鞋带打成的'土耳其饰结'套在绑扎处。"
>
> 《阿什利绳结大全》

艾尔文·雅克从衣兜里钩出那把破旧的卷尺时,运动服的拉链咔嗒咔嗒地响着。该开始干活了。前一天,他喝了一夸脱松针茶通了大便,现在准备大干一场。他用铅笔头在龙骨上标出一对对船骨,它们还没有从弯曲的板材上锯下来。窗外可见空荡荡的街道。他嘴里哼着小曲儿,转向上面横贯整个工作间的挂物架,把支材拖下来,沿着轮廓框架钉好,从船首肋木到船中段肋骨,再到船尾肋材。这条船便成型了。

"奎尔错过了最精彩的部分。他没有看见这条船从无到有。"又看了看窗外。只有四月的水闪着白光潺潺流过,像突然闪现的笑容,也像用慢动作把花边桌布缓缓展开。

终于,雅克看见了奎尔那辆土丘般的溅着泥浆的旅行汽车。他在门口停住脚步,深红色的毛衣被一根钉子挂住了。换了别人准会使劲一拽,可他却颇费周折地把羊毛线圈从钉子上摘下来。他说必须早点回去,参加庆祝姑妈回家的晚餐。他还说,上午他和韦苇在一起,做了大量的鱼杂烩,简直可以淹没一艘油轮,艾尔文和爱维最好过去帮助把它消灭。

"我喜欢慢慢来,"雅克说,"阿格妮丝在家吗,还是正在路上?"

奎尔中午已经在鹿湖接到了姑妈。她看上去精神很好,很有干劲和主意。

可是奎尔神思恍惚,心不在焉。他经常拿错雅克需要的工具。

"发生了这么多的事情。"他喃喃地嘀咕。脑海里闪现着"生活方式"的版面。大批信件纷至沓来。他们再也不用搞什么鸟巢设计图了,但是又怎样治愈思乡忧郁症呢?每个远走他乡的人都感伤心碎。"我总有一天会回来的。"他们都在信里这么写道。可是一直没有回来。旧的生活太渺小了,不再适合人们的要求。

雅克有一句没一句地哼着那支没完没了的小调,"哦,'大雄鹅',没有用,螺母和螺钉都松啦,它要沉入海底啦,和'布鲁斯'一样完蛋啦,'大雄鹅',把纽芬兰人淹死啦。"同时他把量好的尺寸描到粗糙的木板上。

"你的船下个星期六就做好了,就可以归你了。"谢天谢地,奎尔心想。**逃避永无休止的小调。**一只浅棕色的蜘蛛沿着顶上的支材快速爬动。

"要变天了。我看见蜘蛛整天都不安分,我的膝盖老是嘎嘎响。好吧,我们来锯那些船骨吧。哦,那就是'布鲁斯',它带来了驼鹿,它们在云杉林里过得多么自在。"

奎尔打量着他的船。船骨是它的真正本质,他想,这已经成为事实,他却仍然把它当成一种观念。因为这条船已经在雅克脑袋里存在了好几个月。

雅克把木头锯开,塑造成型,奎尔把一块块船骨靠在墙上。船骨的曲线使他想起了韦苇,从腰到臀部的那道竖琴般圆润的线条,以及像中国拱桥一样的紧绷绷的屁股。如果他和韦苇结婚,佩塔尔会不会与他们同床共枕?还有霍罗德·普鲁斯?他想象着那一对魔鬼恋人在交配、撕咬、号叫,而他和韦苇蜷缩在床脚板边,紧紧闭住眼睛,用手指堵住耳朵。

暮色降临,他们把船骨固定、撑牢,呼吸时喷出一团团白雾。

"没有用,没有用,我要端茶到厨房。"雅克哼唱着,他们走出阴暗的工作间,来到绿莹莹的夕阳余晖里。大海和天空像彩色玻璃,海岬上的灯塔射出一道道闪光,住房的窗口泛着柔和的淡橘红色。

"听见了吗?"雅克在小路上停下脚步,问道。他伸出手臂提醒奎尔,手指张开着。

"什么?"奎尔只听见下面大海吭哧的声音。他急着想回家。

"大海,听见了一个大家伙,它在酝酿一个大浪呢。"他们站在琥珀色的天空下,侧耳倾听。矮灌木丛黑糊糊地纠结在一起,悬崖像一块葬礼上的墓碑。

"那儿!快看那儿!"雅克一把抓住奎尔的手腕,让他把手臂举起来,跟他一起指向东北面的海湾。阴沉沉的海面上闪烁着一个蓝色的火球。灯塔的闪光掠过海湾,却没有照出任何东西,在闪光过后的更深的黑暗中,那个奇怪的火球滚动着,滚动着,最后隐去了。

"那是气候光。看见过许多次。坏天气要来了。"尽管狡猾多变的天空此刻仍然清爽明澈。

小汽车和卡车排着队停在伯克斯家房子前面的路上，他透过窗户可以看见人们在厨房里。他走进那一屋的音乐。韦苇在用手风琴演奏《乔·拉德》，丹尼斯在敲打一把吉他。谁在唱歌呢？比蒂把平底锅从烤箱里抽出来，一边高声说着一个笑话。人们爆发出一阵大笑。玛维斯对巴吉特夫人说，圣约翰斯有一个女人患了乳汁潴留性乳腺炎。科恩和他的朋友抱着手臂靠在墙上，冷眼旁观。因为他们脑子里正想着多伦多一个很有档次的舞会，对穿着拖鞋在厨房里跳舞不感兴趣。

"爸爸，"奎尔刚把外衣脱了一半，小兔就拉着他，急切地小声说道，"我一直在等你回家，等了好长时间。爸爸，你一定要到我的房间里去，看韦苇给我们带来了什么。快来吧，爸爸。现在就来，求你了。"什么事这么着急，像着了火似的。他希望不是什么蜡笔画。真害怕她又画了一棵花茎甘蓝树。冰箱上已经贴满了这些东西。

奎尔由着自己被拽着穿过人群，到楼上小兔的房间去，这时他捕捉到了韦苇的目光，捕捉到了韦苇的微笑，哦，那微笑是只给他一个人的。走在楼梯上的时候，他心里起了一个念头。爱情是不是像一袋各式各样的糖果，轮流分给大家，每个人都可以选择不止一次？有的糖会刺激舌头，有的糖会在夜里散发香味。有的糖中间像胆汁一样苦，有的糖里混杂着蜂蜜和毒汁，有的糖一到嘴里就融化了。在那些硬球糖和薄荷糖中间，总有几粒是稀罕之物；有一两粒中间有致命的尖针，还有一两粒能带来温馨而恬静的快乐。他是否正在捏起那一粒呢？

海利和阳光躺在地板上。玛蒂把一碗水推给一只结实粗壮的小狗。一身白毛，尾巴像蕨草一样向上打着弯儿。小狗连蹦带跳地向小兔走去，叼着她鞋带的环儿，使劲地拉。

"这是一条白狗。"这句话难以启齿。他偷偷地用眼角打量着她。

"它是一只拉雪橇的狗,爸爸。是韦苇从她哥哥那里替我要来的,他是专门养雪橇狗的。"

"科恩?科恩养雪橇狗?"他知道那不是科恩,但他想把这件事弄个明白。**在女儿闺房看见白狗,大吃一惊。**

"不,是另外一个哥哥。奥斯卡。就是有小海豹的那个。还记得我们看见的那只小海豹吗,爸爸?不过是科恩开车送我们去的。等小狗长大了,奥斯卡还要教我怎么训练它呢。我要训练它参加赛跑,爸爸。如果它愿意的话。我要去问问艾尔船长能不能帮我做一个'考马提克',就是爱斯基摩雪橇,爸爸。我们在奥斯卡家里看见了一个。我长大了要当一个赛狗选手。"

"我也是。"阳光说。

"这真是我听见的最精彩的话。我的两个赛狗的女儿。你们给它取名字了吗?"

"华伦,"小兔说,"华伦二世。"

"华伦二世。"海利说。

奎尔发现,他这辈子大概会在一群名叫华伦的狗的朝代里度过。

"爸爸,"小兔悄悄地说,"海利也会得到一只狗,是华伦二世的哥哥。就在明天。可是先不要告诉他。因为这是一个秘密。"

奎尔来到楼下,先拥抱姑妈,再拥抱韦苇。此刻他与她挨得这么近,就鼓足勇气吻了她。这是一次真正的、亲热的拥抱。她的牙齿擦伤了他的嘴唇。手风琴在两个人中间喷出一个疯狂的和弦。这种当众亲热赢得了一阵欢呼和掌声。真像是一份宣言。韦苇的父亲坐在桌旁,一只手放在大腿上,另一只手把烟灰弹进一个茶碟里。他歪着嘴对奎尔微笑。眨眨眼睛,表示赞同而不是同谋。韦苇喜欢眨眼睛的小动作肯定是从他那儿遗传来的。然而杰克站在餐具室里,望着窗外的黑暗。

"杰克,"比蒂喊道,"你在那里发什么愣?"她端出一只高高的白色蛋糕,上面撒着粉红色的糖霜。还用字母糖拼出了"欢迎阿格妮丝"的字样。奎尔吃了两片,还想再吃第三片,可是那片给了比利·布莱蒂,比利来晚了,头上落满了雪花。站在炉子旁边。一副重要人物的派头。房间里的每个人都看着他。尽管他什么也没说。

"海洋天气预报没说什么,可是我告诉你们,这一次可是非同小可。雪下得很大。据我看,风速每小时有三十海里呢。从东面刮来,然后逆转。据我看,它会成为一个不断尖叫的泼妇。听听吧。"当手风琴相对较小的气流喘息着消失以后,他们听见了风转过房子拐角发出的尖叫。

"肯定是一次极地涡旋,还没发现它来呢,它倒已经走了。我最好表示完问候就赶紧回家。不喜欢这种感觉。"比利嘴里含着蛋糕说。

谁也不喜欢这种感觉。

"我也要赶紧回家了,伙计,"杰克对奎尔说,"你知道,我感觉到它已经来了。如果我不把我的船拖上来,它就会被撞得粉碎,变成一根根鼓槌。妈妈跟丹尼斯一起走。"他指指妻子,又指指丹尼斯。大家便明白了。

九点钟的时候,客人们坐立不安地担心道路被雪封住,船被撞毁,便纷纷告辞了。

"这好像是你带来的,姑妈。"他们坐在厨房里,周围都是盘盘碟碟,姑妈端着她那杯威士忌。洗菜池里堆着枯骨般的刀叉。

"哦,千万别这么说。千万别对人家说是他们带来了风暴。这样说话非常不好。"不过她看上去倒挺高兴。

一只摆钟从赤道带到一个北方国家就会越走越快。北极的河流在右岸切得最深,在北方森林里迷路的猎手会不知不觉地向右偏转,因为地球在他们脚下转动。在北方,来自西面的危险风暴经常起源于一股东风。所有这些现象都与科里奥利效应有关,即地球自转引起的回转效应,可以形成风和潮汐,以及逆向回流和风暴旋涡。

"逆转风,糟糕的鬼天气。"比利·布莱蒂驾车沿小路驶下山去,一边自言自语。现在风向转到了北面。

他几天前曾经看见风狗——阴湿的天空上显露的菱形的光。他凭直觉想象着风,在旧地图的等边三角形测风法的不对称形状里看见风向,那些风玫瑰图上拉长的点描述出流动的空气。他这片海岸的风暴星包括一个由东北转成西南的逆流点。

到了半夜,风径直从西面刮来,他听见呜咽声猛地变成了呼啸声,这真是风的目录册里一种可怕的风。这股风与"蓝色北风"、寒冷的"狂风"和"陆风"沾亲带故。是起于一小团红心云的"牛眼"暴风的堂兄,是北欧传说中的"格尼尔风"——新英格兰沿海长达三天三夜的东北风的岳母。是阿拉斯加"惠科瓦飑风"及爱尔兰旷野"多尼恩暴风"的舅舅。它的同父异母兄弟姐妹有:用俄罗斯大雪袭击南斯拉夫平原的"科夏瓦风","斯蒂潘风",来自中亚广袤的干旷草原的狂野的"布冷风","克里维兹风",西伯利亚的寒冷的"浮加风"和"坡加斯风",以及来自俄罗斯北部的凶猛的"米阿泰尔风"。它的嫡亲兄弟有大草原暴风雪,被普通地称为"北风"的加拿大北极尖叫风,和从格陵兰冰原疾速南下的"皮塔拉克风"。这股无名的风用钢铁般锋利的边刃刮过纽芬兰岩石。

比利在枕头里喃喃祈祷,请求上帝保佑那些今晚遭遇狂风大浪,在被长达数英里泡沫带横贯的汹涌大海上颠簸的人们。那些笨重的油船,和船体不结实的拖网渔船肯定会被撞得四分五裂。

后来,他不得不起床。停电了。他在黑暗里摸索着,找到手电筒,拧亮了朝窗外照去。几英寸之外什么也看不见,只有密密的雪花飞快落下,使空中泛起一片白光。

他小心翼翼地把门打开,感到风把门吹得跳了起来。赶紧用力把它关上。厨房的地板上落了扇形的一片雪,他赤着脚踩在里面。房子里的每扇窗户都在咔嗒作响,外面传来转动的水桶、抖动的绳索和防水帆布被呼啸的狂风吹得啪啪作响的不和谐音。他房子和公共电线杆之间的电线哀哀号叫,使他的头皮阵阵发麻。冷空气直接来自冰河,迅速掠过雾气迷漫的大海。他往煤上扔了几个木块,可是烟囱里的烟不往上走。他想,风刮得太猛,就像一顶帽子罩在烟囱顶上。有这样的可能吗?

"把狗身上的毛都吹掉了。"他说。这时,他的狗埃尔维斯侧了侧耳朵,背上的皮肤猛地打了个激灵。

在伯克斯家的房子里,姑妈注意到了海面上的波涛汹涌,那是一种连续不断的敲打声,从床脚蔓延上来。在路上,巴吉特夫人听见了一个溺水的儿子透不过气来的痛苦尖叫。海利躺在毯子里一动不动,体会着浩瀚无边的感觉,想象自己是一个宽敞无比的大厅里的一只孤独的蚂蚁。在圣约翰斯,那位年迈的堂兄裹着白色的床单,玩着打结招风的魔术,快活得浑身颤抖。

可是小兔攀上了咆哮怒吼的烟囱,乘着狂风飞过海湾,来到岩石上,只见绿屋被钢索紧紧拴住。她躺在石头上,望着上空。一片木瓦被风掀起,消失得无影无踪。一排砖头像扑克牌一样从烟囱里飞了出去。每一根钢索都喊出一种牛吼般的各不相同的声音，像疯狂的低音直往岩石里钻，房子的横梁和木柱在震动。墙壁咔咔作响，把钉子射到起伏不定的地板上。房子被拽向大海。

一声断裂，一声呼啸，一根钢索绷断了。玻璃四溅。房子在地基上旋转，发出刺耳的声音。钢索在尖叫。

小兔仰面躺着，双臂平伸，像被绑在刑架上的犯人一样，动弹不得。她注视着，只见房子那个松动的一角掀起来，落下去，又掀起来。玻璃破碎。第二根钢索也断开了。现在整个房子的后部都翘了起来——就好像房子在行屈膝礼——然后又重重地落下。横梁断裂，锅里盘里玻璃飞溅，床和柜子在地板上跳动，抽屉里的刀叉倾向一边，楼梯首尾各朝相反方向扭开。

又一阵狂风袭来，把房子往东面扭转。最后几根钢索也断开了，顿时，房子开始翻起了筋斗。

大声尖叫。醒了过来。在地板上爬着，希望逃生。听见了外面的风声，才知道刚才是做噩梦。奎尔摇摇晃晃地走进门来，一把抓住这个双腿乱蹬的孩子。他为女儿感到害怕。她被吓疯了。

不过，十分钟后她就平静了，喝下一杯热牛奶，听奎尔给她讲道理，说狂风的声音使她做了噩梦；她对他说，如果让华伦二世陪她一起睡，她就能重新入睡。他小心翼翼地问她刚才梦见了什么，她却不记得了。

在《拉呱鸟》报社，奎尔发了一个特刊，"我们的千疮百孔的海岸"，专门刊登街上的船只、被困的雪梨等照片。有一千个故事呢，比利·布莱蒂用疲惫的声音说。船只失事，在大浅滩和圣劳伦斯航道之间，有四十个男人、三个女人和一个孩子被淹死，船体被毁,货物丢失。贝尼·弗吉带来了一些住户挖掘他们被封埋的运货卡车的照片。

气象服务站预报将有热浪。

星期一,热浪来了,一个明晃晃的大热天,地上流淌着融化的雪水,人们都在谈论全球变暖的事。一座布满窟窿的冰山擦着海岬漂过。奎尔穿着衬衫,眯起眼睛透过强烈的阳光看着道路。当他能够把关于小兔的念头转向一边时,就感到了阵阵喜悦。他想不出别的原因,也许是长长的日光,或暖暖的气温,要么就是因为空气是这样清新和甜美,他感觉自己仿佛刚学会呼吸。

上午十点多钟的时候,报社的门被推开了。是韦苇。她以前从没有来过这里。她打了个招呼,对着他的耳朵低语,气息喷在他的面颊上,芬芳宜人。富有光泽的头发编成了一根金棕色的辫子,他曾经感受过这头秀发散开时的魅力。她的指关节上沾着颜料,散发着淡淡的松脂气味。

"爸爸叫你今天中午一定要来。他想给你看点东西。"但她不知道是什么。大概是一桩男人之间的事情。因为阿奇擅长把人生的各种事务区分为男人的事情和女人的事情。碗橱空着盘里满着,那是男人的事情,碗橱满着盘里空着,那是女人所要关心的问题。

奎尔开车赶到的时候,阿奇正靠在他家的栅栏上。他一定听见了旅行汽车在半英里外发动的声音,因为排气装置已经失灵。奎尔知道自己需要锻炼,这段路应该步行,可是开车可以快一些。如果天气好的话,他明天就开始步行。

阿奇靠在那里,举着老式的双筒望远镜,身后是他的那个木头动物园。他嘴里叼着一支香烟。多年以前,他用望远镜看见的第一幕是巴吉特家的男孩子在布满颗粒的冰块上玩耍,互相模仿着从一块浮冰跳到另一块浮冰。可以看见鼻涕从他们的鼻子里流出来。接连跳了一小时没有失足。然后,杰森一跳没有跳过去,紧紧抓住冰块的边缘,另一个孩子想把他拉上来。阿奇几分钟内就驾船赶到那里,把杰森从新结的浮冰里拽出来,救了他一命。当时,他觉得多亏有那架望远镜。可后来发现那是一个凶兆。没有人能够阻止命运的操纵。杰森注定是要淹死的。

现在,奎尔向他走来,他举起望远镜眺望远处海岸,审视着奎尔海岬,作为他下面要说的一番话的图解。

"你知道吗,我相信你的房子消失了。看看吧。"把望远镜递过来。

奎尔站在布满一道道雪痕的岩石上。慢慢地前后移动着望远镜。然后继续调整焦距。

阿奇身上散发着一股烟味。脸上爬满了成百上千条细密的皱纹,耳朵和鼻孔里都冒出黑色的卷毛。手指是橘红色的。一说话就咳嗽。

"不,你找不到它的,因为它已经不在那儿了。我今天早晨就找过它,可它不在原来的地方了。我想,你大概想过去看看它是不是翻倒或者漂走了。那股风真是厉害得吓人。那些钢索捆绑它多少年了?"

奎尔不知道。在姑妈出生之前,大概六十四年还要更多。自从老奎尔们把房子从冰上拉过来。

"如果房子不见了,她肯定受不了,"他说,"花了那么多工夫。"尽管他知道他的秘密小径仍然在那里,但感觉仿佛失去了有寒鸦从云杉树枝间迅速掠过的所在,失去了他可以从那里跳到海岸上的所在。就好像他失去了寂静。现在只有小镇了。奎尔一家又开始漂泊。

他谢过阿奇,和他握了握手。

"好在我有望远镜。"阿奇吸了一口烟,暗想不知这里面隐藏着什么深意。

比蒂说是的,丹尼斯正在替他的朋友卡尔伐木,他仍然连一把叉子都拿不动,脖子上不得不戴着一个硬领般的玩意儿。是的,他有雪地汽车,尽管雪地上斑斑点点。顺着蓝色的路标驶过大路;奎尔就会看见停在路边的卡车。离他们圣诞节后伐木的地方不远。有一条森林小路通向那里,他会找到的。肯定会找到的。

丹尼斯站在一片刚砍伐的树桩中间,奎尔必须大声喊叫,才能盖过链锯空转的噪音。他说他的房子失踪了。他们上了路,在那些坍塌的雪堆间寻找踪迹。经过翻船湾的岔道,下面的沙砾露了出来。经过了手套厂。总算那里还有寒鸦。树脂和废气的气味。融化的雪水汇成涓涓细流。

巨石光秃秃地耸立着。螺栓牢牢钉在石缝里,一根像粗绳般卷曲的钢索在石头上蹿动。此外什么也没有。奎尔家的房子消失了,被风连根拔起,翻过岩石,跟着那些玻璃和雪花晶体,掉进了茫茫大海。

"我们的辛苦和钞票就那样打水漂了?空着站在那里四十年了,怎么一眨眼工夫就消失了!我们刚刚把它修好啊。"姑妈在她的店铺里,用纸巾擤着鼻子。沉默。"厕所怎么样了?"

他简直不敢相信自己听到的话。房子都没有了,她却问你茅房还在不在。

"没有发现,姑妈。不过我并没有特别留意去找。船坞还在。我们可以在那里搭一个小帐篷,你知道,周末天气好的时候,还有夏天,可以过去玩玩。我在考虑买下伯克斯家的房子。那座房子不错,很方便,也够宽敞。共有九个好房间呢,姑妈。"

"我要挺过去,"她说,"我一直很擅长这样做。挺过一些事情。"

"我知道,"他说,"我知道你艰难挺过的一些事情。"

"哦,我的孩子,你连猜都猜不到的。"她摇摇头,不自然地笑着。

这种话有时令人厌烦。奎尔脱口而出:"我知道我父亲做的事。对你做的。你们小的时候。老堂兄告诉我的,老诺兰·奎尔。"

他居然知道。姑妈倒吸一口冷气。她整个一生的秘密啊。

不知道该说什么,于是她笑了一声。也许是似笑非笑吧。然后用手捂着脸哭了起来,侄子说好了,好了,轻轻拍着她的肩膀,把她当成小兔或阳光。后来是奎尔想到去倒一杯茶。真应该把嘴闭上。

她挺起身子,闲不住的双手又忙碌起来。只当他什么也没说。她已经像杰克扔鱼一样,抛出了她的那些主意。

"我们要新建一座房子。就像你说的,一个夏日别墅。在一年的其他时候,我情愿住在镇上。说实话,我本来就是这样想的。"

"我们必须先挣一些钱。然后才能在海岬上建房子。我不知道我能在这上面投入多少钱。我想我愿意把伯克斯家的房子买下来。"

"我说,"姑妈说,"在海岬上重建房子的钱不成问题。你知道,有保险金呢。"

"你给绿屋保了险?"奎尔简直不敢相信。他没有保险意识。

"当然啦。这是去年我们搬到上面以后我做的第一件事。火灾,水灾,冰灾,上帝的行为。据我看,这次也是上帝的行为。如果我是你的话,就找伯克斯谈谈那座房子。对你来说,那是一座宽敞的房子。对孩子们和大家也一样。因为我猜想你和韦苇差不多快到那一步了。尽管你没有说。"

奎尔几乎是在点头。下巴垂下又扬起。沉思着听姑妈说话。

"不过我还有一些别的打算。"她一边说,一边拿定了一些主意。现在不能再和侄子住在一起了。他已经知道了那些事情。

"我一直在考虑我店铺所在的那座房子。总想把它买下来。非常便宜地买下来。我必须扩大营业面积。楼上也很不错,非常舒适,还可以看到海湾的景色。可以布置成一个漂亮的套房。而且我不会一个人住进去。玛维斯——玛维斯·邦斯,你认识玛维斯的——想跟我合伙做生意。她存了一些钱。哦,我们一个冬天都在谈论这件事。如果我们俩都住在店铺的楼上,那倒是蛮不错的。我想我们应该那么做。从某个角度上说,旧房子消失了倒是一件好事。"

像往常一样,姑妈又走出困境,跑在了前面。

第三十九章　闪亮的毂盖

"还有一些古老的绳结没有记录在此,只要绳子有新的用途,就总会发现新的结法。"

《阿什利绳结大全》

　　海湾里漂浮着一块块残冰,像饭店里的破盘子,但是船终于造好了。最后一卷刨花从雅克的刨刀下打着旋儿冒出来。他退后一点,拍了拍漂亮的木头,留下手掌那么大的灰印。好像他整个人就是锯木屑做成的。嘴里哼着歌儿。

　　"成了,就是它了,"他说,"再给它刷上一层漆,您就看好吧。"奎尔和丹尼斯用力把船拉上拖车,老人在一旁看着,神态悠闲。他的那部分工作已经完成了。他的嘴巴张了开来。奎尔猜到了他要做什么,便抢在他的前头,粗声大气地唱道:"哦,'大雄鹅',没有用。"一口气唱完,越唱声音越大,最后那忧郁的曲调也被他滚烫的喉咙弄得热乎乎的。老雅克认为这是一种赞扬,他得意洋洋地炫耀了半个小时,才上楼用茶,这时那些音符在他的耳朵里仍然暖融融的,像一顶刚从火炉后面取出来的帽子。

一盘加了咸肉薄片和土豆丝的油煎鲱鱼。一壶芥末。比蒂来回奔跑,绊在华伦二世的身上,它希望要么永远躲在桌布下面,要么去和靴子待在一起,却始终拿不定主意到底该怎么办。奎尔和韦苇是饭桌上的客人,不停地发出善意的笑声,对吃到的食物赞不绝口。水煮卷心菜。最后是浇了奶油的乌饭果馅饼。奎尔每一道菜都来了双份。虽然卷心菜吃多了会放屁。

阳光把一根鲱鱼骨弄弯,唱道:"桦树枝,弯又弯,樱桃酒,满又满。"小兔和玛蒂合坐一把椅子,手臂缠绕在一起,每人都有一袋"情人节"那天省下来的心形糖果,她俩可以一人吃一颗。**哦你这孩子,多么幸福地相爱着。**

饭桌上,丹尼斯心神不宁,坐立不安。打开一只抽屉,又把它关上。

"你怎么啦?"比蒂问。"你今晚活像一只屁股着了火的猫。"

奎尔咬住嘴唇忍着笑,丹尼斯脸上露出不悦的神情。

"我不知道,女人!我好像在找什么东西。不知道要找什么。真烦人。"

"你还想喝茶吗?"

"不了,不了,我已经灌饱了。"

但是总有些事不大对劲儿。几个星期没有工作,什么工作也没有,他对奎尔说。这么活着真不痛快,整天为了收入操心。厌倦了。如果能去捕捕鱼就好了。他又站了起来,拿起茶壶,朝里面看了看。奎尔还算幸运,有一份工作。还有茶吗?

"报纸是你父亲办的,"奎尔说,"你不能来报社工作吗?上帝知道,我们肯定用得着你。啊,到处都缺人手。"笨拙地舀了一勺糖,一半都撒在了漂亮的桌布上。

"天哪,不行!那还不如把我的胳膊连根砍掉呢。我讨厌跟那些黏糊糊的小黑字儿打交道,整天读啊写的。像在死苍蝇堆里走来走去。"他摊开又粗又短的双手。"我们在商量"——朝比蒂点了点头,她当时正好垂着眼睛——"是不是到多伦多去一两年。其实不想去,但我们可以攒点钱再回来。木匠在那里很容易找工作。在这里却没有活儿干。"在桌上敲起鼓点,这使孩子们都兴奋起来,小小的指头忙碌地动着,想弄出"笃笃"的马蹄声。丹尼斯瞪起眼睛。没有人理睬。

比蒂和韦苇在擦洗盘子,谈论着多伦多。比蒂的声音软绵绵的,像热抹布一样。到底会怎么样呢。孩子们会喜欢吗。也许不喜欢更好。也许。也许。

不要去,奎尔说不出口。知道如果他们去了,他就会永远失去他们,即使有个别人回来了,脾性也完全改变了,就像从大火后的废墟里捡回的一把刀子。如果小兔不得不失去玛蒂,她是多么可怜。如果奎尔不得不失去丹尼斯和比蒂,他又是多么悲哀啊。

大家一个接一个地打起了哈欠。奎尔抱起躺在客厅地毯上打瞌睡的海利。阳光紧紧抓住韦苇的手,因为地上有冰。狗第一个跳上汽车,挨个儿试了试每个座位。

"韦苇,"阳光说,"如果你把一条鱼熨烫一下,它会不会有小地毯那么大?"

"我想,如果摊开来的话,"韦苇说,"它比小地毯还大。"

丹尼斯陪他们一起走了出来。奎尔"砰"地关上韦苇的车门,铁锈"啪啪"地落在地上。

"你们准备什么时候扔掉这辆老爷车?"他一脸沮丧。把手撑在那辆旅行汽车上,直到它开走。看着尾灯越来越小,然后走到马路对面,继续看着。最后什么也看不见了,只有灯塔射出的道道闪光。海面一片平静。

※

奎尔在沉睡的房子里洗了个热水澡。他泡在水里,捏住鼻子,向下滑进一片滚热之中。心满意足。命运总算没有让他在纳特比姆的糖浆桶里洗澡。

他出了浴缸,用一条毛巾擦干身体,又擦去浴室门背后穿衣镜上的水汽。他看着镜子中赤裸的自己,肌肤在冷空气里冒着腾腾热气。他看到自己身躯庞大。粗壮的脖子,肥硕的下巴,厚厚的腮帮子上竖着一根根铜丝般的硬胡髭。黄色的雀斑。厚实的肩膀和强壮的胳臂,双手布满汗毛,像狼人的手一样。胸脯上丛生着湿漉漉的胸毛,一直蔓延到凸起的肚脐上。硕大的生殖器藏在一蓬泛红的毛发中,因为刚在热水中泡过,此刻显得鲜红夺目。大腿、小腿都像树桩一样结实。不过产生的效果不是臃肿,而是力量。他猜想自己正处于体力的某个鼎盛点。很快就要人到中年了,但是他并不害怕。现在不太容易数清他的缺点了,也许它们已经数不胜数,或者已经融进了他的一般状况,变得模糊不清了。

他套上灰色的睡衣,胳膊底下破了,后面贴在湿漉漉的背上。又是一阵喜悦,像闪电一样掠过心头。没有理由。

※

从睡梦中醒来,听见电话铃在响。奔向楼下的厨房,被他扔在地上的脏衬衫绊了一下。是丹尼斯打来的。

"本来不想把你吵醒,不过我想你应该知道。妈妈几分钟前打来电话。爸爸还没有回来。今天早晨四点钟就出去了。晚饭的时候就应该回来的。现在已经十点了。一定出了什么事情。

353

我给搜寻救援队打了电话。我现在就到妈妈那里去。我今天一直觉得要出事儿。做好准备,迎接最坏的可能吧。"

"有什么消息立刻告诉我。"奎尔在寒冷的厨房里瑟瑟发抖。钟上显示十点零六分。他听不见海的声音。

午夜的时候,丹尼斯又打来电话,声音粗哑而干涩。仿佛一场鏖战终于以失败结束。

"他们找到了那条船。他们找到了他。他淹死了。他们说已经尽了努力,但是没有救活。"没有心跳,没有呼吸,躺在救援船里急救室的桌子上。"看来,他甩出捕龙虾的套子时,脚被投石索缠住了。他们正在把他和船运进来。你打个电话给比利,好吗?我这就扶妈妈下去。她希望他们把他抬进来的时候她能在场。"

早晨,奎尔经过码头去找韦苇,他没有吃早饭,只喝了七杯咖啡,有点头重脚轻,心脏和腹部隐隐作痛。杰克的那只小快艇就拴在搜寻救援队的橘黄色船只后面,周围是一些货车和小汽车,一堆人看着死者的那条小船。

韦苇像一株被砍倒的树苗一样倚在他身上,眼泪打湿了他的衬衫。奎尔后退几步靠在她的小厨房的水槽上。他说要开车送海利和小兔去上学,让他们这一天的情绪保持稳定。阳光就和韦苇待在一起,韦苇经过在奎尔肩膀上的片刻享受,开始为孩子们准备上学的午饭。为了不去麻烦比蒂。

一片寂静。水面上笼罩着一掌厚的雾气,使乱糟糟的海岸显得模糊不清。岩礁像黑色的金属带子,把大海和陆地绑在一起。奎尔深深吸了口气,寒冷的空气蹿入鼻子,他感到内疚,杰克已经死了,而他还在这里,仍然能够呼吸。

脸色煞白如纸的比利弄清了每一个细节,他前一天夜里到码头上去了,搀扶着巴吉特夫人的胳膊,拍了拍丹尼斯的肩膀,说他很难过他们遇到了麻烦。他看见杰克被送回家里,抬进房间。他帮着脱掉杰克的衣服,用一条床单把他蒙住。注意到了他左边乳头下面的那颗痣,通过肉眼将它和右边的乳头相比较可以发现,如果要在他身上刻一圈字的话,它倒正好可以作为标点。

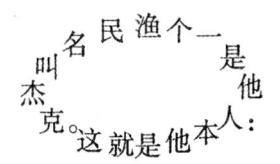

一个渔民名叫杰克。这就是他本人:

他还看见巴吉特夫人和她的姐妹们端来几盆水,拿来剪刀,替杰克清洗,准备穿寿衣,给他刮脸剃头,剪指甲。从大箱子里取出一只绣花枕头,展开来,准备放在他的脑袋下面。"他的路走完了",这几个字是几十年前就着北面窗户透进来的光线绣上去的。

奎尔和贝尼·弗吉靠在桌子上,看着仿佛是用半透明的鱼骨头做成的比利,他滔滔不绝,话语像鹅卵石一样向他们掷来。

"他们在普克礁那里发现了小快艇。杰克以前从来不在那里下捕虾套。真不明白他在那里做什么。你们知道他特别喜欢那只猫,管它叫船长。汤姆船长。猫还在船上。搜寻救援队的人过去了,用探照灯一照,只见汤姆船长在那里踱来踱去,拼命摇晃着尾巴,好像知道杰克需要帮助,却想不出该怎么帮他。他们清清楚楚地看见杰克在水下。绳子滑进了水里。他头朝下,就在快艇下面。捕虾套的投石索缠在他的脚踝上,把他拖进了水里。他挣脱不开。缠得死死的。手塞在口袋里。肯定是在掏他的刀,你们知道,想割断绳子,解脱出来。可是口袋里没有刀。大概是落水的时候掉了,但他没有发觉。我不知道他的刀是不是随便地塞进口袋,我出海的时候总是把我的刀放在右边的口袋,用一根短绳把它固定在我的皮带扣上。如果你像可怜的杰克一样倒栽葱跌进水里,又丢了刀,那就完了,你死定了。"声音像渡鸦一样嘶哑。

奎尔想象杰克的衣服在水下像丝绸一样漂动,他那月亮宝石般的脸庞和喉咙和双手在海面下闪闪发光。

"阿门,"贝尼·弗吉说,"许多捕虾人都是这样的下场。"

"巴吉特夫人的反应如何?"想到那个女人在悲伤中永远凝固,在惊涛骇浪间漂流沉浮。

"出奇地冷静。她说自从他们结婚的第一个星期,大家都以为出去捕海豹的杰克在冰上失踪的那时候起,她就知道早晚会有这一天的。她经历了三次这样的痛苦。总算还有一个安慰使她能够挺下来。你们瞧,他们找到了杰克的尸体。她可以埋葬杰克。他们把他送到家里做安葬的准备。杰克是很久以来巴吉特家第一个埋在土里的人。对巴吉特夫人来说,能得到尸体也是一个安慰。"

在锚爪市的墓地上,墓碑一个个挨得很紧,因为在海上丧生的人不需要六英尺的葬身之地。

"他们正在给他做安葬的准备。今夜守灵,明天举行葬礼,奎尔。你一定要在今晚七点带韦苇到可怜的杰克家去。是丹尼斯叫我告诉你的。他问你能不能给可怜的杰克抬棺材。"

"行,"奎尔说,"我会的。我们这个星期还要给杰克出一份专刊。比利,我们需要在第一版发一条讣告。写出真情实感来。由你来写最合适了。多跟一些人聊聊。不知道有没有他的照片。我去看看比蒂是不是知道。贝尼,放下你现在手上的工作。快到搜寻救援队去,了解他们找到杰克的详细情况。给他的小快艇拍几张照片。对那只猫要多写几笔。它叫什么名字？汤姆船长。"

"《拉呱鸟》今后的命运会怎么样呢？"贝尼·弗吉说，撸了撸直溜溜的黑发。"会停办吗？"他的大好机会正在溜走。他这会儿还在玩弄一截绳子，就好像那是一根毛线。

"不会。一份报纸有它自己的生命，可以超越世俗的主人而存在。明天我们还要照常出报。要做到这点，就得玩命大干一场。什么时候守灵，比利？"奎尔开始把第一版撕掉。

比利伸手去拿他的笔记本。"七点。不知道是丹尼斯做一个棺材，还是他们去买一个。"

贝尼·弗吉闪身出门，手里捧着崭新的笔记本电脑，头上戴着一顶邮购的软呢帽子，新装的牙齿和新的雄心壮志使他的面容变得坚定。

水面上的雾气越来越浓。水蒸气呈螺旋形翻滚涌动，空气在加厚、在弥漫，那另一个世界仿佛顺着漏斗消失了，只留下湿漉漉的岩石、浓雾笼罩的大海和潮湿的空气。远处传来嘶哑而压抑的雾角声，像一只公牛在春天的草地上带着渴望吼叫。

奎尔已经精疲力竭，神经绷得紧紧的，做好守灵的准备。他把自己塞进参加葬礼用的黑裤子。一旦能在不失礼的情况下离开，他就必须立刻赶到报社，把比利的那篇长稿子粘贴好。他们弄到一张很不错的杰克的照片，比他现在年轻十岁，但模样差不多，站在他那只刚漆好的小快艇旁边。奎尔将照片放了一张九乘十二英寸的，装在镜框里送给巴吉特夫人。

很害怕看到杰克躺在他家门厅里一堆泡沫似的小垫布里。他想象尸体还是湿的，似乎他们无法将他擦干，海水不断地从他身上淌下来，声音很响地滴在擦洗干净的地板上，巴吉特夫人忧心忡忡，手里捏着一团白布，蹲在地上擦去水渍。

奎尔那件旧的粗呢上衣也太小了。最后只好放弃，穿了一件他平常穿的巨大的深红色毛衣。这是没有办法的事。但明天一定要买一件新上衣去参加葬礼。就在早晨他把报纸送去印刷，路过米斯基湾的时候买。他穿上那双好鞋子，正在系鞋带时，韦苇打来电话，说小兔有事情要问他。

倔强的细声音。这只是他第二次跟她在电话里交谈。看来她这辈子是不能靠兜售保险为生了。

"爸，韦苇说我必须问问你。我想去给杰克爷爷坐灵。韦苇说，我们能不能去由你说了算。爸，你去，玛蒂去，他们都去，海利和韦苇也去，只有我和阳光必须跟姑奶奶一起待在她的店里，那里都是针，我不愿意，我也想去坐灵。"

"小兔，是'守灵'，不是'坐灵'。玛蒂、穆奇和温妮去是因为杰克是他们的爷爷。让我跟韦苇谈谈这事。"

韦苇认为应该让她们去。

奎尔说，过去的一年里遭遇了太多的死亡。

"但是每件事物都会死亡，"韦苇说，"生活里有悲哀也有死亡。她们需要了解这一点。她们似乎以为死亡就是睡着了。"

唉，她们还是孩子呢，奎尔说。应该保护孩子，不让她们了解死亡。小兔做噩梦的事怎么办？也许会越来越严重的。

"可是，亲爱的，如果她们不知道死亡是什么，又怎么能理解深层次的生活呢？季节、自然和宇宙万物——"

他不希望她把话题转向上帝和宗教。她有时会这么做。

"也许，"韦苇说，"她之所以做那些噩梦，是因为她害怕睡着了就不会再醒来，就像佩塔尔、华伦和她的爷爷奶奶那样。而且，亲眼看看去世的人，以后就不会被记忆困扰了。这是大家都知道的。"

奎尔同意了。并答应不说杰克是睡着了。待会儿他过去，大约一刻钟以后,让她们都坐到旅行汽车上。

路边挤满了小汽车和货车。他们只好把车停在远处,步行走向那幢房子,那里一片喧嚷,声音可达一百英尺以外。一行人穿过门厅,杰克的棺材放在蒙着黑布的锯木架上,周围都是花边堆成的回旋形图案。他们侧着身子,从人群里挤进门厅。奎尔牵着小兔的手,抱着阳光。杰克活像他本人的一张照片,穿着陌生的西装,仿佛一具蜡像。他的眼睑是紫色的。奎尔想,他确实不像是睡着的样子。只好硬把小兔拉走。

加入那一行人,慢慢走进厨房,那里摆着蛋糕和辫子面包,冒着热气的水壶,一排威士忌酒瓶和一些小酒杯。响起了谈话声,话题是杰克。他做过或可能做过的事情。

比利·布莱蒂在说话,手里端着酒杯。他因为喝了威士忌,脸涨得通红,他慷慨激昂,滔滔不绝,身体随着话语的节奏前俯后仰。"大家都知道,我们只是匆匆过客。我们只在这些石头上走过有限的几次,我们的船只能漂浮短短的一会儿,然后就不得不沉入水里。水是一朵黑色的花,渔民就是那花心里的一只蜜蜂。"

丹尼斯穿着一件喇叭袖的哔叽呢西装,比蒂的手放在巴吉特夫人颤抖的肩头。黑色绸服上是重重叠叠的花边领口。丹尼斯在箱子和抽屉里乱翻,寻找杰克的别针。找不到了,它已经不见了好多年。现在需要用它。

孩子们在外面玩耍。奎尔可以看见玛蒂在院子里撒面包屑给母鸡吃。但是小兔不肯去找她,而是又溜回门厅,站在棺材旁边。

"我去叫她。"韦苇说。因为那孩子目光直愣愣的很不自然。这时丹尼斯在餐具柜上层的一只杯子里找到了别针,拿给他的母亲。一个珐琅质的花环,刻着首写字母"R"。巴吉特夫人接过别针,站起身慢慢地朝门厅走去。要把它别在杰克的西服翻领上。这是最后的一笔。她朝她死去的丈夫俯下身。试图刺穿衣料,别针在她手里颤抖。哀悼者们在一旁看着,一片肃静。比蒂忍不住抽泣起来。韦苇温柔地去拉小兔的手。她死死地盯着尸体,不肯跟她过来,挣脱了她的手。

响起一声咳嗽,像一台破旧的发动机突然开动。巴吉特夫人把别针扔在缎子上,回身抓住丹尼斯的胳膊。她的喉头凝固了,眼睛直瞪瞪的,像木抽屉上的球形把手。韦苇把小兔拽走。最后是丹尼斯叫了起来。

"爸爸又活了!"

接着便扑上前去,帮助爸爸把肩膀从棺材的楔形束缚中解脱出来。一片混乱和惊叫。有人向后退,有人往前挤。奎尔从厨房挤过来,看见乱糟糟的好多条胳膊伸出去搀扶脸色灰白的杰克回到现实世界,随着他胸部的每次剧烈起伏,都有水从嘴里流淌出来。屋子那头传来小兔的喊叫:"他醒了!"

⌘

奎尔冒着浓雾,开车送浑身颤抖的丹尼斯跟着救护车去医院。可以看见呼啸的救护车里巴吉特夫人的侧影。在他们身后,威士忌消耗得很快,人们七嘴八舌,不敢相信这是真的,惊呼是上帝创造的奇迹。丹尼斯把事情经过完整地向奎尔复述了一遍,他有过什么想法,有过什么感觉,他看见了什么,救护车上的大夫是怎么说的,就好像奎尔当时不在场似的。

"他们说就担心他会有肺炎!脑损伤!可是我不担心!"丹尼斯大声笑着,用手捶着汽车坐垫,说跟着那辆救护车。他两只手里都是他从什么地方抓来的一些纸。他不停地高声说话,像高速旋转的风车,真是口若悬河。车子行驶的时候,他就整理那些纸,把它们弄得沙沙作响。使劲捶打奎尔的肩膀。

"咳,他当时挣扎着想坐起来。他被塞得结结实实。他坐起一半,望着我们。他又咳嗽了。水简直像喷泉一样从他嘴里冒出来。根本没法儿说话。不过看样子还知道自己在什么地方。医生带着器具赶来了,说他这么壮实,大概能挺过来。说一般淹死以后又活过来的都是孩子。成人很罕见。但是他们不了解爸爸。知道吗,是水的寒冷使身体器官暂时停止运转,心跳变得很慢。大夫说他不可能在水里待了很长时间。说相信他肯定能挺过来。还有妈妈!当她终于会说话的时候,她说的第一件事就是:'丹尼斯找到了你的别针,杰克。已经好久没有找到了。'"

奎尔仿佛看见这件事印在报纸的头版上,把别的一切都赶到九霄云外。丹尼斯的那些纸掉在汽车的地板上。

"慢慢开,我要把这些东西整理一下。"

"是什么?"

"要让爸爸签字的。他的捕龙虾证书。签字转让给我。这下可就好了。"

韦苇和小兔坐在巴吉特家客房的床沿上,奎尔煨着几个灌了热水的瓶子睡着了。

"我说,"韦苇说,"你还记得那只死鸟吗,几个星期前你在海滩上发现的?当时爸在煮鲱鱼。"她们都管他叫"爸"。

"记得。"小兔的手指在床单上画来画去。

"那只小鸟是死了,不是睡着了。记得吗,你每次看它,它都没有一点变化?死了。一件东西死了,就再也醒不过来了。这不是睡觉。人死了也是这样。"

"杰克爷爷死了,可他又醒过来了。"

"他并没有真的死了。他们弄错了。以为他是死了。这种事情不是第一次了。我上学的时候有个男孩就是这样。艾迪·

361

邦特。他们以为他淹死了。他像是处于昏迷状态。"

"什么叫昏迷状态?"

"噢,就是说你失去了知觉,但是你并没有死,也不是睡着了。你身体或脑袋的什么地方受了伤,全身便暂时等待着,等恢复好了再醒过来。就好像你爸早上发动汽车,要让马达预热。车在转动,但并没有朝前开。"

"那么佩塔尔就是处于昏迷状态。她睡着了,爸说的,醒不过来。"

"小兔,有些事情我想对你直说了。佩塔尔死了,她不是昏迷。不是睡着了。你爸那么说是不想让你和阳光过分伤心。他想做得仁慈一些。"

"她可能是昏迷了呢。他们大概弄错了,像对杰克爷爷那样。"

"哦,小兔,我很遗憾地告诉你,她的确是真的死了。就像那只小鸟死了,因为它的脖子断了。有时候伤势太严重,不可能恢复了。"

"佩塔尔的脖子断了吗?"

"是的。她的脖子断了。"

"丹尼斯的朋友卡尔的脖子也断了,可他没有死。他只是戴着一个大硬领。"

"他的脖子只断了一点点。"

沉默。小兔扯着床单上用钩针钩出的星星。韦苇看到以后很长一段时间将会遇到的问题,也看到这个孩子正在思考生命的微妙差异和各种程度。楼下喧闹和欢笑的声音越来越响。楼上却在面对棘手的问题。为什么一个能够幸存,另一个却不能生还?为什么一个醒过来了,另一个却不能?啊,她可能年复一年地解释,却无法澄清这些谜团。但是她会努力尝试的。

"韦苇。我们能不能去看看那只小鸟还在不在那里?"紧张的小手指,拽着钩针编织的图案。

"好的,"她说,"我们去看看吧。但是别忘了,这里有过一场大风暴,像一只死鸟那样的小东西可能会被风刮走,或者海浪涌上来把它卷走。或者一只海鸥或野猫把它当成了一顿午饭。我们有可能找不到它。来吧。看看科恩能不能开车送我们去。然后上我家去,我来沏可可茶。"

岩石还在那里,但小鸟不见了。草丛里有一根小小的羽毛。可能是任何一只鸟身上落下来的。小兔把它捡起来。

"它飞走了。"

杰克复活后的几个星期里,肺炎和失语症状慢慢好转,他便低声讲述了那次去远滩和返回的详细经过。

那天天气不错。龙虾不多,但也有一些。回来时马达出了故障。然后熄火。手电筒里的电池没有电了。摸着黑鼓捣了两个小时,马达还是不转。有几只快艇经过,他喊他们拖他。没有听见。就这样过了好长时间。以为要整夜待在那里了。拧亮打火机看了看表。十点差五分。汤姆船长喵喵叫着跳来跳去,好像得了痒病。然后把一堆猫屎全拉在一只捕虾套上。杰克把套子扔到水里去洗,灾难就是这时候降临的,他被拖进了水里。使劲拽他皮带上拴着刀的那根绳子。感到那个结松动了,刀落下来的时候刺中了他的脑袋一侧。呛了几口海水。抽筋。大小便失禁,身体扭曲。随着知觉慢慢失去,开始逼真地相信他是在一只巨大的泡菜坛子里。等待某人把他拉出去。

奎尔经历了一些丰富多彩的时刻，说过一些精彩的话，留意海浪清点石头时的醇厚的音响，他大笑，他啜泣，欣赏夕阳西沉，听见雨中的音乐，他说我能行。一排顶在棍子上的闪闪发亮的毂盖，出现在伯克斯家房子的前院。这是新娘父亲赠送的结婚礼物。

既然杰克能从泡菜坛子里脱身，既然断了脖子的小鸟能够飞走，还有什么是不可能的呢？也许，水比光更古老，钻石在滚热的羊血里碎裂，山顶喷出冷火，大海中央出现了森林，也许，抓到的螃蟹背上有一只手的阴影，也许，一根打了结的绳子可以把风囚禁。也许，有的时候，爱情也可以不再有痛苦和悲伤。

每个人心中都有一个失败者

(译后记)

这是美国女作家安妮·普鲁的第三部作品。

安妮·普鲁曾连续二十年为杂志撰写稿件,但是,直到1988年,年逾五十才出版第一部短篇小说集《心灵之歌及其他》,又于1992年出版反映美国新英格兰乡村生活的小说《明信片》,并获1993年福克纳小说奖。创作于1997年的小说《断背山》,描写的是美国西部怀俄明州两位牛仔在漫长岁月中隐忍坚执的情爱生活,经李安执导的同名电影感动了亿万观众。

然而,似乎只有在《船讯》里,她才将自己作为小说家的灵气和创造天才发挥到了极致——这部描写一个其貌不扬、才智平庸的失败中年男人重获新生的小说,继获得1993年美国国家图书奖之后,又摘走了1994年普利策小说奖的桂冠。

《船讯》的主人公奎尔长相丑陋,性格愚钝,从小遭受冷眼和歧视,处处碰壁,年过三十还没有找到人生的位置,没有得到这个世界的一次肯定,在一家三流小报当一名三流记者,拉扯着两个幼女——小兔和阳光,忍受着妻子的不忠,可怜巴巴地维持着一段不平等的婚姻。忽然有一天,生活遭遇突变,妻子与情夫一起出奔,遭遇车祸身亡,年老力衰的父母双双自杀弃世,报社向他发出解雇通知……奎尔似乎在向一个黑暗的深渊坠落。这时出现了性格刚毅的老姑妈,她带着奎尔一家三口离开这个伤心地,来到他们的故乡,回到"一切开始的地方"——纽芬兰岛。在这座刮着极地风暴,弥漫着咸腥味的海岛上,奎尔找到了他人生的价值和事业的乐趣,他在当地的报纸《拉呱鸟》负责报道船讯,生平第一次挺起腰杆,直抒自己的观点,最后成为一个热爱事业,有自信、有能力的报社总编辑,与此同时,温馨的、没有痛苦相伴的爱情也悄悄来到了他的身边。

这是一个典型的普通人的故事,没有光彩照人的俊男靓女,也没有显赫辉煌的惊世伟绩,有的只是实实在在的心灵的微小体验和感悟,唯其如此,才使无数普通读者从中感受到喜怒哀乐的共鸣。这也许就是作品成功的一个重要原因。

书中讲述的也不仅仅是奎尔一个人的故事,而是通过奎尔这根主线,串起了从美国到纽芬兰的许多不同的普通人物的心灵历程:性情乐观、热爱生活的帕特里奇,心理变态、刚强冷漠的姑妈,嗜海如命、助人为乐的巴吉特一家,浪迹天涯、四海为家的纳特比姆,以及善良而孤僻的倔老头子比利·布莱蒂……个个都是鲜明生动,令人难忘。尤其是纽芬兰岛的那组人物,在自然、古朴的地方特色的背景衬托下,具有鲜活而独特的生命力。奎尔在一个他全然陌生的地方开始他新的生活,起初是个无所适从的局外人,他磕磕绊绊地适应着那里艰苦的环境——严寒,暴雪,飓风,恶劣的道路,东倒西歪的老房子,并试探着与周围的人交往,木讷的他捂着"像块畸形的搁板"一样突出的下巴,听他们讲述他们各自的生活,渐渐地,他不仅融入了他们中间,也融入了那个环境。

小说中扑面而来的是纽芬兰岛的风土人情。作者为此曾多次前往纽芬兰海岸,在那里久久逗留,观察当地的人,听他们说话,深入体会那种独特的气息和氛围,所以,她才能如此娴熟、如此栩栩如生地勾画那里的海,那里的船,那里的绳结、岸石、风暴、冰山和巨浪……然而,她笔下的绳结、海、船、旧屋、老渔民等不仅仅是客观的描写,而且具有某种奇特的象征意义,尤其是书中每一章前面都介绍一种与航海有关的古老绳结,作为连接故事情节和主题发展的框架,这些充满古风和异域情调的绳结,谁说其中没有蕴含着深意?也许生活就是用日子打成的一个个绳结?也许记忆、情感都是各种不同的绳结,打上了就再也解不开?

还有小说中杰克这个人物,似乎对大海有着超常的感悟力,能在风暴肆虐的时候辨知海上遇难者的下落,一生中救起过无数在冰冷的海水中挣扎的垂死者——包括奎尔,包括他的儿子丹尼斯,却没能救出他最心爱的长子杰森。痛失爱子使他对海产生了一种特殊的感情,既热爱又惧怕,他担心他的儿女再遭不测,严禁他们从事与海有关的工作,然而,他们还是一个个走向了大海,就像杰克本人一样,他挂着报社社长的职务,却每天都驾着帆船去体会与大海触摸的乐趣,所以他们全家有个共同的绰号——"水狗"。

而奎尔,起初对海和船感到陌生和厌憎,但在用他的破船领略大海的魔力,并差点葬身鱼腹之后,也在内心深处系上了一个牢牢的大海情结。是的,在纽芬兰粗糙的海岸上,人是被海、被风、被冰山包围着的人,他们不是用理智,而是用直觉去感悟和体验自然界的潮涨潮落、阴晴圆缺。他们与自然融为一体,共同形成一种奇特的生存氛围。

《船讯》的另一个鲜明特色是它的语言。作者在这部小说里使用的语言不是一般的口语化和生活化,而是惊人地粗犷、简洁,充满力度。那些破碎的、断裂的、零散的和不完整的句子,体现了一种表面看似潦草而漫不经心的风格,然而就是在这样的笔触下,流动着普通人生的辛酸的血泪,蕴含着"小人物"追求幸福的那种认真和执着。小说里许多灵与肉的深刻经历、心与心的相互交流，作者并没有浓墨重彩地去涂抹、渲染，而是用简单得不能再简单的不动声色的几句话一带而过，但这却在读者心中划下一道深深的痕迹，久久不能平复。姑妈童年的惨痛遭遇和她的情感历程，奎尔与韦苇的互相吸引、走近直至对新的爱情不再迟疑不决，以及奎尔与帕特里奇之间深沉的友谊，都体现了作者对遭到世界唾弃却并不自弃的边缘人物的内心阴影、皱褶、创伤的照亮、抚平和修复，读后令人感同身受，难以释怀——也许这是因为每个人心中都有一个失败者吧。

这样的语言特色，这样充满纽芬兰地方色彩的用语和风土人情的描写，给翻译带来了一定的难度。在此要感谢美国印第安纳州 University of Notre Dame 的 James A. Glazier 教授和中国教育部外资贷款办公室丁文正先生，是他们的热情帮助才使译事得以顺利进行。尤其是 Glazier 教授，多次不厌其烦地通过电子邮件详细解答译者提出的问题，有时为了解释得更加清楚、准确，还专门查阅了有关资料。但尽管如此，由于译者本人的知识和水平有限，错讹之处恐难避免，欢迎读者不吝指正。

马爱农
2006 年 4 月 6 日